T0245913

SEDUCCIÓN A LA LUZ DE LA LUNA

JENNIFER L. ARMENTROUT

SEDUCCIÓN
A LA LUZ DE LA LUNA

TITANIA

Argentina • Chile • Colombia • España
Estados Unidos • México • Perú • Uruguay

Título original: *Moonlight Seduction*
Editor original: AVONBOOKS An imprint of HarperCollinsPublishers
Traducción: Eva Pérez Muñoz

1.ª edición Febrero 2022

Reservados todos los derechos. Queda rigurosamente
prohibida, sin la autorización escrita de los titulares del
copyright, bajo las sanciones establecidas en las leyes, la
reproducción parcial o total de esta obra por cualquier
medio o procedimiento, incluidos la reprografía y el tratamiento informático, así como la distribución de ejem-
plares mediante alquiler o préstamo público.

Copyright © 2018 by Jennifer L. Armentrout
Translation rights arranged by Taryn Fagerness Agency
and Sandra Bruna Agencia Literaria, SL
All Rights Reserved
© de la traducción 2022 *by* Eva Pérez Muñoz
© 2022 *by* Ediciones Urano, S.A.U.
Plaza de los Reyes Magos, 8, piso 1.º C y D – 28007 Madrid
www.titania.org
atencion@titania.org

ISBN: 978-84-17421-47-2
E-ISBN: 978-84-19029-05-8
Depósito legal: B-17-2022

Fotocomposición: Ediciones Urano, S.A.U.

Impreso por Romanyà Valls, S.A. – Verdaguer, 1 – 08786 Capellades (Barcelona)

Impreso en España – *Printed in Spain*

A mis lectores.

Prólogo

Hace seis años...

Nicolette Besson iba a morir.

Si los hermanos De Vincent no se marchaban de la galería, iba a terminar ahogándose. Metería la cabeza debajo del agua y no volvería a salir, porque ni loca iba a permitir que la vieran con su nuevo bañador.

Rotundamente no.

Echó un vistazo por encima del borde de la piscina. Era bastante probable que ninguno de los hermanos se hubiera dado cuenta de que estaba dentro de la piscina, ya que estaba de rodillas, en la parte menos profunda, escondida como una tonta.

Y de todos modos, ¿qué estaban haciendo allí, los tres juntos, hablando entre susurros? Conociéndolos, seguro que no tramaban nada bueno.

Si el padre de Nikki se los hubiera encontrado allí, tan apiñados, con Lucian en el centro del círculo, como siempre, habría dicho que estaban planeando alguno de sus chanchullos.

Lo que fuera que «chanchullos» significara.

Devlin era el mayor de los hermanos De Vincent, Gabriel el mediano. Y Lucian, el pequeño, era el que *siempre* se metía en problemas. Siempre. Sobre todo desde que su madre había muerto y su hermana había desaparecido. Devlin y Gabriel se parecían a su padre, con ese pelo oscuro y brillante. Lucian y su melliza, sin embargo, habían heredado los rasgos de su madre.

Esperaba con todas sus fuerzas que el amigo de Lucian no estuviera con ellos. Parker Harrington le ponía los pelos de punta. Siempre la estaba... *mirando*. Lo que era bastante raro, ya que nunca se mostraba especialmente amable con ella. A veces la miraba como si no mereciera respirar el mismo aire que él, pero otras, clavaba la vista en ella como si...

Se encogió por dentro. No quería pensar en eso.

Se mordió el labio mientras el borde de cemento de la piscina casi le quemaba los dedos. ¿Cuándo se iban a ir? Su madre iba a terminar su trabajo en la cocina en breve y no le iba a quedar otra que salir de la piscina. Y entonces la verían y ella se *moriría*.

¡Dios! ¿Por qué se le había ocurrido meterse en esa piscina? Si ni siquiera sabía nadar, pero hacía un calor tan sofocante... Además, como el señor De Vincent estaba en casa, lo único que había hecho hasta ese momento era aburrirse como una ostra, sentada en una de las muchas habitaciones de la mansión, sin poder tocar nada ni ir a ningún lado.

Al señor De Vincent no le gustaba el ruido de ningún tipo y lo único que Nikki hacía era precisamente eso: un montón de ruido. A veces, se emocionaba y se olvidaba de dónde estaba. Quedarse sentada en silencio no era la forma en la que quería pasar sus vacaciones de verano. ¡Puf! Esos hermanos tenían que...

De pronto, Lucian echó la cabeza hacia atrás y empezó a reírse de buena gana. El sonido la sobresaltó, pero enseguida notó cómo sus propios labios comenzaban a esbozar una sonrisa. Lucian tenía la mejor risa. Cuando el pequeño de los De Vincent se reía de ese modo, tenías la sensación de que iba a suceder alguna locura; algo que seguramente enfadaría al señor De Vincent y haría que los padres de Nikki negaran con la cabeza con cariño.

¿Qué estaban tramando?

Miró a Devlin. Estaba allí de pie, con la vista clavada en Lucian, pero sin mostrar emoción alguna. Gabe estaba sonriendo de oreja a oreja y negaba con la cabeza mientras Lucian hacía gestos extraños con las manos.

El mediano de los De Vincent siempre estaba sonriendo.

Se preguntó si Gabe le habría traído algún trozo de madera de su taller. Hacía tiempo que no lo hacía y Nikki estaba deseando estrenar el nuevo juego para tallar que le habían regalado sus padres en Navidad.

Estaba empezando a aprender cómo hacer cuentas de madera, esas con un agujero con las que luego podías elaborar collares o pulseras. Podía pedírselo a Gabe, pero entonces él la vería en la piscina y no iba a dejar que aquello sucediera.

Si había alguien que no quería que la viera con su nuevo bañador, ese era Gabe.

Fue avanzando a lo largo de la piscina con cuidado y de la forma más silenciosa que pudo, mientras el agua le cubría cada vez más. Una ráfaga de viento sacudió la sombrilla del patio y le trajo el aroma a rosas del jardín, que la envolvió por completo. El cielo empezaba a encapotarse por el sur. Se avecinaba una tormenta. *Estupendo*. Ya no hacía falta que se ahogara. Con un poco de suerte, le alcanzaría un rayo y se la llevaría de este mundo.

Porque no iba a permitir que los hermanos la vieran con ese ridículo y enorme bañador que su madre le había comprado en un gran almacén de la zona.

Ni de coña.

Los De Vincent eran como unos hermanos para ella; unos hermanos mayores. Muuuy mayores. Bueno, Gabe y Lucian la trataban como a una hermana pequeña. Devlin no. Él se comportaba como si ella no existiera. Lo que tampoco le importaba mucho, porque a Devlin tampoco le gustaba el ruido y nunca sonreía. Jamás.

Aunque Nikki acababa de cumplir dieciséis años, no tenía muy claro lo que sentía por esos hermanos, aparte de encontrarlos molestos la mayoría de las veces. En una ocasión, había oído a su madre decir a su padre que era una «flor tardía». Puso los ojos en blanco; ella no era ninguna estúpida flor, ni nada por el estilo.

Pero los De Vincent eran diferentes. Ya no eran unos niños. Y a todas las personas que Nikki conocía les parecían atractivos. De hecho, la hermana mayor de su mejor amiga se había enrollado supuestamente con Lucian y ahora estaba completamente obsesionada con él.

Nunca lo había reconocido en voz alta, pero siempre había pensado que Gabe estaba muuuy bueno. Y era por su pelo. Lo llevaba más largo que sus hermanos, a la altura de los hombros. Era una mata espesa y suave que hacía que le entraran ganas de cometer tonterías, como acariciarla.

Sí, tocarle el pelo sin ton ni son sería algo muy raro.

Y no creía que a Gabe le gustara.

Cuando se dio cuenta de que no hacía más que mirar a Gabe, se puso roja. Llevaba unos vaqueros y una camiseta blanca. E iba descalzo, a pesar de que los adoquines debían de estar quemando.

Pensó que tenía unos pies bonitos.

Gabe también tenía un risa sublime. Y una sonrisa preciosa. Una que siempre sacaba a Nikki una sonrisa. Y era muy majo. Siempre se sentaba un rato con ella y le preguntaba cómo le iba en el colegio o qué hacía con sus amigos. Fue él el que le enseñó a convertir un trozo de madera en algo increíble. Era su amigo, aunque seguramente tenía mejores cosas que hacer que estar con ella.

Los tres hermanos eran muy diferentes. Devlin era el frío. Lucian estaba loco. Y Gabe solo era...

Reprimió un suspiro.

Bueno, él era *todo*.

A lo lejos, oyó el estruendo de la tormenta que se acercaba. Sabía que el tiempo podía cambiar de un momento a otro, pero se quedó en la piscina, sin apartar los ojos de Gabe.

Él nunca la había tratado como si fuera inferior porque sus padres trabajaban para su familia, como habían hecho algunos de sus amigos ignorantes y elitistas que habían ido desfilando por la casa todos esos años. Como por ejemplo, Parker. O como hacía Devlin cada vez que se acordaba de que existía.

Sabía que Gabe había tenido una novia en serio cuando estuvo en la universidad, porque la había traído a casa una vez, en Navidad, hacía unos años. Se llamaba Emma y era guapa y simpática y ella... simplemente la *odió*.

Pero eso daba igual.

Porque Gabe y Emma ya no estaban juntos.

Sonrió para sí misma.

Siguió andando por el borde de la piscina y se detuvo justo cuando sintió que empezaba a no hacer pie. La piscina tenía una pendiente muy abrupta y debía de andarse con mucho cuidado si no quería ahogarse de verdad. Así que se agarró bien al borde y siguió moviéndose en la piscina con la fuerza de sus manos, adentrándose en ella y acercándose al trampolín que solo había visto usar a Lucian y a Gabe. Se tiraban de él sin ningún miedo.

A ella le habría encantado hacer eso. No tener miedo de...

De repente, cayó un rayo muy cerca de ella y el mundo entero pareció iluminarse. El trueno que siguió le envió un escalofrío por toda la columna. Cuando el cielo se abrió, soltó un chillido. Una intensa lluvia empezó a caer, golpeando el agua y el patio que rodeaba la piscina.

¡Hora de salir del agua!

Se sirvió de la fuerza de sus brazos para tratar de encaramarse al borde, pero en ese momento cayó otro rayo, no muy lejos de la piscina, y se volvió hacia él con los ojos como platos.

Los hermanos también dirigieron su atención hacia la zona, justo cuando ella había conseguido sacar una escuálida pierna de la piscina y apoyarla en los resbaladizos adoquines.

Gabe dio un paso hacia la barandilla de la galería, donde estaba seco y a salvo de la tormenta.

—¿Nic?

Cuando sus ojos se encontraron, ella jadeó. ¡Oh, no! No solo llevaba ese dichoso bañador, ¡encima parecía un gato mojado, intentando salir de la piscina! Se iba a morir de...

Otro trueno retumbó. Sonó como si el cielo estuviera a punto de derrumbarse sobre ella. Y entonces todo sucedió muy rápido. Cuando intentó poner el otro pie en los adoquines, se resbaló y lo siguiente que supo fue que el agua la estaba engullendo.

La conmoción suprimió su capacidad de pensar. Estaba demasiado sorprendida como para cerrar la boca así que, mientras se hundía en la piscina, tragó una ingente cantidad de agua.

Cerró los ojos. Le ardían los pulmones. Intentó subir a la superficie, pero cada vez parecía sumergirse más. El pánico se apoderó de ella mientras se retorcía en el agua. Cuando tocó con el trasero el fondo de la piscina, el impacto, aunque suave, la conmocionó.

Volvió a cerrar los ojos y sacudió la cabeza frenéticamente mientras notaba cómo el ardor del pecho ascendía por la garganta y por la parte posterior del cráneo. Se sentía rara. Como si mil hormigas rojas estuvieran recorriéndole la piel y...

De pronto, unas manos la agarraron por los brazos. Un brazo le rodeó la cintura. Tiró de ella con fuerza y se vio impulsada hacia arriba. Su cabeza salió a la superficie. La lluvia le golpeó en la cara. Abrió la boca para respirar, intentando conseguir aire, pero lo único que hizo fue toser y escupir agua.

Alguien la llevó hasta un lado de la piscina y otro par de manos tiró de ella y la sacó del agua. Cayó de rodillas sobre los adoquines y continuó atragantándose mientras la lluvia salpicaba a su alrededor. De nuevo unos brazos le rodearon la cintura y la levantaron. Todo empezó a darle vueltas. Sintió que la llevaban hacia la galería, la tumbaban con suavidad en el suelo y la colocaban de lado.

Una fuerte palmada le golpeó la espalda.

—Vamos, Nic. Escúpela. Venga, expulsa todo el agua que tienes dentro.

Reconoció la voz. Sabía a quién pertenecía porque solo había una persona que la llamaba «Nic», pero no podía hacer nada más que jadear y vomitar lo que le parecía un océano entero.

—Eso es. —Ahora la mano ya no le golpeaba la espalda, sino que se la frotaba con cariño—. Muy bien.

Cuando por fin pudo respirar sin ahogarse, rodó sobre su espalda y se encontró mirando a unos ojos de un intenso azul verdoso, el mismo color que el del mar frente a la costa.

Gabe.

—¿Estás bien? —preguntó. A medida que pasaban los segundos y ella no respondía, la inquietud fue creciendo en aquellos increíbles ojos—. Estás empezando a preocuparme, cariño.

¿Cariño?

Nunca la había llamado «cariño».

Lucian se asomó por encima del hombro de Gabe.

—¿Se ha dado un golpe en la cabeza?

Alguien soltó una palabrota y ella se estremeció al oírla.

—Dev. —Lucian soltó un suspiro y miró hacia atrás, donde se suponía que tenía que estar Devlin.

Gabe seguía mirándola atentamente, con la mano apoyada en su hombro. Sabía que tenía que decir algo antes de que fueran a buscar a sus padres.

—No... No me he dado ningún golpe en la cabeza.

El alivio inundó el rostro de Gabe.

—¡Gracias a Dios! —exclamó él antes de hundir los hombros. Ahí fue cuando se dio cuenta de que tenía la camiseta blanca empapada y pegada al cuerpo. Había todo tipo de músculos y valles interesantes bajo esa camiseta—. Me has dado un susto de muerte, Nic.

La realidad de lo que había pasado la sacudió.

Gabe la había salvado.

¡Dios bendito! ¡Había estado a punto de ahogarse de verdad y él la había salvado!

Gabe le sonrió mientras negaba con la cabeza, haciendo que algunos mechones de pelo mojado cayeran sobre su cara.

—Te encuentras bien, ¿verdad?

Ella asintió, pensando que quizá debería sentarse.

—Me has salvado la vida.

La sonrisa de Gabe se hizo aún más amplia.

—¿Eso me convierte en tu héroe?

—Sí —susurró ella. Luego hizo un gesto de asentimiento para que no le quedara ninguna duda. Desde luego que era su héroe.

Gabe se rio por lo bajo.

—¡Jesús! —masculló Devlin. Entró en su campo de visión mientras se cruzaba de brazos—. Lo que nos faltaba. Que se ahogara en la piscina. ¿Qué estabas haciendo ahí dentro? Esta no es tu piscina, ni tu casa, para que andes por aquí como si fuera tu patio de recreo.

Nikki abrió los ojos de par en par. Los sollozos le quemaban la garganta a medida que trataba de encogerse sobre el suelo caliente. Devlin se lo iba a contar a sus padres, a *su* padre. Y entonces ellos recibirían la bronca por ella.

Gabe volvió la cabeza hacia su hermano.

—Devlin.

—¡Pero si esta pequeña idiota ni siquiera sabe nadar! —replicó el mayor de los De Vincent. Nikki sintió las lágrimas acumulándose en sus ojos. No era ninguna idiota, pero él tenía razón. No sabía nadar—. ¡Jesús! —masculló él—. Livie y Richard deberían saber que es mejor que no corretee por aquí como una mocosa cuando nuestro padre...

—Ya es suficiente. En serio. —Gabe le soltó el hombro y se giró hacia su hermano mayor—. Ha sido un accidente. No ha pasado nada y Nic está bien. Así que cierra el pico o vete a otro lado. Me da igual dónde, mientras no sea aquí.

Lucian alzó ambas cejas. Parecía estar a punto de estallar en carcajadas. Nikki contuvo un jadeo de sorpresa. Nunca, *jamás*, había oído a Gabe dirigirse a Devlin de ese modo.

Nadie hablaba a Devlin así.

Gabe se volvió hacia ella con los hombros tensos.

—Supongo que voy a tener que enseñarte a nadar, ¿no crees?

Y ahí fue cuando sucedió.

Justo en ese momento y en ese preciso lugar.

Nicolette Besson se enamoró perdidamente de él y supo, en el fondo de su corazón, que algún día se casaría con Gabriel de Vincent y que vivirían felices para siempre.

Él caería rendido a sus pies.

Como ella acababa de caer a los de él.

1

Seis años después...

Gabriel de Vincent tuvo que hacer acopio de todo su autocontrol para apartarse y no hacer nada. Simplemente se quedó allí parado, viendo cómo se lo llevaban, pero así era como debía actuar, porque había hecho una promesa y Gabe era un hombre que cumplía con su palabra.

A veces había fallado en eso. Fallado de una manera que lo atormentaba por las noches, pero no volvería a hacerlo.

Les había prometido tres meses ininterrumpidos.

Y eso es lo que les iba a dar.

Mientras veía a los Rothchild regresar al restaurante, apretó tanto la mandíbula que empezó a dolerle. Los siguió con la mirada hasta que desaparecieron de su vista. Solo entonces contempló la hoja que tenía en la mano.

Cuando vio el dibujo de un cachorro en un papel de color azul, sintió la peor combinación de emociones posible: tristeza, orgullo, impotencia, esperanza. Una furia que jamás había experimentado. No tenía ni idea de cómo una persona podía sentir todo eso a la vez, pero a él le estaba pasando.

Esbozó una sonrisa irónica. Ese dibujo estaba lleno de talento. Una destreza auténtica. Por lo visto, el don que los De Vincent tenían para las artes se seguía transmitiendo de generación en generación.

Volvió a mirar las palabras que estaban escritas a mano con borrones. Ya las había leído tres veces, pero no pudo soportar leerlas una cuarta. No en ese momento. Tampoco quiso doblar la hoja para que no tuviera ninguna marca, así que la llevó tal cual, con mucho cuidado, hasta el lugar donde había dejado aparcado el coche.

—Gabriel de Vincent.

Frunció el ceño. Esa voz le resultaba familiar. Cuando se dio la vuelta vio a un hombre salir de detrás de una camioneta. Llevaba unas gafas de sol oscuras y cuadradas que le ocultaban la mitad del rostro, pero Gabe lo reconoció de todos modos.

Soltó un suspiro.

—Ross Haid. ¿A qué debo el honor de encontrarme contigo en Baton Rouge?

El periodista de *Advocate* lo saludó con una media sonrisa peculiar que Gabe supuso que era la que siempre le servía para acceder a lugares y a eventos en los que no tenía que estar.

—Ya sabes que nuestra sede está aquí.

—Sí, pero tú trabajas en la delegación de Nueva Orleans, Ross.

El hombre encogió un hombro mientras se acercaba a él.

—He tenido que venir a la sede. Un pajarito me dijo que un De Vincent estaba por aquí.

—¡Vaya, vaya! —Gabe no se tragó ese cuento ni por un segundo—. ¿Y el pajarito también te dijo que iba a estar en este restaurante?

La sonrisa de Ross se hizo más amplia mientras se pasaba una mano por el pelo rubio.

—¡Qué va! Encontrarte aquí solo ha sido pura casualidad.

¡Y una mierda! Ross llevaba un par de meses detrás de su familia, intentando encontrarse con alguno de ellos cuando salían de cena o estaban en algún evento, y pasándose por casi todos los malditos actos a los que cada uno de ellos asistía. Pero en casa, en Nueva Orleans, al reportero no le resultaba tan fácil acercarse a ellos. Bueno, al menos le costaba acercarse a aquel con quien realmente quería hablar, que no era otro que el hermano mayor de Gabe.

No hacía falta ser una eminencia para imaginarse lo que de verdad había pasado. Ross se había enterado de que Gabe estaba allí y se las había arreglado para encontrarse con él en el momento *oportuno*. Gabe solía tolerar las constantes preguntas de Ross. Hasta le caía bien y le gustaba su determinación, pero no ese día, cuando el secreto que no quería que la prensa descubriera se encontraba a escasos metros de allí.

Ross se bajó las gafas de sol y miró el coche de Gabe.

—Bonito trasto. ¿Es el nuevo Porsche 911?

Gabe alzó ambas cejas.

—El negocio familiar debe de ir bastante bien —continuó el reportero—. Aunque siempre ha ido bien, ¿verdad? Los De Vincent son ricos de toda la vida. La flor y nata de los millonarios.

El apellido De Vincent era uno de los que más se remontaba en el tiempo, vinculado incluso a la fundación del estado de Luisiana. Actualmente poseían las refinerías de petróleo más rentables del Golfo, inversiones inmobiliarias por todo el mundo, empresas de tecnología y, en cuanto su hermano mayor se casara, también controlarían una de las mayores compañías navieras del mundo. De modo que sí, los De Vincent eran muy ricos, pero el coche, y casi todo lo que Gabe tenía, lo había comprado con el dinero que él mismo había *ganado*, no con el dinero con el que había *nacido*.

—Algunos dicen que los De Vincent tienen tanto dinero que están por encima de la ley —Ross volvió a colocarse las gafas—. Y parece que no andan mal encaminados.

Gabe no tenía tiempo para eso.

—¿Por qué no dejas de andarte por las ramas y vas directo al grano? Me gustaría llegar a casa antes del año que viene.

La sonrisa del periodista se desvaneció.

—Ya que estamos aquí los dos, y teniendo en cuenta lo mucho que me cuesta conversar con vosotros, me gustaría hablar de la muerte de tu padre.

—¡Cómo no!

—No creo que fuera un suicidio —continuó Ross—. Y también me resulta tremendamente conveniente que el jefe Lyon, que había declarado que quería investigar el fallecimiento como un homicidio, terminara muerto en un terrible accidente de tráfico.

—¿Ah, sí?

La frustración de Ross era tan palpable que podría haber sonado como el chirrido de las langostas.

—¿Es todo lo que tienes que decirme al respecto?

—Más o menos. —Gabe sonrió de oreja a oreja—. Eso y que tienes una imaginación portentosa, pero estoy seguro de que no es la primera vez que lo oyes.

—No creo que mi imaginación pueda competir con todas las cosas en las que los De Vincent han estado involucrados.

Seguramente no.

—Está bien. No te voy a preguntar ni por tu padre ni por el jefe de policía. —Ross varió de postura mientras Gabe abría la puerta del conductor—. También me han llegado rumores sobre el personal que cuida la propiedad De Vincent.

—Estoy empezando a pensar que nos estás espiando. —Gabe colocó el dibujo bocabajo en el asiento del copiloto—. Si quieres hablar del personal, entonces será mejor que vayas a ver a Dev.

—Devlin no tiene tiempo para hablar conmigo.

—Ese no es mi problema.

—Parece que ahora sí.

Gabe se rio, aunque sin un atisbo de humor. Luego se hizo con las gafas de sol que había dejado en la visera.

—Te aseguro que no es mi problema, Ross.

—Eso es lo que piensas ahora, pero cambiarás de opinión. —El reportero contrajo un músculo de la mandíbula—. Tengo la intención de descubrir cada puto secreto que los De Vincent hayáis estado ocultando durante todos estos años. Y luego escribiré un artículo que ni vuestro dinero será capaz de silenciar.

Gabe negó con la cabeza y se puso las gafas.

—Me gustas, Ross. Sabes que nunca he tenido ningún problema contigo. Quiero dejar eso claro. Pero tienes que venir con algo mejor, porque lo que acabas de decir es un cliché como una catedral. —Apoyó la mano en el marco de la puerta del coche—. Seguro que eres consciente de que no eres el primer periodista que cree que puede sacar todos nuestros supuestos trapos sucios y mostrar al público lo que sea que crees que somos. Y tampoco vas a ser el último en fracasar.

—Yo nunca fallo —sentenció Ross—. Jamás.

—Todo el mundo comete errores. —Gabe se colocó detrás del volante.

—¿Excepto los De Vincent?

—Lo has dicho tú, no yo. —Miró al periodista—. ¿Quieres un consejo? Si yo fuera tú, buscaría otra historia que investigar.

—¿Y ahora es cuando me dices que tenga cuidado? —Curiosamente, la perspectiva parecía alegrarle—. ¿Cuando me adviertes que la gente que se mete con los De Vincent termina desapareciendo o algo peor?

Gabe sonrió mientras metía la llave en el contacto.

—Creo que no hace falta que te diga nada. Por lo visto estás muy bien informado de lo que pasa.

Nikki estaba en medio de la tranquila e impoluta cocina de la mansión De Vincent, diciéndose que no era la misma niña estúpida que casi se había ahogado en la piscina hacía seis años.

Lo que sí tenía claro, era que no era la misma imbécil que se había pasado años haciendo el ridículo, persiguiendo a un hombre adulto. Una obsesión que la condujo a llevar a cabo la peor idea de toda la historia.

Y mira que tenía un notable bagaje a la hora de tomar malas decisiones. Su padre decía que tenía un lado un poco salvaje que había heredado de su abuelo, pero a ella le gustaba culpar a los De Vincent de su inconsciencia. Tenían la extraña habilidad de conseguir que todos los de su alrededor se metieran de lleno en villa Temeridad.

Su madre decía que casi todas sus malas decisiones se debían a su *buen corazón*.

Nikki tenía la costumbre de recoger a cualquier criatura abandonada que se encontrara: perros, gatos, alguna que otra lagartija, incluso una serpiente. Y también a algunos humanos. Era una persona sensible que no solo no soportaba ver sufrir a nadie que le importara, sino que, a veces, también la afectaban un poco los problemas de los extraños.

Esa era la razón por la que evitaba ver la televisión durante las vacaciones de Navidad, con todas esas noticias conmovedoras sobre animales congelados o niños muriéndose de hambre en países en guerra. Y precisamente por eso odiaba todo lo relacionado con Nochevieja. Se pasaba toda la semana anterior y posterior medio deprimida.

Todavía había mucho de la antigua Nikki que había pisado por última vez esa casa. Seguía sintiendo empatía por los animales que no le pertenecían y se había hecho voluntaria de una protectora de la zona. Aún era incapaz de dar la espalda a alguien que necesitara ayuda y de vez en cuando se metía en algún problema, pero ya no era imprudente ni alocada.

No, eso se terminó por completo.

Se acabó la última vez que estuvo en esa casa, justo antes de marcharse a la universidad, hacía cuatro años. Ahora había vuelto. Nada había cambiado, pero al mismo tiempo, todo era diferente.

—¿Todo bien, cariño? —le preguntó su padre.

Cuando se volvió y se encontró con su padre, en la entrada de la enorme cocina, dejó a un lado su ensimismamiento y esbozó una amplia sonrisa. ¡Dios! Su padre empezaba a aparentar la edad que tenía, y eso era algo que le aterrorizaba. Hasta puntos insospechados. Sus padres la habían tenido ya mayores. Nikki solo tenía veintidós años y quería pasar otros cincuenta más con ellos.

Sabía que eso era imposible.

Sobre todo con lo que estaba sucediendo en ese momento.

Se obligó a dejar de pensar en eso.

—Sí. Solo... me resulta raro estar aquí después de tanto tiempo. La cocina es distinta.

—La remodelaron hace unos años —repuso él. Por lo visto, la mansión siempre estaba renovándose. Al fin y al cabo, ¿cuántas veces se había incendiado desde que se construyó? Había perdido la cuenta. Su padre respiró hondo y las arrugas de alrededor de su boca se le marcaron más. Se le veía muy cansado—. No sé si ya te lo he dicho o no, pero gracias.

Nikki hizo un gesto con la mano para restar importancia al asunto.

—No tienes que agradecerme nada, papá.

—Sí, claro que sí. —Se acercó a ella—. Fuiste a la universidad para dedicarte a algo mejor que esto..., cocinar y llevar una casa. Para convertirte en algo mejor.

Aquello la ofendió. Se cruzó de brazos y lo miró a los cansados ojos.

—No hay nada malo en cocinar y llevar una casa. Es un trabajo bueno, honesto. Un trabajo que me pagó los estudios. ¿Te acuerdas, papá?

—Estamos muy orgullosos de nuestro trabajo, no me malinterpretes, pero todo lo que hemos hecho tu madre y yo durante estos años ha sido para que tú tomaras un camino diferente. —Soltó un suspiro—. Por eso no te imaginas lo mucho que significa para nosotros que hayas venido a ayudarnos, Nicolette.

Sus padres eran los únicos que la llamaban por su nombre completo. Todo el mundo la llamaba «Nikki». Bueno, todos excepto cierto De Vincent que prefería no mencionar. Solo él la llamaba «Nic».

Sus padres llevaban trabajando para los De Vincent, una de las familias más ricas de Estados Unidos (y seguramente del mundo entero), desde mucho antes de que ella naciera. Crecer en esa casa le había resultado un poco raro, pues había estado al tanto de un montón de cosas extrañas de las que la gente no tenía ni idea y por las que pagarían una suma considerable de dinero por enterarse. En cuanto a ella, había sido como tener un pie en dos mundos completamente opuestos: uno de una riqueza insultante y otro de clase media.

Su padre era el mayordomo de la familia, aunque ella siempre había tenido la sensación de que hacía cosas para los De Vincent que no tenían nada que ver con lo que haría un mayordomo al uso. Su madre llevaba el día a día de la casa y se encargaba de preparar las cenas. A ambos les encantaba trabajar para aquella familia y sabía que su idea era seguir allí hasta el día en que murieran, pero su madre...

Sintió una dolorosa opresión en el pecho. Su madre no estaba bien. Su estado de salud había empeorado de la noche a la mañana; todo por culpa de la temida palabra que empezaba por «C».

—Si te soy sincera, esto me viene de perlas. Acabo de graduarme y trabajar aquí un tiempo me ayudará a aclararme un poco. —En otras palabras, a averiguar qué narices quería hacer con su vida: ¿ponerse a trabajar o hacer un máster? Todavía no lo tenía claro—. Además, quiero estar aquí mientras mamá pasa por todo esto.

—Lo sé. —A su padre le tembló un poco la sonrisa mientras le apartaba un mechón de pelo castaño de la cara—. Podríamos haber contratado a alguien más mientras tu madre...

—No, no podríais. —El mero pensamiento la hizo sonreír—. Sé lo raros que son los De Vincent y lo protectores que ambos sois con todos ellos. Sé cómo mantener la boca cerrada y no ver lo que se supone que no tengo que ver. Así os evito tener que preocuparos por tener un nuevo empleado que no sepa cerrar la boca y no ver lo que no tiene que ver.

Su padre enarcó una ceja.

—Han cambiado un montón de cosas, cariño.

Miró la encimera de mármol blanco con rayas grises y soltó un resoplido. Su madre la había puesto al tanto de todas las novedades durante una de sus sesiones de quimioterapia. Porque, ¿de qué otra cosa iban a hablar mientras le llenaban el cuerpo de un veneno que, con suerte, solo mataría las células cancerosas que tenía en el pulmón?

Y era verdad, en la mansión De Vincent se habían producido muchos cambios.

En primer lugar, el patriarca de la familia, Lawrence de Vincent, se había ahorcado hacía unos meses. Una noticia que la dejó estupefacta, pues siempre había pensado que ese hombre sobreviviría a un apocalipsis nuclear. Luego, por lo visto Lucian de Vincent vivía allí con su novia y estaban a punto de mudarse a su propia casa. Algo que la había dejado más boquiabierta todavía. El Lucian que ella recordaba era un auténtico mujeriego, al que le encantaba coquetear y que había dejado un sinfín de corazones rotos por todo Luisiana y por los estados circundantes.

Todavía no había conocido a su novia, ya que ambos estaban de viaje (es lo que tiene ser rico, que no sueles seguir un horario fijo), pero esperaba que fuera simpática y que no se pareciera en nada a la prometida de Devlin.

Puede que llevara cuatro años sin estar con los De Vincent, pero recordaba perfectamente a Sabrina Harrington y a su hermano, Parker.

Sabrina había empezado a salir con Devlin un año antes de que Nikki se fuera a la universidad. Durante todo ese tiempo, no había dejado de recibir comentarios despectivos y miradas de lo más desdeñosas por parte de ella. Sin embargo, podía lidiar con la prometida de Devlin. Si seguía siendo la misma de antaño, podría ser tan peligrosa como una serpiente de cascabel acorralada, pero Nikki no estaba entre las personas a las que Sabrina prestara mucha atención.

Parker, por el contrario...

Trató de no estremecerse, pues no quería preocupar a su padre, que la estaba observando atentamente.

Parker la había mirado muchas veces de la forma que le habría gustado que la mirara Gabe, sobre todo cuando se animó a dejar de usar bañador y pasarse al bikini.

En ese momento el hermano de Sabrina... hizo algo más que mirar.

Tomó una profunda bocanada de aire. No iba a pensar en Parker. No merecía que le dedicara ni un segundo de su tiempo.

Pero lo de Lawrence y la vida amorosa de Lucian no eran las únicas noticias que su madre le había contado. También le había puesto al tanto del regreso de Madeline, la hermana de los De Vincent, y de su posterior desaparición, algo de lo que la opinión pública no tenía ni idea. No conocía todos los detalles de esa historia, pero estaba convencida de que, como solía suceder siempre que se trataba de algo relacionado con esa familia, se trataría de algo digno de una telenovela.

Y también sabía que no debía hacer preguntas al respecto.

Su padre retrocedió un paso.

—Los muchachos están fuera.

¡Gracias a Dios y al Niño Jesús!

—Devlin debería estar de vuelta para la cena. Le gusta que la comida esté lista a las seis. Creo que la señorita Harrington le acompañará.

¡Vaya! Su agradecimiento a Dios y al Niño Jesús no le había durado ni cinco segundos. Reprimió el impulso de poner los ojos en blanco y fingir una arcada.

—De acuerdo.

—Gabriel sigue en Baton Rouge, o al menos eso es lo último que he oído. —Su padre continuó enumerándole los horarios de los hermanos mientras ella se preguntaba qué estaría haciendo Gabe en Baton Rouge. Tampoco le importaba. Le daba igual lo que hiciera el mediano de los De Vincent, pero sí sentía cierta curiosidad sobre si tenía algo que ver con su negocio de carpintería.

El tipo tenía un talento increíble con las manos.

Absolutamente increíble.

En ese momento le vino a la memoria el recuerdo no deseado de lo bien que se sentían esas palmas callosas sobre su piel y se puso roja. No. *No vas a pensar en eso. Ni de coña.*

Había muestras del talento de Gabe por toda la casa: los muebles, las barandillas, las molduras e incluso la cocina. Él se había encargado de diseñar y crear toda la carpintería. De pequeña, le fascinaba la idea de agarrar un trozo de madera y convertirlo en toda una obra de arte. Una fascinación que se había terminado convirtiendo en su gran afición.

Todo empezó durante una de esas largas tardes de otoño, cuando tenía diez años. Se encontró a Gabe fuera, tallando un trozo de madera, y como estaba muerta de aburrimiento, le pidió que le enseñara a hacerlo. Y él, en lugar de convencerla para que se fuera y lo dejara en paz, le entregó varios pedazos de madera y le mostró cómo usar el cincel.

Con el tiempo se volvió bastante buena, pero hacía cuatro años que no tocaba un cincel.

Volvió a prestar atención a lo que le decía su padre.

—Ahora mismo andamos un poco faltos de personal. Así que tu futuro inmediato está lleno de polvo. Devlin es muy parecido a su padre.

Estupendo.

Para ella eso no era ningún cumplido.

—¿Es por los fantasmas? —preguntó medio en broma—. ¿Han asustado a los empleados y por eso ya no quieren trabajar aquí?

Su padre la miró con cara de pocos amigos, pero Nikki sabía de sobra que sus padres creían que la mansión estaba encantada. Ni siquiera se atrevían a ir allí de noche salvo que se tratara de una emergencia. Ningún miembro del personal lo hacía, ya que todo el mundo de la zona conocía las leyendas sobre el terreno en el que se asentaba la propiedad De Vincent. ¿Y quién no había oído hablar de la maldición que se cernía sobre aquella familia?

En cuanto a ella, con todo el tiempo que había pasado en esa casa, sí que había visto y oído algunas cosas raras que no podían explicarse. Además, se había criado a pocos minutos de Nueva Orleans. Creía en lo sobrenatural, pero, a diferencia de su amiga Rosie, a la que conoció en la universidad, no estaba obsesionada con ello. Era de las que pensaban que si te comportabas como si los fantasmas no existieran, estos te dejaban en paz, y hasta ahora aquello le había funcionado de maravilla.

Aunque también era cierto que solo había pisado esa casa de noche una vez en su vida, y no había terminado precisamente bien. Así que quizá no le estaba yendo tan bien con eso de ignorar a los fantasmas, porque le gustaba pensar que esa noche la había poseído uno de esos entes que supuestamente vagaban por los pasillos y la había obligado a actuar de ese modo.

Nikki sabía muy bien cómo llevar la casa porque había pasado allí la mayoría de sus vacaciones de verano, observando cómo trabajaba su madre. De modo que, en cuanto su padre se fue, se puso en marcha enseguida.

Lo primero era conocer a los empleados actuales. *¿Cortos de personal? ¡Y una mierda!* El único personal que quedaba era su padre, el jardinero (que parecía pasarse todo el día cortando el césped o echando mantillo), el chófer y la señora Kneely, una mujer mayor que se encargaba del servicio de lavandería desde que Nikki era pequeña.

De hecho, en ese momento Beverly Kneely tenía su propio negocio de lavandería y solo iba a la casa tres veces por semana para encargarse de la ropa.

Según Bev, a quien se encontró en el gran recibidor de la parte trasera, recogiendo las prendas que tenían que lavarse en seco, casi todo el mundo había renunciado a su puesto en el último par de meses.

—Entonces, a ver si lo he entendido bien. —Nikki se retiró varios mechones de pelo que se le habían salido del moño alto que llevaba—. ¿Dices que los camareros y las señoras de la limpieza se fueron?

Bev asintió mientras su pecho subía y bajaba.

—Durante los tres últimos meses, tus padres han llevado todo el peso de la casa. Creo que toda esa carga de trabajo es lo que ha dejado agotada a la pobre Livie.

La ira se apoderó de ella. ¿Acaso los De Vincent no se habían dado cuenta de lo delgada y cansada que estaba su madre? ¿De lo rápido que se quedaba sin aliento?

—¿Por qué los De Vincent no contrataron a alguien que les echara una mano?

—Tu padre lo intentó, pero nadie quiere poner un pie en esta casa. No después de lo que pasó.

Frunció el ceño.

—¿Te refieres a lo de Lawrence? ¿A lo que hizo?

Bev cerró las bolsas.

—No es que eso no fuera lo suficientemente grave, pero no fue la gota que colmó el vaso.

Nikki no tenía ni idea de a qué se refería.

—Lo siento, creo que no estoy al tanto de los últimos acontecimientos. ¿Qué más ha pasado por aquí?

Bev miró a su alrededor y luego alzó ambas cejas y se dirigió a la puerta lateral.

—Ya sabes que las paredes tienen oídos. Si quieres saber qué sucedió, tendrás que preguntárselo a tus padres o a uno de los *chicos*.

Hizo una mueca. No iba a preguntárselo a los chicos.

Bev se detuvo en la puerta y miró hacia atrás.

—No creo que a Devlin le haga mucha gracia cómo vas vestida.

—¿Qué tiene de malo lo que llevo? —Eran unos vaqueros y una camiseta negra. Se negaba a vestirse como su madre o su padre. Su disposición a ayudarlos no incluía vestir con uniforme.

Bajó la mirada y vio el roto, justo debajo de las rodillas.

Soltó un suspiro.

Sí, seguro que a Devlin no le gustaban los vaqueros rotos, pero eso le daba igual. Lo que de verdad quería saber era qué había pasado en esa casa para que se marchara casi todo el personal.

Tenía que haber sido algo gordo.

No solo porque los De Vincent pagaban sueldos muy generosos, sino porque su padre no le había contado nada.

Y eso solo podía significar una cosa: había sido algo grave.

2

Era alrededor de la una y Nikki estaba terminando de limpiar la sala de estar más cercana al despacho de la primera planta. Estaba quitando el polvo a sillas que no tenían ni una mota de polvo, cuando sintió un hormigueo en la nuca. Tras quitarse una capa de sudor de la frente, se incorporó y se volvió hacia la puerta.

Y allí estaba Devlin de Vincent.

Su presencia la sobresaltó lo suficiente como para que casi se le cayera el trapo que tenía en la mano. Retrocedió un paso y chocó con los sólidos muebles que le recordaban a los de la época victoriana.

¡Dios bendito!

Durante todos esos años, había visto fotografías de Devlin en las revistas de cotilleos, pero no en persona.

Ahora se parecía tanto a su padre que se le puso la piel de gallina. Llevaba el pelo oscuro corto y pulcramente peinado. Tenía una belleza fría y distante, e iba vestido como si acabara de salir de una reunión de negocios, con unos elegantes pantalones y una camisa de manga larga, a pesar de que estaban en pleno septiembre y seguía haciendo un calor de mil demonios.

De pequeña, siempre le había dado un poco de miedo el mayor de los De Vincent, que ahora se acercaba inexorablemente a los cuarenta.

Sin embargo, ya no era una niña.

Devlin la miró de arriba abajo, examinándola de una forma que hizo que se sintiera como si fuera un mueble que él no sabía si dejar allí o guardar en el ático, donde las personas importantes y poderosas no pudieran verlo.

—Hola, Nikki. ¡Cuánto tiempo!

Nikki apretó el trapo que tenía en la mano y forzó una sonrisa.

—Hola, Dev.

Cuando usó su diminutivo, la expresión de Devlin cambió ligeramente, pero ella no supo si era porque le había hecho gracia o se había sentido molesto. Con ese hombre, nunca se sabía.

—Gracias por venir a ayudarnos mientras tu madre está convaleciente —dijo con una voz tan inexpresiva como su personalidad—. Espero que ya empiece a encontrarse mejor.

—Está... Va aguantando —replicó ella.

—Tu madre es una mujer muy fuerte. Si alguien puede superar esta enfermedad, es ella.

Puede que esa fuera la frase más amable que había oído jamás de la boca de Devlin.

Volvió a mirarla de arriba abajo.

—Sé que llevas mucho tiempo fuera, por tus estudios y todo eso, pero seguro que recuerdas que nuestros empleados llevan uniforme y no unos vaqueros andrajosos de segunda mano.

Ahí estaba. Don Capullo de Vincent arruinando el momento, como era habitual en él, hablando como si tuviera ochenta años, en vez de casi cuarenta.

Nikki enderezó la espalda.

—En realidad no son de segunda mano.

—¿Entonces los compraste así? —preguntó él con una sonrisa desdeñosa—. Quizá deberías pedir que te devolvieran el dinero.

Ella apretó los labios y reprimió el impulso de sacarle el dedo corazón.

—Lo siento. Nadie me dijo que tuviera que llevar uniforme.

Eso no era del todo cierto, pero daba igual.

Devlin ladeó la cabeza, un gesto que solía hacer su padre.

—Entiendo. Entonces tal vez deberías encontrar algo en tu armario que no haga que parezca que te estamos explotando, sobre todo cuando estás recibiendo un sueldo más que decente. No estás trabajando gratis.

Tomó una profunda bocanada de aire. *Dame paciencia.* Puede que la casa hubiera sufrido unas cuantas reformas y que Lucian ya no se follara a todo lo que se moviera, sin embargo, Devlin seguía siendo el mismo.

—Estoy segura de que encontraré algo que te parezca adecuado.

Ahí estaba otra vez. Esa ligera emoción que desapareció antes de que Nikki lograra descifrarla.

Y antes de darse cuenta, tenía a Devlin a menos de un metro de ella. Lo miró con los ojos abiertos. ¿Cómo se las había apañado para moverse tan rápido y de una forma tan silenciosa?

¿Acaso era un fantasma?

No, más bien era el diablo. Al fin y al cabo, ese era su apodo, como lo llamaban las revistas del corazón. *El Diablo.*

En ese momento lo tenía justo frente a ella y Nikki no era una mujer alta. Con su metro sesenta y ocho de estatura, le costaba no sentirse intimidada por un hombre de su tamaño, cerniéndose sobre ella.

—¿Me estás tomando el pelo, *Nicolette*?

¡Por Dios!

Lo maldijo por dentro y se echó la culpa por haber abierto la boca. Pero inmediatamente después, esbozó la sonrisa más deslumbrante que le había dedicado a alguien en su vida.

—Por supuesto que no. Lo decía en serio. Tengo pantalones mucho mejores que estos. Y estoy convencida de que serán de tu agrado.

Sus ojos, los típicos ojos De Vincent, se clavaron en los de ella.

—Me alegra oír eso.

Bueno. No parecía alegre. Para nada.

Devlin inclinó la barbilla hacia abajo y a ella se le pusieron los pelos de punta.

—No me gustaría tener que hablar con tu padre sobre tu comportamiento.

A ella tampoco.

—¿Recuerdas lo que pasó la última vez? ¿La *única* vez? —preguntó él—. Porque yo sí.

¡Oh! Claro que lo recordaba. Tenía diecisiete años, había abierto el mueble bar cuando su madre no miraba y se había bebido su carísimo wiski, solo para demostrar que ya no era una niña. Ahora se daba cuenta de que en realidad sí había sido una niña, pero no estaban hablando de eso. Y luego había respondido de malos modos a Devlin, cuando este le pidió que dejara de seguir a Gabe como si fuera un «cachorro perdido y hambriento».

Ese hombre tenía un don a la hora de escoger las palabras.

—Lo recuerdo. —Su sonrisa empezó a desvanecerse—. Aunque en mi defensa he de decir que iba un poco borracha y, por tanto, no era plenamente consciente de mis actos. —Al ver que él enarcaba una ceja oscura, cuadró los hombros—. Y también que no iba detrás de tu hermano, así que no me sentó nada bien tu comentario.

—Te pasabas todo el día pegada a mi hermano como una lapa menor de edad que era incapaz de comprender por qué un hombre adulto no podría sentir la menor atracción por una adolescente.

¡Por todos los santos, estaba yendo directo al grano y sin demostrar el más mínimo tacto!

—Yo...

No tenía ni idea de qué responder a eso. Porque era cierto. Todo lo que le había dicho era cierto.

Desde que Gabe la sacó de la piscina y la defendió de Devlin, se había pasado la mayor parte de su tiempo libre acechando al mediano de los De Vincent y tratando de llamar su atención. Por alguna estúpida razón, cuando era adolescente no creía que la diferencia de edad fuera tan importante.

¡Dios! Había sido una imbécil.

Había estado completamente loca al no darse cuenta de que la diferencia de edad era un factor *crucial,* porque además era una diferencia de edad cuantiosa. Cuando él la salvó de morir ahogada, Gabe tenía veintiséis años. Era un hombre adulto, frente a una cría de apenas dieciséis años. Habría sido algo asqueroso.

Pero su cabeza de adolescente controlada por las hormonas la había convencido de que, cuando cumpliera los dieciocho, Gabe caería rendido a sus pies.

Para ser sinceros, Gabe nunca había hecho nada que le diera ningún indicio de que pensaba en ella de una forma que fuera considerada inapropiada o ilegal, pero ella..., bueno, había sido joven y tonta y, por primera vez en su vida, estaba enamorada.

—¿Puedo ser franco contigo, Nikki?

Ella parpadeó.

—Por supuesto.

—Cuando supe que ibas a sustituir a tu madre mientras estaba convaleciente no me hizo mucha gracia.

¡Vaya! ¿Qué se suponía que tenía que decir ahora? ¿Gracias?

—Ir a la universidad fue lo mejor que pudiste hacer en su momento. Si te hubieras quedado aquí, te habrías metido en un montón de problemas. —Hizo una pausa—. O a mi hermano.

Bueno, en realidad no se marchó antes de que *eso* sucediera.

Empezó a ponerse tan roja que sintió que le ardía la cara.

Devlin bajó la barbilla.

—Espero que tu intención no sea continuar donde lo dejaste.

Se le secó la boca y el corazón le dio un vuelco.

—No sé de qué estás hablando.

—Venga, sabes que eso no es verdad. —Su voz se tornó más grave—. En cuanto te diste cuenta de que te gustaban los chicos, empezaste a pavonearte por esta casa cada vez que Gabe andaba por aquí.

Tenía la cara a punto de estallar en llamas, porque era la pura verdad. Había hecho todo lo posible para llamar la atención de Gabe. A veces le había funcionado, aunque la mayor parte del tiempo no.

—En cuanto a las clases de natación... —continuó él para su horror. No era algo que quisiera recordar. Todavía no había tenido el valor de echar un vistazo a la piscina—. No fue tan malo cuando tenías el cuerpo de un niño delgaducho.

¡Oh, Dios mío!

—Pero a medida que te desarrollabas, las telas de tus bañadores se hicieron más escasas. —Devlin no mostró expresión alguna en el rostro—. Nos gustase o no, todos nos dimos cuenta de eso. Aunque no deberíamos haberlo hecho.

De pronto volvía a tener dieciséis años y lo único que quería era hundirse de nuevo en esa piscina.

—Era una adolescente, Devlin.

—¿Y no lo sigues siendo? ¿Qué edad tienes? ¿Veintidós? —Lo había adivinado—. No eres mucho mayor. Sigues siendo una cría, aunque una que ahora es mayor de edad.

Se cruzó de brazos para contener el impulso de arrojarle el trapo a la cara y respiró hondo varias veces antes de estar segura de que no iba a soltar ningún improperio.

—Ya no soy una adolescente que suspira por un chico mayor que ella. Confía en mí.

—No lo hago.

Lo miró fijamente durante un rato, sin saber cómo continuar.

—No sé qué es lo que quieres que te diga. —Y era cierto—. No estoy aquí por Gabe. He venido para ayudar a mis padres. Si mi presencia te supone un problema tan grande, entonces tendrás que contratar a otra persona. Estoy segura de que mi padre lo entenderá.

Devlin se quedó callado un instante.

—Tú sabes... cómo funcionan las cosas por aquí y lo que se espera de ti.

—Así es. —Lo único que quería era que dejara de arderle la cara y que esa conversación se terminara de una vez.

El mayor de los De Vincent la miró con atención.

—Ahora mismo, lo último que mi hermano necesita es otra complicación.

¿Otra complicación? ¿Qué significaba eso? Se le encogió el estómago.

—¿A qué te refieres? ¿Le ha pasado algo?

Por lo visto, sus palabras no fueron las más acertadas, porque Devlin entrecerró los ojos. Nikki no se arrepentía de la pregunta. Aunque se sentía como una auténtica imbécil cada vez que pensaba en Gabe y no tenía ganas de volver a verlo, seguía preocupándose por él.

¿Cómo no iba a hacerlo?

Gabe le estaba completamente vedado, siempre lo había estado, pero... habían sido amigos. A pesar de su diferencia de edad, él la había respetado. Se había portado muy bien con ella y solía traerle batidos, sorprendiéndola con sabores diferentes. A veces los hacía él mismo. Otras, cuando volvía de la ciudad y sabía que estaba en casa, se los compraba en su tienda favorita. Incluso la había apoyado en más de una ocasión.

Sin embargo, ella lo había estropeado todo, así que Devlin no tenía que preocuparse por sus intenciones hacia Gabe. Él no iba a recibirla con los brazos abiertos y Nikki haría todo lo que estuviera en su mano para evitarlo.

—Espero que nos hayamos entendido —dijo por fin Devlin sin responder a su pregunta.

—No te quepa la menor duda.

Él no se movió de su sitio.

—Me alegro.

Nikki asintió lentamente, esperando que aquella conversación tan incómoda hubiera terminado y así poder retirarse a algún lugar tranquilo para poder fustigarse por sus errores del pasado.

—Dev —dijo una voz desde el pasillo—, ¿dónde coño estás?

En cuanto oyó esa voz se le detuvo el corazón. No. ¡Oh, Señor, no!

—Hablando del rey de Roma —farfulló Devlin antes de mirar al techo. Nikki estaba a punto de hiperventilar, quizás hasta se desmayara—. Gabe, no sabía que volvías hoy a casa.

—Cambio de planes. —La voz cada vez estaba más cerca.

Nikki miró a su alrededor con desesperación, en busca de un lugar donde esconderse. ¿Creerían que estaba loca si se metía detrás del sofá en el que no se sentaba nadie nunca? Seguro que sí, pero no estaba preparada para ver a Gabe.

No después de la conversación que acababa de tener.

Pero era demasiado tarde.

No había ningún lugar en el que ocultarse y Devlin ya se estaba dando la vuelta. Sus hombros eran tan anchos que le impedían ver la puerta. Aun así, cerró los ojos.

Puedo hacerlo.

No es tan grave.

Ya no soy una adolescente.

Aquellas palabras de aliento no la estaban ayudando mucho.

—¿Qué estás haciendo aquí? —preguntó Gabe. ¡Dios! Su voz seguía siendo la misma que recordaba. Profunda. Tranquila. Con un ligero acento—. ¡Oh! Tienes compañía. —Se le escapó una risa de sorpresa—. Siento molestar.

La idea de que Devlin y ella pudieran estar juntos casi la hizo soltar una carcajada, pero logró sofocarla porque seguramente sonaría un poco histérica.

—Sí, tengo compañía. —Devlin se hizo a un lado. Nikki no veía nada, porque seguía con los ojos cerrados, pero lo supo porque lo sintió moverse.

Entonces se hizo el silencio.

Y al cabo de unos segundos, la misma voz soltó:

—¡Mierda!

3

Nikki abrió los ojos al instante, y se arrepintió de inmediato, porque ahora podía verlo.

Hacía años que no lo veía, ni siquiera se había permitido el lujo de mirar una foto suya. Quizá debería haberlo hecho, porque así no tendría que lidiar ahora con esos sentimientos encontrados. Por un lado, quería saltar sobre él como una perra en celo y, por otro, salir de allí como alma que lleva el diablo.

El caso era que no podía apartar la vista de él.

¡Dios! Gabe era... muy guapo. Pero guapo de una forma salvaje y masculina. Estaba como lo recordaba, aunque también había mejorado más si cabía. Parecía más alto, tenía los hombros más anchos y los músculos de los brazos más marcados.

Los años le habían tratado bien. En ese momento tenía treinta y dos y la única señal del paso del tiempo eran unas tenues arrugas de la sonrisa y en los bordes de aquellos impresionantes ojos azul verdoso. Tenía unos pómulos altos y angulosos, típicos de la familia De Vincent, al igual que la nariz romana y los exuberantes labios.

¡Cielos! Todavía llevaba el pelo largo. El cabello castaño oscuro, casi negro, le rozaba los hombros. Una ligera barba cubría la fuerte mandíbula, como si no se hubiera afeitado en uno o dos días. Iba vestido de una manera mucho más informal que su hermano, con un par de vaqueros oscuros y una camisa azul claro que llevaba parcialmente desabotonada. E iba descalzo.

Nikki esbozó una media sonrisa.

Gabe siempre iba descalzo.

—¿Nic? —Él rodeó una silla. La estaba mirando como..., bueno, como si no estuviera seguro de que era ella.

Si bien Gabe se había mantenido más o menos igual, ella había cambiado mucho en los últimos cuatro años. Ya no era la chica de dieciocho años que había huido de él llorando.

Se detuvo a un metro de ella, mirándola todavía como si fuera fruto de su imaginación. La estudió de arriba abajo, desde el moño alto, ahora despeinado, hasta sus Vans decoradas con llamas. La forma como la observaba no tenía nada que ver con la de su hermano. Casi podía sentir esos ojos deteniéndose en sus caderas más redondeadas y en sus pechos más llenos. Un rubor tan inesperado como delicioso la recorrió por completo.

Muy mal, Nikki. Muy mal.

Aunque la mirara como siempre había querido que lo hiciera, ya no significaba nada. Para ella ese hombre solo era un estúpido enamoramiento de adolescente. Nada más.

Así que se obligó a recuperar la compostura.

Cuando sus miradas volvieron a encontrarse, levantó la mano que tenía libre y le saludó con un gesto del dedo.

—Hola.

—¿Hola? —repitió él con un lento parpadeo. Tenía unas pestañas asombrosamente largas.

Nikki tragó saliva y volvió a intentarlo.

—Hola.

Devlin, que continuaba a su lado, soltó un sonoro suspiro.

—¿Pasa algo? —Gabe los miró alternativamente—. ¿Le ha sucedido algo a Livie?

Nikki se volvió hacia Devlin muy despacio. ¿Acaso no le había dicho nada a Gabe? ¿Pero qué narices...?

—Estoy sustituyendo a mi madre mientras se somete al tratamiento. ¿No lo sabías?

Por la forma en que Gabe la miró, le quedó claro que no. No tenía ni idea de por qué Devlin no le había contado a su hermano ese pequeño detalle.

—No —respondió Gabe con tono seco—. Nadie me ha dicho nada.

¡Qué cosa más rara! Miró a Gabe, pero enseguida sintió una sensación de malestar en la boca del estómago y apartó la mirada. Él seguía con la vista clavada en ella.

—Me parece que Nikki tiene mucho trabajo que hacer —dijo Devlin con total tranquilidad.

Nikki se aferró a aquella oportunidad para escapar de allí como si fuera el último salvavidas del Titanic. Miró fijamente a la puerta y se dirigió allí completamente decidida, pero cuando pasó por delante de él, no pudo evitarlo. Fue como si no tuviera ningún control sobre sus ojos.

Volvió a mirarlo y se dio cuenta de que seguía con los ojos en ella. Ni siquiera estaba segura de que hubiera parpadeado.

—Me alegro de volver a verte, Gabe.

Listo.

Por fin lo había soltado y casi había parecido sincera.

Por desgracia, eso no era del todo cierto.

En sus treinta y dos años de vida, solo se había quedado mudo de asombro en dos ocasiones.

Y una había sido esa.

Seguía mirando la puerta por la que había salido Nic, completa y absolutamente conmocionado.

—¿De verdad era ella?

Dev hizo un sonido a medio camino entre una risa y un ataque de tos.

—La pequeña Nikki ya no es una niña, ¿verdad?

La pequeña Nikki no había sido precisamente una niña la última vez que la había visto, pero tampoco tenía *ese* aspecto.

¡Joder! La última vez que la vio no tenía ese trasero ni esas tetas.

¿Pero qué cojones? ¿De verdad había pensado eso?

El asco le revolvió las entrañas. No quería... No podía pensar en sus tetas o en su trasero. Ni siquiera reconocer que ahora eran más grandes, por la forma en la que estiraban esa camiseta, y cómo se ceñían los vaqueros a...

¡Mierda!

Daba igual que ahora tuviera más de veinte años. *Poco* más de veinte años.

¡Joder! Nic siempre había sido una chica mona. Flaca y un poco torpe, pero mona. Y ahora... ahora era una preciosidad.

Estuvo a punto de echarse a reír.

Se acordó de todo ese rollo de lo mucho que tardaban algunas personas en desarrollarse y se dio cuenta de que era cierto. Durante esos años, su cara se había vuelto más llena y por fin hacía juego con esos enormes ojos marrones y esa boca ancha tan expresiva.

Había pasado de ser mona a ser una belleza letal.

No se podía creer que estuviera allí. Se obligó a volverse hacia su hermano.

—¿No hemos podido encontrar a nadie más?

Porque cualquier otra persona habría sido una mejor opción.

Dev enarcó una ceja y se cruzó de brazos.

—Como bien sabes, últimamente nos ha costado retener al personal.

—Eso era verdad—. Y después de lo que pasó, cuando Richard me planteó la idea de que Nikki sustituyera a su madre, no me quedó otra que aceptar. Ella ya tenía pensado venir a casa para estar con su madre. Además, sabe cómo ocuparse de sus propios asuntos y mantener la boca cerrada.

Gabe apretó los dientes. Sí, sabía perfectamente que Nic podía mantener la boca cerrada. Levantó una mano y se la pasó por el pelo. ¿Y ahora qué? Sinceramente, no tenía ni idea de qué hacer ante este nuevo giro de los acontecimientos. Como si no tuviera ya suficientes problemas en su vida.

Había pensado que nunca volvería a ver a Nic, al menos no tan de cerca. Quizá de lejos, porque la distancia siempre proporcionaba seguridad.

¡Mierda!

¿Cuántos años tenía ahora?

Enseguida hizo las cuentas en su cabeza. Veintidós. Su cumpleaños estaba al caer. En noviembre. De modo que tendría veintitrés en breve. Lo que recordaba de sus veintitrés era estar todo el día de fiesta, follando siempre que podía. De eso hacía una eternidad.

De pronto, le vino a la cabeza una pregunta totalmente absurda. ¿Seguía Nic haciendo pulseras y collares de madera? Esperaba que sí; tenía un talento innato.

—¿Te supone algún problema? —preguntó Devlin en voz baja.

Frunció el ceño y bajó la mano.

—No. ¿Por qué iba a suponérmelo?

—Buena pregunta.

Miró a su hermano mayor con los ojos entrecerrados. Era imposible que Dev lo supiera. Ni siquiera había estado en casa aquel fin de semana aciago de hacía cuatro años, cuando Gabe había cometido el segundo error más grande de su vida.

Pero también era cierto que a su hermano se le pasaban muy pocas cosas.

—Has tenido una reacción muy rara e intensa al verla —señaló Dev.

—Me ha sorprendido, nada más. —Y en sentido estricto era verdad—. No me esperaba verla. Lo primero que se me ha pasado por la cabeza ha sido que le había pasado algo a Livie.

Dev lo miró en silencio un momento.

—Pensaba que no volvías hasta el jueves.

—Esa era la idea —suspiró él. Volvió a mirar hacia el umbral de la puerta. ¡Joder!—. Pero al final decidí acortar el viaje.

—¿Las cosas no están yendo como nos gustaría en Baton Rouge?

Gabe hizo un gesto de negación con la cabeza. Probablemente había estado muy mal por su parte. No, probablemente no, había estado fatal, pero ni siquiera había pensado en su viaje a Baton Rouge. Desde que había visto a Nic, su cabeza había estado en otra parte.

—Y no les puedo culpar por ello. En primer lugar, me hicieron un favor al llamarme, pero no puedo pretender que, después de cinco años, me dejen entrar en su vida así como así.

—Podemos obligarlos.

Gabe lo miró fijamente.

—¡Joder, no! No vas a meter tus narices en esto, Dev. Es *mi* vida. Son mis asuntos. No tiene nada que ver con la familia.

—Tiene que ver todo con nuestra familia. William es...

—No. —Lo interrumpió. Miró a su hermano y se le enfrió el corazón—. Estoy resolviendo esto de la mejor manera que sé, Devlin. Esto no te incumbe.

Vio cómo Dev apretaba la mandíbula. Era raro que su hermano mostrara un atisbo de emoción y, por un instante, pensó que no dejaría el asunto así como así.

—Y ahora que lo recuerdo —continuó Gabe—, antes de salir de Baton Rouge, me topé con Ross Haid.

Dev adoptó una expresión de desagrado durante un instante.

—A ver si lo adivino. Quería hablar sobre nuestro... ¿padre?

—Y sobre el jefe de policía. Y de por qué nos está costando tanto contratar personal de servicio.

—¡Cómo no! —murmuró Dev—. Ese hombre está empezando a convertirse en una molestia, lo que significa que...

—Que tenemos que ignorarlo —terminó Gabe, sosteniendo la mirada a su hermano—. Simplemente ignorarlo. Al final cejará en su empeño, Dev. Eso es todo lo que tenemos que hacer.

—Eso era exactamente lo que iba a decir —repuso Devlin con una diminuta sonrisa en los labios. Gabe estuvo a punto de decirle que no se lo creía—. Por cierto, Sabrina va a venir a cenar esta noche.

¡Jesús!

¿Qué más podía ir mal ese día?

Bueno, por lo menos sabía que no cenaría allí, porque incluso estando en otro planeta, no estaría lo suficientemente lejos de la prometida de Dev.

De pronto, un pensamiento le vino a la cabeza.

—¿Nic servirá la cena?

—Como no tenemos personal suficiente, ella se va a encargar de todas las tareas de la señora Besson.

Y eso significaba que serviría la cena... y a Sabrina.

¡Mierda!

Nikki contempló el interior del gran horno, con las manos apoyadas en la puerta de cristal. Oyó cómo le gruñía el estómago. El sándwich de jamón y queso que se había preparado antes de la conversación más incómoda del mundo con Devlin no había sido suficiente para saciar su hambre. Hacía horas que había comido su escaso almuerzo.

El pollo olía de maravilla. A hierbas, a mantequilla y a comida casera. Y por lo que podía ver, la piel se estaba tostando a la perfección.

¡Dios! Tenía tanta hambre.

También se acordó de todas las tardes que pasó sentada en un taburete, observando a su madre cocinar para los De Vincent. Vale, los taburetes no eran los mismos. Los de ahora eran más nuevos, de un elegante diseño gris con un asiento acolchado, pero estar en esa cocina, en esa casa, hacía que volviera a sentirse como una niña.

Tenía que reconocer que era una cocinera excelente, y todo gracias a su madre. Además, le encantaba cocinar; algo que no había podido hacer mucho en la residencia de Tuscaloosa o en el pequeño apartamento en el que había vivido el último año de universidad. Así que, cuando volvía a casa por vacaciones, se metía corriendo con su madre en la cocina y preparaban estofados, tartas y un montón de delicias más.

Pero esa cocina no se parecía en nada a la cocina de su casa. En realidad era del mismo tamaño que toda la planta baja de la casa de sus padres.

Apoyó la nariz contra el cristal caliente. ¿Quién necesitaba una cocina tan grande? Los De Vincent, cómo no. Su casa era descomunal. Tenía tres plantas y dos alas a cada lado de la parte principal. Había tantos dormitorios que ya había perdido la cuenta y más estancias de las que nadie podría usar.

La propiedad De Vincent había sido reconstruida y remodelada un sinfín de veces. Sin embargo, todavía reflejaba el estilo de ese pasado al que algunas partes del Sur seguían aferrándose con desesperación. A cada planta se accedía a través de unas galerías que rodeaban toda la casa. Sabía que todos los hermanos tenían sus habitaciones y entradas privadas. Eran como unos apartamentos con sus salas de estar, cocinas, dormitorios y baños. En realidad, esas zonas privadas eran más grandes que la mayoría de los apartamentos.

Según le había dicho su padre, Gabe y Dev vivían en el ala derecha y Lucian y su novia en la izquierda.

El resto de los dormitorios estaban vacíos, al igual que los de los finados señor y señora De Vincent (sí, cada uno había dormido en habitaciones separadas). Suponía que ninguno de sus hijos quería mudarse allí.

Por suerte, solo tenía que limpiar sus habitaciones una vez por semana. Y no le tocaba hasta el viernes que viene. No tenía la menor gana de entrar en el apartamento de Gabe.

La última vez que había estado allí, se había agarrado al collar que había hecho para él y...

Se sonrojó y se estremeció por dentro al mismo tiempo.

Volvió a recordar el incómodo reencuentro. Gabe la había mirado como..., ¡Dios!, ni siquiera estaba segura. Pero no había sido para nada bueno y ella no debería...

—¿Qué estás haciendo?

Soltó un chillido, pegó un salto hacia atrás, separándose del horno y se dio la vuelta. El corazón se le subió a la garganta.

Gabe había entrado en la cocina.

—¿Por qué os pasáis todo el rato acercándoos a la gente sin hacer el menor ruido y dándoles un susto de muerte? —Se llevó una mano al corazón—. ¡Jesús!

Gabe curvó los labios como si fuera a sonreír, pero debió de pensárselo mejor y no lo hizo.

—Tampoco he sido tan silencioso.

—No te he oído.

—¿Tal vez porque parecía como si estuvieras intentando meter la cabeza en el horno?

Sintió el rubor ascendiendo por sus mejillas.

—La puerta está cerrada, así que no habría tenido mucho éxito.

—No, desde luego que no.

Nikki se dispuso a soltar un suspiro, pero cuando sus ojos se encontraron con los de Gabe, se le quedó atascado en la garganta. La estancia se quedó sumida en el silencio. Gabe no dijo nada. Ella tampoco. Simplemente se quedaron allí de pie, mirándose el uno al otro. No parecía muy hostil, pero tampoco especialmente amable y cariñoso.

A medida que el silencio se prolongaba, empezó a ponerse tensa.

—La cena huele fenomenal —dijo Gabe de repente—. ¿Es pollo asado?

Ella se sobresaltó.

—Mmm... Sí. —Se volvió hacia la encimera en la que acababa de terminar de pelar las patatas—. Con patatas. También he hecho una ensalada y panecillos... con mantequilla.

¿Panecillos... con mantequilla?

Tuvo que hacer acopio de todas sus fuerzas para no poner los ojos en blanco.

Él dio un paso adelante, quizá dos o tres, pero se detuvo como si estuviera frente a un perro rabioso. Volvieron a quedarse callados un instante.

—Tu pelo... —Gabe ladeó la cabeza—. Es distinto.

—Sí. —Su color natural era un castaño bastante soso, pero luego conoció a un peluquero increíble en Tuscaloosa que convirtió su cabello en una mezcla de distintas tonalidades de rubios y castaños, usando una técnica llamada *balayage*—. Básicamente son mechas, reflejos y demás chorradas.

—Chorradas. —Se fijó en su moño.

Incómoda, se puso a mirar a su alrededor.

—Y ahora lo llevo largo. Bastante más largo.

Él levantó las cejas.

¿Por qué le estaba hablando de la longitud de su pelo? Estaba siendo la conversación más tensa que había tenido en su vida. Y eso era..., bueno, era muy triste. Lo miró de reojo. Antes no había sido así. Antes de que ella lo estropeara todo, él solía gastarle bromas y preguntarle sobre sus estudios. En definitiva, le hablaba como si pudiera soportar estar en la misma habitación que ella.

Tenía que poner fin a esa conversación cuanto antes. Y también tenía que encontrar una manera de trabajar allí sin encontrarse con Gabe. La casa era lo suficiente grande como para conseguirlo.

—Tengo que volver a...

—¿A pegar la cara en la puerta del horno?

Dejó caer los hombros.

—En realidad, tengo que terminar las patatas. Así que, si me perdonas... —Empezó a darse la vuelta, rezando para que la dejara en paz.

—¿Ya está? ¿Eso es todo lo que tienes que decirme? Porque yo tengo que decirte un montón de cosas —dijo él—. Ni en un millón de años esperaba volver a verte aquí.

Nikki se enderezó como si acabaran de meterle una barra de hierro por la columna. ¡Oh, Dios!

Se le cerró la garganta.

—Tenemos que hablar.

—No —respondió ella de inmediato—. No tenemos que hablar de nada.

—Tonterías —espetó él.

Oyó la voz de Gabe tan cerca que se dio la vuelta por instinto.

El mediano de los De Vincent estaba ahora de pie, en el extremo de la enorme isla central, a menos de un metro de ella. Nikki miró la puerta de la cocina con el corazón a punto de salírsele del pecho.

—No va a venir nadie —explicó Gabe como si le leyera la mente. Ella volvió a mirarlo—. Dev está en la segunda planta y tu padre está fuera con el jardinero. Nadie va a oírnos.

Se vio invadida por una extraña mezcla de sensaciones. Una de ellas se la produjo el escalofrío que le recorrió la columna. La otra, el ardiente hormigueo que danzó sobre su piel.

Gabe continuó acercándose a ella hasta que se detuvo justo enfrente, a escasos centímetros de su rostro. Nikki jadeó, captando el aroma fresco y limpio de su colonia. Un olor que le recordaba a las tormentas, a *esa* noche.

Aquello era lo último que quería que le recordaran.

Al igual que su hermano, era una buena cabeza más alto que ella, así que, en ese momento, tenía los ojos clavados en el pecho de él. Menos mal que llevaba una camisa.

—Yo... no quiero hablar —logró decir.

—Pero yo sí.

—Gabe...

—Me lo debes.

Se estremeció por dentro mientras apretaba los labios. Él tenía razón. Le debía esa conversación.

—De acuerdo.

Volvieron a quedarse callados unos segundos y luego Gabe le preguntó con un susurro tan bajo que no estuvo segura de oírlo bien:

—¿Te hice daño esa noche?

4

—¿Qué? —jadeó ella, alzando la vista hasta la cara de Gabe.

Él la miró fijamente. Bueno, más bien la fulminó con la mirada.

—Vi las sábanas después de que te fueras. Tenían sangre.

¡Por Dios! Primero se puso pálida y después el rubor regresó tan rápido a sus mejillas que temió que le fuera a dar un ataque al corazón. En ese momento, le pareció algo perfectamente posible.

—¿Te hice daño? —insistió él.

—No.

No le estaba mintiendo. No del todo. Sí le dolió, pero por lo que supo después, era algo que solía pasar la primera vez.

Una expresión de alivio cruzó el rostro de Gabe antes de cerrar los ojos.

Nikki tomó una profunda bocanada de aire.

—Solo... Ya sabes... —titubeó ella.

—No. —El alivio desapareció, reemplazado por la ira—. No lo sé, Nic.

¿En serio? Apartó la mirada. Se dijo a sí misma que era una persona adulta y que podía mantener esa conversación. Porque él tenía razón. Se lo debía.

—Era virgen...

—Sí, eso más o menos me lo imaginaba —la interrumpió él con un tono tan duro que podría haber partido una tabla—. Me pareció que había más sangre de lo normal, pero tampoco tengo por costumbre acostarme con vírgenes, así que no tenía mucho con lo que comparar.

Nikki se estremeció. Por supuesto que no solía hacer eso. Gabe era un buen tipo. Uno de los *mejores*.

—No sé qué decirte, pero no me hiciste daño.

Gabe apretó la mandíbula.

—No me lo creo.

Ella alzó la vista y clavó los ojos en su hombro.

—No me lo hiciste, Gabe.

Él agachó la cabeza y colocó las manos en la encimera, a ambos lados de sus caderas. En un instante, había invadido por completo su espacio.

—No recuerdo mucho de esa noche. —La miró fijamente.

Nikki volvió a estremecerse porque ella sí recordaba todo lo que había sucedido. *Todo*. Menuda ironía del destino, ¿verdad? Esa noche había sido todo lo que siempre había querido, pero él no se acordaba de casi nada.

Ni siquiera se había dado cuenta de que estaba con *ella*.

—Solo algunas partes —continuó Gabe—. Lo que sí recuerdo es que estoy convencido de que no te traté como se supone que debes tratar a una chica en su primera vez.

Eso también era verdad. Gabe no se había reprimido en absoluto, y no era precisamente pequeño. Había sido una experiencia, cuanto menos, intensa.

—De modo que, cuando pienso en esas partes que recuerdo y en la sangre... Sí, no puedo evitar preguntarme si te hice daño.

Nikki sacudió la cabeza.

—No me lo hiciste. —Bajó la vista hasta la mano derecha de él. Se estaba agarrando con tanta fuerza al borde de la encimera que tenía los nudillos blancos—. Gabe, no sabes lo mucho que lo...

—¿Sientes? —Terminó él en un susurro—. ¿De verdad me estás pidiendo perdón?

—Bueno, sí. De hecho, también te lo pedí esa misma mañana. Y muchas veces, si mal no recuerdo...

—¡Oh! De eso sí me acuerdo. —Sus ojos eran como dos témpanos de hielo—. Pero no creo que una disculpa sea suficiente para lo que pasó.

No lo era. De ningún modo.

—Pero necesito pedírtelo. —Se obligó a mirarlo a los ojos—. Lo siento. No te imaginas cuánto lo siento.

Gabe permaneció impasible. Nikki tampoco había esperado que sus disculpas lo conmovieran.

—¿Eres siquiera consciente de lo mal que podrían haber salido las cosas?

—Yo...

—No —la atajó él. Ella se quedó callada—. No me has dado la oportunidad de hablar contigo en estos cuatro años. Ni una sola vez. Intenté llamarte para asegurarme de que estabas bien. Pero cuando te marchaste a la universidad, desapareciste de la faz de la tierra y nunca volviste.

—¿No era eso lo que deseabas? —preguntó ella—. Porque estoy segura de que esa mañana hubo un momento en que no querías volver a verme la «puta cara». —Se le formó un nudo en la garganta. Todavía le dolía recordar la forma en que la había mirado, el profundo asco en su expresión—. Eso fue lo que me dijiste.

Él no le dijo nada.

—También recuerdo que me dijiste que des...

—Recuerdo eso —siseó él.

—Entonces, ¿por qué me estás preguntando todo esto cuando en realidad no quieres hablar conmigo? —replicó ella. Estaba empezando a enfadarse. Sabía que lo que hizo estaba mal, más que mal, pero la ira continuaba creciendo en su interior. ¿De verdad Gabe había esperado que respondiera a sus llamadas? ¿Después de todo lo que le había dicho? ¿Después de que él mismo viera lo devastada que se quedó? Era imposible que le hubiera hablado. Se sentía avergonzada. Humillada. Y lo más importante de todo, se le había roto el corazón en un millón de pedazos.

—Pero ahora has vuelto —dijo él—. Has irrumpido en mi vida como si no hubiera pasado nada.

—No he actuado como si nada hubiera pasado ni he irrumpido en...

—¿Te das cuenta de lo que podría haberme pasado si alguien nos hubiera encontrado?

Nikki jadeó y abrió los ojos como platos.

—Tenía dieciocho años, Gabe. No era menor de...

—Eso da igual. Seguías siendo una cría...

—*No* era una cría. Tenía dieciocho años.

Gabe soltó una dura carcajada.

—Sí, cariño, a los dieciocho años no eres una adulta.

Cariño.

¡Dios!

Se le desgarró el corazón. Ese era el apelativo con el que solía dirigirse a ella. En el pasado, lo pronunciaba con afecto. Ahora, no tanto.

Y ahí fue cuando la verdad la golpeó de lleno. Volver a esa casa había sido un error. Haría cualquier cosa por sus padres, pero aquello... no iba a funcionar.

Y Gabe no iba a dejar las cosas así como así.

—Si nuestros papeles se hubieran invertido, y tú hubieras estado tan ebria como yo, ¿qué crees que habría pasado si yo te hubiera encontrado borracha como una cuba y me hubiera aprovechado de ti?

Las lágrimas de vergüenza y arrepentimiento le quemaron los ojos. Estaba a punto de ser engullida por una horrible sensación de humillación.

Sinceramente, esa noche sabía que Gabe había estado bebiendo, pero nunca lo había visto realmente ebrio. En esa época no se perdía en el alcohol como Lucian, así que se imaginó que solo habían sido unas cuantas cervezas. Nada más. No fue hasta el día siguiente cuando se dio cuenta de que había estado tan borracho que apenas se había percatado de lo que había estado haciendo, ni con quién. Y no tardó mucho en llegar a esa conclusión. En cuanto él se despertó por completo.

Porque Gabe se había dado la vuelta, le rodeó la cintura con el brazo, la acercó a su pecho y la abrazó como si no pudiera soportar la idea de que ella se levantara de la cama. Esos pocos segundos habían sido maravillosos. Luego la llamó *Emma* y destruyó por completo cualquier estúpida esperanza que tuviera.

—No pensé que estabas tan borracho —susurró ella.

Él la miró incrédulo.

—¿Entonces de verdad pensaste que quería follarme a una chica de dieciocho años? ¿Una chica que era como una hermana para mí? ¿Una chica diez años más joven que yo?

Las lágrimas inundaron sus ojos. Apartó la mirada, apretó los labios y negó con la cabeza. No lloraría. ¡Maldita sea, no se iba a poner a llorar!

—¡Dios santo! —masculló él—. ¿Pero qué cojones pensabas de mí? —Nikki no iba a responder a esa pregunta. Gabe maldijo por lo bajo—. Si tus padres se hubieran enterado, me habrían matado. En sentido literal y figurado. Aparte del hecho de que tu madre habría envenenado mi cena y tu padre me habría arrojado a los caimanes, los respeto demasiado para hacer algo así.

—Lo sé —murmuró ella—. Yo solo pensé que...

—¿Qué pensaste, Nic? Sé que estabas colada por mí, ¿pero cómo pudiste? ¿Sabes...? —Lo vio respirar hondo, como si estuviera haciendo acopio de todas sus fuerzas para no perder la paciencia—. ¿Sabes lo mucho que me he culpado por permitir que aquello sucediera?

—No fue culpa tuya —aclaró ella, mirándolo de nuevo a los ojos—. Fue toda mía.

Gabe se quedó callado tanto tiempo que Nikki pensó que había perdido la capacidad de hablar.

—¿En qué estabas pensando? —insistió él.

—No sé en lo que pensaba. No había planeado nada. Solo tenía dieciocho años, era tonta y... —Se detuvo.

Por nada del mundo iba a reconocer que había estado enamorada de él. Que cuando se dio cuenta de que estaba borracho y pensó que ella era otra mujer, se quedó absolutamente destrozada.

—Mira, lo siento. Créeme. Sé que lo que hice estuvo fatal y siento que te hayas sentido responsable todos estos años. Pero tú no tuviste la culpa ni me hiciste daño.

Gabe por fin apartó la mirada.

Ella se encogió de hombros.

—He cambiado. Ya no soy la chica de antes.

—No jodas —farfulló él.

No supo lo que quería decir con eso.

—No he venido aquí para causarte ningún problema —continuó—. Estoy aquí para ayudar a mis padres. Nada más. Trabajaré en la casa hasta que mi madre se reincorpore. Después, no tendrás que volver a verme jamás.

Gabe volvió la cabeza hacia ella al instante.

—Me alegro, porque necesito que te quede clara una cosa muy importante.

Nikki era todo oídos.

—No quiero tener nada que ver contigo. Mantente alejada de mí.

A Gabe le faltaba poco para emborracharse.

Algo que últimamente hacía a menudo. Aunque también era cierto que en los últimos meses todo su mundo se había puesto patas arriba. Y en ese momento, por si fuera poco, tenía a una parte de su pasado que prefería no recordar en la planta de abajo, preparando la cena para Dev y esa... prometida suya.

Se bebió lo que le quedaba del wiski Macallan de cuarenta años. Apenas sintió el ardor en la garganta cuando volvió a dejar el vaso sobre la barra. A Lucian le gustaba el burbon, pero a él le encantaba ese potente sabor que el wiski dejaba en la boca.

Después, atravesó la sala de estar de su apartamento, abrió las puertas de cristal y salió a la galería. La camisa se le pegó a la piel al instante. Aunque estaban a finales de septiembre, seguía haciendo tanto calor como en uno de los círculos del infierno.

Había sido muy duro con Nic.

Esa pequeña idiota se lo merecía, pero se había... pasado un poco. Se frotó el pecho y miró al jardín, hacia la piscina que tenía justo debajo. Por supuesto que había notado que los ojos se le llenaron de lágrimas después de decirle aquello.

Y había querido decir todo lo que dijo.

No le quedaba otra.

Lo último que necesitaba en ese momento era que Nic le siguiera por todas partes, haciéndole sentir como un héroe solo por respirar el mismo aire que ella.

Sin embargo, no había sido del todo sincero. Ni con ella, ni consigo mismo, ¿verdad? Sintió un nudo en el estómago y cerró los ojos.

Era cierto que la mayor parte de aquella noche seguía rodeada de una neblina de confusión. No había exagerado cuando dijo lo de estar borracho como una cuba, pero recordaba...

Abrió los ojos y se volvió hacia las puertas por las que acababa de pasar. Sí, recordaba algunas partes.

Recordaba que se había sorprendido cuando esa noche vio a Nic allí, mirándole desde esas mismas puertas. En ese momento, no tenía ni idea de lo que ese diablillo estaba a punto de hacer. Con ella, podría haber sido cualquier cosa. Dejó que se quedara allí, porque era Nic y porque le parecía una chica muy divertida. Y aunque sabía que estaba colada por él, nunca había representado ningún peligro real.

Ni siquiera había sido la primera vez que se presentaba en su apartamento. Había llamado a su puerta, llorando desconsoladamente cuando ese capullo de Danny Chrisley se rio de ella en el instituto. Le había esperado en el pasillo muy enfadada cuando no encontró pareja para el baile de bienvenida. Incluso una vez se la encontró esperándolo dentro porque, según ella, su padre iba a echarle una bronca por hacer demasiado ruido.

Ni en un millón de años se habría imaginado que esa noche terminaría de ese modo. Si no hubiera estado tan bebido, habría tenido el sentido común suficiente para darse cuenta de que las cosas no iban como siempre.

Debería haberlo visto venir.

A medida que se acercaba el momento de que ella se fuera a la universidad, se había pegado a él como el velcro. Sus miradas se habían vuelto más prolongadas, más atrevidas, y él habría jurado que esos malditos bikinis encogían por momentos.

Gabe había hecho todo lo posible por no darse cuenta de que esos trajes de baño apenas le cubrían nada, porque aunque él y sus hermanos la consideraban como una hermana, Nic no estaba emparentada con ellos.

Su verdadera hermana había resultado ser una psicópata asesina y mentirosa que hacía que los errores de Nic parecieran una nimiedad en comparación.

En cuanto a Nic... Sí, esa noche había metido la pata hasta el fondo, y las consecuencias podrían haber sido mucho peores, pero solo tenía dieciocho años. Él también había cometido un montón de estupideces a esa edad.

Aunque nunca, jamás, se había acostado con una persona que estuviera tan ebria.

No pensé que estabas tan borracho.

¡Mierda!

Las palabras que le había susurrado resonaron en medio de sus oscuros pensamientos. Era muy posible que Nic no se hubiera dado cuenta. Y seguía sin ser completamente honesto consigo mismo.

Él había sabido quién estaba en su habitación esa noche, quién se subió a su regazo y quién terminó en su puta cama.

Sí.

Había estado lo bastante sobrio para saber a quién pertenecía ese cuerpo que se había deslizado sobre el suyo.

Pero también había estado lo bastante borracho como para no preocuparse.

Y había una diferencia enorme entre estar demasiado bebido para preocuparse por las consecuencias y estar demasiado ebrio como para no saber lo que estaba haciendo.

¿Qué decía eso de él?

Nada halagador.

Para la mayoría de la gente, él era el hermano *bueno*. El decente. El amable. El que siempre hacía lo correcto. Aunque en realidad, era el que casi estaba más jodido de los tres.

¿Qué apodo le habían puesto las revistas del corazón cuando estaba en la universidad? *El Demonio*. Si supieran lo bien encaminadas que iban.

—¡Joder! —masculló. Le dio la espalda a las puertas y se agarró a la barandilla cubierta de enredaderas. Esa mierda cubría la mayor parte de la parte exterior de la casa, excepto los suelos de las galerías. Supuso que solo era cuestión de tiempo que las enredaderas se apoderaran de los tablones del suelo.

Torció los labios en una sonrisa sarcástica al recordar todos los años en los que su padre había tratado de deshacerse de esas plantas. Pero daba igual las veces que lo intentara, las enredaderas siempre regresaban.

Ahora que su supuesto padre había muerto y nadie iba a volver a intentar cortarlas, podía decirse que las enredaderas habían ganado la guerra.

Se apartó de la barandilla y volvió a su sala de estar. Mientras se hacía con la botella de wiski, le gruñó el estómago. Ese pollo olía de maravilla.

Pero ni por todo el oro del mundo iba a bajar al comedor. Porque en su interior había no una, sino dos mujeres a las que hubiera estado encantado de no volver a ver en su vida.

Nikki estaba como loca por volver a su casa.

Solo llevaba un día trabajando allí y estaba a cinco segundos de derramar lo que quedaba de la botella de champán sobre la cabeza de Sabrina Harrington.

Esa mujer era todo lo que ella nunca sería.

Extremadamente delgada, elegante, guapa, con unos modales perfectos (al igual que su manicura), rica hasta decir basta y a punto de casarse con un hermano De Vincent.

Pero Sabrina también era una zorra de primera.

Y Nikki jamás usaba esa palabra a la ligera. De hecho, era un término que detestaba, porque solía usarse para humillar a las mujeres. Sin embargo, Sabrina era el epítome de todo lo malo de la gente rica.

De pie, frente a la puerta del comedor más pequeño (porque obviamente los De Vincent tenían dos), Nikki apretó la botella con fuerza en vez de volver a colocarla en el hielo, como se esperaba de ella.

Le daba igual que el champán estuviera calentándose. Lo único que quería era que se terminara esa maldita cena para poder limpiar, irse a casa y hundir la cabeza en la cama de la habitación donde había crecido.

Quería olvidar ese día a toda costa.

Olvidar la conversación tan incómoda que había mantenido con Devlin.

Y sobre todo, *por encima de todo,* olvidar el encuentro con Gabe que le debía desde hacía tanto tiempo.

No quiero tener nada que ver contigo. Mantente alejada de mí.

Aunque no podía culparlo por haber reaccionado así, sus palabras seguían doliéndole como si le hubieran picado miles de avispas.

Le había costado mucho superar lo que había hecho y empezar a actuar como una universitaria normal. Después de aquella noche, su concepción del sexo se había distorsionado. Se sentía... sucia. Durante mucho tiempo no alivió su culpa el hecho de que no hubiera sabido que Gabe estaba tan borracho. No fue hasta el tercer año de carrera cuando consiguió tener una relación y acostarse con alguien sin pensar en aquella noche.

En ese momento, seguía teniendo muy poca experiencia en el sexo, y mucho menos en relaciones de pareja, pero había mejorado. Había conseguido dejar de pensar en esa noche al menos una vez al día e incluso había llegado a un punto en que no pensaba en Gabe en absoluto.

Por eso había creído que podía lidiar con aquello.

—¿Disculpa? ¿Nikki? —la llamó Sabrina.

Cerró los ojos y se tragó una lista impresionante de tacos antes de regresar al comedor de la mesa redonda; la diseñada para las comidas más íntimas.

Aun así, Devlin y Sabrina estaban sentados lo más lejos posible.

—¿Sí? —Se detuvo justo detrás de ella.

Sabrina levantó una copa alta.

—Sé que no tienes un talento innato para esta tarea, ni has recibido la formación adecuada, pero jamás deberías permitir que un vaso se quede vacío.

Se mordió el interior de la mejilla para no decirle nada y le sirvió más champán. Las piernas de Sabrina no debían de funcionar bien cuando comía y le impedían levantarse ella misma para rellenar su copa.

La esbelta y gélida rubia le sonrió, pero fue una sonrisa demasiado dulce y cursi para ser sincera.

—Así es como uno reconoce a un buen sirviente.

Nikki miró en dirección a Devlin, pero él estaba pendiente de su teléfono. Estaba segura de que el mayor de los De Vincent no se había percatado de que no estaba solo. Ni siquiera los había oído intercambiar más de cinco frases. ¡Qué pareja más romántica!

Dio un paso atrás, lista para regresar a su escondite, cuando oyó el jadeo de Sabrina y vio cómo se llevaba la mano con una manicura francesa perfecta a la garganta.

—El Pérignon está caliente —dijo como si acabara de presenciar el asesinato de una monja—. Nikki, ¿no has vuelto a poner la botella en el hielo? Con independencia de la experiencia o no que tengas, creía que estabas al tanto de algo tan obvio.

Como supuso que contarle la verdad no era una opción, empezó a darse la vuelta sin responder, pero se detuvo al ver la increíble transformación que experimentó el rostro de Sabrina. Su sonrisa de princesa de hielo se convirtió en una expresión cálida, como si el mismo sol hubiera entrado en la estancia, iluminándola por completo.

Siguió la mirada de Sabrina.

Y se le hizo un nudo en el estómago.

El que acababa de entrar en la estancia era Gabe. Y no venía con las manos vacías. En la derecha llevaba un vaso con un líquido ámbar. Wiski. Casi podía olerlo desde allí.

—Devlin, querido, ¡mira quién ha decidido acompañarnos!

El tono de voz de la rubia era tan irreconocible, que Nikki se volvió hacia ella para asegurarse de que era la misma persona.

El mayor de los De Vincent alzó la vista cuando Gabe se repantingó en la silla que había a su lado y enarcó una ceja.

—Buenas noches.

Gabe le devolvió el saludo con una inclinación de la barbilla al tiempo que dejaba el vaso sobre el mantel color crema. No miró a Sabrina. En su lugar, se volvió de inmediato hacia ella..., que todavía llevaba en la mano una botella de champán que debía de costar lo mismo que su coche de segunda mano.

¿Qué estaba haciendo allí?

—Nikki, sírvele un plato a Gabe. —La sonrisa de Sabrina sonó como un carillón—. Gracias.

Pues claro, estaba allí para cenar.

—No recordaba que fueras tan corta de entendederas —dijo Sabrina sacudiendo la cabeza. Después sonrió a Gabe como si él estuviera de acuerdo con su afirmación.

Aunque si Nikki continuaba allí parada como un pasmarote, sin duda terminaría estándolo.

Recobró la compostura y giró sobre sus talones para irse a toda prisa a la cocina. De camino, dejó caer la botella de champán en la cubitera con hielo. Luego se puso a preparar la cena de Gabe sin pensar en otra cosa que no fuera eso. Seguro que tenía hambre, así que le sirvió una pechuga y un muslo de pollo con una buena ración de patatas, junto con un cuenco con su propia versión de una ensalada. Cuando terminó, emprendió el camino de vuelta al comedor con las manos llenas.

—Entonces —oyó decir a Sabrina mientras entraba en la estancia—, ¿en qué has estado trabajando últimamente, Gabe?

—En un pedido para el extranjero —respondió él con tono monótono.

Justo en ese momento, Gabe se dio cuenta de que ella había entrado en el comedor y empezó a seguirla con la mirada. Nikki sintió el rubor ascendiendo por su garganta mientras se inclinaba y colocaba el cuenco de ensalada y el plato principal frente a él.

Sabrina bajó la copa. Apenas había tocado su plato.

—¿Ah, sí? ¿Qué tipo de pedido?

Gabe no le respondió. Lo que a Nikki le pareció un poco grosero por su parte. Cuando dio un paso atrás para alejarse de la mesa, él la agarró de la muñeca, sobresaltándola. En cuanto sus dedos presionaron en la zona donde el pulso le latía de manera frenética, le tembló todo el cuerpo.

—¿Puedes traerme un vaso de agua? —Hizo una pausa—. Por favor.

Nikki tragó saliva y asintió, pero Gabe seguía sujetándola de la muñeca. Su agarre era suave, aunque firme, y sentía como si la estuviera marcando con un hierro candente sobre la piel. Lo miró. ¿Qué estaba haciendo? ¿Por qué la tocaba? ¿No le había dicho que quería que se mantuviera alejada de él?

Gabe alzó ambas cejas, como si estuviera esperando algo...

Ahí fue cuando se dio cuenta de qué se trataba. La irritación se apoderó de ella mientras siseaba:

—Sí, claro que puedo.

—Bien. —Esbozó una leve sonrisa y le soltó la muñeca. No era una sonrisa auténtica. Era tan falsa como la que Sabrina le había dirigido un rato antes.

Se llevó la muñeca al pecho y se dio la vuelta. Entonces se encontró con la mirada de Sabrina. Tenía una expresión de amargura en el rostro, como si el champán se hubiera agriado. Al no tener ni idea de qué podía pasarle, procedió a hacer lo que Gabe le había pedido y fue a por un vaso de agua.

—Gabe, querido —intentó de nuevo Sabrina—, ¿en qué estás trabajando?

Nikki no oyó la respuesta. Ni siquiera supo si había respondido.

Cuando regresó al comedor, la conversación seguía siendo igual de forzada. La buena noticia era que Devlin se había terminado toda la comida y Gabe había dado buena cuenta de la ensalada. Dejó el vaso en la mesa.

—Creo que tienes un talento asombroso —estaba parloteando Sabrina—. Sé que estás muy ocupado, pero me encantaría que...

Gabe empujó su cuchillo con el codo, que cayó al suelo. Sus miradas se encontraron y él volvió a esbozar esa sonrisa de medio lado.

—Lo siento —murmuró sin apartar los ojos de ella—. Voy a necesitar otro cuchillo.

Tiene que estar de coña, pensó ella. Se agachó y recogió el cuchillo. Cuando volvió con uno nuevo, Gabe se había bebido el vaso de agua y quería otro. Luego le pidió un poco más de ensalada. Devlin empezó a mirarlo con curiosidad. En ese momento, Nikki supo que lo estaba haciendo a propósito.

Bien.

Le daba igual.

Si Gabe quería comportarse como un gilipollas, que lo hiciera.

Si era sincera consigo misma, sabía que se merecía algo peor, pero si ese era el mejor castigo que él podía imaginar, lo soportaría sin problemas. Así que le llevó otro vaso y otro cuenco de ensalada.

—Mi copa *vuelve* a estar vacía —comentó Sabrina justo cuando estaba dejando un vaso lleno de agua enfrente de Gabe.

¡Señor! ¿Cuánto líquido bebía esa gente?

Contuvo un suspiro, se enderezó y murmuró por lo bajo: «¡Qué asco de vida!».

A Gabe se le escapó un sonido que se pareció mucho a una risa.

Sabrina abrió los ojos como platos.

—¿Perdona?

¡Oh, mierda! Nikki sonrió de oreja a oreja.

—He dicho que esto se me da muy mal.

La prometida de Devlin se quedó observándola un instante.

—Sí, seguro que eso es lo que has dicho.

Volvió la cabeza hacia Gabe y se sorprendió al verle sonreír de verdad mientras levantaba el vaso con wiski y se lo llevaba a los labios. Nikki agarró la botella de champán.

—¿Cuándo crees que volverá la otra? —preguntó Sabrina a Devlin. El mayor de los De Vincent se limitó a encogerse de hombros a modo de respuesta—. Espero que pronto. Esta no parece estar lo suficientemente preparada para el trabajo. En realidad... —miró a Nikki— es bastante triste. No es tan complicado.

Nikki apretó la botella con fuerza.

Sabrina ladeó la cabeza y a ella le pareció que no se le movió ni un solo pelo de su cabello rubio. ¿Qué tipo de laca usaba?

—Devlin me ha dicho que acabas de graduarte en la universidad. Lo cierto es que me cuesta creerlo. No sé cuál es tu formación laboral o educativa, pero deberían haberla investigado antes de contratarte.

—Ha ido a la universidad —respondió Gabe, dejando mudos de asombro a los presentes. Sobre todo a ella—. Se ha graduado en Trabajo Social, ¿verdad? Con matrícula de honor.

Nikki se había quedado tan petrificada como Sabrina. ¿Cómo narices sabía eso? Bueno, la respuesta era evidente. Seguro que sus padres habían mantenido informados, tanto a él como a sus hermanos, de sus logros universitarios, lo quisieran o no.

¿Pero de verdad la estaba defendiendo? ¿Después de todo lo sucedido?

—Entonces —Sabrina levantó un poco más su copa—, no entiendo por qué no es capaz de rellenar un vaso de la forma correcta.

No supo por qué hizo lo que hizo. Puede que se debiera a ese lado salvaje que su padre le había dicho que había heredado de su abuelo. El caso es que actuó sin pensar; algo que nadie mejor que ella debería haber evitado.

Esbozó la más deslumbrante y enorme de sus sonrisas y se puso a verter champán en la copa. Sin detenerse.

Sabrina chilló cuando el carísimo líquido cayó por sus delgados dedos y le salpicó los pantalones blancos. Se levantó de la maciza silla como un resorte, empujándola hacia atrás.

—¡Dios mío! —exclamó la rubia, mirándose las piernas—. ¡No me puedo creer que hayas hecho algo así!

—Lo siento mucho —se disculpó ella, parpadeando muy despacio—. Ahora mismo te lo limpio. —Alcanzó la servilleta azul claro que Sabrina apenas había tocado—. Se me da tan mal todo esto... Ojalá hubiera recibido algún tipo de formación previa, pero...

Uno de los hermanos emitió un sonido extraño, tal vez una especie de risa o grito ahogado de sorpresa, pero no se atrevió a mirarlos. Sabía que si lo hacía se darían cuenta de que lo había hecho adrede. En cuanto vieran su cara lo sabrían.

—¡No! —exclamó Sabrina con voz chillona—. ¡No lo toques! Será peor.

—Sabrina —intervino Devlin con un suspiro—, siéntate.

La mujer se volvió hacia él con expresión de incredulidad.

—No puedo sentarme. Necesito llevar estos pantalones a la tintorería antes de que se echen a perder del todo.

Devlin apoyó un brazo en la mesa sin dejar de mirar a su prometida.

—Solo son unos pantalones. Te compraré tres pares nuevos para reemplazar estos. Siéntate.

Sabrina obedeció, aunque lanzó a Nikki una mirada asesina.

—Deberían deducir de tu sueldo lo que cueste limpiarlos.

—Ya te ha dicho Dev que te comprará unos nuevos —terció Gabe—. Solo son unos pantalones.

Sabrina jadeó indignada.

—No son solo unos pantalones. Son unos Armani. Y han dejado de fabricar este modelo.

Al otro lado de la mesa, Devlin volvió a suspirar.

—Te compraré un armario entero de pantalones Armani si dejas de hablar de *estos* pantalones.

Sabrina apretó los labios, pero se quedó callada mientras recogía la servilleta y se secaba la mancha húmeda.

Nikki fue incapaz de contenerse y preguntó:

—¿Quieres que te traiga otra copa?

—No —espetó Sabrina con sus normalmente pálidas mejillas rojas.

—Como quieras.

Un rápido vistazo a la mesa le confirmó su anterior sospecha: los hermanos sabían que no había sido un accidente.

Se disculpó una vez más y se alejó de la mesa, intentando reprimir la risa que brotaba de su garganta. Al salir del comedor, se percató de que Gabe ya no estaba sonriendo abiertamente mientras la miraba bajo esas espesas pestañas.

En cambio, sonreía de esa manera que tantos problemas le había causado en el pasado... y que provocó que en ese momento se le acelerara su estúpido e insensato corazón.

Tras ese primer día de trabajo horrible, Nikki no veía la hora de abandonar la propiedad De Vincent. Salió por la puerta trasera y corrió hacia su Ford Focus de casi diez años, que estaba aparcado junto al garaje de la propiedad, que solo Dios sabía la cantidad de coches que albergaba.

Cuando encendió el motor, empezó a sonar la radio al instante y un clásico de los ochenta inundó el interior. Enseguida lo reconoció. Se trataba de *Jesse's Girl.*

Le encantaba esa canción.

No sabía por qué, pero le gustaba mucho la música de esa época. Tal vez porque se había criado con ella, ya que sus padres solían escucharla mientras crecía. Por el contrario, detestaba la música actual. Prefería cantar alguna canción de David Bowie o de Talking Heads antes que cualquier éxito de hoy en día.

Aunque tenía que reconocer que, durante algún momento de su adolescencia, había estado loca por los One Direction.

Como le pasaba cada vez que estaba nerviosa, se puso a cantar y a mover la cabeza.

Where can I find a woman like that.

Like Jesse's girl!

¡Dios! Lo hacía fatal, pero continuó cantando a medida que conducía por el sinuoso camino flanqueado por robles milenarios que llevaba a la carretera principal. Así, mientras estuviera pendiente de no meter la pata con la letra, no pensaría en el día de mierda que había tenido ni en el hecho de que, durante un tiempo, iba a tener que ver a Gabe todos los días.

Al llegar al final del camino de entrada privado, redujo la velocidad y se inclinó hacia delante. No venía ningún coche por la carretera. Giró a la derecha para incorporarse a ella y a ese mundo real donde la gente no tenía a nadie esperando para rellenarle las copas de champán o...

Una luz brillante apareció de repente detrás de su Ford, asustándola. Frunció el ceño y miró por el retrovisor. ¡Qué raro! Apretó el volante. Cuando había comprobado la carretera principal, no había visto venir ningún coche. Era imposible que alguien se hubiera puesto tan rápido detrás de ella salvo que... Salvo que hubiera salido del camino privado de los De Vincent.

Se le contrajo el estómago.

Pero eso era imposible, porque ¿quién podía haber estado en ese camino? Nadie había salido de allí al mismo tiempo que ella. Además, si la hubiera seguido otro vehículo, se habría percatado de su presencia. Echó otro vistazo al espejo retrovisor. El coche seguía allí, no pegado al suyo, pero sí lo bastante cerca. Tal vez había estado aparcado entre los árboles por los que había pasado o en alguno de los accesos de tierra que usaban los jardineros.

¿Pero quién lo conducía?

Nadie en sus cabales entraría en la propiedad De Vincent así como así.

El desasosiego la acompañó mientras continuaba por la carretera principal, aunque disminuyó en cuanto empezó a aumentar el tráfico a su alrededor. Cada vez que miraba por el retrovisor, veía al coche detrás de ella. Bajo la tenue luz del crepúsculo, solo pudo distinguir que se trataba de un sedán de color oscuro. Cuando giró para tomar la salida que conducía a la calle de sus padres, el corazón se le subió a la garganta al ver que el coche hacía la misma maniobra.

Apagó la radio. Necesitaba concentrarse.

¿Quién la estaba siguiendo?

La idea le pareció... una tontería.

Miró por el retrovisor una vez más. El coche seguía allí. Tragó saliva y pensó en su teléfono. Se dispuso a hacerse con él, pero se detuvo *ipso facto*. ¿A quién iba a llamar? ¿A la policía? ¿Y qué les diría exactamente? ¿Que era posible que la estuviera siguiendo un coche? Aquello volvió a parecerle una tontería.

Apretó los labios y se concentró en la calle concurrida y en las viviendas prácticamente apiladas las unas sobre las otras. Estaba a punto de llegar a la calle donde estaba la casa de sus padres, solo le faltaban dos manzanas. Si el coche continuaba siguiéndola...

Llamaría a la policía. Le daba igual lo absurdo que pareciera. Los llamaría.

Contuvo el aliento, dobló la esquina y luego aceleró. Miró el espejo retrovisor. El coche redujo la velocidad en la intersección. Nikki respiró aliviada. Se había equivocado. Se trataba de un cupé de dos puertas, aunque no logró distinguir el modelo.

Después, el coche aceleró y se alejó.

Nikki respiró hondo y se acercó a casa de sus padres, esperando encontrar el alivio que necesitaba, la carcajada que liberara la tensión, pero ninguno de los dos llegó y la sensación de malestar no desapareció.

5

—¿Qué has sentido al estar allí otra vez? —preguntó Livie Besson mientras se acercaba a la mesa de la cocina arrastrando los pies. A pesar del calor que hacía en el exterior, con el que el viejo aire acondicionado apenas podía lidiar, su madre llevaba una bata. Cuando se sentó, la prenda envolvió su menudo cuerpo.

Nikki bebió un sorbo de café y observó a su madre intentando encontrar una postura cómoda en la silla. El tratamiento al que se estaba sometiendo era bastante agresivo. No solo estaba haciendo que perdiera el cabello, sino que le estaba drenando todas las fuerzas. Su madre parecía agotada incluso los días en los que no se pasaba ocho horas recibiendo quimioterapia y otros líquidos a través de una vía intravenosa. Habría estado mucho más cómoda en su sillón reclinable, pero a su progenitora le gustaba mantener sus viejas costumbres. Eso sí, había cambiado su habitual café por un té con hierbas que se suponía le iba mejor.

—Ha sido un poco raro —respondió ella, dejando al lado su preocupación y esa bola de terror que crecía en su estómago y le susurraba de vez en cuando: «¿Y si mamá no lo supera?»—. Algunas cosas siguen igual que siempre. Como Devlin. Y varias de las habitaciones, pero... hay algo distinto. No sé cómo explicarlo.

—¿Cómo está Devlin?

—Supongo que bien. No le gustan mis vaqueros rotos.

Su madre esbozó una sonrisa cariñosa.

—A Devlin le gusta que las cosas se hagan de una forma determinada.

Nikki puso los ojos en blanco. Solo su madre podía sentir afecto por el mayor de los De Vincent.

—Todavía no he visto a Lucian, pero... Gabe llegó a casa ayer.

Su madre bebió otro sorbo de té.

—¿Ha estado en Baton Rouge?

—Sí. —Aquello despertó su curiosidad—. ¿Qué ha estado haciendo allí?

—Creo que atendiendo un asunto personal.

Por la forma de responder de su madre no supo si sabía más de lo que estaba dejando entrever o no.

Sintió una extraña e incómoda picazón en el pecho. ¿Con eso de «personal» se estaba refiriendo a una novia? Seguro que tenía una. Quizá varias. Después de romper con su novia de la universidad, Gabe se había desmadrado un poco. *Emma*. ¡Dios! Solo pensar en su nombre era como recibir una patada en el estómago. Nikki apenas la había conocido, pero había estado muerta de celos de ella.

Pero eso ya era agua pasada.

Porque Nic ya no existía.

Pasó un dedo por uno de los arañazos que tenía la mesa de la cocina.

—¿Qué ha pasado con el resto del personal?

Su madre miró el reloj antes de colocarse el colorido pañuelo que llevaba en la cabeza.

—Sucedieron algunas cosas en la casa que hicieron que los empleados no se sintieran muy cómodos trabajando en ella.

—Cuando Bev me lo contó, me dio la sensación de que se trataba de algo más de lo que le pasó a su padre. —Lo que ya de por sí era grave. Que se lo encontraran ahorcado en su despacho tuvo que ser horrible. No podía imaginarse lo que los hermanos debieron de sentir—. Que había algo más. ¿Tiene que ver con la reaparición de su hermana?

De pequeña, nunca había pasado mucho tiempo con Madeline. La hermana de Devlin, Gabe y Lucian desapareció sin dejar rastro cuando Nikki tenía doce años, la misma noche en la que la madre de los De Vincent se tiró del tejado.

Después de aquello, la vida no había sido fácil para los hermanos. Y aunque jamás había estado muy unida a Madeline, se moría por saber dónde había estado durante esos diez años, dónde se encontraba en ese momento y, sobre todo, por qué nadie hablaba de ello.

Su madre tardó un rato en contestar.

—En los últimos meses han pasado cosas de las que no me corresponde a mí hablar.

—Mamá...

—Sabes que si pudiera, te lo contaría. —Estiró el brazo a lo largo de la mesa y tomó la mano de Nikki con su mano helada. Luego le dio un cariñoso apretón—. Ya conoces a la familia. Siempre les pasan cosas. Cosas malas.

Decir que a los De Vincent les pasaban cosas malas era el eufemismo del año. Al fin y al cabo, corría el rumor de que la familia estaba maldita. Y teniendo en cuenta las tragedias que habían vivido, muchos creían que era cierto.

—Lo que sí puedo decirte es que en esa casa se produjo otra muerte hace poco. Salió en los periódicos, así que no estoy rompiendo ninguna cláusula de confidencialidad al contártelo.

No recordaba haber leído nada, aunque también era cierto que había evitado cualquier noticia relacionada con los De Vincent.

—¿Qué muerte?

—¿Recuerdas a su primo Daniel? —Cuando Nikki asintió, su madre continuó—: Bueno, pues entró una noche en la casa y amenazó a Lucian y a su querida novia. Iba a matarlos, pero Devlin... Devlin los protegió.

—¡¿Qué?! —exclamó ella—. ¿Devlin mató a Daniel?

—Fue en legítima defensa - recalcó su madre—. También ha habido algunas especulaciones en torno a la muerte del señor De Vincent. Hay quien dice que alguien lo colgó del ventilador para que pareciera un suicidio. —A Nikki casi se le cayó la mandíbula al suelo—. Uno de los inspectores de policía cree que podría haberlo hecho Daniel.

—¿Por qué?

—Se estaba quedando sin blanca. Necesitaba dinero. Y ya sabes lo que el dinero puede hacerle a la gente.

Nikki estaba atónita. Tampoco había conocido mucho a Daniel. Siempre estaba con Madeline.

—¿Y qué tiene que ver lo de Daniel con el regreso de Madeline?

Su madre se recostó en la silla.

—Bueno, eso me lleva a hacer referencia a un asunto que no me gusta tocar, pero estoy segura de que recuerdas lo unidos que estaban él y Madeline, ¿verdad?

Empezó a abrir la boca para responder, pero en cuanto captó la indirecta la cerró de golpe. ¿Estaba su madre insinuando que Madeline había estado con Daniel todos esos años y que habían estado juntos, *juntos*?

¡Santo cielo!

¡Eran primos! Nikki estuvo a punto de escupir el café. Había tenido razón cuando pensó que fuera lo que fuese lo que le había ocurrido a la hermana de los De Vincent, seguro que era digno de una telenovela.

—¿Qué tal al ver de nuevo a Gabe? —preguntó su madre de sopetón.

Esta vez sí se atragantó con el café.

—Pues... normal, como siempre.

Su madre le lanzó una mirada de complicidad.

—Mmm...

Nikki se retorció en su silla. No se sentía nada cómoda con el cambio de tema. No sabía si sus padres estaban al tanto de lo enamorada que había estado de Gabe, pero no eran ciegos y, según Devlin, todo el mundo lo había notado. Lo que sí tenía claro es que sus padres no tenían ni la más remota idea de lo que había sucedido la noche antes de que se fuera a la universidad. Gabe había estado en lo cierto en ese aspecto.

En esa casa, los De Vincent no eran las únicas personas capaces de matar.

Si sus padres se hubieran enterado, se habrían cargado a Gabe y a ella la habrían encerrado de por vida.

Era demasiado pronto para estar despierto, pero Gabe tenía los ojos bien abiertos y estaba mirando al techo de su dormitorio.

Le palpitaban las sienes.

Y tenía el pene tan duro que habría podido clavar un clavo con él.

¡Mierda!

La noche anterior había bebido demasiado. No se había detenido después de que Nic se fuera. Y supo exactamente el momento en el que salió de la casa con su viejo Ford, porque estaba en la galería cuando la vio conducir por el sinuoso camino de entrada.

Observándola como uno de esos pervertidos.

Ni siquiera sabía por qué había salido a mirar. No tenía ni idea. Así que esta vez iba a culpar al alcohol que había ingerido.

Sonrió a su pesar al recordar la cena de la noche anterior. Se había prometido no bajar allí, pero eso fue lo que hizo.

¡Puto wiski!

Como era de prever, Sabrina se había comportado como una auténtica perra con Nic y él había sabido que la hija de Richard y Livie no iba a aguantarla durante mucho tiempo antes de hacer algo.

Nic tenía un lado imprudente en su interior del tamaño del lago Pontchartrain. ¿Quién mejor que él lo sabía? Y tampoco había ayudado mucho que él hubiera estado provocándola durante toda la cena.

Ni siquiera tenía claro por qué se había comportado como un imbécil. Bueno, eso no era del todo cierto. Estaba enfadado con ella y..., bueno, más le valía no seguir por esos derroteros.

Lo que sí sabía a ciencia cierta era que Nikki había derramado ese champán a propósito.

Cerró los ojos al tiempo que se le escapaba una risa ronca. ¡Jesús! Todavía podía oír el grito de horror que soltó Sabrina. Parecía que Nic la había pegado o algo parecido.

¡Maldita Nic! ¡Qué...!

Existían un sinfín de adjetivos para describirla. Además, ¿por qué estaba tumbado en su cama pensando en ella? ¡Mierda! Levantó las manos y se frotó la cara. Nic era la persona por la que menos tenía que preocuparse.

Las cosas entre ellos habían quedado claras. Le había dicho que se mantuviera alejado de él. Y mientras él hiciera lo mismo, no habría problemas. Le había soltado lo que tenía que decirle y ella lo había escuchado.

Había llegado la hora de cerrar ese capítulo de su vida.

Sobre todo porque apenas había comenzado otro capítulo mucho más grande. Cuando se había ido de Baton Rouge, había asegurado a los Rothchild que no volvería a pasarse por allí en tres meses. Les había dado su palabra y no iba a incumplir su promesa ni aunque sintiera que había dejado allí una parte de él.

En realidad no era un sentimiento. Había dejado allí una parte de él.

Tenía tres meses. Tres meses para encontrar una casa allí a la que poder ir y venir sin que pareciera que entraba en sus vidas como una bola de demolición.

Tres meses.

Volvió a bajar los brazos y los apoyó sobre el colchón. Podía levantarse y hacer algo productivo. Ir a su almacén de la ciudad. Al fin y al cabo tenía trabajo pendiente.

Pero primero tenía que ocuparse de su palpitante erección.

Deslizó las sábanas retorcidas a la altura de sus caderas y agarró con los dedos su hinchado pene. Con los ojos cerrados, arrastró la mano desde arriba hacia abajo por su grueso miembro. En su cabeza, una mujer sin rostro comenzó a montarlo, reemplazando su mano.

Dejó que la fantasía siguiera su curso. Mientras se acariciaba con más rapidez y fuerza, una fina capa de sudor se extendió por su frente. Enseguida sintió esa tensión familiar en la base de la columna que le contrajo los testículos.

—¡Dios! —gruñó.

Arqueó las caderas y apretó el agarre sobre su erección. De pronto, la mujer sin rostro y sin nombre de su fantasía desapareció y fue reemplazada por una joven con un pelo castaño con mechas rubias y unos ojos marrones enormes. Su cuerpo era todo un misterio para él, pero antes de darse cuenta, su imaginación se encargó de ponerle cara. Nariz pequeña. Boca ancha y expresiva. Pómulos altos.

Nic.

Un gemido ronco escapó de su garganta. El orgasmo descendió por su espina dorsal con tal intensidad que sintió como si le estuviera quemando todas las terminaciones nerviosas de camino al glande. No pudo deshacerse de ese rostro. Era demasiado tarde. En cuestión de segundos, era Nic quien estaba montándole. Era ella quien se contraía a su alrededor, arrastrándolo al placer. Gabe arqueó la espalda y se corrió, derramando su semen sobre su mano y las sábanas en una poderosa oleada de sensaciones.

Al cabo de unos segundos, se dejó caer en la cama respirando con dificultad. ¿Cuándo fue la última vez que había experimentado tal placer mientras se masturbaba?

Seguro que desde que era un adolescente.

Por lo menos se había imaginado a la Nic de veintidós años mientras se tocaba y no a la de dieciocho. Eso era mejor que nada, ¿verdad?

No.

No era mejor. En absoluto.

—¡Joder! —masculló.

Con el corazón desbocado, se soltó el pene, bajó la mano hasta las sábanas y se quedó mirando el techo.

Aquello... ¡Mierda! Aquello iba a ser todo un problema.

Las flores recién cortadas llegaban el martes por la tarde, como era costumbre desde hacía años. Fue algo que empezó la madre de los De Vincent y que continuó la madre de Nikki después de que esta falleciera, escogiendo ella misma la composición floral.

Le habían entregado diez ramos grandes idénticos. Lirios blancos dispuestos entre crisantemos también blancos y en tonos bronce. Todos ellos dentro de unos jarrones de cristal plateado que pertenecían a la familia De Vincent.

Nikki hizo una foto rápida y se la envío a su madre, pues sabía que estaba muy orgullosa de sus ramos. Después se dedicó a colocarlos en los lugares designados. Los ramos pesaban bastante, pero los de abajo no le costaban tanto. Dejó uno en cada comedor y siete más en las diferentes salas de estar de la planta principal.

Solo tenía que subir uno. Menos mal, porque ya empezaban a dolerle los brazos. A Dev le gustaba tener uno en su despacho, así que fue hacia la escalera trasera y empezó a subirla.

Se dio cuenta de que no estaba muy en forma cuando empezaron a arderle las piernas a la altura del rellano de la segunda planta. Quizá debería practicar algún deporte que no fuera comer *beignets* (los buñuelos cubiertos en azúcar glas típicos de Nueva Orleans), porque en ese momento necesitaba sentarse donde fuera.

Al llegar a la puerta, se colocó el jarrón debajo del brazo y giró el pomo. Nada.

—¿Pero qué...?

Lo intentó de nuevo. Seguía cerrada. Esperó un momento, como si fuera a abrirse por arte de magia o como si le fueran a dar una explicación de por qué estaba bloqueada.

Volvió a intentarlo una tercera vez sin éxito.

Soltó un gemido de desesperación y miró el tercer tramo de escaleras. Podía intentar salir por allí y acceder a la segunda planta desde la escalera exterior. Su mirada se posó en el precioso ramo.

—¡Puf!

Subió las escaleras y, ¡aleluya!, la puerta estaba abierta. Entró en la tercera planta con la vista clavada en los rayos de sol que entraban por la puerta que había al final del pasillo. Cuando accedió al pasillo abovedado que había a la derecha, miró al frente. Se trataba del pasillo que llevaba al apartamento de Gabe.

Cruzó el pasillo a toda prisa y salió a la galería. Volvió a sujetar el jarrón con ambas manos y mantuvo la mirada pegada a los tablones blancos del suelo mientras giraba a la izquierda.

La última vez que había estado en esa galería había sido la famosa noche en que... Dejó de pensar en eso; Gabe ya le había dicho lo que pensaba y ella también lo había hecho. Más o menos. En cualquier caso, no iba a seguir cavilando sobre el pasado.

Llegó hasta las escaleras y empezó a bajarlas. A su espalda, un tablón del suelo crujió. ¿Había alguien más allí arriba? Se dio la vuelta.

De pronto, un peso cayó sobre su espalda, entre los hombros. Sintió un fuerte empujón y el pie se le resbaló en el borde de un escalón. Lanzó un grito de sorpresa e intentó girarse. No le dio tiempo a soltar las flores para agarrarse a la barandilla. Lo único que supo fue que, al segundo siguiente, se abalanzaba hacia delante y luego caía hacia abajo, por la empinada escalera.

6

Gabe acababa de abrir las puertas de la galería cuando un grito interrumpió el silencio. Salió a toda prisa y vio a los pájaros dispersándose de los árboles circundantes. ¿De dónde provenía el chillido? ¿De su izquierda?

Corrió por la galería y dobló una esquina, pero no vio nada. ¿Estaría oyendo cosas raras? En esa casa, nada era imposible. Pasó la entrada que daba al pasillo de la tercera planta, giró a la izquierda y redujo la velocidad a medida que se acercaba a la parte superior de la escalera.

Un largo y grueso zarcillo de enredadera se había desprendido de la barandilla y se había abierto camino por el suelo, enroscándose en un lateral de la casa. Se quedó mirándolo con el ceño fruncido.

¡Qué raro!

Justo el día anterior había estado pensando en las enredaderas invadiendo el suelo. Miró hacia las escaleras.

Y ahí fue cuando la vio.

—¡Santo Dios! —Aunque se le detuvo el corazón un instante, reaccionó enseguida y bajó las escaleras de dos en dos—. Nic.

Estaba tumbada de costado en el rellano inferior, con un ramo más grande que su cabeza entre los brazos.

—¡Nic! —¿Se estaba moviendo? Le dio la sensación de que no. Con el corazón en un puño, cayó de rodillas junto a ella y estiró los brazos—. ¡Maldita sea, Nic, di algo!

—¡Ay! —murmuró ella, levantando una pierna.

¡Gracias a Dios! Había detenido las manos justo encima de sus caderas.

—¿Estás bien?

—Creo que sí —respondió ella, incorporándose sobre un codo.

Si se había caído por aquellas escaleras, Gabe no tenía del todo claro que estuviera tan bien. Por lo menos había diez escalones. ¡Mierda! El pelo le tapaba toda la cara, así que se lo retiró con la mano.

Cuando le rozó con los dedos la mejilla, ella se estremeció y soltó un jadeo.

—¿Te ha dolido? —quiso saber él, echándole el cabello hacia atrás.

—No... no.

Él le estudió el rostro con atención. Estaba pálida, pero no parecía tener ninguna herida visible. Al menos no en la cara.

—¿Te duele algo?

Nic miró las flores y negó con la cabeza.

—No. —Tomó una profunda bocanada de aire que hizo que alzara los hombros. Si podía respirar así, estaba claro que no se había roto ninguna costilla—. Cre... creo que no le ha pasado nada a las flores.

¿Pero qué coño?

—¡A la mierda las flores! ¿Estás bien?

Nic lo miró con esos enormes ojos todavía más grandes. Lo miró fijamente, como si no le hubiera oído bien. Ahora sí empezó a preocuparse de verdad. Se acordó del día en que Julia, la novia de Lucian, se cayó en la ducha y se dio un buen golpe en la cabeza. También se quedó muy desorientada y todo se llenó de sangre. Nic no sangraba, pero no parecía estar bien.

No parecía estar bien en absoluto.

—Puedes soltar ya las flores —sugirió él.

Nic las miró.

—No... no quiero que se estropeen.

—No les pasará nada. —Cuando Gabe intentó quitárselas, ella las agarró con más fuerza. Él enarcó una ceja—. Puedes soltarlas, Nic.

Nic las sostuvo unos segundos más antes de darse por vencida. Entonces Gabe agarró el jarrón y lo dejó a un lado. Su corazón por fin empezaba a calmarse.

—¿Puedes sentarte? —Al ver que ella asentía, la tomó suavemente del brazo, pero en cuanto notó que volvía a estremecerse, se fijó en su cara—. ¿Sigues bien?

—Sí. —Nic se enderezó, soltó un sonoro suspiro y levantó el brazo izquierdo, girándolo un poco. Un hilo de sangre le recorría el antebrazo—. ¡Puf!

¿Puf? ¿Eso era lo único que se le ocurría decir?

—Déjame echarle un vistazo.

—No es tan malo como parece.

Hizo caso omiso de sus protestas, le agarró la muñeca y le giró el brazo despacio. Tenía la camisa rota y algunos arañazos desde el codo hacia abajo.

—No creo que tengan que darte puntos. —Le echó la manga hacia atrás y se inclinó hacia delante para examinar el brazo más de cerca. Mientras se fijaba en las heridas intentó obviar lo bien que olía. Parecía jazmín—. Pero será mejor que llamemos al médico. Él te...

—Estoy bien. En serio —repuso ella, apartándose—. No hace falta que llames a nadie.

—Esas escaleras no son ninguna broma. Puede que te hayas hecho daño y todavía no lo hayas notado, Nic. Hace falta que te vea un médico.

—No me he golpeado en la cabeza. —Nic se retiró el pelo de la cara—. Me encuentro bien.

Gabe no estaba tan seguro de eso.

—Nic...

—Estoy bien. De verdad. Solo es un rasguño. No sé cómo es posible, pero no me he hecho daño.

La frustración aumentó en su interior.

—Te has caído por unas escaleras y estás sangrando. ¿Por qué eres tan cabezota?

—No lo soy —espetó ella, soltando el brazo—. Además, ¿por qué te preocupa tanto?

Él retrocedió.

—¿Que por qué me preocupa?

—Sí, pensé que estarías encantado de que me rompiera el cuello.

Gabe la miró un buen rato. Al principio, se quedó consternado, pero después se acordó de lo que le había dicho el día anterior y entendió por qué había llegado a esa conclusión.

—No quiero que te pase nada, ¡por Dios! —Apoyó las manos en las rodillas y empezó a ponerse de pie—. Al menos, déjame que vaya a buscar a tu padre...

—No. —Ahora fue ella la que lo agarró del brazo. Sus miradas se encontraron—. No le digas nada a mi padre, por favor. No quiero que se preocupe ni se altere por nada.

—¿Por nada? Nic, podrías haber...

—Ya tiene bastantes preocupaciones en este momento. No necesita asustarse por una tontería como esta —dijo ella con ojos suplicantes—. Por favor, Gabe, no se lo cuentes.

Que se preocupara tanto por su padre tocó una fibra en su interior en la que prefería que Nic no metiera la nariz. Se agachó y colocó la mano sobre la de ella, en el lugar en el que la estaba agarrando. A pesar de lo que había pasado entre ellos aquella noche de hacía cuatro años, siempre, *siempre*, le había costado mucho decirle que no y ahora no iba a ser distinto.

—No le diré nada —le prometió con voz ronca, retirando la mano de ella de su brazo—. Siempre y cuando no estés herida. Voy a buscar algo para tu brazo y luego me quedaré aquí un rato para asegurarme de que estás bien.

Ella lo miró como si quisiera protestar, pero al final estuvo de acuerdo.

Como no quería dejarla sola, dudó un instante, pero luego subió las escaleras, se detuvo en la parte superior para arrancar la enredadera con la que Nic se había tropezado y la tiró por la barandilla. Después se dirigió a su apartamento y agarró varias cosas antes de volver con ella. Se la encontró sentada junto al jarrón, con los pies apoyados en último escalón. De repente le vino a la cabeza una imagen de ella, más joven, sentada en ese mismo lugar, esperándole a que llegara a casa, con el pelo recogido en una coleta y golpeando entre sí sus delgadas rodillas.

Apartó ese recuerdo de su mente, pasó junto a ella y se sentó en el escalón en el que tenía apoyados los pies.

—Déjame ver ese brazo.

—Puedo encargarme yo de él. —Nic intentó agarrar el paño húmedo que tenía en la mano.

Gabe alzó ambas cejas.

—Dame tu brazo, Nic.

Ella lo miró un instante y después puso los ojos en blanco.

—Está bien.

Cuando estiró el brazo, reprimió una sonrisa y empezó a limpiarle la sangre con cuidado. Se fijó en su calzado. Eran unas bailarinas con una suela fina que no servía para nada.

—Tienes que llevar unos zapatos más resistentes. Así no tropezarás con ninguna enredadera ni te caerás por las escaleras.

—No me he tropezado con nada, ni tampoco me he resbalado —protestó ella.

Gabe tiró el paño al suelo y tomó el algodón y el agua oxigenada que había traído.

—Pues yo creo que sí. Seguro que ni has visto la enredadera. Estaba en el suelo, al borde de las escaleras. —Tenía la piel por encima del codo en carne viva—. Has tenido suerte —masculló, sacudiendo la cabeza—. Podría haber sido mucho peor. Esto te va a escocer un poco.

—Sé que he tenido suerte. —Cuando presionó el algodón en las heridas, jadeó dolorida—. Pero no me tropecé ni resbalé. Me empujó alguien.

Gabe detuvo la mano y la miró.

—¿Qué?

—Que alguien me empujó. O esa fue la sensación que tuve. —Hizo una mueca mientras el agua oxigenada penetraba en su piel—. Oí algo parecido a un paso detrás de mí y luego sentí que me empujaban en la espalda.

Gabe frunció el ceño mientras alcanzaba el tubo de crema antibiótica. Había llevado el botiquín al completo.

—Vine en cuanto te oí gritar y aquí arriba no había nadie.

—Yo tampoco he visto a nadie, pero sé lo que sentí —respondió con un estremecimiento—. No me he resbalado. No soy tan torpe.

—Antes sí lo eras. —Aplicó la crema sobre su brazo con suavidad. Cuando la oyó inhalar de forma brusca, la miró—. Lo siento.

Nic negó con la cabeza. El rubor teñía sus mejillas de una manera absolutamente adorable.

—No había ninguna enredadera en la escalera.

—Sí la había. Ya la he arrancado y tirado.

—Pero no... No la he visto.

Gabe continuó aplicándole la crema en silencio. Después le colocó una venda encima. ¿Sería verdad que la habían empujado? La mera idea le puso de los nervios, pero no tenía ni idea de quién podía haberlo hecho. Ni por qué.

Ató la venda por los extremos y le bajó el brazo para que lo apoyara en el muslo.

—¿Cómo vas? ¿Estás mareada? ¿Tienes náuseas?

—Estoy bien —insistió ella—. Gracias por curarme el brazo.

—No ha sido nada del...

Alzó la vista al oír unos pasos acercándose. Un momento después, Dev apareció en lo alto de las escaleras. Justo detrás de él, estaba Sabrina.

Sintió que Nic se tensaba.

Dev contempló la escena con una expresión indescifrable.

—Me pregunto si quiero saber lo que está pasando aquí.

—No ha pasado nada. —Gabe miró a Nic—. Todo va bien.

—Pues eso no es lo que parece —repuso Dev—. ¿Te has hecho daño, Nikki?

—No —respondió ella, estirando el cuello para ver la parte superior de las escaleras—. Estoy bien.

—¿Te has caído por las escaleras? —inquirió Sabrina.

Por su tono de voz parecía que estaba intentando no reírse.

—Sí. —Nic apartó la vista y se quedó mirando los escalones que tenía delante—. Me he caído.

—¡Oh, no! —Sabrina colocó una mano en el brazo de Dev—. Espero que no esté intentando conseguir una baja laboral —soltó un jadeo—. ¡Ni que vaya a demandaros!

Gabe abrió la boca, pero Nic fue más rápida.

—Al contrario de lo que piensas, no necesito dinero con tanta desesperación como para tirarme por unas escaleras.

Sabrina la miró con los ojos entrecerrados.

—Me alegra oír eso —intervino Dev con tono seco—. Entonces, ¿te has caído por las escaleras?

Gabe esperó a que dijera que la habían empujado, pero Nic soltó un suspiro y recogió el jarrón.

—Sí, pero logré salvar las flores.

Al día siguiente, Nikki se sentía como si se hubiera caído por unas escaleras. Bueno, en realidad se había caído por unas escaleras.

¡Dios! Había tenido suerte de no haberse abierto la cabeza o algo peor. Todavía seguía preguntándose cómo era posible que solo hubiera terminado con unos rasguños. Su ángel de la guarda había debido de estar haciendo horas extra.

También seguía sin creerse que fuera Gabe el que la encontrara. Y no solo eso, que cuidara de ella como si no la odiara.

Porque la odiaba.

Pero no era del tipo de persona que dejaba a alguien tirado al final de unas escaleras, sangrando y con heridas.

Hizo una mueca de dolor, sacó dos latas de caldo de pollo y las apoyó en su pecho mientras se hacía con un paquete de fideos.

¿Me empujaron?

Llevaba obsesionada con esa pregunta desde el día anterior por la tarde. Sabía que había sentido una presión en la espalda. Que no había perdido el equilibrio porque sí. Alguien la había empujado, ¿pero quién? Gabe le había dicho que no había nadie allí arriba y que había una enredadera en el suelo, y no creía que fuera a mentirle en algo así. Ella tampoco había visto a nadie, ni oído ningún paso alejarse corriendo. Bueno, también era cierto que durante la caída gritó, así que era poco probable que hubiera podido oír nada, pero tenía claro que la habían empujado. Y si no había sido una persona, la única posibilidad era que se tratara de un... fantasma.

La idea, aunque absurda, no la hizo reír. Se había criado en esa casa. Jamás había visto nada fuera de lo normal, pero sí había oído cosas raras: pasos en un pasillo donde no había nadie, la risa de una mujer cuando no había ninguna cerca y objetos moviéndose.

Un escalofrío le recorrió la espalda. No sabía qué era peor: si que una persona viva quisiera hacerle daño o un fantasma dándole un viaje rápido escaleras abajo.

En cualquier caso, estaba agradecida porque Gabe no le hubiera contado nada a su padre. El día anterior había podido ocultar su vendaje usando un cárdigan y, en ese momento, llevaba una camisa con unas mangas que le llegaban hasta los codos.

Se acordó del coche que parecía haberla seguido prácticamente hasta la puerta de la casa de sus padres. Volvió a estremecerse. Tal vez ese coche no la había seguido y quizá... quizá se había tropezado con la enredadera. Desde luego, era mucho más probable que la teoría de que alguien la había empujado.

Salió de la despensa y regresó a la cocina. Cuando llegó a la isla, oyó el sonido de unos tacones golpeando el suelo de madera. Supo quién era antes de que entrara en la estancia.

Nada más ver a Sabrina, el enfado se apoderó de ella. Su apariencia era impecable, como siempre. Su elegante corte recto desafiaba las leyes de la física ya que no tenía ni un solo pelo fuera de lugar. Llevaba unos pantalones negros que parecían repeler cualquier tipo de pelusas y una blusa sin la menor arruga metida por dentro con tal pulcritud que Nikki no pudo evitar preguntarse cómo era posible tal cosa.

También se preguntó qué estaba haciendo en la cocina. Dudaba que esa mujer fuera capaz de distinguir una espátula de un tenedor.

—Hola, Nikki —la saludó. Pronunció su nombre como si se tratara de una enfermedad de transmisión sexual nueva—. Quería asegurarme de que estabas al tanto de que esta noche voy a cenar con Devlin.

Por desgracia, ya lo sabía.

—Sí. Me han informado esta mañana.

Sabrina miró la isla.

—Espero que no tengas pensado preparar eso de cena.

—Tenía planeado un guiso...

—Me da igual lo que tuvieras planeado —la interrumpió la prometida de Devlin—. No voy a cenar un guiso.

—Entonces tendrás que pedir que te traigan algo de comer —respondió ella, intentando no levantar la voz.

Sabrina la miró con los ojos entrecerrados.

—¿Hablas en serio o solo te estás haciendo la listilla?

Sinceramente, no se estaba haciendo la listilla. Más o menos.

—Solo he descongelado el pollo. Si me pongo a preparar otro plato, no tendré listo...

—Entonces quiero una pechuga de pollo a las hierbas —la cortó de nuevo. Nikki se preguntó durante un instante si estaba trabajando en un restaurante—. ¿Es una petición demasiado difícil? ¿Demasiado complicada para tus limitados talentos?

¿Limitados talentos? ¡Ah! Dios debía de estar probando su paciencia.

—Sin problema. ¿Quieres que también te haga una ensalada?

Sabrina esbozó una sonrisa de suficiencia.

—Deberías haberme ofrecido eso antes de decirme que pidiera que me trajeran algo de fuera.

Nikki se dispuso a contar hasta diez para no soltar un taco, aunque solo llegó hasta cinco.

—¿Te apetece que te prepare un ensalada con el pollo?

—Sí, me encantaría.

Hizo un gesto de asentimiento y se dio la vuelta, esperando que Sabrina captara la indirecta.

Pero no lo hizo.

—¿Cómo te encuentras después de tu caída?

Un escalofrío le recorrió la columna. Se volvió hacia Sabrina de nuevo. Sabía perfectamente que su preocupación no era auténtica.

—Bien. Gracias por preguntar.

Sabrina asintió.

—Me alegra oírlo.

Sí, claro.

—Detestaría que alguien tan joven como tú sufriera una tragedia a consecuencia de una caída. —Sabrina le sonrió de nuevo—. Te veo en la cena.

Mientras la prometida de Devlin se alejaba, a Nikki se le pusieron los pelos de punta. De pronto, mientras estaba allí de pie, a su mente acudió un pensamiento horrible. ¿Y si... Sabrina la había empujado? El día anterior había estado en la casa. Por supuesto. ¿Pero podría haberse alejado de Devlin durante un momento? Le había tirado el champán en los pantalones, aunque aquello le parecía una venganza demasiado drástica, incluso para alguien tan miserable como Sabrina.

¿Pero y si hubiera sido ella?

7

Por suerte, después del miércoles, Nikki solo tuvo que preocuparse por preparar y servir la cena a Devlin, que era como interactuar con un muro de ladrillos, y a Gabe, que era como un búfalo de agua sediento.

Durante los días siguientes, solo vio a Gabe durante la cena, y aparte de tener que estar llevándole un vaso de agua cada vez que se lo pedía, no le dio mucha conversación, salvo cuando le preguntó por su brazo el miércoles.

Que estaba perfecto.

De día no lo veía. Hasta donde ella sabía, ni siquiera estaba en casa. En cuanto a Devlin, era como uno de los fantasmas de la casa. Creía atisbarlo por el rabillo del ojo, y en cuanto se volvía para saludarlo, ya no estaba.

Era espeluznante.

Seguro que Devlin la vigilaba para que no usara más vaqueros rotos y para que no se cayera de nuevo por ninguna escalera.

Lo que hasta ese momento no había sucedido, pero cada vez que se disponía a subir o a bajar cualquiera de las que había en la casa, miraba hacia atrás.

Al principio, había estado convencida de que Sabrina la había empujado, pero en cuanto se pudo parar a pensar en ello seriamente, le pareció una locura que la prometida de Devlin hiciera algo tan fuera de lugar.

No, no podía haber sido ella.

Sobre todo porque a Sabrina le habría aterrorizado romperse una uña en el proceso.

Lo que le dejaba la pregunta de quién o qué lo había hecho, y Nikki no tenía ni idea. Durante todos los años que había pasado en esa casa, solo se había sentido incómoda en contadas ocasiones, pero en ese momento pasaba por las silenciosas habitaciones y pasillos con la sensación de que alguien estaba con ella, justo detrás.

Estaba haciendo su ronda del viernes por la tarde, limpiando la sala de juegos (que tenía un bar completamente lleno) cuando le vibró el teléfono en el bolsillo trasero de los vaqueros. Bueno, en realidad no eran vaqueros, *vaqueros*. Eran unos *jeggings* (la comodidad de los *leggings* con el aspecto de un vaquero) y los mejores pares incluían bolsillos, así nadie notaba la diferencia.

Ella era una gran forofa de esta prenda. Prácticamente vivía con ellos puestos.

Dejó la botella de wiski en el bar y sacó el teléfono. Cuando vio que se trataba de un mensaje de texto de su amiga Rosie, sonrió mientras se colocaba un mechón de pelo detrás de la oreja.

¡El alcohol y la toma de malas decisiones empiezan mañana, a las ocho de la noche!

Rosie era todo un personaje. La había conocido en su primer año en la Universidad de Alabama. La menuda pelirroja era varios años mayor que ella y estaba llevando con *tranquilidad* sus estudios, lo que significaba que estaba tardando una media de dos años en terminar lo que un estudiante normal haría en uno. Tampoco ayudaba mucho el hecho de que hubiera cambiado tres veces de especialidad desde que Nikki la conocía.

Al final se había graduado el mismo semestre que Nikki, con una licenciatura en Filosofía.

Siempre se acordaría del día en que se enteró de los años que en realidad tenía su amiga. A sus treinta y tres años parecía diez años más joven y actuaba como una persona de la edad de Nikki. Eso no significaba que pensara que era una persona inmadura. Bueno, si era sincera consigo misma, dependía del momento, pero Rosie todavía disfrutaba de la vida al máximo, con esa libertad que a uno le proporciona el no tener una carrera profesional, una pareja, unos hijos o una hipoteca.

Nikki respondió al mensaje.

Este fin de semana no puedo. Lo dejamos para el sábado que viene.

Rosie le envió una carita triste y después copió su primer mensaje, aunque cambiando la fecha a la del sábado siguiente. Nikki volvió a meterse el teléfono en el bolsillo. Tenía muchas ganas de ver a su amiga. Antes de empezar a trabajar allí había estado un par de semanas en casa y no había hecho otra cosa que salir a cenar unas pocas veces con sus amigos de la infancia y visitar la protectora de animales de la zona. Necesitaba salir de casa, y quedar con Rosie por la noche era el plan perfecto, pues así podría pasar con su madre la mayor parte del sábado.

Solía salir de la propiedad De Vincent tarde, y cuando llegaba a casa, su madre ya estaba dormida, exhausta por el tratamiento, de modo que había decidido despertarse una hora antes para poder desayunar con ella antes de irse al trabajo.

Estaba sudando por haber tenido que levantar todas esas malditas botellas y subir y bajar la escalera de mano. En ese momento estaba de puntillas para poder colocar la última botella, cuando oyó un ruido en el pasillo.

Se giró sobre su cintura con un nudo en el estómago. Sabía que no era su padre. Había salido a hacer unos recados. Se agarró a la parte superior de la escalera y se estiró un poco, intentando tener una mejor visión del pasillo, pero hasta donde alcanzó a ver, no había nadie.

Se mordió el labio.

Cuando se volvió hacia las estanterías, una ola de pequeños escalofríos le recorrió la nuca. Seguro que se trataba de Devlin.

El sonido de un cristal deslizándose por la madera le congeló las entrañas. Se volvió tan deprisa que le sorprendió no haberse caído. Clavó la vista en la barra de madera de roble.

Había dejado cinco vasos recién limpios en fila. Pero ahora uno de ellos estaba separado varios centímetros del resto.

Abrió la boca en una brusca inhalación mientras se le erizaba el vello de la nuca.

—¡Esta maldita casa! —susurró.

Esos vasos pesaban lo suyo. Si agarraba uno y golpeaba con él a alguien en la cabeza, lo dejaría fuera de combate. Era imposible que se hubiera movido solo.

—No. —Se bajó de la escalera y vaciló un instante antes de estirar el brazo—. Hoy no, Satanás. Ve a tomarle el pelo a otra.

Cogió el vaso, lo guardó en un armario e hizo lo mismo con los demás. Después salió de detrás de la barra. Gracias a Dios, casi había terminado. Esa estancia tan poco iluminada estaba empezando a ponerle la carne de gallina.

De camino a la puerta, vio una servilleta arrugada debajo de la mesa de billar. Se acercó a ella temblando. ¿Era una impresión o el aire en esa habitación era mucho más frío que en el resto de la casa? Seguramente se debía a que no había ventanas por las que entrara el sol. O por la presencia de fantasmas.

No había otra explicación.

Al menos se alegraba de que no hubiera ninguna escalera cerca.

Se agachó para recoger la servilleta.

—¡Vaya! Hola.

La voz masculina la sobresaltó. Se incorporó a toda prisa, pero se golpeó la cabeza con la mesa de billar y cayó hacia atrás, de nalgas. Se llevó una mano al costado de la cabeza.

—¡Ay!

Una risa profunda la puso de muy mal humor. ¿Qué tenía de divertido que casi se hubiera descalabrado? ¿O que esa casa estuviera intentando matarla?

—Estoy acostumbrado a que las mujeres se arrojen a mis pies, pero no hasta el punto de hacerse daño a sí mismas. Eso es nuevo —dijo la misma voz que tanto le sonaba—. ¿Estás bien?

A pesar del dolor que sentía, logró abrir un poco los ojos y vio una mano delante de ella. Recorrió con la mirada el brazo y la camisa que estaba remangada a la altura del codo.

—¿Hola? —dijo la misma persona, moviendo los dedos.

Contempló la cara del hombre mientras bajaba la mano con la que se había tocado la palpitante cabeza. *¡Mierda!* Ahora entendía por qué le había sonado esa voz.

Se trataba de Parker Harrington.

Y ni loca iba a aceptar su mano.

Prefería zambullirse en una colada de lava antes que darle la mano.

¿Qué narices estaba haciendo allí? Normalmente, su padre estaba pendiente de que ninguna visita entrara en la casa y deambulara por ella a su libre albedrío. Y eso era algo que Parker sabía. Cuando era pequeña, lo había visto por allí miles de veces, ya que era amigo de los hermanos De Vincent. Supuso que en ese momento lo sería aún más. Al fin y al cabo, Devlin iba a casarse con su hermana. Sin embargo, nadie que no formara parte de la familia tenía permitido transitar por esa casa sin escolta. Por desgracia, su padre no estaba allí y era evidente que Parker había aprovechado la coyuntura.

Se negó a darle la mano, hizo caso omiso del dolor y se puso de pie sin ayuda.

—Me has asustado.

—Sí, ya me he dado cuenta. —Se miró la mano vacía con esos ojos azul claro, del mismo color que los de su hermana, y la bajó con el ceño fruncido—. Reconozco que no he hecho mucho ruido. Te vi aquí y..., bueno, me quedé disfrutando de las vistas.

¡Qué asco!

Parker no solo seguía comportándose como recordaba, lo que ya de por sí era bastante espeluznante, sino que físicamente era igual, pero un poco más viejo. Llevaba el pelo rubio claro peinado hacia atrás y continuaba teniendo una cara apuesta, aunque agresiva. Sus finos labios siempre le habían recordado a un ave de presa. Era más joven que Sabrina. Debía de tener la edad de Lucian.

—Hacía una eternidad que no te veía —prosiguió él—. Mírate. —La observó con tal descaro que llegó a resultarle grosero—. Has crecido un montón. Tienes carne en los sitios exactos.

¡Doble asco!

Nikki dio un paso atrás, estrujando la servilleta en la mano.

—Me alegro de verte —repuso con tono seco—. Espero que todo te vaya bien, pero ahora tengo que volver al trabajo.

Parker se hizo a un lado, justo cuando ella hacia lo mismo, y se interpuso entre ella y la puerta. El enfado creció en su interior, aunque también vino acompañado de una ligera sensación de pánico. Ya habían estado en esa misma situación en el pasado.

Eso era precisamente lo que necesitaba para coronar su primera semana allí. Toparse de nuevo con el más odioso, aunque también más pegajoso, hermano Harrington.

—Cuando Sabrina me comentó que estabas trabajando para los De Vincent, casi no me lo creí. —Sonrió, mostrando sus ultrabrillantes y ultraperfectos dientes blancos—. Pero aquí estás.

Ella soltó un sonoro suspiro.

—Sí. Aquí estoy. Y bastante ocupada, por cierto...

—Vamos, Nikki. Hace un montón que no nos vemos. —Apoyó su pesada mano sobre su hombro—. ¿Por qué no retomamos nuestra relación?

Dio un paso atrás, alejándose de él con una sonrisa de disgusto.

—Nunca tuvimos ninguna relación. No hay nada que retomar.

Parker soltó una risa ronca.

—Eso no es del todo verdad.

Nikki jadeó, sorprendida de que él se atreviera siquiera a traer a colación lo que seguro tenía en mente.

—Eso no fue ninguna relación. Eso fuiste tú intentando...

—¿Intentando qué? ¿Ser amable con alguien que siempre se mostró como una zorra engreída?

Nikki alzó tanto las cejas que prácticamente le llegaron hasta el nacimiento del pelo.

—¿Que yo era una zorra engreída?

¿Acaso ese hombre no conocía a su propia hermana? ¿Se había mirado en el espejo últimamente?

—Sí. —Parker seguía sonriendo, pero su mirada no era nada cálida. Era igual que la de su hermana—. Recuerdo intentar conocerte un poco mejor cuando estabas por aquí, esperando que esa ama de llaves dejara de estar por todos lados.

—Esa ama de llaves es mi madre —replicó—. Y no creo que tú y yo tengamos el mismo concepto de lo que significa «conocer a alguien».

Por supuesto que no. Cuando tenía diecisiete años, Parker la había acorralado. Fue durante una tarde especialmente calurosa de julio. Los hermanos estaban en casa y habían invitado a algunos amigos, sobre todo Devlin. Ella se había metido en la casa de la piscina, ya que había estado bañándose un rato en la parte menos profunda, y Parker entró cuando solo llevaba una toalla encima. En lugar de darse la vuelta y salir de allí, como habría hecho cualquier chico decente, se acercó a ella. *Demasiado.*

Y entonces...

Se le secó la boca.

Parker la había asustado. Y de no haber sido por Lucian, que entró en busca de una toalla, estaba convencida de que habría ido mucho más allá. Como era de esperar, él luego restó importancia al asunto, alegando que no había sabido que ella estaba allí. Y aunque Nikki había estado desesperada por contar la verdad, como pensó que Lucian no dudaría de su amigo, no dijo nada.

Y Parker sabía muy bien por qué.

—¡Oh! Estoy seguro de que sí tenemos el mismo concepto. —Volvió a interponerse en su camino, pero esta vez se acercó más a ella—. De la misma forma que querías conocer a Gabe.

Nikki se golpeó el trasero con la mesa de billar.

—No sé de qué estás hablando.

—¿En serio? —Parker se rio mientras se inclinaba hacia delante y colocaba una mano en la mesa de billar junto a ella. A Nikki se le tensó cada músculo del cuerpo. El lunes, Gabe había hecho un gesto similar en la cocina, pero no tenía nada que ver con esto—: Te comportabas como una gata en celo cada vez que Gabe estaba cerca. Y dudo que eso haya cambiado.

Abrió la boca. Se moría de ganas por cantarle las cuarenta a ese tipo, pero se contuvo. ¡Ja! Acababa de comportarse como una auténtica adulta. Ya se premiaría después con un *beignet*. Daba igual que lo que él había dicho fuera verdad o no. Contradecir a Parker o discutir con él solo prolongaría aquella conversación.

—Tengo trabajo que hacer, Parker.

—Lo sé. —El hermano de Sabrina movió las caderas y apoyó la otra mano en la mesa de billar—. ¿Qué haces luego?

Ahora sí se quedó pasmada.

—¿Hablas en serio?

—¿Tú qué crees?

—¿Me estás pidiendo una cita?

Parker bajó la cabeza, obligándola a inclinarse hacia atrás todo lo que su espalda le permitía. Al igual que le pasaba a su hermana, no se le movió ni un solo pelo.

—Puedes venir a ver mi casa. Acabo de comprarme un ático nuevo en Woodward. Seguro que te gusta.

Durante unos segundos, Nikki se quedó sin palabras, pero luego soltó una sonora carcajada.

—¿No me invitas a cenar, sino a ver tu ático?

—Sí. —La sonrisa de Parker se fue desvaneciendo poco a poco—. ¿Por qué iba a invitarte a cenar?

—¡Por Dios! —Volvió a reírse, incrédula. Ese tipo no podía ser real. Su propuesta era tan ridícula, tan de mal gusto, que ni siquiera podía sentirse ofendida.

Alguien se aclaró la garganta.

—¿Interrumpo algo?

¡Santo cielo!

Cerró la boca mientras Parker hacía lo mismo con los ojos. Un extraño escalofrío lo recorrió. Se apartó de la mesa, alejándose de ella, y se dio la vuelta.

—Hola, Gabe —dijo con tono jovial—. No sabía que estabas en casa. De lo contrario habría subido a saludarte.

Nikki miró a Gabe a los ojos. Los estaba mirando como si estuviera a punto de sacar a uno de ellos (o a ambos) a patadas de su casa.

—¿Qué estás haciendo aquí, Parker? —El mediano de los De Vincent tenía tan tensos los músculos de la mandíbula que habría podido romper granito con ellos.

Parker sonrió de oreja a oreja.

—Venía a hacer una visita a Devlin, pero entonces vi a Nikki y me paré a saludarla. Llevaba cuatro años sin verla. ¡Qué locura!, ¿verdad?

Nikki inspiró profundamente por la nariz y se cruzó de brazos.

—Parker ya se iba.

—Me alegra oírlo —replicó Gabe, separando un poco más las piernas.

No pudo evitar fijarse en ellas. Y como era habitual, bajo aquellos vaqueros iba descalzo.

Parker la miró por encima del hombro.

—No te olvides de mi propuesta. Sigue en pie.

No le dio tiempo a decirle que tenía el mismo interés en ver su ático que en ponerse a nadar en uno de los pantanos de la zona, porque ya se estaba yendo hacia la puerta.

Cuando pasó al lado de Gabe, asintió con la cabeza.

—Sé dónde está la salida.

Consciente de la tensión que se palpaba, permaneció callada. Y entonces ella y Gabe se quedaron solos por primera vez desde que le vendó el brazo.

¿Iría a pedirle un vaso de agua?

La idea estuvo a punto de hacerla reír, pero en cuanto vio la cara de Gabe, que la estaba observando junto a la barra, se dio cuenta de que no sería prudente.

¡Dios bendito!

Se apartó de la mesa de billar y dijo lo primero que se le ocurrió:

—Tengo que ponerme a preparar la cena.

—Lo que tienes que hacer es mantenerte alejada de Parker Harrington.

El asombro se apoderó de ella. Se detuvo en seco y se volvió hacia Gabe.

—No tenía pensado estar cerca de él.

Gabe la taladró con la mirada.

—Esa no es la impresión que me ha dado.

—No tengo ni idea de cuál ha sido tu impresión, pero ese hombre ha entrado aquí cuando estaba limpiando. Yo no lo he buscado.

—Pues se os veía encantados con vuestro reencuentro.

A Nikki iba a explotarle la cabeza.

—Pues has visto mal.

No parecía creerla.

—Parker solo quiere una cosa de ti, Nic. Y no es precisamente una relación.

—¡No me digas! —exclamó. Y luego volvió a reírse. Aquella conversación era absurda por varias razones. Si Gabe hubiera sabido cómo era Parker, nunca habría sugerido nada parecido.

O quizá no le importaba, dadas las circunstancias.

Dio un paso adelante sin apartar los ojos de ella, pero Nikki no se amedrentó.

—¿Y con eso te basta? ¿Ser un polvo rápido del que se deshará enseguida? Porque la gente como Parker solo se relaciona con personas como los Harrington. Todos los demás no valen nada.

Tardó varios segundos en darse cuenta de lo que le estaba diciendo, pero cuando lo hizo, explotó. Le daba igual que Gabe la odiara, pero no iba a quedarse allí mientras él la sermoneaba sobre Parker Harrington.

—En primer lugar, déjame dejarte esto claro: Parker no me interesa en absoluto. Y ahora te lo voy a explicar otra vez, Gabe. Estaba aquí haciendo mi trabajo tranquilamente cuando él vino. Te aseguro que no lo soporto.

La expresión de Gabe siguió siendo la misma.

—En segundo lugar, no sé si te has percatado o no, pero cuando pienso en «personas como los Harrington» lo primero que me viene a la cabeza son los De Vincent.

—No nos parecemos a ellos en nada —espetó él—. Y lo sabes muy bien.

—Devlin se va a casar con uno de ellos —apuntó ella.

—Sí, Dev.

Ella levantó los brazos en el aire.

—¡Es un De Vincent!

Gabe se acercó más, invadiendo su espacio personal. Su voz se volvió más grave.

—Y también sabes que yo no soy como Dev.

—Esto no tiene nada que ver contigo o con Devlin. —Se sentía tan frustrada... ¿Pero qué demonios?—. Vamos a volver al tema. Parker no me interesa lo más mínimo, pero si lo hiciera, no sería asunto tuyo, Gabe.

—¿Ah, sí? —Un atisbo de sonrisa estiró sus labios.

—Sí. —Lo miró fijamente—. Y al contrario de lo que crees, no voy por ahí lanzándome a los brazos de los hombres, así que...

—¿De veras? —la interrumpió él secamente—. Eso no es lo que yo recuerdo.

Nikki retrocedió como si la hubieran golpeado. La ira se transformó en un sentimiento espantoso en sus entrañas, oprimiéndole el pecho. Gabe le había hecho mucho daño con sus palabras.

—¿Tienes esa opinión de mí... —tomó una profunda bocanada de aire y se apartó de él— por lo que hice cuando tenía *dieciocho* años?¿De verdad crees que me lanzo a los brazos de los hombres?

Él no respondió, pero una sombra atravesó su rostro. Durante un instante pareció arrepentido, pero enseguida volvió a adoptar la misma expresión de antes. Tenía que estar loca por pensar que se sentía mal por haber dicho eso.

Negó con la cabeza con un nudo en la garganta y siguió hablando:

—Me he pasado los últimos cuatro años arrepintiéndome de esa noche. Pensé que era imposible sentirme peor, pero estaba equivocada, porque nunca lo he lamentado tanto como ahora.

La sombra volvió.

—Nic...

—Muy bien. Piensas lo peor de mí. Lo entiendo, pero tenía dieciocho años y cometí un error por el que he estado pagando de una forma que ni siquiera te puedes imaginar. No soy la misma chica. —Le temblaba la voz—. Pero no lo sabes. Porque no me conoces en absoluto.

8

Por mucho que le avergonzara admitirlo, esa noche Nikki se fue a casa y lloró como si fuera la misma chica que le había negado ser a Gabe, y eso la cabreó. ¿Por qué le dolía tanto el concepto tan erróneo que tenía de ella? La respuesta, la única respuesta posible, la aterrorizaba.

Porque significaba que a una parte de sí misma, una parte completamente estúpida, todavía le preocupaba lo que Gabe pensara de ella y cómo se sentía él. Una preocupación seria, no solo superficial. Y eso era inaceptable.

Nikki ya no sentía nada por él. Había superado ese absurdo enamoramiento. Y eso era lo que se había dicho a sí misma durante todo el fin de semana, así como cuando llegó a la propiedad De Vincent el lunes por la mañana. En cuanto se sorprendiera pensando en Gabe, se olvidaría de él y se centraría en cosas más importantes.

Como por ejemplo, qué era lo que iba a hacer cuando todo aquello terminara.

Por mucho que respetara el trabajo de sus padres, eso no era lo que quería hacer en la vida. El día anterior, mientras había paseado a los pobres perros de la protectora, había estado repasando todas las opciones posibles con todos sus pormenores. Todavía no había decidido si quería continuar con sus estudios haciendo un máster o consiguiendo un doctorado en Trabajo Social o ponerse a trabajar directamente. Lo único que tenía claro era que, eligiera lo que eligiese, quería que fuera cerca de su casa.

La enfermedad de su madre había hecho que se diera cuenta de que cada vez le quedaba menos tiempo con sus padres. A pesar de que no quería reconocerlo, sabía que aunque su madre se recuperara (que lo haría), los años que tenía por delante ya no serían los mismos.

Así que se iba a quedar por allí, pasara lo que pasase.

De modo que necesitaba encontrar un lugar barato y seguro en el que vivir. El poco dinero que había ahorrado con su trabajo de media jornada en la librería de la universidad no le iba a dar para mucho, pero ahora también estaba recibiendo un salario de los De Vincent, lo que hacía que se sintiera un poco rara. Sus padres se habían negado a que les entregara toda su nómina, pero ella sabía que, con todo lo que estaba pasando, necesitaban todo el dinero posible. Así que, después de muchas discusiones, habían aceptado que les diera la mitad.

Lo que le pareció de lo más justo, pues a ella no se le daba tan bien como a su madre llevar la casa De Vincent.

Seguro que Devlin también pensaba lo mismo cada vez que la veía.

Entonces, lo primero que necesitaba era un apartamento. Después de eso ya decidiría lo que quería hacer con su carrera, e incluso quizá se pondría a buscar a alguien que... la distrajera. No le había ido muy bien en la universidad en ese aspecto, aunque tampoco se había esforzado mucho por conservar una relación.

Había salido con Calvin la mayor parte del tercer curso y durante todo su último año de universidad. Incluso lo había llevado a casa un *Mardi Gras* para que conociera a sus padres. Calvin era un buen chico, pero ella no había podido... involucrarse del *todo* en la relación y él se había dado cuenta. Al final se había dado por vencido y la dejó.

Pero se habían acabado las tonterías.

Iba a tener alguna cita, no, citas, y no se iba a dedicar a comparar lo que *solía* sentir por Gabe con lo que sentía por todos los hombres que había conocido desde entonces.

Punto.

Centrarse en su vida y en lo que quería hacer con ella la estaba ayudando a no caer en ese pozo conocido como Gabe. Sí, la operación «Evitarlo a toda costa», o EATC para abreviar, estaba funcionando.

Sobre todo porque el susodicho llevaba sin ir a cenar al comedor desde el jueves anterior, y cada vez que lo veía en el pasillo u oía su voz, Nikki entraba en modo ninja y se metía en la habitación que tuviera más cerca.

Aunque en algunas ocasiones (pocas) no había tenido éxito.

Ocasiones como en la que se encontraba ahora. En ese momento, lo estaba oyendo hablar por teléfono mientras terminaba de colocar una pila de toallas limpias fuera de la sauna.

Sí.

Tenían sauna.

Se volvió rápidamente hacia la puerta abierta y deseó haberla cerrado antes de entrar. Miró hacia atrás. ¿Podía esconderse en la sauna? Bueno, eso era un poco exagerado. Se sintió como cuando era una cría, atrapada en la piscina, con aquel bañador horroroso, demasiado avergonzada y aturdida como para moverse.

¿Qué tenía esa casa para que se sintiera como si hubiera retrocedido una barbaridad en lo que a su crecimiento personal se refería?

—Sí, tendré el marco listo a comienzos del próximo fin de semana —le oyó decir antes de hacer una pausa.

Nikki se planteó seriamente abrir la ventana que tenía más a mano y escabullirse por ella.

Pero en ese instante Gabe se rio.

Y ella se quedó sin aliento. *Esa risa.* Hacía tanto tiempo que no oía ese sonido... Era profunda y tan contagiosa que las comisuras de sus labios empezaron a alzarse. Le recordaba a las largas tardes de verano, cuando cometía un sinfín de estupideces solo para oírla.

Llevaba años sin oírla.

—El precio del envío es lo que menos te va a preocupar.

Se estaba acercando.

—¡Mierda! —murmuró ella cuando se dio cuenta de que, si él decidía entrar, no tendría dónde esconderse.

Un segundo después, Gabe apareció en el umbral. A ella se le detuvo el corazón al instante, aunque inmediatamente después comenzó a latirle a toda prisa.

Gabe iba sin camisa.

¡Código rojo! ¡Código rojo!, le gritó su mente mientras sus ojos ávidos y codiciosos se deleitaban con cada centímetro desnudo de su piel. Lo había visto cientos de veces sin camisa, hasta desnudo. No era ninguna novedad, pero había pasado mucho tiempo y enseguida se percató de que su memoria no le había hecho justicia.

No debería estar mirándolo así, pero no pudo evitarlo. Los pantalones de nailon que llevaba le caían por las caderas de una forma indecente, mostrando unas hendiduras que harían que se le cayera la baba a cualquiera. Tenía una tableta de abdominales perfectamente definida, aunque eso era algo que ya sabía porque entrenaba todos los días. Una delgada línea de vello se extendía desde el ombligo hasta la parte inferior del vientre, desapareciendo bajo los pantalones. Cuando se obligó a mirar hacia arriba y vio la suave piel de los pectorales y la anchura de sus hombros, el corazón le dio un vuelco. Unos auriculares le colgaban del cuello y se había recogido el pelo es una especie de moño que le resultó de lo más atractivo.

A los pocos segundos de que Gabe entrara al gimnasio, supo el momento exacto en que él se percató de que ella estaba allí, de pie y petrificada junto al estante de las toallas.

En cuanto la miró a los ojos, dejó de sonreír.

—Tengo que colgar.

No debió de esperar ninguna respuesta, porque bajó el teléfono al instante. A Nikki se le subió el corazón a la garganta.

Casi había pasado una semana desde su última conversación.

—¿Qué estás haciendo aquí? —preguntó él.

—Estaba dejando toallas limpias.

—Pues me ha dado la sensación de que estabas ahí parada, como si fueras una estatua.

No supo si le estaba tomando el pelo o no, pero le dio igual. Por fin había conseguido que sus músculos la obedecieran y que sus pies se movieran. Escogió marcharse por el camino más corto y el que le ofrecía estar lo más alejada de él. Un camino que requería que pasara por encima de una de las cuatro cintas de correr. No le importó parecer una idiota. No cuando pudo sentir su intensa mirada siguiéndola.

—¿Sabes que hay un suelo que puedes pisar? —inquirió él.

—Sí. —Asintió y se metió un mechón de pelo detrás de la oreja, sintiéndose tremendamente incómoda—. Pero me gusta andar por las cintas de correr.

—¡Ajá!

Se bajó de la cinta con las mejillas rojas. Solo le quedaban unos pocos metros para alcanzar la libertad. *Sigue andando. No te pares...*

—Nic.

Se paró. Era como si no tuviera control sobre su propio cuerpo.

Silencio.

Se mordió el labio. Aunque sabía que terminaría arrepintiéndose de aquello, se volvió hacia él despacio.

No supo cómo lo había conseguido, pero Gabe ahora estaba más cerca de ella. No podía verle bien los ojos, así que no tenía ni idea de si iba a preguntarle por su brazo o si se trataba de otra cosa. Tuvo que esperar a que pasaran otros segundos de incómodo silencio antes de oírle decir:

—Esta semana no has limpiado mi apartamento.

¡Vaya!

No se había esperado aquello.

—Sí, supuse que no querías que lo hiciera.

Gabe inclinó ligeramente la cabeza hacia un lado.

—Pero en eso consiste tu trabajo, ¿no? —Su tono helado habría impresionado a Devlin—. ¿Por qué no iba a querer que lo hicieras?

En eso consiste tu trabajo.

Una hoja afilada le atravesó el pecho. No tenía ni idea de por qué esa declaración la había molestado tanto. Quizá porque sabía que él nunca habría hablado así a su madre o a su padre. Y puede que también porque era un doloroso recordatorio de quién era ella ahora para Gabe.

Una empleada del hogar que trabajaba para su familia.

La desagradable sensación que ya había sentido antes le provocó un nudo en la garganta, pero levantó la barbilla. No iba a volver a llorar delante de ese hombre.

—Supuse que no querías que estuviera en tu habitación —dijo con voz tranquila—. Pero si quieres puedo limpiarlo esta tarde.

Un extraño brillo cruzó los ojos de Gabe. Lo vio apretar la mandíbula.

—Hoy no.

—Mañana entonces.

—Mañana tampoco me viene bien.

Nikki frunció el ceño.

—Mañana es viernes, así que no sé que otro día puedo hacerlo. La próxima semana...

—Podías haberlo hecho la semana pasada. Para eso te pagamos.

Cruzó los brazos sobre el pecho, como si quisiera formar un escudo que la protegiera del veneno que destilaban sus palabras.

—Lo siento. —Necesitó de todo su autocontrol para decir lo siguiente—: Tienes razón. Tendría que haberlo hecho la semana pasada, pero puedo hacerlo hoy o mañana. Si no te viene bien, entonces tendrá que ser la próxima semana.

Su rostro se tensó en lo que supuso era frustración, aunque tampoco tenía muy claro por qué se sentía así, cuando era él quien no estaba facilitando las cosas.

—No me parece aceptable tu propuesta.

El dolor se desvaneció, dando paso a la irritación. Se había acabado el mostrarse comedida.

—Entonces, ¿por qué no te lo limpias tú solito?

Gabe entreabrió la boca sorprendido.

—Eres un hombre adulto capaz de cambiarte las sábanas y recoger tus cosas —continuó, descruzando los brazos—. No soy tu madre.

—¡No jodas! —replicó él—. Gracias por aclarármelo.

—No sé qué es lo que quieres que diga o haga. Pero o me dejas limpiar tu apartamento cuando te lo he propuesto o tendrás que hacerlo tú.

Gabe torció el labio.

—No me puedo creer que me estés hablando de ese modo.

Nikki estaba demasiado enfadada para cerrar la boca y la poca prudencia que le quedaba se quebró como una ramita ante un viento huracanado.

—Y yo no me puedo creer que estés siendo tan gilipollas.

A Gabe se le escapó una risa de sorpresa, pero ella no supo si eso era una buena o una mala señal. De todos modos, le dio igual, porque lo único que le importaba en ese momento era el cabreo que tenía encima.

—Puede que ahora esté trabajando aquí, pero más te vale recordar que no soy tu sirvienta, ni tengo que obedecer todas tus órdenes.

—En realidad, eso es precisamente lo que tienes que hacer. —Gabe sonrió—. Te pagamos para eso.

No le faltaba razón, pero no estaba entendiendo la verdadera cuestión. Ni por asomo.

—¿Qué te pasó? —La pregunta se le escapó antes de poder reprimirla—. Nunca has sido así. ¿Devlin? Quizá. ¿Pero tú? No. ¿Qué coño hizo que cambiaras de ese modo?

—*Tú* me pasaste.

Aquellas palabras fueron como un puñetazo en el estómago. Se tambaleó hacia atrás antes de volver a mirarlo. Cerró la boca al instante, porque el nudo que tenía en la garganta se había hecho el triple de grande y no sabía si iba a empezar a insultarlo o a ponerse a llorar.

Así que hizo lo más inteligente.

Giró sobre sus talones y corrió hacia la salida del gimnasio. Creyó oírle maldecir, pero un golpe la sobresaltó. Le pareció que Gabe había lanzado algo contra la pared.

Y su lado más resentido rezó por que se tratara de su teléfono.

9

Una sombra cayó sobre el banco de trabajo. Gabe detuvo las manos y levantó la vista de la estructura de la cómoda que estaba tallando. A pesar del día asqueroso que estaba teniendo, sonrió cuando vio a Lucian allí parado.

Y no venía solo.

Troy LeMere estaba con él. Y ninguno de los dos traía las manos vacías.

Lucian abrió un botellín de cerveza y se la dejó en el banco mientras Gabe se quitaba los auriculares y apagaba la aplicación de música de su teléfono.

—Supuse que te encontraríamos aquí.

Gabe sonrió de oreja a oreja, abrazó a su hermano pequeño con un brazo y le dio una palmada en la espalda. El muy capullo llevaba tres semanas fuera.

—Me alegro de que ya estés en casa. —Se volvió hacia Troy y lo saludó con la misma efusividad. Sus hermanos y él lo conocían desde hacía tiempo. Su amistad se había forjado en las canchas de baloncesto—. ¿Y a qué debo el honor de tu presencia?

Troy esbozó una amplia sonrisa y se pasó la mano por la cabeza afeitada.

—¿A que hoy toca noche de chicos?

Gabe agarró el botellín y enarcó una ceja.

—¿Una noche de chicos en el taller de mi almacén?

El detective de color echó la cabeza hacia atrás y se rio.

—Cuando te casas, así son las noches de chicos.

—Cierto —murmuró Lucian antes de dar un trago a su cerveza.

—¿Qué? —Ahora fue él quien se rio. Se apoyó en el banco de trabajo—. Tú y Julia todavía no estáis casados.

—Todavía —recalcó Troy, sentándose en un taburete—. Pero me juego el cuello a que pasan por el altar antes de que termine el año.

Al ver que Lucian no decía nada, Gabe sacudió la cabeza. La última persona que se había imaginado sentando cabeza era su hermano pequeño, pero ahora Julia lo tenía comiendo de su mano y el menor de los De Vincent estaba encantado.

—¿Dónde está esa novia tan guapa que tienes? —preguntó con una sonrisa traviesa antes de beber un sorbo—. La echo de menos.

Lucian lo miró con los ojos entrecerrados.

—No tienes por qué echarla de menos.

Gabe se rio por lo bajo. Si había algo con lo que disfrutaba de lo lindo era provocando a su hermano con el tema de Julia.

—En serio, ¿dónde la has dejado? Tú estás aquí y soléis ir juntos a todos los lados.

—Estaba cansada por haber estado viajando todo el día. Ahora mismo está acurrucada en mi cama, esperándome. —Miró la cómoda en la que había estado trabajando—. ¿Qué coño haces aquí un sábado por la noche?

Gabe se encogió de hombros, pensando en lo agradable que debía de ser tener una relación como la de Lucian o Troy. Que alguien a quien quisieras te estuviera esperando al llegar a casa, y con quien desearas terminar y empezar el día. Había tenido eso con Emma. Pero lo había estropeado todo, con la ayuda de su familia.

Apartó el recuerdo de Emma de su cabeza.

—Tenía que terminar esto.

—Sí, claro —señaló Troy, descansando sus largas piernas en el banco de trabajo—. He oído que solo te quedaste unos días en Baton Rouge. ¿Qué ha pasado?

Agarró con más fuerza el botellín. Ambos sabían por qué iba a Baton Rouge.

—Necesito darles un poco de espacio. Es lo mejor que puedo hacer.

Lucian se quedó callado un momento.

—Tiene que ser muy duro.

—Lo es. —Después de esa confesión, se bebió medio botellín—. Ni te lo imaginas.

—Desde luego que no —reconoció su hermano—. Sabes que Dev va a querer intervenir.

—Vuestro hermano no sabe lo que son los límites —comentó Troy, rascando la etiqueta de su botellín.

Gabe soltó un resoplido.

—No hace falta que nos lo digas. —Cruzó las piernas a la altura de los tobillos—. Me da igual lo que opine Dev sobre el asunto. Le he dicho que no se entrometa y, si es listo, me hará caso. No es algo que le incumba.

—Dev se mantendrá al margen —le aseguró Lucian—. Pero no por mucho tiempo. Sabes lo que pasará.

Dejó el botellín a un lado y se cruzó de brazos. Sí, sabía exactamente de lo que su hermano mayor era capaz. Y también Lucian. Troy lo sospechaba, sobre todo en lo relativo a lo que de verdad había pasado con el cabrón de su primo Daniel, pero nunca lo diría en voz alta, porque en cuanto lo hiciera, tendría que investigarlos. Troy era como un hermano para ellos, pero también era policía, y uno que se tomaba su trabajo muy en serio.

Gabe solo esperaba que su deber con la placa nunca se interpusiera entre ellos.

—Por cierto... —Lucian arrastró la última sílaba mientras se pasaba una mano por el pelo rubio. Si no hubiera tenido los ojos típicos de los De Vincent, nadie habría pensado que eran hermanos. El hecho de que Lucian y su melliza fueran tan distintos físicamente a Dev y a él siempre les había tenido con la mosca detrás de la oreja. Aunque al final resultó ser al revés. Lucian y Madeline eran los hijos biológicos de Lawrence, y Dev y él no tenían idea de quién podía ser su auténtico padre—. Antes, cuando he estado hablando con Dev, me he enterado de que tu amor perdido ha vuelto.

A Gabe se le tensó todo el cuerpo.

Todo.

—Puto Dev. —Gabe descruzó las piernas y las separó—. No digas esas cosas.

Troy los miró confundido.

—¿Tu amor perdido?

Lucian sonrió.

—Sí.

—¿De verdad quiero saber de quién se trata? —preguntó Troy, bajando su cerveza.

Gabe le lanzó una mirada asesina a su hermano, pero este se rio por lo bajo y se volvió hacia el policía.

—¿Te acuerdas de Nikki? ¿La hija de Livie y Richard?

Su amigo abrió los ojos de par en par.

—Sí. Está en la universidad. Creo recordar que en Alabama, ¿verdad?

—Ya no. —Lucian se apartó del banco—. Está sustituyendo a su madre en la casa.

—Voy a preguntarlo de nuevo —dijo Troy—. ¿Quiero saber por qué has dicho que es el amor perdido de Gabe? Porque, sinceramente...

Lejos de arrepentirse, Lucian se rio de nuevo.

—Cuando era más joven, estaba completamente obsesionada con Gabe. Lo seguía por toda la casa. Incluso lo convenció para que la enseñara a nadar.

Nic no había tenido que convencerlo de nada. Él se había ofrecido como un idiota después de que estuviera a punto de ahogarse en la piscina.

—Cierra el pico, Lucian.

Su hermano, obviamente, no le hizo el menor caso.

—Gabe no puede evitarlo. Las mujeres siempre se obsesionan con él. Creo que es por el pelo. —Estiró la mano hacia su cabeza.

Gabe se quitó de en medio.

—¿Mujeres? ¿En plural? —preguntó Troy.

Lucian asintió.

—Sí. ¿No sabes lo de Sabrina?

—¿La prometida de Dev?

Gabe estaba a cinco segundos de dar un puñetazo a su hermano.

—Sí. La misma que viste y calza. ¿Sabías que Sabrina conoció a Gabe en la universidad? En realidad fue al primero de nosotros que conoció —explicó su hermano con un brillo de diversión en los ojos—. Desde entonces, ha ido detrás del pene de Gabe como si fuera el último del planeta.

Troy los miró con la boca abierta.

—Pero no es el último. Ni siquiera el único De Vincent.

—¿Podéis dejar de hablar de mi pene? —masculló él.

Lo ignoraron.

—Pero su pene no quiere tener nada que ver con ella, y con razón, porque esa mujer es una auténtica perra. No me gusta usar esa palabra, pero es la verdad. En cualquier caso, al final fue a por el siguiente mejor pene: el de Dev.

—¡No jodas! —musitó Troy, negando con la cabeza—. ¿Y Dev está al tanto de esto?

Lucian se encogió de hombros.

—Me sorprendería que no lo estuviera. Aunque no parece importarle.

—Dev no sabe que estuvo acosándome durante toda la universidad. Es molesta, pero inofensiva —explicó con una mueca de disgusto—. Y, sinceramente, preferiría olvidarlo. Sabrina se va a casar con Dev. Que Dios lo ayude, pero ya no es mi problema.

—Excepto cuando te persigue cada vez que sabe que estás en casa —señaló Lucian con ironía.

Efectivamente. Y esa era otra de las razones por las que encontrar una vivienda en Baton Rouge estaba en el primer puesto de su lista de prioridades. Se negaba a vivir en la misma casa que Sabrina. *Antes muerto*.

—Está bien. —Troy enarcó una ceja—. Volvamos a lo de antes. ¿Qué era lo de Nikki?

Lucian estaba encantado con la pregunta. Más que un cerdo revolcándose en el barro.

—El caso es que, cuando Nikki era una cría, no había ningún problema. Pero luego empezó a crecer y, bueno, me propuse como misión en la vida recordarle a Gabe que, aunque en ese momento no lo pareciera, todavía era una adolescente.

Gabe buscó la mirada de su hermano. Cuando este enarcó una ceja con gesto burlón, la ira bulló en su interior. La gente solía subestimar a Lucian. Al pequeño de los De Vincent no se le pasaba nada por alto.

Troy lo miró con los ojos entrecerrados.

—¿Necesitabas que te lo recordaran?

—¡Joder, no! —espetó él. A pesar de lo que sucedió con Nic antes de que se fuera a la universidad, siempre tuvo muy clara su edad. Daba igual que por aquel entonces se estuviera convirtiendo en una mujer preciosa, estaba absolutamente vedada para él—. Y deja de referirte a ella como si siguiera siendo una adolescente. Ahora tiene veintidós años.

¡A Dios gracias!

—Bueno, me tranquiliza oír eso. Puede que la edad de consentimiento sea a los diecisiete años, pero ese detalle legal no va a evitar que termines con una bala en la nuca. —Troy dio otro sorbo a su cerveza.

—¡Joder, hermano, que eres policía! —se rio Lucian.

El detective se encogió de hombros.

—Puede que Richard parezca un hombre tranquilo y controlado, pero he mirado a ese hombre directamente a los ojos y os aseguro que no dudaría en matar al cabrón que hiciera daño a su hija.

Él también lo tenía claro.

A Richard le habría dado igual que esa noche Nic tuviera dieciocho años. ¡Mierda! Seguiría sin importarle ahora. Giró la cintura y agarró su cerveza. ¿Por qué coño estaba pensando en él *ahora*?

Seguramente porque las tres veces que se había masturbado esa semana, la cara de Nic había aparecido en todas sus fantasías.

De modo que sí, había un ahora.

Se dio cuenta de que su hermano lo estaba mirando con una sonrisa de oreja a oreja.

—Puede que ya tenga veintidós años, pero para mí siempre será la pequeña Nikki.

—¡Jesús! —masculló Gabe, frotándose el pecho. Se quedó callado un momento—. La semana pasada me encontré a Parker husmeando a su alrededor.

—Puto Parker —murmuró Troy.

Gabe asintió con un nudo de culpa en el estómago. Era lo suficientemente maduro como para reconocer que no había sido justo con Nikki en lo referente a Parker. Cuando la había visto tan cerca de ese bastardo, riéndose, se había quedado desconcertado. Pero también le sorprendió su propia reacción al encontrárselos juntos.

Le hubiera encantado arrancarle la garganta a Parker.

Y no tenía derecho a sentir eso, ni a decirle nada a Nic al respecto. Ella había tenido razón al echarle en cara que no era asunto suyo. Una vez más, era lo suficientemente maduro como para saber que le debía una disculpa por eso... y por cómo le había hablado en el gimnasio.

¿Qué te pasó?, le había preguntado.

Tú.

¡Santo cielo! Se había comportado como un imbécil, y él no era así. No era ese tipo de persona. O al menos no lo había sido antes, pero se estaba convirtiendo precisamente en eso. Y eso no iba con el. Pero sí sabía una cosa. Lo que había pasado entre ellos hacía cuatro años no era excusa. Ni tampoco tenía derecho a hablarle de esa forma por lo destrozado que se sentía por lo de Emma.

Porque era consciente del daño que le habían hecho sus palabras.

—¿Qué hacía Parker en casa? —quiso saber Lucian. Había desaparecido cualquier gesto de diversión en su expresión.

—En teoría fue a ver a Dev. —Se terminó la cerveza y tiró el botellín en una papelera que había cerca—. Richard había salido un momento, así que pudo deambular a su antojo.

Lucian apretó la mandíbula.

—¿Qué estaba haciendo con Nikki?

Gabe encogió un hombro.

—Hablar.

—Parker no se habría acercado a Nikki solo con la intención de hablar —comentó Troy.

Sí, él tampoco tenía ninguna duda al respecto.

Lucian se había quedado callado y tenía la mirada fija en una de las sillas que había tallado, pero que todavía no había terminado de pintar.

—Sí —susurró su hermano al cabo de un momento.

Gabe frunció el ceño. Tuvo el presentimiento de que ahí había algo más.

—¿Qué pasa?

Lucian no respondió hasta después de un buen rato.

—No lo sé. —Tiró el botellín a la basura—. Seguramente nada, pero hace unos años, sucedió algo. Me había olvidado por completo de ello, hasta ahora. ¡Mierda!

—Desembucha. —Gabe se volvió hacia su hermano.

—Creo que Nikki debía de tener unos... ¿diecisiete años? Estaba en la casa de la piscina. No sabía que estaba dentro. Al menos no al principio. —Hizo una pausa—. Bueno, eso da igual. El caso es que fui a por una toalla.

Gabe era todo oídos.

—Entré y Parker estaba allí con Nikki. Ella solo llevaba una toalla encima...

—¿Pero qué cojones? —explotó. ¿Por qué nunca antes había oído esa historia?

—Sí. —Lucian se pasó una mano por el pelo y luego la dejó caer—. Me dijo que acababa de entrar, unos segundos antes que yo, y me pareció de lo más creíble. Yo había ido a cambiarme a casa y fui a la casa de la piscina. Nikki se quedó callada. Parecía avergonzada, pero...

—¿Pero qué? —Troy bajó los pies al suelo y se inclinó hacia delante.

—Pero tuve la sensación de que algo no iba bien —Lucian apretó los dientes—. Cuando volví a hablar después del tema con Parker, me juró que solo había estado allí unos segundos. Le pedí que se mantuviera alejado de ella. No creo que pasara nada. Creo que Nikki me lo habría contado, pero... sí, me gustaría haber hecho más.

—¿Cómo darle un puñetazo? —preguntó Troy—. Porque me cuesta creer que solo estuviera allí unos segundos. ¡Joder! Si uno entra en un sitio y se encuentra con una chica que solo lleva una toalla encima, se convierte en Flash y sale de allí pitando.

Gabe apenas estaba pendiente de lo que estaban diciendo. Era la primera vez que oía hablar de aquello. ¿Había pasado algo en la casa de la piscina? Recordó cómo había reaccionado Nic cuando la acusó de lanzarse sobre Parker. Su asco y consternación fueron palpables... y también vio algo más en sus ojos.

¡*Mierda*!

Troy no se quedó mucho tiempo, pues quería volver pronto con su mujer. Se imaginó que Lucian haría lo mismo en breve, ya que parecía que no podía pasar más de unas pocas horas lejos de Julia.

Sin embargo, su hermano no tuvo prisa por irse. Ocupó el asiento de Troy y recostó las piernas en el banco de trabajo en el que estaba apoyado Gabe.

—¿Cómo estás? —preguntó—. No hemos tenido tiempo de hablar tranquilamente después de... todo lo que pasó.

Gabe sonrió.

—Puede que haya sido lo mejor, teniendo en cuenta las circunstancias.

—Salvo que la vida no nos deja en paz y siguen ocurriendo cosas —replicó Lucian, balanceándose—. Lo de Emma...

—No quiero hablar de Emma —lo interrumpió.

—Quizá deberías —dijo su hermano suavemente.

Apretó la mandíbula, recogió el cincel con el que había estado trabajando y fue hacia la mesa. Hablar de Emma... Pensar en Emma siempre terminaba de la misma manera.

Bebiéndose todo su peso en wiski.

No quería pasar otra noche así.

—Sé que es algo con lo que no estás nada cómodo, pero tienes que sacar todo lo que llevas dentro. Lucian hizo una pausa—. O terminarás como Dev.

Gabe soltó un resoplido y tiró el cincel en la mesa. Algunos días deseaba ser como Dev, que tenía la misma preocupación por los asuntos sentimentales que una serpiente de cascabel con la cabeza cortada.

—Sé que te pasa algo. De lo contrario no estarías aquí un sábado por la noche —continuó su hermano—, sino en el Red Stallion, buscando a una mujer con la que pasar la noche. O dos.

Se volvió hacia Lucian.

—¿Me estás psicoanalizando?

Su hermano se rio.

—¿Qué está pasando? Nunca me ocultas nada. Tal vez a Dev, pero no a mí.

Eso era cierto. Había muy pocos secretos entre él y Lucian. Se acercó al taburete en el que había estado sentado mientras trabajaba y se dejó caer en él. Se frotó la cara. Lo mejor que podía hacer era mantener la boca cerrada, pero conocía a su hermano. Si no le contaba lo que pasaba, no dejaría de molestarle hasta conseguir su objetivo.

Soltó un sonoro suspiro y apoyó las manos sobre las rodillas.

—Tiene que ver con Nic.

Su respuesta pilló por sorpresa a Lucian.

—¿Y eso?

—Sucedió algo entre nosotros.

Lucian lo miró con interés. Tras unos segundos de silencio, preguntó:

—¿Qué pasó? —Otra breve pausa—. ¿Y cuándo?

Gabe echó la cabeza hacia atrás y estiró la espalda.

—¡Joder! No me creo que vaya a hablar de esto.

—Pues sea lo que sea, será mejor que empieces a hablar, porque me estoy imaginando muchas cosas.

Gabe bajó la cabeza.

—Y seguro que vas en la dirección correcta.

Lucian abrió los ojos ligeramente y después murmuró:

—¡Mierda!

Gabe entrelazó las manos e hizo algo que nunca pensó que haría: contar lo que había pasado aquella noche.

—Justo antes de que Nic se fuera a la universidad, vino a casa. Sus padres ya se habían ido a casa a pasar la noche y no recuerdo dónde estabais Dev y tú, pero no allí. Esa noche había bebido. Un montón. Estaba borracho sí, pero si te soy sincero, la habría invitado a entrar aunque no lo hubiera estado. No era la primera vez que venía a mi apartamento. Pero en esa ocasión había una diferencia: era de noche.

Lucian se quedó muy, muy quieto.

—La dejé entrar y no sé cómo *pasó*. —Cerró los ojos. Lo que fue un error, porque los recuerdos de aquella noche parpadearon en su cabeza. Le había tomado el pelo como siempre. Después Nic le dijo que le iba a echar mucho de menos cuando se fuera a la universidad. En algún momento se lamentó por no volver a verlo y se puso a llorar. Él la abrazó, y sin saber muy bien cómo, terminó en su regazo... y debajo de él—. Pero pasó.

—Entiendo que por «pasó» te refieres a que la abrazaste un poco más de tiempo de lo normal.

Gabe soltó una breve carcajada desprovista de alegría.

—Nos acostamos.

La única vez que había visto a su hermano tan conmocionado fue cuando se enteraron de la verdad sobre su padre y madre. Era la segunda vez que Lucian se quedaba mudo de asombro.

Lucian bajó los pies de la mesa de trabajo y los colocó en el suelo de un golpe. Abrió la boca, pero de ella no salió sonido alguno.

Necesitaba continuar con la historia.

—Horas después, cuando me desperté, me la encontré en mi cama. Al principio no entendí por qué... —Se detuvo para tragar saliva—. Me puse como loco con ella. Nic se marchó de allí como alma que lleva el diablo y no he vuelto a verla hasta que se presentó en casa para sustituir a su madre.

—¡Joder! —dijo Lucian.

—Sí. Eso lo resume todo muy bien.

Lucian lo miró fijamente.

—No sé qué decir. Y eso es algo que nunca me pasa.

—No estás haciendo que me sienta mejor.

—No estoy intentando hacerte sentir mejor. —Lucian sacudió la cabeza—. Tenía dieciocho años cuando se fue a la universidad, ¿verdad?

—Sí, pero eso no cambia...

—Tonterías. Pues claro que lo cambia todo. Bueno, quizá no todo, pero sí marca la diferencia. —Apretó los dientes—. ¿Estabas borracho?

—Como una cuba. Nic jura que no se dio cuenta de lo borracho que estaba y yo... la creo.

Su hermano parpadeó despacio.

—¿Exactamente cómo de borracho para terminar acostándote con la hija de dieciocho años de Livie y Richard?

—Lo bastante borracho como para que no me importara —respondió con franqueza. Decirlo en voz alta le quitó un gran peso de encima. No había sido un participante involuntario. Para ser sinceros, había querido—. Así de borracho.

—¡Mierda, hermano! —Lucian se echó hacia atrás—. ¿Y tú y Nic habéis hablado de esto?

—La semana pasada, cuando la vi por primera vez, estaba cabreado. Nunca me dio una oportunidad para hablarlo. Y lo intenté. La llamé. Le mandé mensajes después de que se marchara, para asegurarme de que estaba bien...

—¡Joder! ¿Y lo estaba?

—Sí —contestó con voz cansada—. Durante cuatro años, no he tenido ni la más remota idea de lo que Nic podía estar pensando. ¡Joder! Incluso ahora, cuando lo pienso, me da mucha rabia porque se marchó, me ignoró y no sabía si yo... —Tomó una profunda bocanada de aire—. Ahora sé que ella se ha pasado todos estos años pensando que yo no estaba tan borracho, y yo me he pasado todo este tiempo intentando olvidar lo sucedido y dando gracias a Dios de que su padre no se haya enterado y no me haya matado de un disparo.

Lucian se rio ante eso último porque sabía que era verdad.

—Yo no me preocuparía tanto por eso. Ese hombre te adora. Es la madre la que acabaría contigo.

Gabe esbozó una leve sonrisa.

—Sí, tienes razón.

—Nunca se les pasaría por la cabeza que fueras capaz de acostarte con su hija. ¿De mí? Puede. En realidad, creo que lo que les sorprendería es que no intentara nada con ella. ¿Pero tú? No. Jamás se lo imaginarían. Eres el mejor de los tres.

Gabe enarcó una ceja.

—Es verdad —le aseguró su hermano.

Se quedaron varios minutos en silencio. Luego Lucian parpadeó y se frotó la cara con la mano.

—¡Vaya! Bueno... ¡Mierda, hermano! No sé qué decirte. ¡Menuda putada! Para ambos. Ahora tiene que ser una situación de lo más incómoda.

—Sí, y encima, desde que está trabajando en casa, me he comportado como un imbécil. La semana pasada, cuando la encontré con Parker, la acusé de lanzarse a sus brazos. Y luego... Sí, no me he portado muy bien con ella.

Lucian lo observó con atención un momento.

—¿Crees que deberías portarte bien con ella?

Gabe se quedó pensando seriamente en su respuesta.

—Durante los últimos cuatro años, he querido estrangularla y, al mismo tiempo, saber si estaba bien. La he odiado por las consecuencias que podría haber acarreado esa noche, pero yo también tuve mi parte de responsabilidad. No es como si se hubiera caído de repente sobre mi pene. Estaba borracho, Lucian. No obstante, sabía que era ella. Era consciente de lo que estaba haciendo. —Exhaló entrecortadamente—. Eso me convierte en una mala persona, ¿verdad?

—No, no lo creo. Solo hace que la situación sea más complicada.

«Complicada» era un eufemismo incapaz de describir todo lo que en ese momento tenía en su cabeza, pero estaba seguro de una cosa: ya no odiaba a Nic. No tenía ni idea de lo que eso significaba, pero no la odiaba.

—Bueno, ¿sabes lo que pienso? —preguntó Lucian.

—No sé si quiero saberlo.

—Creo que sabes lo que tienes que hacer. —Y entonces su hermano lo sorprendió como nunca, porque esbozó una sonrisa de oreja a oreja que hizo saltar cientos de alarmas en su cabeza—. Sí, ya lo creo que lo sabes.

10

—Vendería mi alma al diablo por entrar en esa casa. —Rosie tenía los ojos color chocolate vidriosos por el alcohol, pero por su voz estaba claro que hablaba en serio—. Vamos, Nikki. Ayuda a esta pobre chica.

Nikki sonrió mientras giraba la pajita en la bebida que Rosie le había convencido de que pidiera. No tenía ni idea de lo que era. Lo que tampoco era tan sorprendente, teniendo en cuenta que estaban en Cure, un bar de la calle Freret conocido por sus cócteles inigualables.

—Rotundamente no.

—Lo dice en serio —señaló Bree al otro lado de la mesa. Ella más que nadie sabía lo imposible que era que abrieran las puertas de la mansión a su amiga Rosie. Bree era la hija de Bev, y aunque Nikki sabía que la encargada de la lavandería no cotilleaba sobre las cosas que veía u oía mientras sacaba la ropa sucia, su hija sabía lo suficiente como para conocer la postura de los De Vincent al respecto—. Nadie entra en la propiedad De Vincent sin permiso.

No debería haberle contado a Rosie lo que había pasado la semana anterior, lo del vaso moviéndose solo, porque ahora estaba más decidida que nunca a entrar en la mansión.

—¡Puedes colarme sin que se entere nadie! —exclamó Rosie, levantando las manos—. Creía que las cámaras de seguridad del interior solo estaban de adorno, porque *misteriosamente* ninguna funciona.

—Es verdad, no funcionan. —Era una de las grandes incógnitas de la casa De Vincent. Ninguna cámara de seguridad podía filmar en el interior de la casa, salvo las de los móviles. A lo largo de los años, por allí habían pasado un montón de técnicos y electricistas y ninguno había sabido explicar por qué—. Por los fantasmas.

—¡Exacto! —Rosie dejó caer ambas manos sobre la mesa, que se estremeció por el golpe. Las personas de la mesa de detrás de la suya las miraron.

—Por eso necesito entrar allí con IPNO.

IPNO eran las siglas de Investigación Paranormal de Nueva Orleans, el equipo con el que Rosie trabajaba.

Nikki resopló de risa; un sonido nada atractivo, pero que no pudo evitar.

—A Devlin le daría un infarto si dejo que un grupo de investigadores paranormales entre en su casa.

—Ya lo creo que sí —asintió Bree. Se echó hacia atrás las trenzas—. Pero de los gordos. Solo he visto a ese hombre en persona una vez y lo tengo clarísimo. Si ni siquiera me dejan entrar a mí en esa casa, y eso que mi madre lleva *décadas* trabajando para ellos.

—¡Puaj! —Rosie apoyó la barbilla en el puño—. Me afeitaría la cabeza para entrar allí.

—No te quedaría mal —repuso ella. Y lo decía en serio. Rosie era una criolla de Luisiana y tenía la piel de color miel más bonita que había visto en su vida—. Así que tampoco sería un sacrificio tan grande.

—Estoy de acuerdo. —Bree se terminó su bebida.

Nikki la miró con los ojos en blanco.

—Como si tú no pudieras decir lo mismo. Yo, en cambio, estaría hecha un desastre.

—Siempre estás al borde del desastre. —Bree sonrió cuando Nikki le arrojó una servilleta—. ¡Mierda! —dijo la hija de Bev cuando miró su teléfono—. Tengo que irme. Mañana por la mañana trabajo. —Hizo caso omiso de las quejas de sus amigas, se bajó del taburete alto y les dio un beso rápido en la mejilla—. No se os ocurra zorrear sin mí.

Rosie se rio mientras señalaba con la cabeza a Nikki.

—Como si esta de aquí supiera lo que es zorrear.

Bree soltó una carcajada.

—Cierto. Cuidaos.

—Sé lo que es zorrear —comentó ella, despidiéndose de Bree moviendo los dedos—. Me he desmelenado en más de una ocasión.

Rosie enarcó una ceja mientras se retiraba un rizo de la cara.

—Cariño, ¿cuándo ha sido la última vez que tuviste una cita?

Arrugó la nariz y tuvo que pararse a pensarlo un rato.

—Mmm... Creo que... ¿en marzo?

—De eso hace ya siete meses.

—¿Y? He estado muy liada con los exámenes y luego con la vuelta a casa. —Dio un sorbo a lo que quiera que fuera su bebida—. ¿Y tú qué?

—Anoche —respondió Rosie con una amplia sonrisa—. No pasamos la noche juntos. —Se encogió de hombros—. Pero fue agradable.

—¿Agradable? —Nikki se rio de nuevo, pero esta vez sonó como el gruñido de un cerdo, lo que significaba que había llegado la hora de dejar de beber. Apartó la bebida con un suspiro.

Rosie la estudió un instante.

—¿Cómo van las cosas con Gabe?

—¡Puf! —gruñó. Su amiga estaba al tanto de lo de Gabe. Lo sabía *todo*. Se lo había contado hacía unos años, una noche en la que casi se bebieron una botella de tequila entre las dos. Rosie era la única persona que conocía lo que había pasado entre ellos—. No muy bien.

Rosie estiró el brazo. Los brazaletes naranjas y rojos que llevaba tintinearon entre sí cuando le dio unas palmaditas en el brazo.

—Cuéntamelo todo.

Nikki se echó hacia delante para que su amiga pudiera oírla y luego la puso al día sobre sus enfrentamientos en la cocina y en el gimnasio. Cuando terminó, Rosie silbó por lo bajo.

—¡Mierda! No sé qué decir.

—Exacto —murmuró ella—. Estoy intentando evitarlo a toda costa. ¡De verdad! Salvo cuando no me queda otra, pero...

—¿Pero qué?

Se encogió de hombros.

—Sé que metí la pata, pero... me gustaría que las cosas fueran distintas. Es decir, estoy enfadada con él. Ayer no se portó bien conmigo.

—Desde luego.

Jugueteó con una esquina de la carta de bebidas. En algún lugar del bar, alguien soltó una carcajada.

—Pero me gustaría que nos lleváramos igual de bien que antes. Es un buen hombre. Podía haber pasado de mí, como hacían sus hermanos la mayoría de las veces, pero no lo hizo. Era muy simpático conmigo y siempre me dedicaba un rato a pesar de que yo sabía que lo estaba incordiando.

—Tienes que entender que el pasado es el pasado. No lo puedes cambiar —dijo su amiga—. Tienes que aceptarlo y seguir adelante.

Ya lo sabía.

Sin embargo, era más fácil decirlo que hacerlo.

—En serio, Nikki. ¿Desde cuándo hace que nos conocemos? Eres una buena persona y ya va siendo hora de que recibas algo bueno.

Nikki abrió la boca.

Pero Rosie aún no había terminado.

—No dejas que ningún hombre se te acerque. En cuanto al pobre Calvin, era un buen tipo, Nikki. Alguien centrado.

Al oír el nombre de su exnovio se estremeció.

—Era paciente y comprensivo, pero no lo querías. Podías haberte enamorado de él. Sin embargo, no te permitiste sentir nada serio por él.

Alzó la mirada para encontrarse con la de su amiga y se le hizo un nudo en la garganta. Rosie no se andaba con rodeos.

—No vas a ser capaz de seguir adelante, disfrutar de la vida, ni quizás encontrar a alguien que merezca la pena hasta que no dejes atrás todas estas tonterías. —En ese momento Rosie parecía sorprendentemente sobria—. Tenías dieciocho años y estabas cegada por tu primer amor. Tomaste algunas decisiones equivocadas, pero no mataste a nadie. Tampoco lo engañaste ni le obligaste a hacer nada. Sucedió. Punto. Deja de castigarte por lo que pasó.

Nikki esbozó una tenue sonrisa.

—Me vas a hacer llorar.

—Ni se te ocurra. Te estropearás la máscara de pestañas y tirarás por la borda la oportunidad de echar un polvo esta noche.

Soltó una sonora carcajada.

—No voy a echar ningún polvo esta noche.

En ese momento pasó un hombre por delante de su mesa que la miró con interés antes de detenerse.

—Es demasiado buena para ti —dijo Rosie, echándolo—. Circula.

—¡Madre mía! —Nikki reprimió una risita—. Gracias. Creo... creo que necesitaba oír todo esto.

—Claro que sí. —Rosie se inclinó hacia delante y le dio un beso en la mejilla—. Eres demasiado joven para vivir como alguien de mi edad, porque ni siquiera yo lo hago. Ahora vamos a pedir otro trago.

Por suerte, la noche terminó con ese último trago y no se transformó en la típica noche que se acaba en el barrio Francés, tambaleándose sobre charcos que no *solo* están hechos de agua.

No obstante, fue una buena velada. Se dio cuenta en cuanto se despidió de Rosie, que se marchó a casa de otra amiga en lugar de regresar a su apartamento en Chartres. Ya se había castigado lo suficiente por ser una joven estúpida y enamorada. A partir de ese momento, se había acabado. Del todo.

Esperaba que su nueva determinación en la vida no desapareciera con los efectos del alcohol.

Había pedido un Uber mientras salía del bar, pero cuando llegó a la calle no vio el Prius verde que se suponía que tenía que recogerla. Echó un vistazo a la aplicación y soltó un suspiro cuando vio que estaba atascado en la calle Canal.

Tardaría en llegar a Uptown un cuarto de hora por lo menos. Volvió a suspirar, se cruzó de brazos y se fijó en los bancos que había alrededor del edificio. La mayoría estaban llenos de gente hablando y fumando.

Al menos hacía buena noche. No llovía, ni hacía un calor insoportable. Se acercó al final de la acera y miró calle abajo, donde divisó una gran multitud donde solía estar el antiguo teatro. ¿Qué estaría pasando? Seguro que se trataba de algún artista callejero... o una sobredosis. En Nueva Orleans nunca se sabía. Se metió un mechón de pelo detrás de la oreja y miró hacia el cielo. Allí estaban las estrellas, sumidas en una batalla contra las luces parpadeantes de la ciudad. Mientras estuvo en Tuscaloosa, se había perdido todas las vistas y sonidos de Nueva Orleans.

Estaba a punto de echar otro vistazo a su teléfono, cuando una extraña sensación le recorrió la nuca. Se volvió hacia un lado, prácticamente esperando encontrarse con alguien detrás de ella, pero no había nadie. Ninguna persona le estaba prestando atención. Aun así, tuvo el presentimiento de que alguien la estaba observando. Un presentimiento que continuó cuando llegó el Prius y que no se detuvo hasta que llegó a casa y se metió en su cama, sana y salva.

Parecía que solo llevaba unas horas durmiendo cuando oyó unos nudillos llamando a la puerta de su dormitorio y a su padre pronunciando su nombre.

Nikki apartó las sábanas y se sentó. Cuando la brillante luz de la mañana penetró en sus ojos, hizo una mueca. Le dolía la cabeza.

—¿Sí? —graznó antes de gruñir. Su voz sonaba fatal—. ¿Qué quieres, papá?

—¿Estás despierta?

Ahora sí. Se retiró de la cara la maraña en la que se había convertido su pelo.

—Sí, entra.

La puerta se abrió y su padre asomó la cabeza por ella.

—Tienes visita.

—¿Qué? —Lo miró con los ojos entrecerrados y luego se fijó en el reloj de la mesita de noche. Eran las nueve de la mañana. No conocía a nadie que estuviera fuera de casa a las nueve de la mañana de un domingo.

Su padre la miró con gesto inexpresivo. Algo raro en él.

—Es una visita muy extraña... —Su padre miró hacia atrás—. Ven abajo.

Después de estar un rato sentada en silencio, intentando despejar los vestigios de sueño que todavía le embotaban la mente, terminó de apartar las sábanas y sacó las piernas por el borde de la cama. Al principio se dirigió al baño, pero después se lo pensó mejor. Seguro que quienquiera que estuviera abajo no necesitaba que fuera peinada ni con la cara lavada.

Y como llevaba unos pantalones de franela sueltos y una camisola con sujetador incorporado, solo le hizo falta ponerse encima un cárdigan liviano.

Reprimió un bostezo, caminó por el estrecho pasillo y bajó la escalera. Cuando llegó a la planta baja, se sintió aliviada al oler el café.

Iba a necesitar litros y un buen puñado de aspirinas para recuperarse.

Pasó una mano sobre el gastado papel de pared del acogedor comedor, giró a la derecha y la cocina apareció en su campo de visión.

Y entonces se detuvo en seco.

¿Estaría todavía borracha? ¿Había bebido más de lo que pensaba? Tenía que tratarse de eso.

Esa era la única explicación posible, porque era imposible que Gabriel de Vincent estuviera sentado en la cocina de sus padres con un batido enfrente de él.

11

Gabe apenas pudo evitar reprimir una sonrisa. Libró una auténtica batalla en su interior, y al final tuvo que disimular, tapándose la boca con los dedos, porque Nic parecía completamente descolocada. No podía culparla. También presentaba un aspecto... adorablemente desaliñado. Como si acabara de levantarse de la cama.

Sus ojos se fueron enfocando poco a poco.

—¿Qué pasa? —preguntó. Miró alrededor de la cocina y clavó la vista en su padre, que se estaba sirviendo una taza de café—. ¿Está bien mamá?

—Tu madre está en la cama —respondió Richard. Se apartó de la encimera—. Un poco cansada, pero se encuentra bien.

—De acuerdo. —Volvió a mirar a Gabe, con preocupación—. ¿Todo bien también por tu parte?

Aquello lo sorprendió. Después de como la había tratado, lo que menos se esperaba era que se preocupara por él.

—Sí, todo bien.

Nic abrió la boca, pero no dijo nada y él se encontró mirando sus labios. No se había dado cuenta de lo carnosos que eran. En realidad, suculentos. O quizá sí lo había notado pero no había querido reconocerlo.

Seguramente lo segundo.

—Dice que estaba de paso por el barrio y que ha aprovechado la oportunidad para saludar —explicó su padre con tono inexpresivo—. Aunque no me imagino qué podía estar haciendo en nuestro vecindario un domingo a las nueve de la mañana.

No era la mejor excusa que se le había ocurrido en su vida.

—Estaba conduciendo un rato. No podía dormir y, cuando me he dado cuenta, estaba cerca de aquí. —Eso no era del todo mentira. Solo que no había terminado allí por accidente—. He traído un batido. De fresa.

Nic lo estaba mirando fijamente.

Richard se aclaró la garganta y luego se fue hacia la puerta. Sus zapatillas chirriaron sobre las baldosas.

—Estaré arriba —indicó a su hija, dándole una palmadita en el hombro—. Si necesitáis algo, avisadme.

Gabe sonrió al hombre y esperó hasta que desapareció de su vista para volver a hablar.

—Te siguen gustando los batidos, ¿verdad?

—¿Estás colocado?

—¿Qué? —Se rio—. No.

Nic miró hacia atrás y esperó unos segundos antes de continuar.

—¿Seguro?

Gabe asintió, conteniendo una sonrisa.

—¿Así que estabas conduciendo un rato y has decidido comprarme un batido y traérmelo a casa?

—Sí. —Ahora estaba sonriendo de oreja a oreja. No pudo evitarlo, su desconcierto le estaba resultando muy gracioso—. ¿Tanto te cuesta creerlo?

—Sí. —Asintió con la cabeza para dar mayor énfasis a su respuesta—. Mucho.

Y después se quedó quieta durante tanto tiempo que pensó que iba a pedirle que se fuera. Si lo hacía, aquello iba a resultarles de lo más incómodo, porque él no iba a marcharse de allí sin hablar antes.

Entonces Nic agarró los bordes de su cárdigan gris y se lo ajustó mejor sobre la cintura.

—Podemos ir al jardín de atrás. Seguro que hace más fresco que aquí.

—Sí lo hace. —Se levantó de la silla, recogió el batido y rodeó la mesa—. Por aquí todo sigue prácticamente igual.

Ella lo miró con recelo.

—Cierto.

Lo condujo por un pasillo en cuyas paredes colgaban fotos de ella de todas las edades.

—Me gusta.

—¿En serio? —preguntó secamente.

—Sí. Es acogedor. Es... real. —Miró por encima las fotos mientras ella seguía su camino hasta la puerta trasera. Hubo una en particular que captó su atención. Parecía una foto de graduación del instituto. Hacía mucho tiempo que no veía esa enorme y orgullosa sonrisa en su rostro travieso—. Se nota que aquí vive una familia.

Nic se volvió para mirarlo, aunque no dijo nada. Pero él le estaba diciendo la verdad. Solo había estado allí una vez, y durante una breve visita, pero el olor seguía siendo el mismo. Como a tarta de manzana. La mansión olía a productos de limpieza y ropa limpia. Siempre. Y no había fotos. Ninguna cara sonriente. Al menos no a la vista de todos.

Cuando era más joven y estaba con Emma, siempre se imaginaba que terminaría teniendo algo así con ella. Una casa más pequeña que la propiedad De Vincent, acogedora y llena de fotos de ellos en sus vacaciones y después de sus hijos, mostrando sus momentos más importantes.

Pero al final no lo había conseguido.

Y ya nunca lo tendría.

Nic abrió la puerta y salió a un pequeño patio que conducía a un estrecho jardín. Encima de sus cabezas, un toldo con enredaderas proyectaba una densa sombra sobre unas viejas sillas de hierro y un columpio de madera, bloqueando los rayos de sol matutinos.

Las gotas de condensación del batido estaban empezando a mojarle los dedos.

—¿Lo quieres?

Ella lo miró un instante y luego se lo arrebató de las manos como si él se lo fuera a quitar.

—Gracias —murmuró. Después se fue con el vaso de plástico al columpio. Se sentó en él—. Seguro que mi padre no se ha tragado eso de que estabas conduciendo por ahí, sin rumbo.

Gabe la miró un momento y luego tomó asiento en una de las sillas, frente a ella.

—¿Te acuerdas de la última vez que estuve aquí?

No le respondió, simplemente dio un sorbo a la pajita.

—Tenías dieciséis años. Habías estado bebiendo en casa de una amiga y estabas borracha.

—No estaba borracha —masculló ella al cabo de unos segundos—. Solo achispada.

Gabe intento no sonreír.

—Estabas borracha, Nic. Si mal no recuerdo, fue la primera vez que te emborrachaste de verdad. Me llamaste porque te peleaste con tu amiga y querías irte a casa, pero te daba vergüenza despertar a sus padres. —Hizo una pausa—. Me llamaste y fui a por ti.

Varios mechones le caían por la frente, ocultando su cara mientras bebía el batido. ¡Joder! El pelo le había crecido un montón.

—Vomitaste en mi coche —agregó él.

Nic dejó de sorber.

—Y después lloraste porque tenías miedo de que me cabreara contigo.

—Y vaya si se había enfadado. No porque le vomitara en el Porsche, sino por haber bebido tanto como para emborracharse de ese modo.

Nic levantó la cabeza.

—¿Por qué estamos hablando de esto ahora?

Él tampoco lo tenía claro, así que se encogió de hombros.

—Te traje a casa. Tu padre estaba despierto. Pensé que te iba a castigar de por vida.

Nic volvió a dar buena cuenta del batido.

—Y lo mismo ocurrió otras tantas veces. Tú me llamabas y yo iba a por ti. En ese momento, jamás me paré a pensar cómo podía verse desde fuera. Un hombre adulto respondiendo a la llamada de una adolescente que no era pariente suyo. Tendría que haberme dado cuenta de que eso no estaba bien.

—Me veías como a una hermana —susurró ella sobre la pajita—. No eras ningún pervertido ni nada parecido.

—Cierto. —Observó cómo la brisa ligera agitaba su pelo.

—¿Qué haces aquí? No creo que hayas venido solo para... para recordar los viejos tiempos. Seguro que quieres hablar de algo más.

Había tantas cosas sobre las que tenían que hablar...

Era cierto que esa conversación podía esperar, pero Gabe no era de los que posponían cosas que sabía que debía hacer. Si por él hubiera sido, habría ido a verla la noche anterior, pero era demasiado tarde y, por el aspecto que ella tenía, no creía que hubiera estado en condiciones de mantener una conversación seria.

Y en ese momento sentía una curiosidad enorme por saber qué coño había estado haciendo la noche anterior.

—Parece que tienes un poco de resaca.

Ella lo miró a través de sus espesas pestañas. No recordaba que las tuviera así antes.

—Un poco.

La miró con los ojos entrecerrados. Se dio cuenta de que seguía sin gustarle un pelo que bebiera.

—¿Qué hiciste anoche?

Nic bajó el batido, lo que le pareció toda una proeza, ya que a esas alturas se había bebido la mitad.

—Quedé con unas amigas en Cure.

—Buen sitio. —Un montón de jóvenes de la zona iban allí—. ¿Terminaste muy tarde?

—No mucho. —La vio fruncir el ceño, como si estuviera intentando averiguar a dónde quería ir a parar—. ¿A qué has venido, Gabe?

Su actitud no le molestó. Como tampoco lo había hecho cuando le pidió que limpiase él mismo su apartamento. Le había provocado un efecto bien distinto. El mismo que le estaba provocando ahora.

Se inclinó hacia delante en la silla.

—Estabas colada por mí.

—Gabe...

—Déjame terminar, ¿de acuerdo? A pesar de lo que puedas pensar, no estoy aquí para hacerte sentir mal. Sé que no te he dado motivo alguno para que me creas, pero te prometo que lo digo en serio. Solo quiero... hablar.

La desconfianza no desapareció del todo de su rostro.

—Pues hablemos.

Él reprimió una sonrisa.

—Estabas colada por mí, y yo lo sabía. Pensaba que solo era un encaprichamiento inofensivo.

Nic se puso visiblemente tensa.

—Y esa noche, cuando viniste a mi apartamento. —Bajó la voz—. Sabía muy bien lo que sentías por mí. No debería haberte dejado entrar. Así que asumo completamente la responsabilidad por eso. No estaba tan borracho como para no saber quién eras.

Ella apoyó el batido en su regazo.

—Sé que ambos nos hemos dicho cosas sobre lo que pasó esa noche, pero no te he dicho lo que de verdad había que decir —continuó él, intentando no prestar atención al rubor que teñía las mejillas de Nic—. Estaba borracho, pero no tanto como para no saber lo que hacía.

Ella separó los labios y soltó un agudo jadeo que se perdió en la brisa.

Gabe tomó una profunda bocanada de aire.

—Había bebido lo suficiente como para que no me importaran las consecuencias.

Nic parpadeó despacio.

—Entonces, ¿por qué...? ¿Por qué no...?

—¿Por qué no te lo dije antes? No lo sé. Me he comportado como un auténtico gilipollas. No tengo excusa alguna.

La vio fruncir el ceño de nuevo. Le pareció que iba a decir algo, pero luego debió de cambiar de opinión.

—Ambos cometimos errores esa noche. No solo tú. Quería que lo supieras —se sinceró él—. Necesitaba que lo supieras. Es importante para mí.

Nic tragó saliva antes de apartar la mirada.

—No... No te imaginas lo mucho que me he odiado por esa noche —dijo ella en apenas un susurro.

A Gabe se le encogió el corazón. Se movió antes de darse cuenta de lo que hacía. Cruzó la distancia que los separaba y se sentó en el columpio junto a ella, aliviado porque aquel viejo trasto no se viniera abajo cuando sus miradas volvieron a encontrarse.

—Para —dijo en una voz tan baja como la de ella—. Deja de culparte. Ambos metimos la pata. Se acabó. Forma parte del pasado.

—Pero... tú me odias...

—No, Nic. —Por muy mal que sonara, una parte de él habría preferido que fuera así, porque entonces todo aquello habría sido más fácil de manejar—. No te odio. Y espero que tú tampoco me odies a mí. Aunque tampoco te culparía si lo hicieras. Me he comportado como un capullo contigo. Lo siento.

—Nunca podría odiarte —respondió ella a toda prisa. El rubor en sus mejillas se intensificó—. Lo que quiero decir es que no, tampoco te odio.

—Bien. —Una oleada de alivio relajó todos sus músculos y calmó la tensión que le atenazaba la nuca. Tal vez ahora podría dormir pasadas las cuatro de la mañana.

—Pero sí, has sido un capullo —añadió ella.

Gabe enarcó una ceja y apartó la vista. Se fijó en el esmalte azul turquesa que llevaba en las uñas de los pies.

—Lo sé, pero ya no lo voy a seguir siendo más. Porque quiero que seamos amigos.

—¿Amigos? —preguntó ella con un graznido que le resultó adorable.

—Amigos —repitió él.

Era muy probable que todo aquello fuera una especie de alucinación y que tal vez, solo tal vez, Rosie y ella no hubieran dejado de beber después del último chupito de la noche anterior y en ese momento estuviera manteniendo una conversación imaginaria con Gabe.

Eso tenía mucho más sentido que el hecho de que él hubiera ido a su casa, con un batido, y le estuviera pidiendo que fueran amigos.

Gabe la miró, mordiéndose el labio inferior.

—¿Quieres que seamos amigos? Si no, esta conversación se va a volver bastante incómoda.

Su estúpido corazón dio un brinco. Abrió la boca para gritar que sí, que podían ser amigos, pero se detuvo antes de hacerlo.

¿Podían ser amigos?

O mejor aún, ¿podía ser su amiga después de todo lo que había pasado? ¿Quería ser su amiga? ¿Después de haber decidido la noche anterior que iba a tener un nuevo lema en la vida? Un momento. ¿Cuál era ese lema? Era incapaz de acordarse, pero estaba segura de que no incluía ser amiga de Gabe.

—¿Nic? —La miró a los ojos.

—¿Cómo? —espetó—. Y no estoy hablando de lo que pasó entre nosotros. ¿Cómo podemos ser amigos? Eres un De Vincent. Mis padres trabajan para ti.

Vio cómo bajaba la comisura de los labios.

—¿Y qué? Eso nunca fue un problema en el pasado.

—Bueno, en el pasado también era una cría a la que le tenías pena.

Gabe frunció el ceño.

—Yo nunca te tuve pena.

Ella soltó un resoplido.

—Sí, claro. Lo que estoy intentando decirte es que ya no tenemos nada en común. —Levantó el batido—. Ahora sé nadar, Gabe.

—Me da igual si necesitas que te enseñe a nadar. —Alargó el brazo y le quitó el batido.

Nic se quedó sin habla.

¡Le había quitado el batido! Todavía le quedaban por lo menos dos sorbos. Menudo...

—Y creo que sí tenemos un montón de cosas en común —continuó el.

—¿Cómo qué?

—Ambos podemos convertir un simple trozo de madera en algo increíble.

Ella ya no, pero se abstuvo de decirle nada.

—Y bueno, ambos tenemos la edad legal para beber —señaló él.

Nikki alzó las cejas.

—¿Eso es lo mejor que se te ocurre?

Gabe sonrió mientras levantaba el batido.

—Estaba de broma.

Cuando vio esos maravillosos labios cerrarse sobre la pajita, una pajita que ella acababa de usar, y terminarse lo que le quedaba de batido, se quedó sin aliento.

De acuerdo.

Los amigos hacían eso. Compartían bebidas y otras muchas cosas.

¿Pero por qué sus zonas íntimas estaban al tanto de todos sus gestos?

Mejor pasar de ellas.

—Ahora trabajo para tu familia, Gabe. Tu hermano es mi jefe.

Él soltó un bufido.

—Si ese fuera el caso, no me habrías hablado como lo hiciste el otro día, ni me habrías dicho que limpiara yo solo mi apartamento.

—Bueno, es que deberías limpiarte tu propio apartamento. A ver, no estás tan ocupado como para no recoger tus cosas ni servirte la comida.

A Gabe se le escapó una risa profunda que a Nikki le llegó directamente al corazón. ¡Dios! Esa risa...

—¿Lo ves? —indicó él, echándose hacia delante para dejar el batido vacío sobre la mesa de hierro—. Si de verdad te vieras como una empleada no habrías dicho eso. Lo habrías pensado, pero jamás lo habrías expresado en voz alta.

—Da igual —murmuró. Mantuvo los brazos muy pegados a los costados para no tocarlo por accidente.

—Y, por cierto, normalmente no me sirven la cena.

—¿Qué? —Volvió rápidamente la cabeza hacia él.

Lo tenía tan cerca que podía ver las tenues arrugas alrededor de los ojos; unas arrugas que no habían estado allí hacía cuatro años.

—Salvo en ocasiones especiales, suelo prepararme la cena. Nunca dejo que tus padres me la sirvan.

—¡Pero me has tenido sirviéndote la cena todos estos días! —exclamó ella—. Y me has pedido tanta agua que creía que tenías un problema en los riñones.

Gabe soltó otra breve carcajada.

—He sido un gilipollas.

—¡Sí! —Sin pensárselo dos veces, le dio una palmada en el brazo tan fuerte que le picó la mano.

—¡Oye! —Gabe seguía riéndose—. Y encima ahora me pegas. ¿Ves como tengo razón?

Entrecerró los ojos y le hizo la pregunta más importante de todas.

—¿Por qué quieres ser mi amigo? No me malinterpretes, te agradezco que hayas venido a disculparte y a arreglar las cosas. Confía en mí. No te imaginas lo mucho que... —Se le quebró la voz. Se aclaró la garganta. No iba a decirle lo mucho que aquel gesto había significado para ella—. Lo necesitaba. Pero podemos limitarnos a... llevarnos bien. Ya sabes, a no fastidiarnos. No tenemos que ser amigos.

Gabe la miró.

—¿Pero y si eso es lo que quiero?

Un escalofrío le recorrió los omóplatos. Sus miradas volvieron a encontrarse y ninguno apartó la vista.

—¿Por qué? —susurró—. ¿Por qué querrías hacerlo?

Él bajó ligeramente la vista y, durante un instante, pensó que le estaba mirando la boca, pero aquello no tenía sentido. Además, enseguida volvió a clavar sus ojos en los de ella.

—¿Sinceramente?

—Sinceramente.

—No... lo sé. —Bajó las pestañas—. Lo único que sé es que quiero.

No supo qué responder a eso.

Él esbozó de nuevo esa sonrisa de medio lado.

—Y tú también deberías querer.

—¿Por qué?

—Porque soy un De Vincent. Y los De Vincent siempre obtenemos lo que queremos.

Lo miró fijamente. No sabía cómo interpretar aquel comentario.

—¿Ah, sí?

Una sonrisa le hizo cosquillas en los labios. Miró hacia otro lado. No sabía muy bien qué decirle. ¿No le había confesado a Rosie, justo la noche anterior, que quería que las cosas volvieran a ser como antes de aquella noche? Ahora Gabe le estaba ofreciendo precisamente eso, pero la forma como la había tratado desde que había vuelto le había hecho mucho daño. Gabe no era el mismo hombre que recordaba. Ella tampoco y... ¡Mierda! Se levantó del columpio de un salto.

—¿Qué hora es?

—No lo sé. —Gabe se echó hacia atrás y se sacó el teléfono del bolsillo—. Casi las diez...

—¡No me digas! Voy a llegar tarde.

—¿Tarde a dónde? Es domingo.

—Sé qué día es. —Corrió hacia la puerta—. Tengo que irme.

—Nic. —Gabe se puso de pie.

Abrió la puerta mosquitera de golpe.

—Ya continuaremos con esta conversación más tarde.

O nunca.

Sí, nunca era mucho mejor.

—¿Qué haces? —Nikki se detuvo en seco con las llaves del coche en una mano y el bolso en la otra.

Gabe estaba parado frente a la puerta del conductor de su coche, bloqueándole el paso. No, en realidad estaba apoyado en ella, con los brazos cruzados y las piernas también cruzadas a la altura de los tobillos. Se había puesto un par de gafas de sol plateadas estilo aviador que, por mucho que le costara reconocerlo, le quedaban muy bien.

Pero que muy bien.

Había pasado poco menos de una hora desde que lo había dejado en el porche de la parte trasera de su casa, con el tiempo justo para ducharse, secarse el pelo a medias y recogérselo en un moño. Se había imaginado que ya se habría ido y, sinceramente, no había tenido tiempo para pensar en la conversación que habían mantenido.

—Te estoy esperando —respondió él.

Rodeó un pequeño gnomo de jardín que su madre había colocado cerca de la acera y se acercó a él.

—En serio, no tengo tiempo. Tengo que ir a...

—A la protectora de animales para pasear a algunos perros —la interrumpió él—. Ya lo sé. Tu madre me lo ha contado cuando he pasado a verla.

¿Nikki todavía no había visto a su madre esa mañana y Gabe ya lo había hecho? Ahí fallaba algo.

—Entonces ya sabes que tengo que irme.

—Sí. —Se apartó del coche—. Te llevo.

—¿Qué? —preguntó ella. Bajó las llaves.

—Que voy a ir contigo. —Se puso delante de ella, bloqueándole los rayos de sol matutinos. Vamos a pasar un rato juntos como amigos.

Nikki frunció el entrecejo.

—Sé que te lo he preguntado antes, pero tengo que volver a hacerlo. ¿Estás colocado?

El estallido de risa la sorprendió, porque era una risa auténtica, de verdad. Gabe se movió y, antes de que pudiera darse cuenta de lo que estaba haciendo, le quitó las llaves y la agarró de la mano. Ella no pudo hacer otra cosa que quedarse atónita y dejar que la llevara hasta su coche mucho más nuevo y bonito.

Un Porsche.

No tenía ni idea de qué modelo era, pero sí que seguramente podría alquilar un apartamento durante varios años con el dinero que valía. Y no cualquier apartamento, uno de los buenos. Gabe no le soltó la mano hasta que no le abrió la puerta del copiloto. Pero ella no entró.

—¿Qué estás haciendo, Gabe?

—Creo que ya hemos tenido esta conversación. Vas a la protectora. ¿La que está en la autopista Jefferson?

—Sí, pero...

—Voy contigo.

—¿Por qué...?

—Siempre necesitan voluntarios, ¿verdad?

—Sí, pero no has rellenado ningún formulario.

—¿Y qué van a hacer? ¿Echarme? —preguntó con una medio sonrisa mientras le señalaba los asientos delanteros—. ¿A un De Vincent?

No, por supuesto que no echarían a un De Vincent, pero esa no era la cuestión.

—Mira, entiendo que quieras demostrar que podemos ser amigos para siempre, pero esto no es necesario.

—Por la forma en que el sarcasmo ha rezumado por tu voz, sí es necesario —repuso él. Nikki puso los ojos en blanco—. Además, ahora mismo no tengo nada que hacer. Estoy despierto. Quiero sentirme útil. Y cuanto más tiempo pases discutiendo aquí conmigo, más tarde llegarás.

A su lengua acudieron un millar de réplicas, pero Gabe tenía razón, cuanto más tiempo tardara en llegar, más tiempo tendrían que esperar los perros dentro de sus jaulas.

No pudo evitar pensar que Gabe estaba tramando algo, pero supuso que en cuanto se diera cuenta de que tenía que limpiar los excrementos de los perros, se arrepentiría de aquello.

Así que esbozó una sonrisa deslumbrante y pasó a su lado, metiéndose en el asiento del copiloto del coche.

—Está bien. Vámonos.

Sinceramente, Gabe no tenía ni idea de por qué estaba yendo con Nic a la protectora. Se imaginó que había formas más sencillas, y que requerían que se involucrara menos, para demostrarle que iba en serio cuando le había dicho que quería enmendar sus errores. Aunque supuso que lo que de verdad le impulsó a actuar de ese modo fue la duda y la cautela que vio en sus ojos y oyó en su voz.

Nic no le había creído. Y no podía culparla por ello. Así que le sorprendió que ella terminara cediendo. Casi había esperado que le diera un puñetazo en el estómago, recuperara sus llaves, se subiera a su coche y saliera corriendo de allí. Algo que sin duda habría hecho cuando era más joven.

El hecho de que aceptara su propuesta sin prácticamente discutir, y lo callada que se había quedado luego, lo dejó un poco desconcertado, pero todavía había algo de lo que quería hablar con ella.

Después de poner en marcha el coche y alejarse de la acera la miró. Estaba sacando un par de gafas de sol del bolso.

—Lucian está en casa —le informó—. Aún no has tenido oportunidad de conocer a Julia.

—No.

Se puso las gafas.

—Te gustará.

Nic lo miró. Al cabo de un rato dijo:

—Tengo que reconocer que me quedé muy sorprendida cuando me enteré de que tenía una relación seria. No me lo esperaba para nada.

Gabe se rio por lo bajo mientras frenaba a la altura de un semáforo.

—Nadie se lo esperaba, pero ha tenido mucha suerte con Julia. Es una buena mujer.

—¿No como Sabrina? —preguntó ella.

Él resopló.

—No tiene nada que ver con ella.

Nic sonrió.

—¡Qué alivio!

La luz del semáforo se puso en verde.

—Lucian y yo estuvimos hablando anoche y me contó algo que sucedió cuando eras una adolescente. Me dijo que en una ocasión os encontró a Parker y a ti en la casa de la piscina.

—¿Qué? —Ella se enderezó de pronto, empujando con la espalda el respaldo del asiento de cuero—. Es cierto, pero yo...

—Lo sé. —Debería haber abordado el tema con más tacto—. Lucian no insinuó que estuvieras receptiva a nada. —Hizo una pausa. Necesitaba hacerle esa pregunta, pero no estaba seguro de cómo iba a tomarse su respuesta—. ¿Intentó Parker... algo contigo?

Nic se quedó callada durante tanto tiempo que al final tuvo que volver la cabeza hacia ella. La vio mirándose fijamente las manos. Las tenía apretadas en dos puños.

A Gabe se le contrajo el estómago.

—¿Nic?

Ella alzó la barbilla.

—Entró cuando estaba cambiándome de ropa y se mostró demasiado... *afectuoso*.

Se le bloquearon todos los músculos de la espalda. Prestó atención a la carretera. Otro semáforo en rojo.

—¿Afectuoso?

—Me agarró e intentó... —Se detuvo.

—¿Intentó qué? —inquirió con suavidad, aunque estaba apretando el volante con todas sus fuerzas.

Nic se volvió hacia él.

—¿Por eso has venido esta mañana? ¿Porque Lucian te contó lo de Parker?

—No —respondió sin dudarlo—. He venido para disculparme por haber sido un imbécil contigo.

—¿Y?

Miró la luz del semáforo con la mandíbula apretada. Solo se habían alejado dos manzanas de la casa de Nic.

—Y sí, quería preguntarte por lo de Parker. Pero lo uno no excluye lo otro.

Ella no respondió. Simplemente volvió a sentarse recta en el asiento.

Gabe soltó un suspiro.

—¿Vas a contarme lo que pasó, Nic?

—Fue tan asqueroso como siempre —indicó con voz tensa tras unos segundos—. Me dijo que me estaba poniendo muy guapa e intentó ligar conmigo. Fue una situación muy rara, repugnante y...

—¿Y qué?

—Y nada más porque Lucian entró.

Gabe no sabía si creerla o no.

—Siento que tuvieras que pasar por algo así. Me habría gustado que me dijeras algo. Me habría encargado del asunto. Asegurado de que jamás volviera a mirarte siquiera. Nic, yo...

Un estruendo muy fuerte, similar a un disparo, lo interrumpió. Nic chilló y Gabe clavó la vista en la ventanilla del copiloto. De pronto apareció una grieta, y al instante siguiente el cristal estalló.

12

Nikki levantó las manos para protegerse la cara, pero ya era demasiado tarde. Pequeños fragmentos de cristal llovieron sobre ella, golpeándole las mejillas y las gafas de sol.

—¡Jesús! —Gabe dio un volantazo a la derecha. Nikki echó las manos hacia delante por reflejo, pero las retiró medio segundo antes de apoyarlas en el salpicadero cubierto de trozos de cristal—. ¿Pero qué cojones? —tronó, deteniendo el coche en seco—. ¡Nic!

Abrió los ojos muy despacio. El corazón le latía a toda prisa.

—¡Cielo santo! —musitó ella.

La ventanilla del copiloto había desaparecido, como si el mismísimo Hulk hubiera entrado en modo destructor y la hubiera atravesado de un puñetazo. Con manos temblorosas, empezó a bajar los brazos, pero se quedó helada cuando vio que tenía el regazo lleno de cristales. ¿Cómo había podido suceder aquello?

—¿Estás bien? —insistió él.

—Sí —susurró ella. Estaba segura de que había salido ilesa, aunque no sabía cómo.

—No te muevas —le ordenó Gabe.

No tuvo que decírselo dos veces. Estaba paralizada.

Gabe aparcó en el único lugar libre de la estrecha calle, abrió la puerta de golpe y salió del coche a toda prisa.

Nikki no tenia ni idea de lo que había pasado. Iban en el Porsche tan tranquilos y, de repente, ¡pum!, ¡había cristales volando por todos los lados! Era evidente que alguien les había lanzado algo, pero no había visto a nadie corriendo.

No era raro que algunos niños tiraran piedras a los coches que pasaban. A veces, incluso se subían a los puentes para dejarlas caer desde allí, pero el barrio de sus padres era muy tranquilo. Allí no sucedían ese tipo de cosas.

Oyó abrirse la puerta del copiloto y, antes de darse cuenta, tenía a Gabe arrodillado a su lado. Se había levantado las gafas de sol y la preocupación teñía sus apuestos rasgos.

—¿Seguro que estás bien? —repitió él—. ¿Nic?

¿Lo estaba? Tragó saliva.

—Sí. Eso creo. Al menos no me duele nada.

—Eso es buena señal. Sí, muy buena señal —repuso él aliviado. Después, le retiró las gafas de sol con cuidado. Mientras las dejaba en el suelo, le examinó detenidamente la cara—. ¡Jesús, Nic! —masculló con voz grave—. Es increíble que no te hayas hecho ni un solo rasguño.

Ella pensaba lo mismo.

—Estás llena de cristales. Así que quédate quieta mientras te desabrocho el cinturón, ¿de acuerdo?

—De acuerdo —repitió ella, demasiado aturdida como para ponerse a discutir. Tragó saliva e intentó tranquilizarse para que se le ralentizara el corazón—. ¿Qué ha pasado?

—Algo ha impactado en la ventana —contestó Gabe mientras pasaba un brazo alrededor de ella con delicadeza. Su mano le rozó la cadera. Cuando encontró el cinturón de seguridad, los cristales tintinearon—. No sé qué exactamente —agregó, estirando el cuello. Le quitó los fragmentos de cristal de los muslos con el lateral de la mano—. ¡Mierda! Está bien. Ya puedes mover la pierna hacia fuera, pero procura no deslizarla por el asiento. Hay cristales por todas partes. ¿Seguro que estás bien?

—Sí.

—No entiendo cómo es posible. Ha sido un puto milagro —gruñó—. Levanta esa pierna.

Nikki hizo lo que le pedía. Se mordió el labio cuando él le pasó la mano por debajo de la rodilla. Después, sintió su otra mano debajo del brazo. Gabe la alzó en brazos para sacarla del vehículo y la dejó en el suelo.

Oyó los trozos de cristal cayendo en el asfalto. Miró hacia abajo y se dio cuenta de que todavía tenía algunos fragmentos en la camiseta. Estaba a punto de quitárselos cuando él la agarró de la muñeca. Lo miró.

—Deja que lo haga yo —dijo él.

No le dio tiempo a protestar, porque enseguida le soltó la muñeca y sus manos se movieron por todo su estómago y por la redondez de su pecho. El aire se le atascó en la garganta. Gabe se estaba moviendo de forma metódica y aséptica, sin ningún atisbo de romanticismo, pero cada roce hacía que sintiera los pechos más pesados.

Seguro que todo era por culpa de esa maldita ventana.

—¡Joder! —farfulló él—. Tienes cristales por todos los lados. Hasta en el pelo. —Gabe miró hacia atrás—. No hay nadie aquí fuera.

Eso era cierto. Nadie había salido a la calle para asegurarse de que estuvieran bien.

—La ventana no explotó sola, ¿verdad? A menos que se trate de una nueva prestación de los Porsche.

Gabe dejó de mover las manos a la altura de sus hombros y la miró, soltando una carcajada ronca.

—No, Nic. No que yo sepa.

Nikki se volvió ligeramente e hizo una mueca cuando oyó los cristales bajo sus zapatillas.

—Tengo que coger el bolso y llamar a la protectora.

—Ya lo hago yo. Seguro que está lleno de cristales.

—La última vez que lo comprobé, también tenías una piel que podía sufrir cortes —señaló ella.

—Sí, pero mi piel es más gruesa que la tuya, y antes de que digas nada: sí, es cierto. Está científicamente probado. —Estiró una mano hacia ella pero se detuvo al instante—. ¿Qué coño...?

—¿Qué pasa? —Abrió los ojos asustada, medio esperando sufrir otro ataque.

—Hay algo en el suelo. —Gabe se agachó, metió el brazo en el interior del coche y recogió algo del suelo. Parecía una piedra blanca. Una piedra bastante pequeña. Una que Nikki jamás se habría imaginado que podría romper una ventanilla—. No me jodas. Es un trozo de cerámica.

Lucian silbó por lo bajo mientras miraba la ventanilla sin cristal del copiloto del coche de Gabe.

—¡Mierda! ¿La rompió toda?

—Sí. Una cosa diminuta hizo eso.

Gabe estaba haciendo todo lo posible por mantener su ira bajo control. Entre la ventanilla rota y el hecho de que Nic podía haber resultado herida por culpa de algún imbécil, estaba que se subía por las paredes.

—¿Es normal que suceda eso en este tipo de coches? —preguntó Julia con el ceño fruncido junto a Lucian—. Me refiero a que cualquiera supondría que los Porsche tienen mejores ventanas.

—Es un cristal de vidrio templado, pero no es infalible. —Furioso, tiró las llaves en el banco de la parte trasera del garaje—. Mañana estará arreglado. Lo importante es que a Nic no le haya pasado nada.

—Desde luego —comentó Lucian—. Lo que me sorprende es precisamente eso, que haya salido ilesa.

Había sido un auténtico milagro. Si no hubiera llevado las gafas de sol puestas, se le podrían haber clavado algunos fragmentos de cristal en los ojos. Y eso habrían sido palabras mayores.

—Esos niños necesitan encontrar un pasatiempo mejor —dijo Julia, negando con la cabeza.

La policía creía que se trataba de la gamberrada de algún crío o de un grupo de ellos. Aunque el barrio donde vivían los padres de Nic era tranquilo, solía haber niños en la calle. A nadie parecía extrañarle que, cuando vieron pasar un coche tan bueno como el suyo, decidieran hacerle algún estropicio. Sin embargo, Gabe no lo tenía tan claro.

—Estás pensando en algo —dijo Lucian, mirándolo.

—Sí. —Se llevó las manos detrás de la cabeza, se quitó la goma y volvió a hacerse una coleta. Tenía que cortarse el pelo ya—. No lo sé. Solo que me parece raro que un niño haga eso y que encima apunte a la ventana del copiloto.

—Tal vez estaba apuntando al parabrisas y falló —sugirió Julia.

Sí, también cabía esa posibilidad, pero no alivió la comezón que tenía por dentro.

—¿Crees que alguien rompió esa ventanilla, yendo a por Nikki a propósito? —preguntó su hermano.

Eso también sonaba absurdo. ¿Quién coño querría hacer daño a Nic? Se cruzó de brazos y no dijo nada.

—Y de todos modos, ¿qué estabas haciendo tú en casa de Nikki? —quiso saber Lucian.

Gabe miró a su hermano y arqueó una ceja.

—¿Qué? —Lucian sonrió de oreja a oreja—. ¿De verdad creías que no te lo iba a preguntar?

—Lucian —Julia le dio un codazo—, no seas un metomentodo.

—No puedo evitarlo. Metomentodo es mi segundo nombre.

Julia le lanzó una mirada exasperada, pero la sonrisa de su hermano se hizo cinco veces más amplia.

—Todavía no conoces a Nikki, pero déjame que te diga que... —Se detuvo y se volvió.

Se había callado al oír un coche que se acercaba. ¡Gracias a Dios!

Gabe vio detenerse en el otro extremo del garaje al todoterreno policial tintado que conducía Troy. Descruzó los brazos y se acercó hacia su amigo, que estaba saliendo del vehículo.

—¡Hola! —gritó mientras Troy rodeaba el todoterreno—. Dos visitas en veinticuatro horas. ¡Qué suerte la mía!

Troy resopló mientras saludaba a Lucian con un gesto de cabeza y a Julia con una sonrisa.

—Sí, bueno, deberías estar encantado, porque hoy es mi día libre.

—No tenías que venir por una ventanilla rota —señaló él. Sabía perfectamente que los inspectores no se dedicaban a investigar ese tipo de tonterías.

—Cierto, pero estaba cerca de la zona y como el agente Newman, el que respondió a vuestra llamada, sabe que somos amigos, me puso al tanto de todo. Cuando me enseñó lo que rompió tu ventanilla, pensé que era mejor que viniera a hablar contigo.

—¿Por una ventanilla? —Lucian rodeó con el brazo la cintura de Julia—. ¿Y unos niños?

—Bueno, no creo que se trate solo de un crío tirando una piedra. —El policía fue hacia el asiento del copiloto del todoterreno, abrió la puerta y sacó una pequeña bolsa transparente que contenía lo que había encontrado en el suelo de su coche—. ¿Sabes qué es esto?

Gabe frunció el ceño.

—Sí, un trozo de cerámica.

—No es solo un trozo de cerámica cualquiera. Forma parte de una bujía —explicó el inspector, dando la vuelta a la bolsa. En ese momento, Gabe reconoció la parte en espiral de la bujía—. Lo llaman «rocas ninja».

—¿En serio? —preguntó Julia, perpleja.

Troy asintió.

—Sí. Si tiras una de estas cosas a una velocidad adecuada, puedes cargarte casi cualquier cristal.

—¡Mierda! —masculló Lucian.

—Por eso rompió toda la ventanilla. —Troy bajó la bolsa—. Y lo más importante es que la mayoría de los niños no tienen ni idea de lo que es una roca ninja. ¡Gracias a Dios!

—Entonces, ¿eso significa que no ha sido ningún crío? —Empezaba a preocuparse de verdad.

—Significa que el culpable sabía lo que estaba haciendo. Por eso supuse que querrías conocer este dato. —Troy lo miró directamente a los ojos—. Así que ya puedes empezar a hacer una lista de las personas a las que les gustaría ir a por ti o a por tus propiedades. ¿Lo pillas?

—Sí. —Gabe apretó la mandíbula—. Lo pillo.

—¿Va todo bien contigo y Gabriel? —le preguntó su madre esa noche durante la cena—. No me puedo creer que os haya pasado eso. —Sacudió la cabeza—. Podían haberos hecho mucho daño. ¿Y si esa cosa te hubiera alcanzado?

—Pero no lo hizo —la tranquilizó Nikki—. Estoy bien, y Gabe también. Solo ha sido un accidente.

—Es la primera vez que pasa algo como esto en nuestra calle —repuso su madre antes de soltar un profundo suspiro—. Supongo que algún día tenía que ser la primera vez. Algunos niños necesitan un poco más de disciplina.

Nikki no podía estar más de acuerdo. Tenías que estar muy aburrido y sin nada más importante que hacer para dedicarte a tirar piedras a los coches. Pero eso era lo que la policía creía que había pasado, a pesar de que no habían visto a nadie salir corriendo. ¿Y qué era lo que les dijo el joven agente? Que el tipo de coche que conducía Gabe llamaba mucho la atención.

Al mediano de los De Vincent no le había sentado muy bien aquel comentario.

No hace falta decir que Nikki nunca llegó a la protectora. No después de tener que esperar a la policía y regresar a casa para asegurarse de que no tenía ningún cristal encima. Y los tenía. En todas partes. Incluso debajo de la camiseta.

Seguía sin comprender cómo se las había arreglado para salir indemne de aquello. Igual que le había pasado cuando se cayó por las escaleras de la mansión De Vincent.

Tal vez era verdad que tenía un ángel de la guarda velando por ella.

Cambió rápidamente de tema y le habló a su madre de alguno de los apartamentos que había estado buscando por internet. No quería que sus padres siguieran preguntándole por la inesperada visita de Gabe.

Porque no eran tontos.

Y, normalmente, ningún De Vincent solía pasarse por su casa de estilo criollo.

Por suerte, consiguió mantenerlos distraídos. En ese momento era lunes y, mientras iba camino de la cocina, seguía preguntándose si la visita de Gabe no había sido producto de su imaginación.

Porque continuaba sin encontrarle ningún sentido.

Ni tampoco se lo encontraba Rosie.

Nikki la había llamado después de que la policía y Gabe se marcharan y le había contado todo sobre la conversación que habían mantenido. Su amiga tampoco tenía ni idea de qué narices estaba pasando por la cabeza de Gabe, pero para ella sí era una buena señal.

¿Una buena señal para qué? No lo sabía. Pero el hecho de que reconociera que esa noche había sido consciente de lo que estaba pasando le había quitado un peso de encima. Había sabido que era ella, al menos al principio de la noche. ¿Pero eso qué significaba exactamente? ¿Que la había deseado o que solo había estado lo suficientemente borracho como para desearla?

Bueno, ahora nada de eso importaba. No podía importar.

En ningún caso.

Dejó de pensar en eso y se acercó a su padre, que estaba colocando un tarro de cerámica en una bandeja.

Cuando la oyó, se volvió hacia ella.

—¿Puedes hacerme un favor?

—Claro.

Levantó la bandeja, que también contenía dos tazas con sus platillos y una tetera humeante.

—¿Puedes llevar esto al despacho de Devlin? Está con el senador, pero estoy esperando que venga un electricista en cualquier momento y necesito estar abajo para atenderlo.

—Sin problema. —Acababa de limpiar el polvo de las habitaciones que nadie usaba. Se hizo con la bandeja y empezó a darse la vuelta, pero su padre la detuvo.

—Hoy me voy a marchar pronto para estar con tu madre mientras recibe la quimioterapia —le recordó—. ¿Seguro que puedes apañártelas sin mí?

Nikki asintió.

—Sé que hoy hay que pagar al jardinero. El cheque está en la oficina del personal. Bev ya ha recogido la ropa y esta noche no tengo que preparar la cena porque Dev va a una gala benéfica. —*¡Gracias a Dios!*—. Así que no te preocupes. Vete con mamá. Tengo todo controlado.

Su padre sonrió y le dio un beso en la sien.

—No lo dudo.

Nikki giró sobre sus talones, bandeja en mano, y subió la escalera en dirección al despacho de Devlin. Estaba al final del pasillo, detrás de las puertas de doble panel. Una de ellas estaba entreabierta. Usó el codo para llamar.

—Adelante —oyó decir a la voz de Devlin.

Abrió la puerta con la cadera y entró en el despacho. Todas las persianas estaban levantadas, dejando entrar la luz del sol. La mitad de las paredes en forma circular estaban revestidas de estanterías empotradas llenas de volúmenes que parecían tan apetecibles de leer como un diccionario. La otra mitad estaba cubierta de diplomas, certificados y títulos.

Recordó lo que Gabe le había dicho sobre las fotos en casa de sus padres. En ese despacho no había nada personal.

Devlin estaba sentado detrás de un escritorio enorme de madera de cerezo, pero lo que más nerviosa la ponía era el hombre mayor sentado en la silla frente a él, con el codo descansando en el apoyabrazos y la barbilla apoyada en la mano.

El senador Stefan de Vincent era el gemelo idéntico del padre de Devlin, Lucian y Gabe. Y ahora que Lawrence había muerto, mirarlo era como ver a un fantasma.

Con el pelo oscuro con un toque plateado en las sienes, el senador era tan apuesto como todos los De Vincent, y la prueba viviente de que los hermanos envejecerían bien.

También era la prueba de que, con dinero, podías salirte con la tuya en casi todo.

Se esforzó por caminar a paso tranquilo mientras cruzaba la inmensa estancia.

—Nicolette Besson —dijo el senador, colocando un dedo sobre el labio inferior—. Ha pasado mucho tiempo desde la última vez que te vi. —Miró a Devlin—. Parece que las mujeres del pasado se dejan caer mucho por aquí últimamente, ¿verdad?

—Eso parece —comentó Devlin.

Nikki no supo qué responder a eso, así que se limitó a sonreír y a asentir con la cabeza mientras colocaba la bandeja en el aparador. Justo cuando estaba a punto de marcharse, se acordó de que se suponía que tenía que servir el té.

Evidentemente.

Puso los ojos en blanco.

—Sigo sin entender por qué te preocupan tanto las finanzas de los Harrington —dijo Devlin mientras Nikki daba la vuelta a las tazas—. En cuanto me case con Sabrina, tomaré el control de su compañía naviera. Además, tampoco están en grandes apuros. Puedes decirle a Parker que puede quedarse con su nuevo ático.

Nikki procuró mantener un gesto inexpresivo mientras servía el té.

—Esto no tiene nada que ver con Parker —replicó el senador.

—¿En serio? —reflexionó Devlin—. Vino a hablar conmigo la semana pasada, preocupado por que fuera a romper mi compromiso con Sabrina. No tuve muy claro si su preocupación obedecía solo a un motivo fraternal.

—Todavía no has fijado una fecha —indicó el senador—. No puedes culpar a Sabrina de estar preocupada.

—Si está preocupada, entonces debería hablarlo conmigo. No mandar a su hermano. Ni a ti.

Plenamente consciente de que el senador estaba observando sus movimientos, colocó la taza frente a Devlin haciendo todo lo posible por evitar su mirada y no escuchar la conversación, pero le estaba costando mucho.

Los ricos siempre hablaban delante de su personal como si no estuvieran en la misma habitación. Era una locura, y Nikki sabía que no debía estar pendiente, pero era un dato de lo más interesante. ¿Estaba Devlin pensándose seguir adelante con el compromiso?

Debería romper con esa mujer.

En serio.

—Ya sabes cómo es Parker —replicó el senador—. Pero me preocupa más la capacidad de los Harrington para apoyarme económicamente en mi próxima campaña electoral que el hecho de que Parker vaya a recibir o no una asignación considerable después de que su padre muera.

—Muerte que, según tengo entendido, no está muy lejos. —Devlin se recostó en su silla mientras Nikki colocaba el azucarero en su escritorio. Empezó a dejar la cuchara a un lado, pero se dio cuenta de que el platillo era para eso—. Tal vez deberías preocuparte por esa pasante tuya que ha desaparecido en vez de por las donaciones a tu campaña.

¡Oh, Dios mío!

Nikki se volvió hacia la bandeja, pestañeó a toda prisa y volvió a levantar la tetera.

—Estoy seguro de que la señorita Joan aparecerá tarde o temprano. —El senador hizo una pausa—. Resulta curioso la cantidad de gente que desaparece o muere en extrañas circunstancias por estos lares.

—¿Ah, sí? —murmuró Devlin.

La conversación se estaba volviendo siniestra por momentos. Nikki sirvió el té al senador.

—Como ese jefe de policía que estaba investigando la muerte de Lawrence. Falleció en un accidente de coche. Un accidente en el que solo se vio implicado un único vehículo —continuó Stefan—. Ese periodista de *Advocate* ha vuelto a llamar a mi oficina, quería hablar conmigo.

—Me pareció entender en su momento que el jefe tuvo un problema de salud justo antes del accidente —replicó Devlin—. Y Ross Haid puede llamar todas las veces que quiera. Nadie le contará nada.

—Supongo que el señor Haid siente curiosidad por la muerte del jefe de policía. Que fue bastante rara teniendo en cuenta que el jefe era un hombre sano que no se creyó en ningún momento que mi hermano se ahorcara. —Stefan no se echó hacia atrás cuando le colocó el té, así que

Nikki tuvo que estirar una pierna y la cucharilla terminó cayéndose sobre el platillo.

—Veo que hay cosas que nunca cambian —dijo el senador con tono mordaz—. Sigues siendo incapaz de no hacer ruido.

Un intenso hormigueo le recorrió el cuello. Volvió la cabeza hacia él al instante. Eso era algo que siempre le decía Lawrence. No el senador. Jamás había podido distinguirlos cuando estaban juntos. El senador nunca le había prestado atención, mientras que Lawrence se había pasado todo el tiempo mirándola con desaprobación.

El senador De Vincent arqueó una ceja.

—¿Algún problema?

—No. —Nikki parpadeó—. Lo siento. —Se enderezó y retrocedió—. Y siento lo de su hermano.

El senador esbozó una leve y tensa sonrisa.

—Gracias.

Miró a Devlin, que la estaba observando con curiosidad.

—¿Necesitan algo más?

—No —se apresuró a decir Devlin—. Gracias, Nikki.

Ella hizo un gesto de asentimiento y salió de la estancia lo más rápido que pudo, con un torbellino de pensamientos en la cabeza. ¿Estaban los Harrington atravesando una mala situación financiera? ¿Parker tenía una asignación? Le entraron ganas de reír. ¿Y qué era todo eso del jefe de policía? No tenía ni idea, pero sí había oído hablar de la pasante desaparecida. Todo el mundo lo sabía. La noticia había salido en todos los medios de comunicación hacía cosa de un año.

Su desaparición se había producido en circunstancias muy sospechosas y misteriosas. Por lo que podía recordar, era como si la pasante se hubiera desvanecido en el aire. Habían encontrado su bolso, junto con las llaves del coche y su carné de identidad, en su apartamento. El coche estaba aparcado junto a su casa. No había huellas. Ninguna pista. Nada, excepto el rumor de que mantenía una relación sentimental con Stefan de Vincent.

La maldición golpea de nuevo.

Que Dios la ayudara, pero los De Vincent eran una panda de locos.

De vuelta al pasillo, se dirigió hacia la escalera exterior. Apenas había salido a la galería y se preparaba para doblar la esquina cuando una mujer apareció frente a ella. Dio un paso atrás sobresaltada, y casi se le cayó la bandeja. Ahí fue cuando se acordó de que debería haberla dejado en el despacho para poder recoger todo cuando Devlin terminara con su reunión. Se le daba fatal ese trabajo, pero en ese momento nada de eso importaba.

Frente a ella estaba parada una mujer morena alta, voluptuosa, con un bonito vestido que le llegaba hasta las sandalias, con unas mangas mariposa absolutamente adorables. Llevaba el pelo castaño oscuro suelto, enmarcando un rostro precioso.

—¡Oh! —exclamó la mujer—. Lo siento. ¡Te he asustado! —se rio. Un brillo de diversión danzaba en sus cálidos ojos marrones—. Y esta casa ya da bastante miedo por sí sola, no hace falta ninguna razón adicional.

De pronto, se dio cuenta de quién era.

—¿Julia?

—Esa soy yo —respondió, esbozando una amplia sonrisa—. Y tú debes de ser Nikki. Bueno, sé que eres Nikki. Acabo de ver a Richard y me ha dicho que estabas aquí arriba, así que tenía la intención de esperarte en el pasillo, pero aquí estás.

Nikki bajó la bandeja. No pudo evitar sonreír. ¿De modo que esa era la novia de Lucian? No se parecía nada a Sabrina, ni tampoco se comportaba como ella. Solo por eso, ya se había ganado un montón de puntos.

—Encantada de conocerte por fin —dijo, tendiéndole una mano.

Julia se la estrechó.

—¿Regresas a la cocina? Te acompaño.

Se pusieron a andar la una al lado de la otra.

—Entonces, ¿acabáis de volver? Todavía no he visto a Lucian.

—Volvimos el sábado por la noche. Lucian está por aquí, en alguna parte. Esta casa es inmensa —comentó Julia—. Aquí podría vivir una familia de cinco miembros sin verse nunca las caras.

Nikki se rio.

—Cierto. De pequeña, me perdía a menudo. —Tan pronto como lo dijo, se percató de que quizá Julia no sabía quién era exactamente ella—. Soy hija de...

—Livie y Richard. —Julia se retiró el pelo de la cara—. Lo sé. Lucian me ha dicho quién eras. Que prácticamente te criaste en esta casa.

Asintió, aliviada por no tener que contarle toda la historia.

—Pasé aquí la mayoría de los veranos y algunas tardes después del colegio. Contratar a alguien para que me cuidara era muy caro.

—Sí lo es, ¿verdad? No tengo hijos. Nunca los he tenido, pero en mi ciudad natal muchos padres se gastaban casi la mitad del sueldo en guarderías o personas que cuidaran a sus hijos. Es una locura. —Hizo una pausa—. ¡Qué bien que te dejaran quedarte aquí!

Llegaron a la entrada de la planta principal. Julia abrió la puerta y esperó a que pasara.

—Sí. Creo que hasta mis padres se sorprendieron cuando el señor De Vincent estuvo de acuerdo, pero lo hizo. —Nikki frunció los labios cuando una ráfaga de aire frío les dio la bienvenida a la casa—. Siempre y cuando no hiciera ruido.

Julia se rio.

—No lo conocí, pero...

—No era... el hombre más agradable del mundo —dijo en voz baja, pensando en el senador que estaba en la planta de arriba.

—Sí, eso deduje. Lucian no... —Su expresión se volvió más sombría. Nikki recordó lo que su madre le había contado sobre Daniel, el primo de los De Vincent—. Bueno, no parece que estos hermanos hayan tenido un padre o una madre de verdad.

Se detuvieron en el pasillo trasero.

—No, desde luego que no.

—Ahora que hablamos de eso... —La expresión de Julia volvió a ser cálida—. ¿Cómo está tu madre?

—Bien. Está un poco agotada, pero lo está haciendo genial.

Reanudaron el camino hacia la cocina.

—Me alegra oír eso. Tu madre es una mujer fantástica.

—Sí lo es.

—Me he enterado de lo que os pasó ayer a ti y a Gabe. Menos mal que ninguno resultó herido. La verdad es que, cuando te paras a pensarlo, es de lo más extraño.

—Siempre suceden cosas extrañas alrededor de estos hermanos... —Nikki dejó de hablar cuando entraron a la cocina por la puerta trasera. No estaba vacía.

Los otros dos hermanos De Vincent estaban apoyados en la isla central. Lucian le estaba dando la espalda, pero Gabe estaba de cara a la puerta. Llevaba el pelo suelto, cayéndole por la cara de modo que los mechones le rozaban la mandíbula cincelada. Estaba sonriendo por algo que Lucian estaba haciendo o diciendo.

Cuando Gabe alzó la vista, se le contrajo el estómago. Era como si hubiera sentido su presencia o algo parecido, porque lo primero que hizo fue mirarla. No le había visto desde el día anterior, así que no sabía qué esperar de él.

Vio la sonrisa que apareció en sus labios y cómo se enderezaba. Bueno, estaba sonriendo, no era una sonrisa enorme pero sí una real. El corazón empezó a latirle con fuerza.

Cuando pudo volver a respirar con normalidad (no se había dado cuenta de que había estado conteniendo el aliento), le devolvió la sonrisa.

—Hola... —dijo Lucian, dándose la vuelta. Solo tenía ojos para Julia. Se levantó del taburete y cruzó la estancia. Después la alzó en brazos y la hizo girar mientras ella chillaba—. Te he echado de menos, preciosa.

Nikki los miró con la boca abierta. Por un lado estaba encantada de verlos tan enamorados, pero por otro estaba impactada. Se trataba de Lucian.

El hombre era conocido por...

Julia rio cuando él hundió la cabeza en su pelo.

—Pero si hemos estado juntos hace media hora.

—Aun así, te he echado de menos.

La dejó en el suelo y la besó en la mejilla, antes de darle una palmada en el trasero. Luego se volvió hacia ella.

—Bueno, bueno, pero si es la pequeña Nikki, recién llegada de la universidad y convertida en toda una mujer.

Ella puso los ojos en blanco y dejó la bandeja sobre la encimera.

—Hola, Lucian.

El pequeño de los De Vincent se rio, fue hacia ella y le dio un abrazo menos entusiasta, pero igualmente cálido.

—¿Cómo estás?

—Bien, ¿y tú?

Nikki miró por encima del hombro de Lucian, en dirección a Gabe, que estaba observándolos.

—Pues, como siempre, disfrutando de una vida ociosa con mi mujer. —Lucian se volvió hacia Julia y le guiñó un ojo cuando esta resopló—. ¿Eso ha sido un resoplido sarcástico?

Julia se sentó en un taburete y apoyó los pies en el travesaño inferior.

—Puede.

—¡Vaya! —Se llevó una mano al pecho—. Acabas de herir mi pobre corazón.

—Si tú lo dices... —Julia sonrió a Gabe al otro lado de la isla—. No sé cómo has podido lidiar con él todos estos años. Necesita tanta atención...

Gabe sonrió.

—Aprendí a ignorarlo. Es una habilidad que tendrás que perfeccionar si quieres que lo vuestro dure mucho tiempo.

Su hermano le sacó el dedo corazón.

—¡Qué grosero!

Gabe se encogió de hombros y se apartó de la isla. Sus ojos azul verdoso se posaron en ella.

—¿Cómo te ha ido el lunes?

—Mmm... Bien. He estado ocupada. —Se sentía tremendamente incómoda y no sabía cómo proceder con Gabe. Juntó las manos—. ¿Y a ti?

—He ido a la ciudad para trabajar un poco y luego he vuelto. Lo que me recuerda... —Cuando fue a abrir la puerta del frigorífico, Nikki se dio cuenta de que tenía un poco de serrín en los vaqueros—. He pasado por D'Juice y te he traído un batido.

Atónita, lo vio sacar del frigorífico un batido tamaño grande de color rojo anaranjado. El batido del día anterior la había pillado completamente desprevenida, y el de hoy no iba a ser menos. En el pasado, solía tener ese tipo de detalles con ella. Pero ahora parecía... distinto.

—Gracias. —Aceptó el vaso, quitó el papel que protegía la pajita y miró a Lucian y a Julia. Ambos los estaban mirando, pero fue la sonrisa cómplice del pequeño de los De Vincent la que hizo que se sonrojara—. Has sido muy amable.

Gabe se encogió de hombros.

—También me pillé uno para mí, pero me ha durado menos que un vaso de agua.

Nikki sonrió. Dio un sorbo al batido y tuvo que reprimir un gemido de placer. La mezcla de mango y fresa le provocó un orgasmo en la boca.

—¡Oh, está buenísimo!

—Sabía que te gustaría. —Él sonrió y se apoyó en la encimera, cruzándose de brazos—. Aunque también estaba bastante seguro de que te gustaría cualquier cosa que llevara fresas.

Que se acordara de eso la dejó sin palabras.

—Siempre que no se trate de arándanos, no hay ningún problema. No me gustan los arándanos.

Gabe negó con la cabeza.

—No sabes lo que te estás perdiendo con ese rechazo ilógico a los arándanos.

Nikki no pudo evitarlo y se rio.

—Son asquerosos.

—Y aun así, te gustan las frambuesas.

—Pero no son lo mismo —razonó ella—. Los arándanos son demasiado ácidos.

—Sin embargo, en la vida real, fuera de tus papilas gustativas, las frambuesas son más ácidas que los arándanos.

—Eso es mentira —repuso ella antes de dar otro delicioso sorbo a su batido.

Se volvió hacia Lucian y Julia, que seguían mirándolos.

Lucian había apoyado la barbilla en la palma de la mano y los observaba con atención.

—Pues buenooo. —Alargó la última sílaba—. Julia va a cocinar esta noche.

—¡Oh! —Nikki se alejó de Gabe. Sabía que tenía que volver al trabajo. El recordatorio había sido como un mazazo. Ella no era uno de ellos—. Sí, he visto que no había nada planeado para esta noche.

—Me encanta cocinar. Aquí no puedo hacerlo a menudo, pero... —Julia bajó la cabeza—. Cuando el gato gruñón no está, los ratones bailan.

Nikki se rio, pues supo que se estaba refiriendo a Devlin.

—Esa es una de las razones por las que estoy deseando mudarnos a nuestra casa. —Julia dio un codazo a Lucian—. Y también por la que estamos tardando tanto en hacerlo. Estamos reformando por completo la cocina.

Viendo la forma en que Lucian la miraba, supuso que Julia terminaría con una cocina espectacular.

—¿Dónde habéis comprado la casa?

—En el distrito Garden. El agente inmobiliario nos juró que no estaba encantada —añadió Julia con una sonrisa—. Pero me he resignado al hecho de que todas las casas de por aquí deben de tener, por lo menos, un fantasma o dos.

Gabe negó con la cabeza y soltó un suspiro.

—Siempre puedes pedir a un sacerdote que te la bendiga.

—¿Podemos hacer eso? —Julia miró a Lucian—. ¿Podemos...?

—Lo que tú quieras, cariño. Que nos la bendigan. Que le hagan una limpieza. Un exorcismo completo. Lo que te haga feliz.

A Julia se le iluminó el rostro. Nikki sintió una punzada en el pecho, porque Lucian le había contestado sin el más mínimo indicio de condescendencia o sarcasmo. Había querido decir exactamente eso, por muy descabellado que pareciera.

Eso era amor. Amor verdadero. Y ella no tenía ni idea de lo que era formar parte de una relación así. Lo peor de todo era que, si era sincera consigo misma, Calvin podía haber sido el hombre adecuado para ella... si ella se lo hubiera permitido.

—Deberías quedarte a cenar con nosotros —anunció Lucian de pronto.

Tardó unos segundos en darse cuenta de que se estaba refiriendo a ella.

¿Qué?

—Voy a hacer espaguetis. Caseros. Con albóndigas y pan de ajo. Muchos carbohidratos y calorías—. Julia se dio una palmadita en el estómago—. De la mejor clase.

Le parecía una idea muy apetecible, pero...

Miró a Gabe. Él le había dicho que quería que volvieran a ser amigos y había intentado acompañarla a la protectora, pero tenía sus dudas. Amiga o no, Nikki trabajaba para ellos y el personal jamás cenaba con los De Vincent.

—No sé. No debería...

—Deberías quedarte y cenar con nosotros. —Lucian se inclinó hacia delante, rodeando el hombro de Julia con el brazo—. ¿Verdad, Gabe?

Gabe asintió desde el lugar en el que se encontraba.

—Julia hace unos espaguetis increíbles.

—Gracias. Suena delicioso, pero no sé si debo... —Jugueteó con la pajita—. No creo que a Devlin le haga mucha gracia que cene con...

—¿Tenemos pinta alguno de los tres de que nos importe una mierda lo que piense Devlin? —preguntó Gabe—. Porque te aseguro que nos da lo mismo. A todos.

—Ni lo más mínimo —añadió Lucian.

Julia sonrió de oreja a oreja mientras asentía.

—No voy a ser tan tajante como ellos, porque Devlin todavía me asusta un poco.

—Devlin asusta a todo el mundo —murmuró ella.

—Vamos. —Gabe la miró—. Cena con nosotros. Será divertido.

—Muy divertido —recalcó Lucian.

Miró a ambos hermanos, sabiendo que debía negarse. No era uno de ellos. Nunca lo había sido.

—Cena con nosotros, Nic. —Gabe le dio una palmadita en el brazo—. Por favor.

Y, de pronto, volvió a convertirse en esa niña completamente enamorada que era incapaz de negarle nada a Gabe.

13

A Gabe le costó mucho dejar de mirar a Nic durante la cena. No sabía muy bien la razón. Quizá porque cuando llegó, se había soltado el pelo y ahora no se parecía tanto a alguien que se había pasado el día limpiando el polvo y confeccionando la lista de la compra de la semana.

O tal vez se debía a la forma en que sonreía a Lucian y a Julia mientras sostenía una copa de vino en la mano. Hacía mucho tiempo que no le sonreía a él de ese modo.

O porque cuando se le sonrojaban las mejillas y esos grandes ojos brillaban risueños estaba increíblemente guapa.

Daba igual.

El caso era que, recostado en su silla, con la mejilla apoyada contra la palma de la mano, se dio cuenta de que tenía que dejar de mirarla, porque no estaba siendo precisamente discreto.

Pero era incapaz de evitarlo.

Y en esta ocasión ni siquiera podía echar la culpa al alcohol, ya que lo único que había bebido era agua y té.

—¿Qué es lo que te llevó a estudiar Trabajo Social? —preguntó Julia, levantando su copa de vino tinto—. Tiene que ser un trabajo duro.

—No más que el de una enfermera —repuso Nic mientras se hacía con un trozo de pan de ajo.

Apenas lo había mirado durante la cena. Era como si ni siquiera supiera que estaba allí, lo que encontraba tremendamente frustrante. ¡Ahora eran *amigos*!

Se percató de que no había contestado a la pregunta de Julia, así que decidió abrir su bocaza.

—Nic siempre ha sido una *altruista*.

Ella lo miró desde el otro lado de la mesa. Por fin.

—¿Altruista?—repitió Lucian, mirándolo con detenimiento.

Gabe lo ignoró.

—Sí, siempre ha querido ayudar a la gente.

Nic parpadeó lentamente y luego volvió a dirigir su atención a Julia.

—Mi amiga Rosie dice que tengo el complejo de salvador. Yo no creo que sea algo tan extremo, pero me gusta ayudar a la gente. Sé que puede parecer cursi...

—No lo es —intervino él—. El mundo necesita a más gente como tú y como Julia y a menos como nosotros.

—Estoy de acuerdo —indicó Lucian, riéndose sobre el borde de su copa de vino.

Julia bajó la suya.

—Vosotros donáis un montón de dinero a obras de beneficencia.

—Dar dinero es fácil —replicó Gabe—. Ofrecer tu tiempo, no tanto.

Nic se mordió el labio inferior y miró hacia abajo.

—¿Entonces has terminado ya la universidad o no? —inquirió Julia.

—Tengo la licenciatura. Ahora estoy decidiendo si quiero hacer un máster o un doctorado. Estoy dándole vueltas al asunto —explicó Nic mientras rompía el pan de ajo en pequeños trozos, dejando migas por todo el plato—. También podría ponerme a trabajar e ir a clases nocturnas.

—Pero eso sería muy duro.

—Cierto —acordó Nic. Se llevó un trozo de pan con mantequilla a la boca—. Pero ponerme a trabajar me atrae más que estar todo el día sentada en una clase.

—Sin duda —Lucian se reclinó hacia atrás con la silla y se puso a juguetear con un mechón de pelo de Julia . ¿Sabes que Gabe no es el único al que se le da bien tallar madera?

Julia miró a Nic.

—¿A ti también?

—Bueno —bebió un sorbo bastante largo de vino—, solía hacer pulseras con cuentas y algunos brazaletes y figuritas. Tonterías.

—No eran tonterías. —Gabe se enderezó en su asiento y frunció el ceño—. Nic tiene mucho talento.

—Yo no lo llamaría «talento» —empezó a decir ella.

—No voy a quedarme aquí sentado mientras te haces la modesta. Las piezas de joyería que solías hacer eran una maravilla. —Gabe lo decía en serio—. Igual que las figuritas. Todavía sigues haciéndolas, ¿verdad?

Ella evitó su mirada.

—Con todo el lío de la universidad, no tuve mucho tiempo para dedicarme a eso. —Nic alzó un hombro—. Ahora ya no hago nada.

—¿En serio? —Se quedó absolutamente sorprendido—. Creía que querías abrir una tienda y vender todas tus obras. Era de lo único que hablabas en el pasado...

—La gente cambia. Ya no me gustan las mismas cosas que cuando era una niña.

¿Una niña? Pero si había hablado de eso hasta el día antes de irse a la universidad... Y esa noche no había sido ninguna niña.

Nic se volvió hacia Julia.

—¿Cómo os conocisteis Lucian y tú? Eres de Pensilvania, ¿verdad?

Gabe frunció el ceño ante el cambio del tema. Era evidente que no quería ser el centro de atención. Toda una novedad. A la pequeña Nic le encantaba ser el centro de atención, el centro de *su* atención.

Julia miró a Lucian.

—Bueno, yo estaba...

—La contratamos para cuidar de Madeline —respondió Lucian por ella. Estaba claro que Julia no sabía si podía compartir esa información con ella—. ¿Sabías que volvió?

Como estaba masticando un trozo de pan, Nic solo asintió al principio, aunque luego agregó:

—Me dijeron que había regresado, pero nada más. ¿Cómo está?

Gabe enarcó una ceja, dejando que fuera Lucian el que llevara la voz cantante en ese asunto. Sabía que cualquier cosa que dijera al respecto alteraría a su hermano pequeño. Lucian sabía lo retorcida que había sido su hermana, pero seguía siendo su melliza y no era tan fácil romper ese vínculo biológico.

—No muy bien —respondió Lucian después de unos instantes—. Está muerta.

—¿Qué? —jadeó Nic. A Gabe incluso le pareció que se le caía un trozo de pan de la boca. Lo miró antes de volver a prestar atención a Lucian—. ¡Oh, Dios mío! Lo siento.

—Gracias, pero no debes lamentarlo. No por Maddie. —Lucian se echó hacia atrás con un suspiro—. ¿Qué es lo que sabes de todo lo que ha pasado por aquí últimamente?

Nic había perdido ese adorable rubor en las mejillas.

—Sé que Maddie volvió y que algo sucedió con Daniel. ¿Os atacó a ti y a Julia?

—Esa es la versión descafeinada. Sí, Madeline apareció. Nos la encontramos una noche, flotando en la piscina —explicó Lucian—. Estaba en un estado comatoso, así que contratamos a alguien para que la cuidara.

—A mí. —Julia movió el brazo debajo de la mesa y Gabe supo que estaba consolando a Lucian. Seguramente acariciándole el muslo—. Creíamos que sufría una especie de síndrome del enclaustramiento y que por eso no reaccionaba a ningún estímulo, pero no era así.

—¿Recuerdas la noche en la que murió nuestra madre? —preguntó su hermano.

Nic asintió.

—¿Cómo iba a olvidarla? Era pequeña, pero ese tipo de cosas se te quedan grabadas de por vida.

Gabe recordaba que Nic lloró cuando se enteró de la noticia; no porque tuviera mucho trato con su madre, sino porque sintió mucha pena por ellos tres.

—Resulta que nuestra madre no se suicidó. Ella y Maddie estaban discutiendo en la azotea. —Su hermano estaba hablando con voz inexpresiva, pero Gabe lo conocía demasiado bien. Sabía que todo aquello seguía atormentándolo—. Se pelearon por nuestro primo Daniel. Maddie estaba con él. Sí, mantenían una relación.

—¡Madre mía! —murmuró Nic.

—La discusión subió de tono y... —Lucian tomó una profunda bocanada de aire— Maddie la empujó desde la azotea.

Nic se sobresaltó.

—¡Dios bendito!

—La cosa se pone peor. —Gabe alcanzó el agua, deseando que fuera una botella de alcohol—. Nuestra hermana se pasó los diez años siguientes oculta con Daniel. Y cuando se quedaron sin dinero, urdieron un plan descabellado para quedarse con la fortuna De Vincent.

—Y casi lo consiguieron —dijo Lucian en voz baja—. Me tenía completamente engañado. Hasta la noche en la que Daniel amenazó a Julia.

Le sorprendió que su hermano se estuviera abriendo tanto. Así que se dedicó a escuchar, contento de que Lucian pudiera hablar de ello.

—No... No sé qué decir. —Nic se dispuso a alcanzar su copa de vino, pero cambió de opinión en el último instante—. ¿Pero cómo pensó que podía obtener el dinero?

Julia dio un sorbo a su vino mientras Lucian parecía escoger sus palabras con cuidado.

—Su plan era una locura, pero..., bueno, nunca fue ningún secreto que Maddie y yo no éramos los hijos biológicos de nuestro querido padre.

Si Nic no estaba al tanto de los rumores, no hizo nada por demostrarlo.

—Al final resulta que Maddie sabía la verdad sobre quiénes eran los verdaderos herederos de nuestro padre. —Su hermano sonrió, pero no hubo ningún atisbo de alegría en esa sonrisa—. Maddie y yo éramos hijos biológicos de Lawrence. Dev y Gabe no.

Nic entreabrió la boca y miró de inmediato a Gabe. Estaba visiblemente pálida. Tanto, que empezó a preocuparse.

—De verdad... No sé qué decir.

—Es lo que hay. —Lucian tomó el tenedor y lo deslizó perezosamente entre los espaguetis que le quedaban en el plato—. Pero nada ha cambiado. Dev sigue siendo el heredero y Gabe el repuesto.

Gabe levantó la mano.

—Y yo sigo siendo Lucian. No tengo que preocuparme por las reuniones de negocios, ni tengo que lidiar con el imbécil de nuestro tío, el senador. Sinceramente, Maddie era una auténtica psicópata, pero en cierto modo, le estoy agradecido. —Miró a su novia—. Si no hubiera regresado, jamás habría conocido a Julia.

—¡Qué dulce! —murmuró Nic, parpadeando rápidamente.

Gabe sonrió cuando Nic lo buscó con la mirada.

—Es un montón de información para digerir. Fuera de la familia, nadie más sabe lo de Madeline, excepto tus padres y nuestro médico.

—Y tiene que seguir así —sentenció Nic, terminándose su copa de vino—. Lo entiendo.

—Vaya una forma de aguar la fiesta, ¿verdad? —Julia se rio nerviosa—. Creo que tenemos que empezar a dejar de decir la verdad.

—Bueno, en realidad nos conocimos en un bar —señaló Lucian sonriéndole—. Lo que tenemos que hacer es limitarnos a seguir con esa versión.

—Sí, creo que deberíais seguir solo con esa versión —dijo Nic con los ojos muy abiertos—. Es mucho menos intensa.

Julia dio un beso en la mejilla a Lucian y se volvió hacia él.

—¿Vas a ir a Baton Rouge esta semana?

Gabe negó con la cabeza.

—No.

—¿Qué tienes que hacer en Baton Rouge? —preguntó Nic.

Era una pregunta de lo más inocente. Gabe sabía a ciencia cierta que ni Livie ni Richard le habían contado nada sobre el motivo por el que iba allí con tanta frecuencia.

—Tengo que ocuparme de unos cuantos asuntos personales —respondió él.

—¡Ah!

Era evidente que la respuesta la había dejado completamente decepcionada y él se sintió fatal al instante. Podía haberle ofrecido una respuesta mejor, pero era un asunto sobre el que todavía no estaba preparado para hablar con ella.

Tal vez nunca lo estaría.

Lucian acudió en su rescate. Más o menos.

—Y bueno, Nikki, ¿estás saliendo con alguien?

Gabe se agarró al apoyabrazos de la silla. Era una pregunta que le interesaba mucho.

Nic levantó ambas cejas.

—Mmm... No. Estoy soltera. —Arrugó la nariz—. Bueno, salí con un chico en la universidad.

—¿Y no duró? —preguntó Gabe antes de poder detenerse.

Ella volvió la cabeza hacia él.

—Lo dejamos hace poco.

—Interesante —murmuró él.

Nic empezó a fruncir el ceño.

Lucian lo miró.

Fue entonces cuando se dio cuenta de que su respuesta había sido un poco rara.

—Es interesante porque... la mayoría de las relaciones que surgen en la universidad no terminan bien.

De acuerdo.

Ahora había quedado como un idiota.

Nic adoptó un gesto extraño antes de apartar la vista, pero Gabe sabía lo que había estado pensando. Porque era lo mismo que estaba pensando él.

O en quién, para ser más exactos.

En Emma.

La cena había sido muy... reveladora.

Esa era la única palabra que se le ocurrió mientras cogía su bolso de la oficina del personal. Era incapaz de asimilar del todo lo que Lucian le había contado sobre su hermana y su padre. Los De Vincent tenían unas cuantas historias en su pasado que habrían dado para más de una telenovela, pero aquello iba más allá de cualquier cosa que se hubiera imaginado.

Y no tenía ni idea de cómo lo estaba llevando Gabe. Siempre había tenido la sensación de que Lucian no estaba muy unido a Lawrence, pero Gabe y Dev sí. Bueno, tan unidos como se podía estar con un hombre así.

¿Pero enterarse de buenas a primeras de que la persona que siempre habían creído que era su padre no lo era? ¿Y quién sería su padre? ¡Dios!

Sacó las llaves del bolso y empezó a salir por la puerta trasera, pero se detuvo.

Se acordó de lo mal que lo habían pasado después de la muerte de su madre. Habían crecido pensando que se había suicidado, cuando en realidad había sido su hermana la que le había quitado la vida.

¿Cómo se podía superar algo así?

Mientras estaba en esa pequeña habitación, pensó de repente en la maldición De Vincent.

¿Qué decía? Que las mujeres no duraban mucho por allí. Sí, eso era. Que perdían la cabeza... o morían.

Nunca había creído que fuera cierta, y a los hermanos parecía darles lo mismo, pero ahora estaba empezando a pensar que quizá tenía algo de verdad y que los hermanos no eran tan indiferentes al respecto, porque, ¡madre mía!

Miró por detrás de ella, en dirección al pasillo. ¿Cómo se habría sentido ella si hubiera descubierto que su padre no era su padre? En cierto modo se habría quedado destrozada. Siempre sería su padre, porque era quien la había criado y eso era lo que realmente importaba, pero le habría dolido de todos modos. ¿Y además enterarse de que su propia hermana había matado a su madre porque se oponía a que se acostara con su primo?

La invadió una profunda tristeza, y antes de darse cuenta, sus piernas empezaron a moverse.

En el fondo de su cabeza la voz de Rosie le susurró. «No te dejes llevar por ese corazón sensiblero que tienes».

Pero eso fue precisamente lo que hizo. Aunque tampoco era gran cosa. No iba a buscar a Gabe para arrojarse a sus brazos. Solo quería... ¡Que Dios la ayudara! Solo quería asegurarse de que estaba bien. Pero bien de verdad.

Porque eso era lo que los amigos hacían.

Atajó por el pasillo trasero y se dirigió a la sala de juegos. Una especie de sexto sentido la guio por el largo corredor hasta la puerta entreabierta. Apoyó los dedos en el panel de madera tallado (un panel que había tallado el propio Gabe) y empujó.

Estaba solo.

Parado frente a una de las mesas de billar, alineando un tiro. Echó el taco hacia atrás y golpeó la bola, que salió disparada hacia el otro extremo del tapete. Una bola roja entró en uno de los bolsillos.

Se fijó en sus pies.

Iba descalzo.

Gabe se enderezó y la miró.

—¿Nic?

—Hola. —Se adentró más en la sala, preguntándose qué narices estaba haciendo. Fuera estaba oscureciendo y Dios sabía que en esa casa nunca había tomado buenas decisiones de noche. Lo mejor que podía haber hecho era salir de allí, pero ahí estaba—. ¿Vas a jugar al billar tú solo?

—Lucian quería pasar un rato a solas con Julia. —Colocó el taco contra la mesa—. Así que aquí estoy, jugando yo solo.

—Eso es bastante... triste.

Esbozó una sonrisa de medio lado.

—¿Ah, sí?

—Sí. —Volvió a meter las llaves en el bolso y se lo colgó del hombro—. El billar está hecho para más de una persona.

—Algunos lo consideran un deporte —apuntó él, apoyando la cadera en la mesa.

Nikki puso los ojos en blanco.

—Soy de las que piensan que para que algo se considere deporte, tienes que sudar.

—Si no sudas jugando al billar, es que no lo estás haciendo bien.

Ella se encontró sonriendo.

—Tendré que confiar en ti en esto.

Gabe ladeó la cabeza. Un mechón de pelo le cayó sobre la mejilla.

—Creía que te habías ido.

—Estaba a punto de hacerlo, pero...

Todo el cuerpo de Gabe pareció tensarse en un segundo.

—¿Pero?

¿Qué estaba haciendo? No lo sabía. Bueno, no estaba siendo del todo sincera consigo misma. En ese momento estaba perdiendo el tiempo y comportándose como una tonta.

—Quería saber cómo estaba tu coche.

—¿Mi coche?

—Sí. Por lo de la ventanilla.

—Ya está arreglada. Así que mi coche está perfectamente.

—Me... alegro —dijo de forma poco convincente.

Gabe le lanzó una mirada cómplice.

—No estás aquí por eso.

No le gustó nada que la conociera tan bien.

Respiró hondo.

—Solo quería que supieras que siento mucho todo lo que le pasó a tu hermana, a tu madre... y a tu padre.

Gabe la miró fijamente unos segundos y después apartó la vista.

—No pasa nada.

—¿Que no pasa nada? —repitió, estupefacta—. Claro que pasa. Pasa mucho. Es horrible. Desde el principio hasta el final.

A él se le escapó una suave carcajada.

—Y solo sabes la mitad.

—¿La mitad de qué?

Gabe apretó la mandíbula y se la quedó mirando un buen rato. Tanto que Nikki empezó a preocuparse.

—Gracias, de todos modos. Por venir a decirme esto.

Fue perfectamente consciente de que no había respondido a su pregunta.

—Pero no tienes que sentir nada.

—Lo sé. —Se acercó un poco más a él—. Es solo que no puedo imaginar por todo lo que habéis pasado... y por lo que todavía estáis pasando.

Gabe levantó la mano y se retiró el mechón que le caía por la cara.

—¿Y qué podemos hacer al respecto? No podemos cambiar lo que nuestra hermana hizo, ni lo que le pasó a nuestra madre o a nuestro padre. No tiene sentido seguir dándole vueltas.

Nikki jugueteó con la correa del bolso y se acercó todavía más.

—¿Tenéis Devlin y tú alguna idea de quién puede ser vuestro padre?

Gabe negó con la cabeza, aunque a ella no se le pasó por alto la forma en la que volvió a apretar la mandíbula. Puede que estuviera actuando como si todo aquello le diera igual, pero ella sabía que no era cierto. Quizás a alguien como Devlin aquello no le afectara en absoluto, pero no al Gabe que ella conocía.

Antes de que le diera tiempo a pensar en lo que estaba haciendo, cruzó la distancia que los separaba y se abrazó a la cintura de Gabe.

—Siento mucho todo lo que os ha pasado.

Gabe se quedó paralizado. Se puso tan rígido que ni siquiera supo si estaba respirando o no. Durante un instante de tensión total, temió haber permitido que su corazón hubiera hecho que volviera a tomar otra mala decisión.

Pero entonces sintió que el pecho de Gabe se elevaba bajo su barbilla y que le devolvía el abrazo. Y así se quedaron. No recordaba cuándo había sido la última vez que se habían abrazado o cuándo habían estado tan cerca.

En realidad, sí lo recordaba.

La noche en la que había ido a su apartamento, se habían abrazado del mismo modo, y ese abrazo desembocó en algo más. Cuatro años entre un abrazo y otro era demasiado tiempo. Volver a estar tan cerca de él tuvo un efecto muy extraño en sus sentidos. Sintió un intenso hormigueo en toda la parte delantera de su cuerpo, y cuando tomó aire, se vio asaltada por el fresco aroma de su colonia.

Solo era un abrazo.

No dejaba de repetirse ese mantra en su cabeza, incluso sabiendo que tenía que apartarse de él cuanto antes.

Solo un abrazo; uno que seguramente tendría poco o ningún efecto en él, mientras que en ella estaba destruyendo por completo sus mejores intenciones.

Gabe la apretó contra sí un poco más. Cuando sintió su barbilla rozarle la parte superior de la cabeza, se mordió el labio inferior. Luego él bajó la mano por la línea de su columna vertebral hasta posar la palma en la zona más baja de su espalda.

Un abrazo. Solo eso.

Pero su cuerpo no estaba en la misma sintonía que su cerebro. Una oleada de calor la recorrió por dentro; un calor arrollador y cargado de deseo. Sentir su pecho contra el suyo y...

¡Oh, Dios mío!

Nikki abrió los ojos de golpe. Sintió su erección, dura y gruesa, presionando contra su estómago.

Gabe la soltó al instante y dio un paso atrás para poner cierta distancia entre ellos. Nikki lo miró a los ojos.

—Será mejor que te vayas —dijo con una voz profunda y ronca. Incluso agresiva. Una voz que la estremeció por dentro—. Ahora.

Se resistió a esa estúpida voz interior que siempre la metía en problemas y que ahora le estaba diciendo que no hiciera caso a lo que él le pedía, se dio la vuelta y salió de allí como alma que lleva el diablo.

14

Después de ese abrazo de proporciones apocalípticas en la sala de juegos, Nikki no volvió a ver a Gabe durante dos días seguidos. El jueves, él le trajo un batido de fresa y plátano, y a partir de ese momento establecieron una rutina. Durante la semana siguiente, Gabe le llevó un batido del D'Juice justo después de cada comida y luego se quedaban hablando mientras preparaba la cena.

Él volvió a preguntarle por qué no había sacado tiempo para tallar esas joyas que tanto la habían obsesionado en el pasado. Ella le respondió lo mismo que la primera vez, sobre todo porque le daba demasiada vergüenza contarle la verdad.

Que después de la noche que habían compartido, era como si todo lo que solía gustarle hacer se hubiera corrompido.

No le iba a decir eso, no cuando estaban haciéndose amigos.

También le preguntó por la universidad. Y ella a él sobre lo mucho que se había expandido su negocio de ebanistería. Le habló de sus planes de encontrar un apartamento y él se ofreció a ayudarla con la mudanza.

¿Un De Vincent llevando muebles?

Nikki se echó a reír en ese momento. Seguía haciéndole gracia cada vez que pensaba en ello.

No tocaron el tema de lo que le había pasado a su hermana ni a su padre y tampoco hicieron mención alguna a lo que había sucedido mientras se abrazaban.

Incluso empezó a pensar que lo de la erección había sido producto de su imaginación. Ni siquiera se lo había contado a Rosie, porque, aunque no se lo hubiera imaginado, podía tratarse de una mera reacción física del cuerpo de Gabe al estar tan cerca de una mujer.

Porque Nikki estaba convencida de que algunos hombres podían ponerse duros ante la más ligera brisa rozando su zona pélvica.

Sí, seguro que se trataba de eso, ya que él no había mostrado ningún interés en ser algo más de lo que le había dicho que quería ser: amigos.

El miércoles por la tarde, justo antes de la cena, Gabe entró en la cocina.

—Alerta —dijo, pasando por delante de ella. Le recogió la trenza y se la colocó por encima del hombro—. La señorita Harrington está en casa.

—¡Mierda! —murmuró, aunque sabía que Devlin tenía pensado cenar con ella esa noche—. ¿Ha venido su hermano con ella?

—Por desgracia, sí. Vamos a ser cuatro para cenar —la avisó. Nikki lo miró—. Ni de coña voy a dejarte sola con ese par.

¡Oh, qué adorable! Sonaba como el Gabe que conocía.

—Gracias.

—No he venido aquí solo para verte revisar el asado, que, por cierto, huele de maravilla.

Nikki sonrió e hizo caso omiso al hormigueo que se instaló en su estómago.

—Creo que me ha quedado de vicio. —Cerró la puerta del horno, se volvió para mirarlo y se quedó sin palabras. ¿Por qué tenía que ser tan atractivo?—. ¿A qué más has venido? No veo ningún batido.

—No, todavía no.

—¡Vaya! —No supo qué otra cosa decir.

Gabe esbozó una sonrisa de medio lado.

—¿Qué vas a hacer cuando termines tu jornada laboral?

¡Oh!

¡Oh, Dios mío!

No se había esperado esa pregunta.

—Pues... nada. Me iré a casa.

—¿Entonces no tienes ningún plan? —Cuando ella asintió, añadió—: Perfecto. Pues ya tienes uno.

—¿Ah, sí? —balbuceó ella. Parecía un ratoncito. ¡Puaj!

Su sonrisa se hizo más amplia.

Sí.

Ahora también tenía un hormigueo en el corazón.

—¿Y qué se supone que voy a hacer?

—Es una sorpresa.

Ella se quedó congelada. Apenas podía respirar.

—No me gustan las sorpresas.

—Da igual. —Él se rio—. Además, sé que te encantan.

—Ya no.

Gabe se apartó de la encimera y la miró con complicidad.

—Esta te gustará. Confía en mí.

—Pero...

Gabe ya estaba saliendo de la cocina, dejándola allí parada y con la boca abierta.

Y así fue como se la encontró Parker.

¡No podía tener peor suerte!

El hermano de Sabrina entró por la puerta principal.

—Nikki.

Se le tensaron todos los músculos de la espalda.

—¿Qué haces aquí?

—He venido a tomar un trago —respondió él, moviéndose por la cocina como si estuviera en su casa.

Parker sabía que si quería beber algo tenía que pedírselo a su padre. Eso significaba que se las había arreglado para escapar de su vigilancia.

—Pero ahora que te veo, dejaré que hagas tu trabajo. —Sonrió, mostrándole sus relucientes dientes—. Quiero un wiski con hielo.

Se aguantó las ganas de decirle que se lo sirviera él mismo, se dio la vuelta y fue hacia la despensa donde guardaban las botellas de alcohol.

—Asegúrate de elegir una buena botella.

Nikki se sobresaltó al oír su voz tan cerca. Debería haberse dado cuenta de que la seguiría.

—No hacía falta que vinieras conmigo.

—Solo quería hacerte compañía —replicó él—. Igual que Gabe.

Mientras subía por la pequeña escalera, miró hacia abajo para ver dónde estaba. El muy imbécil estaba bloqueando la entrada. ¿Cuánto tiempo habría estado esperando en el pasillo para entrar? Agarró una botella del estante superior.

—A Gabe no le gusto mucho —dijo Parker con tono indiferente.

Bueno, supuso que aquello respondía a su pregunta.

¡Qué tipo más repulsivo!

—No tengo ni idea. —Bajó la escalera—. Si me disculpas.

Pero él no se movió.

—Va a tener que acostumbrarse a mí. Su hermano va a casarse con mi hermana.

—¿Ha fijado ya Devlin una fecha? —Se le escapó la pregunta antes de que pudiera contenerse.

Parker apretó los labios.

—Lo hará. Pronto.

—Mmm... —Nikki se hizo a un lado—. Si quieres que te sirva la bebida, vas a tener que moverte.

—¿Y si no quiero moverme?

Cuadró los hombros enfadada.

—Mira, estoy intentando hacer mi trabajo. ¿Puedes hacer el favor de moverte?

El hermano de Sabrina se inclinó, bajando la cabeza para estar a la altura de sus ojos.

—Pídemelo con mejores modales y puede que lo haga.

Nikki se echó hacia atrás. Estaba a punto de darle una patada.

—¿Puedes moverte, Parker? *Por favor.*

—No te has esforzado mucho, pero quiero esa bebida. —Se apartó—. Y quiero que me la prepares.

Se tragó un sinfín de palabrotas que habrían sonrojado al camionero más rudo, regresó a la cocina y tomó un vaso.

—A ti tampoco te gusto. —Había vuelto a seguirla—. No lo niegues. Me consta.

Bueno, él le había dicho que no lo negara, así que mantuvo la boca cerrada mientras echaba los cubitos de hielo en el vaso.

—No lo entiendo —continuó él—. Deberías estar encantada de que sepa que existes.

De acuerdo. Ahora sí que no podía quedarse callada.

—Quizás esa sea la razón por la que no me gustas. —Sirvió el wiski y le entregó el vaso—. Además de porque tienes cero respeto por el espacio personal de la gente y de que eres arrogante porque eres rico y estás acostumbrado a conseguir lo que quieres. Por eso no me gustas.

Parker se rio.

Nikki no sabía cómo iba a reaccionar ante sus palabras, pero no esperaba que se pusiera a reír.

Él cogió el vaso y la miró como su madre habría definido «con aires de grandeza». Como si fuera un millón de veces mejor que ella.

—Voy a darte un consejo, Nikki.

—Me muero por oírlo.

Él respiró furibundo.

—Será mejor que cambies tu actitud hacia mí antes de que mi hermana se case con Dev. —Luego estiró el brazo y le tocó la mejilla con un dedo—. De hecho, deberías empezar ya mismo.

Nikki se apartó bruscamente.

—No me toques.

—No me estás escuchando. —Bajó la mano y sonrió con superioridad—. Deberías ser más simpática conmigo, porque aunque ya no estés trabajando aquí cuando Sabrina se case con Dev, mi hermana puede hacer que tus padres pierdan su empleo.

Jadeó indignada y lo miró fijamente. La invadió una terrible sensación de *déjà vu*.

—¿Estas amenazando el trabajo de mis padres? ¿Otra vez?

—Sabes que no es ninguna amenaza. Es un simple consejo. Deja de actuar como una perra y tal vez, cuando tu madre se encuentre mejor, siga teniendo un empleo. —Hizo una pausa—. Teniendo en cuenta su estado de salud, lo último que necesitan ella y tu padre es perder su puesto de trabajo por culpa de la zorra de su hija.

Abrió los labios conmocionada. No se podía creer lo que estaba oyendo. Aunque tampoco entendía por qué le sorprendía tanto. Ya se lo había hecho una vez, cuando intentó quitarle la toalla y logró meter la mano debajo de ella. La había amenazado y había funcionado, ¿pero ahora? Quizá se debía a que él sabía lo enferma que estaba su madre y, aun así, le daba igual amenazarla con hacerla perder su empleo.

Estaba tan asqueada como horrorizada.

Parker cambió el vaso de mano y, antes de que le diera tiempo a reaccionar, usó la mano que tenía libre para pasarle un dedo sudoroso por la mejilla.

—Ya tienes algo en qué pensar para la próxima vez que nos veamos —dijo torciendo una comisura de la boca—. ¿De acuerdo?

No esperó a que ella respondiera. Nikki lo vio salir de la cocina, mientras se tragaba una palabrota. Justo en ese momento apareció su padre. Parecía agobiado y bastante enfadado.

Parker le saludó con un ligero movimiento de cabeza cuando pasó junto a él.

—¿Todo bien? —Su padre corrió hacia ella.

Nikki se aclaró la garganta y asintió. No quería que su progenitor se preocupara. Bastante tenía encima.

—Sí, todo va estupendamente.

Gabe miró en dirección a Nic en lo que le pareció la centésima vez desde que ella se había subido a su coche.

Durante el trayecto a la ciudad, había estado muy callada; algo inusual en ella. Y todavía seguía en silencio, mirando por la ventanilla. Se había comportado de la misma forma en la cena. Apenas había mirado a nadie, incluido él. Había creído que estaría de mejor humor después de que Parker decidiera no acompañar a su hermana en la cena. Él ni siquiera había visto a ese imbécil.

Cuando el tráfico empezó a ralentizarse en la autopista, apretó el volante con las manos y volvió a mirarla.

—¿Te encuentras bien, Nic?

Ella asintió.

—Sí.

—Oye —le tocó el brazo con suavidad, pero al notar cómo se sobresaltaba, frunció el ceño—, ¿estás segura?

—Sí, sí. Lo siento. —Se volvió hacia él. La luz de la farola de la calle proyectó sombras en su rostro—. Solo estaba sumida en mis pensamientos. Y bueno, ¿vas a contarme en qué consiste la sorpresa?

—Si lo hago, entonces deja de ser una sorpresa. —Tomó la salida que llevaba al centro de la ciudad.

No sabía por qué estaba haciendo eso. Se le había ocurrido la noche en la que cenaron los espaguetis.

Nic lo miró mientras jugueteaba con la punta de su trenza. Después de unos segundos, preguntó:

—¿De verdad crees que Devlin se va a casar con Sabrina?

—Vaya una pregunta más rara —respondió él, riendo.

—Ya lo sé. —Bajó las manos a su regazo—. Pero apenas se dirigen la palabra el uno al otro. Y durante la cena, Sabrina ha estado más pendiente de ti que de tu hermano.

Él torció los labios en una mueca de disgusto.

—Sí, bueno, Sabrina quiere lo que no puede tener.

—¿A ti?

—La conocí en la universidad, después de que Dev se graduara. Le gusté. —Giró en Iberville—. Pero ella a mí no. Y sigue sin gustarme.

—¿Pasó algo entre vosotros?

—No. —Y decía la verdad—. Ella lo intentó un par de veces en la universidad, pero no pasó nada.

Lucian estaba convencido de lo contrario, pero se equivocaba. Aparte de ser simpático con Sabrina cuando se conocieron, no había hecho nada para animarla.

—No me cae bien —confesó Nic con un suspiro.

—Sí. —Recordó la forma como Sabrina se había dirigido a ella durante la primera cena. Él tampoco había ayudado mucho—. Siento cómo me comporté la primera noche. No debería haber hecho eso.

Nic hizo un gesto con la mano restándole importancia, pero él sabía que en ese momento se había sentido bastante molesta.

—Vamos a tu taller, ¿verdad?

—Sí.

—¿Por qué? —preguntó con curiosidad.

—Ya lo verás.

Nic soltó un sonoro suspiro.

—Sabrina volvió a mencionar Baton Rouge durante la cena. Parece que vas mucho por allí.

Gabe asintió mientras tomaba un atajo por un callejón.

—Sí.

Sintió su mirada fija en él.

—¿Y qué haces allí?

—Estoy buscando una casa —respondió. Y no mentía.

—¿Te vas a mudar allí? —Parecía sorprendida.

—No todo el año. Pero sí, ese es el plan.

—¿Por qué?

No respondió. En realidad no sabía qué decir sin sentirse como una mierda o sin que ella pensara lo peor de él. Porque en cuanto supiera la verdad, se preguntaría lo mismo que todo el mundo: ¿Por qué cojones no estaba ya allí en vez de en Nueva Orleans?

Una pregunta que él también se hacía constantemente.

—¿Estás... viéndote allí con alguien? —inquirió ella en voz baja.

Volvió la cabeza hacia ella mientras aparcaba el Porsche. Nic no lo estaba mirando, estaba jugueteando otra vez con su trenza.

—No, no estoy saliendo con nadie.

—¡Oh!

Le agarró la muñeca con suavidad y le apartó la mano del pelo. Ella lo miró al instante.

—Solo tengo algunos asuntos de los que ocuparme. Eso es todo, ¿de acuerdo?

Nic frunció el ceño.

—De acuerdo.

Gabe exhaló con fuerza y le soltó la muñeca. Se negaba a reconocer lo suave que era su piel.

—¿Lista?

—¿Para la sorpresa? —Sonrió—. Creo que sí.

Él se rio por lo bajo y se desabrochó el cinturón.

—Espera.

Salió del coche, lo rodeó y fue hacia el asiento del copiloto para abrirle la puerta. Después de cerrarla cuando ella salió del vehículo, la llevó hasta la entrada trasera del taller.

Cuando abrió la puerta, una ráfaga de aire frío y el olor a madera recién cortada les dio la bienvenida. Encendió la luz del techo. La estancia se iluminó, saliendo de la penumbra.

Nic pasó junto a él, rozándole la cadera. Un leve roce que fue como recibir un puñetazo en el estómago. Era imposible ignorar la reacción visceral que ella le provocaba. Su pene cobró vida al instante. Una señal de que necesitaba echar un polvo cuanto antes, porque masturbarse ya no era suficiente.

Nic era una mujer preciosa. Eso era todo. Además de que el hecho de que le estuviera vedada, pero con un «no» gigante, hacía que fuera mucho más consciente de su presencia.

Al menos eso fue lo que se dijo mientras ella salía del vestíbulo de entrada del almacén y accedía a la espaciosa zona del taller.

—¡Guau! —La vio contemplar los diversos proyectos en los que estaba trabajando—. Es mucho más grande de lo que me había imaginado. —Se acercó a una silla y se arrodilló frente a ella para acariciar los adornos de la pata—. Es una belleza, Gabe. —Lo miró a través de sus espesas pestañas—. En serio.

Ahora estaba celoso de la pata de una silla.

—Siempre me ha resultado curioso —comentó ella mientras seguía estudiando la pata.

—¿El qué? —La vio ladear la cabeza.

—Lucian pinta. Madeline también. Tú puedes transformar la madera y un par de láminas de contrachapado en una obra de arte. —Se levantó con la elegancia de una bailarina—. Pero Devlin no tiene ningún talento.

—¿Desquiciar a la gente cuenta como talento? Porque en ese caso sería todo un experto.

La risa que se le escapó fue suave, pero Gabe la sintió como una caricia.

—Cierto.

—Dev tiene un talento oculto —confesó, incapaz de dejar de mirarla mientras se acercaba a un banco de trabajo. Luego ella tocó cada herramienta con un dedo, después con dos, y él se puso duro como una roca.

Estaba bien jodido.

Necesitaba salir de allí cuanto antes y encontrar a alguien que lo follara hasta dejarle seco, porque tenía que sacar como fuera la cruda lujuria que en ese momento le corría por las venas.

Pero no con Nic.

Por muy tentadora que fuera.

—¿Qué talento tiene? —preguntó ella, cogiendo un pequeño cincel.

—Canta. —Pasó junto a ella y recorrió con los dedos la mesa en la que había estado trabajando ese mismo día.

—¿Qué? —se rio Nic—. ¿Hablas en serio?

Gabe asintió con la cabeza y se detuvo junto a ella. Cualquiera habría pensado que hablar de su hermano habría hecho desaparecer la erección que tenía en ese momento, pero no fue así.

—¿Por qué iba a mentirte en algo así?

—No lo sé. ¿Porque sí?

—Bueno, pues no te miento. Mi hermano canta muy bien. Pero tienes que emborracharlo antes. —Estaba cansado de hablar de Dev—. Ven conmigo. Tu sorpresa está detrás de esa puerta.

Nic miró por encima de su hombro.

—No tengo ni idea de qué puede tratarse.

Y como era un maestro en el arte de torturarse, la agarró de la mano, maravillado por lo delicada que se sentía contra la suya.

Estaba siendo un idiota.

Rodeó con los dedos los de ella y evitó mirarla mientras la conducía a través de la planta principal.

—Como todavía no has decidido si quieres trabajar o seguir estudiando, supuse que tendrías un poco más de tiempo libre. —Se detuvo frente a la puerta y giró el pomo con la mano libre—. Sé que me dijiste que ya no te gustaban las mismas cosas que antes, pero pensé que esto podría interesarte.

Abrió la puerta, metió la mano y encendió la luz. Luego tiró de ella, dejándola pasar primero.

El contacto de su pequeño cuerpo contra el suyo enardeció todos sus sentidos, pero los ignoró e intentó concentrarse en su cara.

Así fue como se percató del momento exacto en el que ella se dio cuenta de lo que tenía delante.

Sus labios rosados se separaron con un suave jadeo y sus grandes ojos se abrieron aún más.

—Gabe...

Cuando se volvió hacia él, le sonrió.

—Llevo años guardando los trozos de madera que me sobran en esta habitación. Ni siquiera sé por qué. —Frunció el ceño, no quería ponerse a pensar en serio en el motivo que le había llevado a hacer aquello—. Da igual. El caso es que le pregunté a tu padre si todavía tenías tu equipo de ebanistería y me dijo que creía que no.

Se había pasado el fin de semana limpiando la habitación y había preparado un pequeño escritorio que él mismo había construido, pero que nunca había vendido. Tenía talladas las mismas enredaderas que las de las molduras de su casa. Encima del escritorio había dejado una caja lacada negra junto a una lámpara que había sacado del almacén.

—Te pedí un equipo nuevo —continuó—. Toda esa madera que tienes en el rincón es tuya para hacer con ella lo que te dé la gana. En realidad, toda la habitación es tuya si quieres. No creo que a tus padres les apetezca mucho volver a limpiar astillas y virutas por toda la casa.

—¿Lo dices... en serio? —susurró ella.

—Sí. —Respiró hondo—. Puedes venir cuando quieras. Incluso te he hecho una copia de las llaves.

—No sé qué decir. —Nic parpadeó varias veces y se dio la vuelta para mirar la habitación. Cuando le apretó la mano, Gabe se dio cuenta de que todavía seguía agarrándosela.

La soltó y se cruzó de brazos.

—Bueno, espero que digas que te encanta y que la vas a usar.

Nic se llevó las manos a la barbilla mientras levantaba los hombros con una respiración profunda. Entró en la habitación y tocó la caja. Después la abrió e hizo lo mismo que había hecho con el banco de trabajo. Pasó los dedos por cada una de las herramientas.

A Gabe se le puso el pene más duro si cabía.

—Debe de haberte costado una fortuna —dijo con voz asombrada—. No es un equipo cualquiera.

Él gruñó una respuesta ininteligible.

—Me encanta —confesó ella antes de volverse hacia él—. Y claro que lo voy a usar.

Entonces sucedió algo muy extraño. Gabe se preguntó si había cometido un error.

Clavó la vista en la boca de Nic.

Un segundo después, ella se lanzó a sus brazos, como había hecho la noche que se enteró de lo de su padre, y como había hecho cientos de veces antes de que su relación se fuera a la mierda.

Él la atrapó, soportando su peso mientras ella le abrazaba. Un abrazo que él le devolvió, rezando por que no notara su palpitante erección, ya que eso habría complicado mucho las cosas.

—Gracias —dijo ella con la voz amortiguada y ronca—. No te imaginas lo que esto significa para mí.

Gabe se hacía una idea. Bajó la barbilla e inhaló el aroma de su champú. Fresa.

Nic y su obsesión por las fresas.

Cerró brevemente los ojos y se separó un poco, dejando que sus manos se deslizaran por los brazos de ella. Después, la sostuvo así un instante.

—Me alegro de que te guste.

—Me encanta —lo corrigió ella.

Le gustaba oírla decir eso. Le gustaba demasiado. Y sí, tenía la sensación de que había cometido un error del que no sabía lo mucho que se iba a arrepentir después, pero aun así, no habría cambiado nada de lo que había hecho.

15

—¡¿Que hizo qué?! —gritó Rosie en un susurro.

Nikki asintió mientras tomaba un trozo de *beignet*. Era sábado, a última hora de la mañana, y Rosie y ella estaban en el Café du Monde, devorando deliciosos dulces espolvoreados de azúcar. Teniendo en cuenta que había refrescado un poco, les sorprendió a ambas haber conseguido una mesa.

Acababa de contar a su amiga la sorpresa de Gabe.

—Sí. Incluso tengo sierras nuevas: una para metal y otra de calar. Básicamente me ha montado un taller propio.

—¡Pero eso es una locura! —Rosie dio un mordisco a su *beignet*, logrando que no se le cayera ni una sola mota de azúcar encima. Seguro que había vendido su alma al diablo para tener esa habilidad—. Ni siquiera sabía que podías hacer esas cosas con la madera. ¿Por qué no me lo dijiste nunca?

Nikki se encogió de hombros.

—Pensaba que si hablaba de ello, querría retomarlo y, sinceramente, en la universidad apenas tenía tiempo libre y...

—¿Te recordaba a Gabe?

—Sí —reconoció con un suspiro—. En fin, no sabía qué esperar, pero eso no, desde luego.

Rosie agarró su botella de agua.

—¿Vas a usarlo? Me refiero a las herramientas y al taller.

Sintió un extraño cosquilleo en el pecho. Como si miles de mariposas revolotearan en él.

—Creo que sí. Al fin y al cabo, se ha tomado muchas molestias.

Rosie llevaba unas gafas de sol enormes que le ocultaban por completo los ojos, de modo que le estaba resultando muy difícil saber qué estaba pensando.

—¿Así que vas a dar un buen uso a su herramienta?

—Por supuesto. Tiene... ¡Un momento! —Nikki cogió su servilleta y la lanzó a la cara sonriente de su amiga—. ¡No se trata eso!

—¿Ah, no?

Ahora las mariposas intentaban escapar, porque se puso a pensar en el abrazo que se dieron. Estaba convencida de que Gabe le había mirado los labios. Se removió en la silla, cruzándose de piernas.

—Cierra el pico.

—En serio, ¿tenía una habitación llena de trozos de madera? —Rosie se inclinó hacia delante y bajó la cabeza—. ¿Y no sabe por qué los guardó allí?

—Eso fue lo que me dijo. —Las mariposas habían bajado a su estómago.

—¿Sabes lo que pienso? —Su amiga se enderezó—. Te lo voy a decir ahora mismo. Creo que guardó todos esos trozos de madera para ti.

La mera idea de que Gabe llevara haciendo eso todos esos años hizo que se estremeciera por dentro. Si era cierto, no sabía qué pensar al respecto.

Mejor no pensar en ello.

Porque en ese momento su corazón se había hinchado tanto que estaba a punto de explotar. Y eso no era una buena señal.

Rosie debió de darse cuenta porque enseguida le dijo:

—Debes tener cuidado, Nikki.

—No estoy interpretando nada raro en el gesto.

—Al contrario, creo que deberías leer entre líneas.

Ella frunció el ceño.

—No te entiendo.

—Mira, lo que ese hombre ha hecho por ti no lo hace alguien que se ha pasado los últimos cuatro años odiándote por lo que hiciste.

—¡Vaya! —Nikki agarró su café—. Viéndolo de ese modo...

—Lo que ha hecho es algo muy importante. Y él tiene que saberlo, aunque desconociera que habías dejado de tallar. —Tomó una servilleta y se limpió los dedos—. De modo que sí, creo que deberías leer entre líneas.

Nikki tomó una profunda bocanada de aire, pero no se tranquilizó.

—No puedo permitirme hacer eso.

—Lo único que te estoy diciendo es que vayas con cuidado. Gabriel de Vincent es un hombre adulto con mucha experiencia a sus espaldas. Tú, sin embargo, no tienes mucha.

—Gracias —masculló.

—Y ambos tenéis un pasado en común. No va a ser fácil.

Nikki sacudió la cabeza.

—No lo sé. Lo que estás diciendo es que quizás él quiere que seamos algo más que amigos. Pero eso es una locura, se pasó cuatro años odiándome.

—¿Te has parado a pensar que puede que se pasara cuatro años odiándose más a sí mismo? —Rosie apoyó el codo en la mesa y el brazalete rosa que llevaba se deslizó por su brazo—. ¿Que quizá te deseaba y por eso se odiaba a sí mismo?

Nikki abrió la boca.

—Sabes que soy licenciada en Psicología, ¿verdad? —Su amiga se dio unos golpecitos con una uña pintada de morado en la sien—. Entiendo de esto.

¿Era posible que Gabe se hubiera odiado más a sí mismo que a ella? Podía ser, pero no por las razones que Rosie estaba sugiriendo.

—Creo que cuando sucedió aquello me deseaba, pero porque en ese momento estaba borracho.

Rosie hizo un gesto de negación con la cabeza y sus rizos rebotaron en todas las direcciones.

—Lo único que te digo es que tienes que ir con cuidado.

—No voy a ir de ningún modo. —Cogió lo que le quedaba de *beignet*—. Somos amigos y creo que lo que hizo fue... una prueba de nuestra amistad. Una bandera blanca en toda regla.

—Bueno, me alegra oír eso, porque tengo algo para ti.

Las sorpresas de Rosie podían consistir en cualquier cosa. Desde una tabla güija a una muñeca vudú. Una muñeca vudú *usada*.

—Hay alguien a quien quiero que conozcas.

—Rosie...

—Está soltero. Tiene un buen trabajo. No vive en ninguna casa encantada, lo que es un fastidio para mí, aunque da igual, nadie es perfecto. Pero no trabajas para su familia, es guapo y —arrastró esta última palabra— no te acostaste con él cuando tenías dieciocho años.

—Hay un montón de gente con la que no me acosté cuando tenía dieciocho años —replicó ella con un suspiro irónico.

—Sí. —Rosie sonrió de oreja a oreja—. Y ahora viene lo mejor. Ha sido él quien ha querido conocerte.

Frunció el ceño.

—¿Qué?

—Nos vio juntas en Cure y cree que estás más buena que los *beignets* que nos estamos comiendo.

—Mmm...

—No sé por qué no vino a saludarnos. Creo que es demasiado tímido. ¿Y sabes qué creo también? Que deberías tener una cita con él.

Abrió la boca para negarse en redondo.

Pero Rosie fue más rápida que ella.

—Si de verdad estás lista para seguir adelante con tu vida, lo primero que tienes que hacer es salir y conocer a alguien que no sea Gabe.

Nikki creía que había un montón de cosas más que podía hacer que no conllevara salir con un tipo al azar.

—Ya salí con chicos en la universidad...

—Con muy pocos.

—Y tuve novio.

—Ambas sabemos cómo terminó esa historia —bromeó Rosie.

Miró a su amiga con los ojos entrecerrados. ¿Por qué se resistía tanto a tener una cita? ¿No había decidido que iba siendo hora de salir y conocer gente? Se suponía que no había *nada* que le impidiera hacerlo.

—¿Sabes qué? Sí. Tendré esa cita.

Un brillo de emoción chisporroteó en los ojos de Rosie. Unos ojos marrones que, bajo la luz del día, adoptaban un tono más avellana.

—¿En serio?

Nikki hizo un gesto de asentimiento.

—Organízala.

Por encima de sus cabezas, algo se estrelló contra una pared. Por el sonido que hizo, tenía que tratarse de un objeto frágil. Y seguramente caro.

Gabe miró al techo.

—Eso ha sonado como un vaso.

—O un jarrón —comentó Lucian.

—Espero que no sea una ventana. —Julia bajó el taco de billar.

Gabe sonrió.

—Sabrina no es tan tonta.

Sabrina llevaba en el despacho de Dev alrededor de media hora. De vez en cuando, podían oír su voz chillona. Ninguno de los tres sabía de qué estaban discutiendo, aunque tenían sus sospechas.

No era la primera vez que sucedía.

Lo más probable era que estuviera presionando a Dev para que fijara una fecha para el enlace. Cada vez que ocurría, terminaba tirando alguna cosa cuando Dev se negaba a dar su brazo a torcer.

Lucian rodeó la mesa de billar y se puso al lado de Julia.

—¿Por qué no vas arriba y vas eligiendo la película que quieres que veamos? —Rodeó los hombros de Julia con un brazo y la pegó a él—. Subo enseguida.

Julia enarcó una ceja, pero se limitó a ponerse de puntillas y darle un beso en la mejilla.

—Allí te espero.

—Claro que sí. —Cuando ella se separó de él, le dio una palmada en el trasero, ganándose una mirada furibunda—. Solo estaba calentando.

—Lo que tú digas —masculló Julia. Dio las buenas noches a Gabe con las mejillas rojas y salió de la estancia.

Gabe se echó hacia atrás, apoyando los brazos en la barra que tenía detrás.

—¡Qué sutil!

—Mmm... —Su hermano fue detrás de la barra y cogió varios vasos—. ¿Crees que Dev va a fijar una fecha?

—Si fuera así, Sabrina no estaría echa un basilisco, destrozándolo todo. —Gabe giró el taburete y miró a Lucian mientras este servía burbon en tres vasos.

—Pero no es a Dev a quien quiere.

Gabe resopló y agarró su vaso.

—Sí, bueno, pero ese no es mi problema.

—Hasta que se mude aquí. —Lucian se apoyó en la barra—. ¿Crees que va a renunciar a follarte así como así?

Gabe hizo una mueca de asco ante la imagen que esas palabras provocaron en su cabeza.

—Está loca si cree que tiene alguna oportunidad conmigo.

Lucian inclinó su vaso hacia él.

Gabe se sacó el teléfono del bolsillo y comprobó la aplicación de la alarma de su taller. No se había apagado, lo que significaba que Nic todavía no había estado allí.

No había ido al almacén desde que le había dado la sorpresa el miércoles, pero cuando se fueron, se llevó un trozo de madera y el equipo de ebanistería.

Mientras estaba allí sentado, agitando el líquido ámbar de su vaso, se preguntó qué estaría haciendo Nic. ¿Habría salido un rato por el barrio francés? Era sábado por la noche, dudaba que se hubiera quedado en casa.

Por cierto, ¿qué coño hacía él allí?

A primera hora de la noche, había recibido un mensaje de texto de una de las mujeres con las que solía encontrarse en el Red Stallion. Alyssa siempre estaba dispuesta a pasar un buen rato, sin ataduras. En circunstancias normales, le habría respondido y se habría ido al club pitando. Eso habría sido lo más inteligente que podría haber hecho.

Salvo que no le apetecía ir al bar.

Ni tenía ningún interés en ver a Alyssa.

—¿Has pensado en lo que te dijo Troy sobre lo del coche? —preguntó su hermano.

Sí, le había estado dando un montón de vueltas al asunto.

—Todos hemos cabreado a gente, ¿pero que alguien supiera dónde estaba justo en ese momento e hiciera algo así? No se me ocurre a nadie.

—¿Entonces crees que fue alguna gamberrada de un niño?

Se encogió de hombros.

—No lo sé. Lo que no creo es que tenga nada que ver con Nic. Llevaba cuatro años sin pasar por casa. ¿Y quién iba a estar tan enfadado con ella como para hacerle algo semejante?

—Tú no —respondió Lucian de inmediato.

Gabe ignoró el comentario.

Lucian se quedó callado un rato.

—¿Crees que tiene algo que ver con los Rothchild?

La pregunta lo conmocionó por dentro.

—¿Piensas que lanzaron algo a la ventanilla de mi coche?

—Ellos no, alguien a quien contrataran. —Lucian se encogió de hombros—. Puedes cambiarles la vida y no de una forma que les vaya a gustar. Sé que parece una locura, pero hemos visto cosas más descabelladas.

Sí, era una locura, pero su hermano tenía razón. Habían presenciado cosas peores.

—No creo que sean ellos. Sería una estupidez por su parte. No me estoy portando mal con ellos. Estoy siendo bastante razonable.

—Cierto, pero...

Lucian no terminó la frase. Tampoco hacía falta. Sabía lo que estaba pensando. Que la gente era capaz de cualquier cosa.

Se estaba terminando el vaso de burbon cuando Dev hizo su gran aparición. Al ver a su hermano mayor, alzó ambas cejas. Su hermano siempre vestía de forma impecable, con la ropa planchada y sin una arruga. En ese momento, sin embargo, llevaba media camisa fuera del pantalón y tenía una marca roja en el lado izquierdo de la cara.

—¡Vaya! —Lucian deslizó el tercer vaso de burbon (todavía intacto) hacia Dev—. Parece que has tenido un encuentro peculiar con Sabrina.

Dev resopló. Agarró el vaso y se lo bebió de un trago.

—¿Te ha pegado? —preguntó Gabe. Sabrina solía lanzar objetos a las paredes, normalmente los más caros que tuviera a mano, ¿pero pegar?

Dev dejó el vaso en la barra.

—Se puede decir que sus rabietas han alcanzado nuevas cotas.

—O que han tocado fondo, según cómo lo mires —sugirió Lucian—. Tengo que preguntártelo, Dev. ¿Por qué te vas a casar con ella?

Devlin se sentó en el taburete que había junto a Gabe y apoyó los brazos en la barra.

—¿Y por qué no?

Gabe miró a su hermano mayor.

—Esa no es la mejor respuesta que puedes dar a esta pregunta.

Dev hizo un gesto de indiferencia.

—Su compañía puede ser un gran activo en el futuro.

—¡Madre mía! —murmuró él—. Y algunos dicen que el romanticismo ha muerto.

Lucian se rio.

—No necesitamos su compañía. Tenemos más dinero del que puedan gastar nuestras próximas generaciones.

Dev no dijo nada. Estaba mirando los estantes de detrás de la barra.

—Esas botellas no están bien colocadas.

Gabe se fijó en las botellas. Tenía razón. Algunas estaban un poco torcidas.

—Seguro que ha sido Nikki. —Dev soltó un suspiro—. Voy a tener que hablar con ella.

—¿Por las botellas de wiski? —Gabe se irguió en el taburete—. ¿Lo dices en serio?

Dev lo miró.

—No. Pero tu reacción me parece un poco desproporcionada.

Gabe ignoró el comentario.

—¿De qué quieres hablar con ella?

—¿De la forma como trata a Sabrina?

Gabe volvió a recostarse en el taburete sin dejar de mirar a su hermano.

—¿Y de qué forma la trata que no se merezca Sabrina?

—No se trata de lo que se merezca Sabrina o no. Se va a casar conmigo y Nikki tiene que respetar ese hecho..., respetarla a ella.

—Es difícil respetar a alguien que te trata como a una criada —replicó Gabe.

—Que yo sepa, Nikki forma parte de nuestro personal. Al menos por ahora. —Dev se volvió hacia Lucian para que le rellenara el vaso—. Puede que no sea una empleada fija, pero mientras esté trabajando aquí, tendrá que actuar como tal.

—¿De qué se ha quejado exactamente Sabrina? —inquirió Lucian, sirviendo el burbon—. Las he visto interactuar juntas en casa y normalmente Nikki está callada y pasa de los constantes insultos de Sabrina.

—Excepto cuando le tiró el champán encima —señaló Dev.

Gabe torció los labios.

—Eso fue un accidente.

—Ambos sabemos que no lo fue.

—¡Pasó hace semanas!

Dev agarró de nuevo el vaso.

—Por lo visto, Nikki hizo un comentario sarcástico al hermano de Sabrina sobre que no hubiera una fecha fijada para la boda. A Sabrina no le hizo gracia. De ahí la pequeña crisis de esta noche.

Gabe entrecerró los ojos. ¿Cuándo había visto Nic a Parker? Se acordó del miércoles. Parker había estado en la casa y, de camino al taller, Nic había estado muy callada.

—Hablaré con Nic —dijo él.

—¿Ah, sí? —murmuró Dev.

—Creo que es una buena idea —intervino Lucian—. Mejor él que tú.

—¿Y eso por qué? —quiso saber Dev.

—Porque tú eres un capullo —replicó Lucian con una sonrisa enorme—. Y Nikki ha venido a ayudar a su madre, que tiene cáncer. Lo último que esa chica necesita es que le eches la bronca sobre cómo dirigirse a sus «superiores».

—Lo último que necesita es que hables con ella de lo que sea. —Gabe se cruzó de brazos—. Me aseguraré de que se mantenga alejada tanto de Sabrina como de Parker. Yo me encargo de ella.

Devlin curvó los labios en lo que pareció el atisbo de una sonrisa sobre el borde del vaso.

—¿Sabes lo que pienso de todo esto, Gabe?

—Estoy deseando oírlo.

Su hermano mayor bebió un sorbo de burbon antes de volver a mirarlo.

—Creo que lo último que necesitas es encargarte de Nikki, en cualquier sentido de la palabra.

16

El domingo, Nikki estaba en medio del pequeño taller que Gabe le había preparado. En sus brazos sostenía el equipo de ebanistería y el trozo de madera que se había llevado el miércoles a casa.

Llevaba años sin tallar, así que había utilizado esa madera para practicar, tal y como Gabe le había mostrado la primera vez que la enseñó a usar todas esas herramientas.

Había tallado una luna creciente y se sorprendió de lo fácil que le había resultado en cuanto empezó. Daba igual el tiempo que hubiera pasado, sus dedos habían sabido qué hacer desde el mismo instante en que se sentó con el cincel.

Dejó la luna sobre el escritorio. Quizá la cortara más tarde. En ese momento, lo que de verdad quería hacer era una pulsera para su madre. Tenía todo el diseño en su cabeza: seis cuentas grandes que representarían los ciclos de tratamiento que había recibido... y a los que había sobrevivido.

Y cuando su madre terminara el último ciclo, se la entregaría.

Se acercó a los trozos de madera cuidadosamente apilados, escogió un bloque, tomó la herramienta rotativa con los distintos cabezales que iba a necesitar, encendió la aplicación de música de su teléfono, se sentó detrás del escritorio y se puso a trabajar.

Y, a partir de ese momento, no supo cuánto tiempo transcurrió. Lo bueno de trabajar con las manos y concentrarse en tallar las cuentas era que no pensaba en nada más, que se olvidaba del estrés. Ya no se obsesionaba con Gabe, no se preocupaba por su madre, ni siquiera se angustiaba por la amenaza no velada de Parker. Su mente se quedaba en blanco y ella se sumía en una paz absoluta. No se había percatado de lo mucho que había echado de menos esa sensación hasta que se sentó detrás del escritorio que Gabe había tallado con sus propias manos.

Estaba tan absorta en lo que estaba haciendo, que no se dio cuenta de que tenía compañía hasta que alguien llamó suavemente con los nudillos a la puerta abierta.

Al alzar la mirada, no le sorprendió encontrarse con Gabe.

—Hola —la saludó él con una gran sonrisa.

—Hola. —Bajó la herramienta rotativa—. Espero que no te importe que esté aquí.

—Por supuesto que no. Te dije que podías venir cuando quisieras. —Se apoyó en la jamba de la puerta—. Me alegra verte aquí.

El estómago se le cayó a los pies. Recordó lo que Rosie le había dicho el día anterior: *Creo que deberías leer entre líneas.* El aliento se le quedó atascado en la garganta.

—Gracias de nuevo por todo esto.

Él se encogió de hombros.

—No es nada.

Gabe ya le había dicho eso antes, pero para ella sí era importante. Incluso aunque no hubiera guardado toda esa madera sobrante para ella durante los últimos cuatro años, seguía significando mucho.

—¿En qué estás trabajando?

—En una pulsera para mi madre. —Se mordió el labio y miró las dos cuentas que había terminado—. Todavía no tengo muy claro de qué color voy a pintarlas, pero creo que voy a tallar rosas en ellas. Es su flor favorita.

—No va a ser fácil.

—Sí, pero gracias a ti, tengo las herramientas perfectas. —Se limpió la fina capa de serrín de las manos—. ¿Y tú que vas a hacer?

—Había pensado en pasarme por aquí y trabajar un rato. —Se apartó de la puerta—. ¿Has comido?

Nikki negó con la cabeza.

—No.

—¿Quieres que vayamos a por algo? —sugirió él—. Hay un restaurante justo al final de la calle. Hacen unas alitas de pollo increíbles.

El corazón se le unió al estómago. *Solo es una comida,* se dijo a sí misma antes de asentir.

—Sí, mmm, deja que recoja mis cosas.

Gabe la esperó mientras agarraba el teléfono del escritorio y el bolso. Cuando salió de la estancia, rozó a Gabe. Ese leve contacto de sus brazos envió una descarga a su sistema, provocándole un hormigueo por todo el cuerpo.

Un intenso deseo se apoderó de ella, dejándola sin aliento y completamente excitada. Sentía un cosquilleo extraño en el estómago, los pechos pesados y una aguda palpitación entre los muslos.

Vale. Necesitaba salir más a menudo y conocer a gente, porque ¿de verdad podía excitarse de ese modo por un simple roce con un *brazo?*

—¿Estás bien? —Gabe se detuvo frente a la puerta principal.

No. Se sentía acalorada... y estúpida.

—Sí, solo necesito comer algo.

—Pues vamos a ponerle remedio antes de que te mueras de hambre.

Cuando él le dio la espalda, cerró los ojos y se imaginó dándose un puñetazo en la cara. Varias veces.

El restaurante estaba justo al final de la calle, como Gabe había dicho. Se sentaron cerca de una ventana y mientras él pedía agua y ella un té dulce, empezó a ponerse nerviosa.

No dejaba de mirar alternativamente a la calle y a Gabe. Una parte de sí misma no se podía creer que estuviera sentada frente a él. Si alguien le hubiera dicho hacía un año que iba a terminar así, se hubiera echado a reír.

—Por cierto, hay algo de lo que quiero hablar contigo —dijo él, llamando su atención—. Creo que lo mejor que puedes hacer es mantenerte alejada todo lo posible de Sabrina y de su hermano.

—¿Qué? —Frunció el ceño—. ¿Y eso a qué viene ahora? Sabes que antes prefiero estar en la luna durante un eclipse solar que en la misma habitación que ellos.

—¿En la luna durante un eclipse solar? —repitió él en voz baja antes de negar con la cabeza—. Sabrina se ha quejado de ti a Dev.

Se le hizo un nudo en el estómago.

—¿Sobre qué?

—Por lo visto, hiciste algún comentario a su hermano sobre no tener fijada una fecha para la boda.

Puto Parker. Apretó los puños.

—Lo odio.

Gabe la observó detenidamente.

—Odiar es una palabra muy fuerte.

—Sí, bueno, pero lo odio. Es arrogante y cuando le dije eso no lo hice con mala intención. —Se detuvo—. Bueno, eso no es del todo cierto, pero da igual.

Gabe pareció estar a punto de reírse con lo último.

—¿Cuándo viste a Parker?

—El miércoles, cuando fue a cenar a la casa. Fue a la cocina a por un trago.

Por su expresión, supo que se había dado cuenta de que algo no había ido bien.

—¿Qué pasó el miércoles?

Se moría de ganas de contarle lo que le había dicho Parker, pero sabía que, si lo hacía, Gabe iría a pedirle explicaciones, y Parker se lo contaría de inmediato a Sabrina. Y por lo que le estaba explicando Gabe sobre Devlin, Sabrina no dudaría en quejarse al mayor de los De Vincent. No podía poner en riesgo el empleo de sus padres.

—No pasó nada.

—Pues no me ha dado la sensación de que no pasara nada.

—Solo se comportó como el imbécil que siempre es. —Tomó una profunda bocanada de aire—. Me portaré bien.

—No me cabe la menor duda. —Gabe sonrió de oreja a oreja.

Tardó un rato en darse cuenta de que le estaba tomando el pelo.

—En serio. A veces. Pero prométeme que no le dirás nada a Parker. Si lo haces, complicarás más las cosas.

—¿Entonces las cosas ya están complicadas? —Su voz se volvió tan helada que ella se estremeció por dentro.

—No. Pero si dices algo, entonces sí que se complicarán. Prométeme que no dirás nada —insistió ella.

—Te lo prometo, pero quiero que tú también me prometas que si pasa algo, serás sincera conmigo y me lo contarás.

—Está bien... Un momento. —Sintió una profunda decepción al instante. Recordó la conversación que habían tenido en el Porsche cuando Gabe quiso acompañarla a la protectora—. ¿Por eso me has invitado a comer? ¿Para pedirme que sea más simpática con Sabrina?

—No. —Gabe frunció el ceño—. Te he invitado porque quería comer contigo. Podía haber esperado hasta mañana para hablar de lo de Sabrina contigo.

—¡Oh!

En eso tenía razón.

—Bueno, ¿has hecho algo emocionante este fin de semana? —preguntó él, cambiando de tema.

—No mucho. —Jugueteó con una esquina del menú—. Ayer estuve con Rosie en Du Monde y me comí mi peso en *beignets*. ¿Y tú?

Gabe sonrió.

—Me quedé en casa. —Hizo una pausa—. Me sorprende que no salgas más por ahí.

—¿Por qué? —Sonrió cuando la camarera les trajo las bebidas. Pidieron unas alitas. Ella pidió unas normales, con lo que se ganó una mirada de desaprobación, y él con una salsa que garantizaba que le iba a quemar el paladar.

—Solo porque recuerdo lo que yo solía hacer cuando tenía veinte años —comentó él cuando la camarera se marchó—. La ciudad me parecía un patio de recreo enorme.

Nikki se rio.

—Por tu forma de hablar, parece que fue hace una eternidad.

—Lo fue.

—¿También vas a contarme que ibas al colegio caminando descalzo sobre medio metro de nieve? —bromeó ella. Gabe se rio—. No he salido nada desde que llegué a casa.

Él la miró con un brillo de interés en los ojos.

—¿Saliste mucho en la universidad?

Nikki negó con la cabeza. No sabía muy bien cómo explicarle que no había tenido la típica experiencia universitaria.

—Tampoco salí mucho.

—¿Eras una estudiante modelo? —inquirió con tono divertido.

Se rio.

—En realidad no. Solo...

—¿Qué?

Miró en dirección a la ventana. En ese momento estaba pasando una mujer empujando un carrito de bebé. Nikki se encogió de hombros.

Aunque transcurrieron unos segundos en silencio, podía sentir su intensa mirada sobre ella.

—¿Puedo hacerte una pregunta y prometes ser sincera conmigo?

El corazón le dio un vuelco. Lo miró.

—Sí.

Gabe se echó hacia delante y apoyó los brazos en la mesa.

—No dejarías de hacer cosas por lo que pasó entre nosotros, ¿verdad?

¡Mierda! Había llegado a la conclusión demasiado rápido para su gusto. Aunque también era cierto que habían hablado antes sobre su vida en la universidad y ella siempre había evitado mencionar el tema de su vida amorosa y las fiestas.

—¡Joder! —masculló Gabe, recostándose en su asiento. Ahora fue él quien miró por la ventana llena de manchas de huellas. Estaba apretando la mandíbula—. Odio saber que eso fue lo que pasó. Siempre creí que te desmelenarías en la universidad, que incluso incendiarías un par de edificios.

En un primer momento, no supo qué responder.

—No fue solo por eso. En serio. Sabes que siempre fui una niña un poco rara. En la universidad continué siéndolo. ¿Qué más da? No tuve muchas citas...

—Pero sí un novio.

—Sí. Y era un buen chico.

—Entonces, ¿qué pasó? —Volvía a mirarla. Hoy sus ojos eran más azules que verdes—. Si era un buen chico, ¿por qué no sigues con él?

Esa no era una conversación que hubiera planeado tener con él...
Nunca.

—No fui la novia más fácil del mundo.

—¿Y eso?

Nikki puso los ojos en blanco.

—No me... abrí lo suficiente. Él lo intentó y tuvo mucha paciencia, pero no estábamos en la misma sintonía.

—No te entiendo.

Por supuesto que no.

—A ver, imagínate que hacíamos planes, pues a mí siempre se me olvidaba. No lo hacía a propósito, simplemente no me acordaba. Él quería salir por ahí, al cine o a cenar, y a mí no me apetecía. En ese momento pensé que era porque era una persona a la que le gustaba quedarse en casa, pero en realidad no quería salir con él, ni con nadie. Cuando venía a pasar tiempo conmigo a mi habitación, me molestaba su presencia. Daba igual lo que hiciera.

—¡Vaya! —Gabe dio unos golpecitos con el dedo en la mesa—. Eso es un poco duro.

Se retorció incómoda en su asiento.

—Sí, bastante. Cuando se me olvidó nuestro aniversario, un año juntos y no me acordé, terminó pidiéndome explicaciones.

—¡Mierda! Tuvo que ser un momento muy incómodo.

—Lo fue. Sobre todo cuando me preguntó si estaba enamorada de él y no pude responderle. Bueno, sí podía, pero no lo que él quería oír. Ahí fue cuando me dejó.

Gabe se quedó pensativo un instante.

—Por lo que cuentas, no parece que quisieras estar con él.

—No, no creo que quisiera.

—¿Entonces por qué estabas con él?

—¿Sinceramente? ¡Dios! Me da vergüenza reconocerlo, pero no quería estar sola, quería ser... normal. Todo el mundo a mi alrededor tenía citas o salía con alguien, y allí estaba yo, sin hacer nada como una idiota.

—¿Y no saliste con nadie más? —preguntó él. Cuando ella hizo un gesto de negación, él la miró incrédulo—. ¿Ni siquiera un rollo de una noche?

Esa conversación iba de mal en peor. ¿Cómo podía explicarle que tenía miedo de tener nuevas experiencias? ¿De dejarse llevar y divertirse? ¿O que la razón detrás de todo eso era más profunda de lo que imaginaba y que incluso a ella misma le costaba entenderla? No podía acostarse con alguien sin más. Le habría gustado. Parecía divertido, liberador y algo normal para los estándares actuales de la sociedad, pero para mantener una relación sexual, primero necesitaba establecer algún tipo de conexión más profunda con esa persona. Y los polvos de una noche no te lo permitían.

—Esta conversación me está resultando de lo más incómoda. En serio.

—Si no puedes hablar de eso, es que no deberías hacerlo.

—Cierra el pico.

Gabe volvió a echarse hacia delante.

—¿Pero vosotros dos no...?

—¿De verdad me estás preguntando si Calvin y yo nos acostamos? —susurró.

Él ladeó la cabeza.

—Sí. Iba a decir «follar», pero acostarse suena más elegante.

Se puso roja de la cabeza a los pies.

—No es que sea asunto tuyo, pero sí.

Gabe la miró a los ojos.

—¿Ha sido el único aparte de mí?

—¡Oh, Dios mío! —Pegó la espalda al reservado—. No me puedo creer que me estés haciendo esta pregunta. Te lo juro, me parece increíble.

—Pues créetelo porque te la estoy haciendo. ¿Te has acostado con alguien más?

Lo miró con la boca abierta.

—No voy a responder.

Gabe esbozó una sonrisa de medio lado.

—¿Y por qué no?

—¿De verdad no te lo imaginas? —Se inclinó hacia delante y se agarró al borde de la mesa—. De acuerdo. Ya hemos terminado de hablar de mí. Te toca. —Él entrecerró los ojos—. ¿Qué pasó con la chica con la que salías en la universidad? Aquella de la que te enamoraste. —Lo vio echarse hacia atrás, satisfecha y enfadada a la vez—. ¿Cómo se llamaba? ¿Emma?

A él se le endureció la expresión.

—No vamos a hablar de eso.

Ahora el enfado superó a la satisfacción de ponerlo en su lugar.

—Bien, ahora sabes lo que se siente cuanto te hacen ese tipo de preguntas.

—No es lo mismo.

—¿Ah, sí? —Ladeó la cabeza—. ¿Por qué?

—Porque yo la quería, pero tú no estabas enamorada de ese chico.

Nikki jadeó conmocionada. Ahí estaba. Acababa de decir en voz alta lo que ella siempre había sospechado sobre la chica con la que salió en la universidad. Que la quería. Y como era una tonta de campeonato, le preguntó:

—¿La sigues queriendo?

Gabe apartó la mirada con los hombros tensos. Un segundo después algo se rompió en el interior de Nikki, algo muy próximo a su estúpido corazón. Lo que era una locura, porque significaba que Gabe todavía ocupaba un lugar en él.

—Siempre la querré.

La comida se fue al garete después de aquello.

Ninguno de los dos dijo mucho y el camino de vuelta fue tan incómodo como ver a un mono intentando follarse a una pelota de fútbol.

Gabe no se podía creer que Nic hubiera sacado el tema de Emma.

¡Joder! Incluso sus hermanos sabían que era mejor no ir por esos derroteros. Bueno, excepto Lucian, aunque siempre paraba antes de llegar demasiado lejos.

¿Pero Nic?

Ella le había hecho la pregunta que ni siquiera Lucian se había atrevido a pronunciar. Puede que Nic no conociera toda la historia de Emma, pero era observadora y había visto lo suficiente como para entender que era un tema tabú para él.

Y él no se había andado con chiquitas y había respondido con total sinceridad.

Porque lo que le había dicho era cierto. Una parte de él siempre querría a Emma. Y eso lo carcomía; llevaba años carcomiéndolo.

Como ya no podía sentarse y ponerse a trabajar como había planeado, dejó a Nic en el taller, se subió al coche y se puso a conducir sin un destino fijo. Antes de darse cuenta, se encontró frente al cementerio Metairie. Aparcó junto al impecable césped, se bajó del vehículo y empezó a andar, pasando por delante de la famosa pirámide mientras una brisa ligera agitaba los árboles sobre su cabeza y las hojas caían a su alrededor.

No estaba solo.

Se iba cruzando con gente. Algunos eran turistas, otros venían a visitar las tumbas de sus seres queridos. Los cementerios eran una parte fundamental de Nueva Orleans. La mayoría eran antiguos, pero incluso hasta los más nuevos siempre estaban llenos. Al fin y al cabo todos los días se moría alguien y siempre había familiares para llorarlos. La muerte movía un montón de dinero.

Se abrió paso entre dos hileras de tumbas. Más adelante, vio el alto mausoleo custodiado no por uno, sino por dos ángeles dolientes. En el pasado, los De Vincent habían usado la cripta que estaba en la parte trasera de la finca familiar, cerca del pantano. No sabía por qué habían empezado a enterrar a sus familiares en Metairie. Seguramente porque en la cripta ya no cabían más muertos.

En Metairie estaba enterrada su abuela, junto con varios tíos y tías. El hombre que lo crio, el que siempre había pensado que era su padre, también estaba allí. Y su madre.

Y cuando Madeline murió (esta vez de verdad), también la enterraron en secreto allí. Un secreto que le había costado mucho dinero a Dev.

Aunque Madeline había intentado matar a su hermano mayor, matarlos a todos, seguía siendo de la familia. Un miembro jodido de la familia, pero familia al fin y al cabo. No obstante, no la habían colocado al lado de su madre.

Por supuesto que no.

Se detuvo en un lateral y se sentó en un banco.

Después, entrecerró los ojos por la intensidad de la luz del sol y se sacó el teléfono del bolsillo. Se desplazó por sus contactos, pulsó el botón de llamada en uno de ellos y se llevó el móvil a la oreja.

Samuel Rothchild contestó al tercer tono. Se mostró tan brusco como de costumbre.

—Dijiste que nos ibas a dar tres meses y aún no ha terminado el primero.

A Gabe le parecía que había pasado una eternidad.

—Y no voy a retractarme de la promesa que os hice.

Hubo un momento de silencio.

—Entonces, ¿por qué me has llamado, Gabriel?

Apretó la mandíbula y cerró los ojos.

—Solo quería saber cómo iba todo.

—Todo va bien —fue la seca respuesta que obtuvo.

Soltó un suspiro.

—Mira, sé que no te gusto y que te preocupa lo que voy a hacer. Lo entiendo. Pero tengo derecho a hacer esta llamada. Tengo derecho a muchas cosas más, Samuel.

—Cinco años, Gabriel.

—Sí, cinco años en los que no he sabido nada. —La ira teñía su voz. Abrió los ojos—. No debes olvidarlo. No puedes culparme de eso. Si lo hubiera sabido, habría estado allí desde el primer momento.

Hubo otra pausa.

—Lo sé. Eso es lo que nos asusta.

Apretó los dientes, negó con la cabeza y miró hacia las nubes que se desplazaban lentamente por el cielo.

—¿Cómo está?

Oyó un profundo suspiro al otro lado de la línea.

—Bien. Un poco acatarrado, pero nada grave.

Gabe apretó el teléfono.

—¡Mierda! ¿Seguro que solo es un catarro?

—Sí. —Samuel suavizó un poco la voz—. Ha preguntado por ti. Quiere saber cuándo vuelves.

Aquellas palabras fueron como un puñetazo directo a su corazón.

—¿Y qué le has dicho?

—Que tenías trabajo, pero que volverías en cuanto pudieras —replicó él—. Como ves, no le he mentido.

—Gracias. —Tenía muchas cosas que decirle, pero la presión que sentía en el pecho le impedía seguir, así que soltó lo único que pudo decir—: Cuida de mi hijo, Samuel.

17

Gabe sabía que era probable que Nikki esperara que la atmósfera entre ellos estuviera tensa después de la comida. No podía culparla, sobre todo después de cómo había terminado, pero cuando la vio al lunes siguiente, hizo todo lo posible por no actuar como un imbécil.

Lo que pareció funcionar porque, si bien al principio estuvo un poco incómoda con su presencia, luego se mostró más tranquila y relajada.

Aunque también era cierto que el batido y la galleta con virutas de chocolate que le había llevado ayudaron bastante.

Y, cuando al día siguiente, Nic le mencionó que estaba pensando en ir al taller al caer la tarde, después de trabajar, a él le resultó un dato... interesante y de lo más *conveniente*, porque él mismo había tenido una tarde muy ocupada y tampoco iba a poder ir allí hasta después de la cena.

Así que allí estaban, un martes por la noche, trabajando en el taller el uno casi al lado del otro, oyendo el zumbido del tráfico exterior.

Tenía nuevos encargos que terminar. Uno de ellos era un botellero que iba a hacer juego con un armario que había construido para el gobernador varios años atrás. Aunque era una pieza más pequeña, el diseño requería más trabajo. Había cortado las estructura el día anterior y hoy iba a ensamblar los distintos elementos.

—¿Cómo va tu madre? —preguntó al darse cuenta de que hacía tiempo que no sabía nada de Livie.

Nic miró hacia arriba. Estaba sentada con las piernas cruzadas en el suelo, en vez de frente al escritorio. Esa era una de las cosas que le gustaban de ella.

—Bien, pero... —tomó una profunda bocanada de aire mientras miraba la cuenta en la que estaba trabajando— está agotada. El tratamiento la está desgastando mucho.

La preocupación por la mujer que era una segunda madre para él aumentó.

—Es una mujer muy fuerte.

—Lo sé, pero no creo que ahora importe mucho lo fuerte que es. —Nic se mordió el labio inferior—. Su recuento de glóbulos blancos ha bajado y han tenido que inyectarle un refuerzo para poder continuar con la quimio.

—¿Y ha funcionado?

Ella asintió.

—Sí.

Pudo ver la preocupación en su rostro. Le habría encantado disipar sus miedos, pero sabía que solo podía ofrecerle palabras, no hechos.

—Se pondrá bien.

Nic volvió a mirarlo.

—¿Tú crees?

—Sí. —Bueno, eso esperaba. De todo corazón.

Ella esbozó una sonrisa y, ¡Dios mío!, en una milésima de segundo, pasó de ser preciosa a una belleza deslumbrante. En ese momento, no se parecía nada a la Nic que se había criado en su casa siguiéndolo a todas partes.

Y tampoco se parecía a Emma.

¡Joder!

No sabía de dónde había salido ese pensamiento. Pero ahí estaba.

Nic continuó concentrada en su cuenta y ambos se sumieron en un agradable silencio mientras trabajaban. Era la primera vez que le pasaba eso con alguien. Ni siquiera con Lucian, que solía quedarse allí a menudo. Su hermano era incapaz de estar callado más de unos minutos seguidos, pero Nic..., bueno, sabía lo que era perderse en el sonido de una sierra o en el zumbido de una lámina. Y eso era raro.

¿Podría haber hecho lo mismo con...?

Se detuvo, pero luego se obligó a terminar con la pregunta. ¿Podría haber hecho lo mismo con Emma?

No.

En absoluto.

Emma era una mujer callada, pero su silencio muchas veces se debía a su nerviosismo natural más que a otra cosa. Le gustaba mucho reflexionar todo lo que hacía o decía, así que era una persona propensa a largos períodos de silencio. Pero no tan serenos como ese. Gabe sabía que cuando Emma se quedaba callada era porque estaba pensando mucho en algo y se estaba armando de valor para hablar de ello. Solía pensar que era una cualidad adorable de ella. Excepto al final de su relación, donde ese hábito lo había molestado muchísimo porque era consciente de que, en ese momento, lo estaba acusando de muchas cosas en su cabeza en lugar de hablarlas con él.

Con Nic, sin embargo, sabía que estaba perdida en lo que estaba haciendo. Que lo que fuera que pasara por su cabeza le entraba por un lado y le salía por otro y que no estaba planeando una conversación entera que podría sacar a colación al cabo de una semana.

Así que no, no podría haber estado allí sentado con Emma tranquilamente, ni siquiera cuando todo iba bien entre ellos.

No tenía ni idea de qué coño significaba eso, pero se sentía como un imbécil por haberse mostrado tan tajante cuando Nic mencionó a Emma.

Normalmente le habría dado igual. No hablaba de Emma, pero con Nic era distinto. No le parecía correcto no hacerlo. Quizá porque Nic y él tenían una relación tan complicada como la había tenido con Emma.

Por primera vez en su vida, sentía la necesidad de hablar de Emma, de hablar con alguien de ella.

Bajó el estante en el que estaba trabajando.

—El otro día, cuando fuimos a comer, mencionaste a Emma.

Nic miró hacia arriba. Tenía las mejillas rojas.

—Sí, lo siento. No estuvo...

—No te disculpes. No hiciste nada malo. Fui yo el que se comportó como un imbécil. No tú.

Ella bajó las manos, pero no dijo nada. Simplemente se quedó mirándolo desde el lugar en el que estaba sentada.

Gabe respiró hondo y se miró las manos ahora vacías.

—¿Te acuerdas de Emma? Vino a casa una Navidad. Tú estuviste allí uno de esos días.

—La recuerdo —dijo después de un buen rato—. Era muy simpática.

—Sí. —Asintió lentamente—. Lo era. A veces demasiado. Como tú.

—Si supieras lo que pienso de la gente la mitad de las veces no me encontrarías tan simpática.

Aquello hizo que sonriera.

—Sigues siendo simpática. Igual que Emma. Era... era una buena persona. De verdad. Nadie que la conociera podía decir nada malo de ella. Lucian la tenía en un pedestal. Incluso le gustaba a Dev.

—¿Por qué lo dejasteis? —preguntó ella—. Cuando estabais juntos, se te veía muy enamorado de ella.

Esa era una pregunta complicada, una cuya respuesta no quería que pesara sobre los hombros de Nic.

—Durante nuestro último año en la universidad, hubo una fiesta. Yo no estuve allí. Ni siquiera recuerdo por qué no pude ir, pero a Emma le hicieron... daño.

—¿A qué te refieres con que le hicieron daño?

La miró mientras apretaba los puños.

—Uno de sus amigos no entendió que «no» significa «no».

—¡Oh, Dios mío! —susurró ella, lívida.

La ira se apoderó de él. Apartó la vista.

—No quiso denunciarlo a la policía. Yo no estaba de acuerdo con esa decisión, pero la respeté. Estaba en su derecho y la apoyé, aunque intenté convencerla de que fuera a la policía, sin embargo... —negó con la cabeza— me enfrenté a él. Pasó algo y después de aquello nuestra relación se fue al garete.

No había oído a Nic moverse, pero la sintió cerca. Cuando miró hacia arriba, la vio sentada sobre el polvoriento suelo, junto a él. Sus enormes ojos de cervatillo estaban serios y tristes.

—No puedo ni imaginarme por lo que tuvo que pasar —dijo ella—. Lo siento mucho.

Gabe le recorrió el rostro con la mirada.

—Yo tampoco. Lo intenté, y creo que... No, sé a ciencia cierta que empeoré las cosas cuando lo intenté.

Nic ladeó la cabeza y apoyó una mano en su brazo.

—No hay ninguna guía que te ayude a lidiar con este tipo de cosas, Gabe. No debes ser tan duro contigo mismo.

Él se rio, pero fue una risa ronca y amarga. Si supiera lo que él y sus hermanos habían hecho, no le habría dicho eso. Ni siquiera querría estar en la misma habitación que él, y mucho menos tocarlo.

—¿Por eso rompisteis? —Le apretó el brazo. Un apretón que se suponía tenía que reconfortarle, pero que le produjo un sinfín de sensaciones encontradas.

Se aclaró la garganta y asintió.

—Sí. Me mató por dentro. La quería, pero necesitaba espacio y creo que yo también. En el fondo, siempre supuse que volveríamos a estar juntos. Al fin y al cabo, cuando quieres a alguien y ese amor es correspondido, siempre encuentras la forma de solucionar las cosas, ¿verdad?

—Sí —susurró ella, apartando la mano y colocándola en sus rodillas.

Gabe se pasó una mano por el pelo, haciendo que algunos mechones le cayeran por la cara.

—Hace cinco años, acudí a una gala benéfica. Ni siquiera quería ir, pero Lucian me convenció. —Esbozó una leve sonrisa—. Y allí estaba ella. Habían pasado años y allí la tenía.

—¿Y qué pasó?

Supuso que lo mejor y lo peor.

—Hablamos. Nos contamos cómo nos iba y terminamos pasando juntos todo el fin de semana, pero su vida estaba en Baton Rouge y yo tenía la mía aquí.

Algo atravesó el rostro de Nic.

—¿Baton Rouge?

—Sí. Pero fue todo. —Se levantó, agarró una de las herramientas y fue hacia la mesa—. Tuvimos ese fin de semana y no volví a saber de ella. Intenté llamarla, pero no respondió. Estaba claro que no me quería de vuelta en su vida. Fue un trago amargo, porque si algo me demostró ese fin de semana era que todavía seguía enamorado de ella. —Dejó la herramienta en la mesa—. Y entonces, hace tres semanas, me sonó el teléfono.

Nic estaba en silencio, tan callada que tuvo que volverse hacia ella. No lo estaba mirando. Tenía la vista clavada en el sitio del que acababa de levantarse. Estaba completamente quieta.

—No era ella —le informó. Nic volvió la cabeza hacia él y sus miradas se encontraron—. Se trataba de su padre. Emma había sufrido un accidente de coche y estaba mal. Estaba en coma y... pensaron que debía saberlo.

Nic se llevó una mano a la boca.

—Fui allí. Estaba en el hospital. Me la encontré en esa cama y ni siquiera parecía ella. —El estómago se le llenó de bilis—. Me senté a su lado, mientras seguía tumbada en esa puta cama, y lo único en lo que podía pensar era en todo lo que no le había dicho. En cómo la había cagado cuando ella estaba en su momento más vulnerable. Me senté allí, odiándome a mí mismo y..., ¡joder!, odiándola por no haberme devuelto la llamada, porque ya no íbamos a tener más oportunidades.

Lo cierto era que lo supo antes de recibir esa llamada. ¿Podrían haber vuelto a estar juntos? ¿Quién sabía? Aunque hubiera sido inverosímil. Sobre todo cuando se enteró del secreto que Emma le había estado ocultando todos esos años.

Hay cosas que se pueden perdonar.

Otras no.

—Cuando llegué, allí estaba, en coma y... —Soltó un sonoro suspiro y se frotó el pecho con la palma de la mano—. No había actividad cerebral. Le hicieron muchas pruebas, pero ninguna de ellas aportó buenas noticias ni un atisbo de esperanza. Se había ido y sus padres tuvieron que tomar la difícil decisión de desconectarla. Lo hicieron una semana después de mi llegada.

Entonces dijo las tres palabras que no había pronunciado en esos meses. Palabras que lo atormentaban por todo lo que no se habían dicho, por esos cinco años perdidos y por aquello que hizo y que supuso su ruptura.

—Emma está muerta.

Nikki estaba sentada en la sala de estar de sus padres, observando cómo el pecho de su madre subía y bajaba a un ritmo constante. Se la había encontrado dormida en el sofá cuando llegó a casa y su padre no había tenido el valor de despertarla. Ahora él estaba ocupado en la cocina, haciendo Dios sabía qué. A pesar de que la temperatura dentro de la casa era agradable, su madre estaba tapada con varias mantas.

Había leído que uno de los muchos efectos secundarios de la quimio era tener frío. No le pasaba a todo el mundo. Algunos lo experimentaban solo durante las sesiones y otros, como su madre, parecían sufrirlo después, en casa, junto con otros cuantos efectos más.

Se recostó en el viejo sillón reclinable, dejó de mirar a su madre y subió las piernas, acercándose las rodillas al pecho.

Emma estaba muerta.

La noticia la había dejado completamente conmocionada. Jamás se habría imaginado que Emma no pudiera seguir con vida, de modo que, cuando Gabe mencionó Baton Rouge, automáticamente pensó que ella era la razón por la que quería mudarse allí.

Porque Emma vivía allí.

Pero Emma... estaba muerta.

Se abrazó las piernas, apoyó la barbilla en las rodillas y cerró los ojos. Gabe y Emma se habían vuelto a encontrar hacía cinco años. Un año antes de que ella se fuera a la universidad. Ahora que lo pensaba, Gabe había estado de muy mal humor en aquel entonces, quedándose en casa y bebiendo más. Las únicas veces que había sido el mismo de antes era cuando estaba trabajando.

Y la mañana que siguió a aquella fatídica noche, antes de que estuviera completamente despierto, él la había llamado Emma. La mujer de la que estaba enamorado en ese momento y de la que una parte de él todavía lo estaba ahora.

A Nikki le... alegraba que hubiera confiado en ella. Estaba claro que Gabe necesitaba hablar con alguien. Apenas podía creer que la hubiera elegido a ella. Era un asunto importante. Muy importante. Por desgracia, no podía evitar sentir pesar e incluso decepción.

Sabía que aquello último hacía que ella y Gabe tuvieran algo en común. ¿Cuántos años se había pasado Gabe pensando que Emma y él volverían a estar juntos? Ella no era tan distinta de Gabe. Por muy estúpida, imposible y totalmente desesperada que fuera la idea, todavía había una parte de ella que se preocupaba por él más de lo que debería.

No era ninguna primicia.

Pero si había algo que la conversación de hoy le había demostrado, era que tenía que seguir el consejo de Rosie. Tenía que ir con cuidado.

Gabe seguía enamorado de una mujer que no lo quería. Estaba enamorado de un fantasma. Y nadie podía competir con eso.

18

Gabe estaba mirando a Nic.

Otra vez.

Era algo que hacía mucho últimamente. Tanto, que estaba empezando a preguntarse si tenía algún problema. Era jueves por la noche y se estaba haciendo tarde. Lo mejor era que Nic se fuera a su casa cuanto antes, ya que no vivía precisamente cerca.

Tal vez debería plantearse empezar a llevarla al taller después del trabajo y luego acercarla a casa. Sería más seguro. Y más práctico. Sí, se lo sugeriría después.

Al imaginarse lo que pensaría Richard cuando se enterara, sonrió en vez de hacer una mueca.

Desde que le había contado a Nic lo de Emma notaba que algo... algo había cambiado en su interior. Por muy tópico que pareciera, se sentía más ligero.

Lucian había tenido razón cuando le dijo que tal vez necesitaba hablar de Emma. Esas dos últimas noches había dormido de un tirón. Un auténtico milagro.

Vio mirar a Nic a su alrededor con las comisuras de los labios hacia abajo. Luego se volvió hacia la estantería que estaba en la pared trasera. Dejó la cuenta en la que estaba trabajando y el cincel, se levantó y se limpió el polvo de las manos.

—¿Está la sierra ahí arriba? —Señaló el estante superior.

—Sí. ¿La necesitas?

Ella cruzó la habitación.

—Sí. Puedo cogerla yo sola.

Gabe contuvo la risa y se levantó de su asiento. Era imposible que llegara a un estante tan alto. No con su estatura.

Pero allí estaba, de puntillas, estirando el brazo al máximo para alcanzar al mango de la sierra mientras se agarraba a uno de los estantes inferiores.

—Como sigas así, te vas a tirar toda la estantería encima. —Fue hacia ella—. Déjame. —Estiró el brazo hacia ella al mismo tiempo que Nic apoyaba los pies en el suelo.

No supo lo que pasó.

Estaba a punto de alcanzar la sierra y al instante siguiente tenía la espalda de Nic contra su pecho.

—¡Vaya! —dijo, poniendo la mano en la cadera de ella para estabilizarla.

En menos de un segundo, la temperatura del ambiente pareció ascender unos cuantos grados. Después, ambos se quedaron quietos en lo que le pareció una eternidad. Entonces Nic se movió, presionando el trasero contra él.

¡Dios bendito!

Apretó la mandíbula mientras una lujuria salvaje fluía por sus venas. ¿Lo había hecho a propósito? Le daba igual. Bajó la mirada hacia ella, viendo cómo su pecho ascendía y descendía con fuerza, tensando la parte delantera de la camiseta. Inclinó la cabeza y respiró hondo, inhalando su delicioso aroma a fresas.

¡Jesús!

Gabe prácticamente se cernía sobre ella, sin embargo, era Nic la que lo dominaba con su mera presencia. Debería haber retrocedido, apartar la mano de su cadera.

Pero no hizo ninguna de las dos cosas.

Cuando la sintió estremecerse contra él, se le nubló el pensamiento. El cerebro se le quedó en blanco. Le apretó la cadera y flexionó el brazo, tirando de ella hacia atrás para que ambos cuerpos se rozaran. ¡Joder! Se le encendió la sangre. Nic encajaba perfectamente en su cuerpo. Mejor aún, la *sentía* perfecta contra él.

No le costó nada imaginarse dándole la vuelta e inclinándola sobre la mesa de trabajo. Solo que en su mente no había ninguna ropa que se interpusiera entre ellos cuando deslizaba la mano entre sus muslos y la introducía en...

¡Cielo santo! Ese tipo de pensamientos no le iban a ayudar en nada. ¿Podía sentirlo ella? ¿Sentir lo duro que estaba contra la hendidura de su trasero?

La sintió temblar. Un escalofrío por todo el cuerpo. Cuando vio que giraba la cabeza a un lado, esperó a que se apartara o lo empujara. Pero no hizo nada. Se quedó allí, mientras su trasero prácticamente le acunaba el pene, dejándole...

¿Dejándole hacer qué exactamente?

¿Frotarse contra ella? Se tragó un gemido porque en ese momento se moría de ganas de hacer eso. ¿Cuándo fue la última vez que se frotó contra una mujer? ¡Mierda! ¿Cuando era un adolescente? Sabía que si lo hacía, había muchas probabilidades de que se corriera ahí mismo.

La vio tomar una profunda bocanada de aire.

—¿Has conseguido... alcanzar la sierra?

Cerró los ojos. ¿Entonces iban a fingir que no tenía el pene presionándole el trasero? Bien. Podía hacerlo. Podía fingir.

—Todavía no.

Nic colocó las manos en el estante inferior. En ese momento se dio cuenta de que no necesitaba girarla. Que podía hacer maravillas con ella en esa posición.

—¿Necesitas que te eche una mano?

¡Oh! Desde luego que necesitaba que le echara una mano.

Un instinto primario le dijo que en ese momento Nic le dejaría hacer cualquier cosa. Y ese instinto no tenía nada que ver con su pasado. Absolutamente nada.

Nic movió las caderas, esta vez en un ligero círculo. Se preguntó si era consciente de lo que estaba haciendo, si sabía el efecto que estaba provocando en él.

Necesitaba parar aquello antes de eyacular en sus vaqueros.

Se agarró aún más a su cadera mientras estiraba la otra mano y asía la sierra del estante superior. Después, se permitió un instante más pegado a ella, un segundo más de inhalar el mismo aire que Nic respiraba y empezó a actuar como si todavía tuviera una pizca de sentido común.

—Lo siento —se disculpó con voz ronca antes de apartarse de ella—. He debido de tropezarme.

—No pasa nada. —Cuando Nic se volvió hacia él, tenía la cara de diez tonos distintos de rojo. Levantó una mano temblorosa—. Gracias.

Él asintió con la cabeza, se dio la vuelta y regresó a su mesa de trabajo. Sentarse era lo que menos le apetecía en ese momento, pero fue lo que hizo.

¡Joder!

No podía seguir fingiendo, ni mintiéndose a sí mismo.

No era su falta de sexo lo que le provocaba una erección cada vez que estaba cerca de Nic. Era ella.

La miró.

Se estaba retirando un mechón de pelo de la cara. Cuando sus miradas volvieron a encontrarse, la vio esbozar una sonrisa vacilante mientras colocaba unos dedos ahora firmes alrededor de la sierra.

Una sonrisa que fue directa a su pene.

Él no le devolvió la sonrisa. No podía. Todo su cuerpo estaba tenso. Listo para abalanzarse sobre ella. La deseaba. La quería debajo de él. Encima. Enfrente. De rodillas. Anhelaba meter la cabeza entre sus muslos. La quería en todas las posiciones inimaginables... y él tenía una imaginación portentosa.

La lujuria, pura y dura, era la droga más poderosa.

La vio reanudar su trabajo con el diminuto trozo de madera. ¿Quería tomar esa dirección con ella?

No necesitó contestar a esa pregunta.

Ya conocía la respuesta.

Más tarde, esa misma noche, Nikki estaba tumbada en su cama mirando al techo, incapaz de dormir. Su cuerpo y su cabeza se habían revelado contra ella, recordando cada segundo que había vivido con Gabe en el taller.

¡Dios! ¿Qué había pasado entre ellos?

Porque había pasado algo. No podía negar la presión que había sentido en sus nalgas.

Sintió un nudo en el estómago y abajo, mucho más abajo, una palpitación, mientras subía las piernas y doblaba las rodillas.

Habían pasado horas y todavía podía sentir la mano de Gabe en la cadera. Era como si la hubiera marcado con un hierro candente. Por no mencionar el momento en que le clavó los dedos en la cadera y tiró de ella hacia atrás.

—¡Madre mía! —susurró, cerrando los muslos.

Aquello no ayudó a aliviar la tensión que se acumulaba entre sus piernas. De hecho la empeoró. Y mucho.

Gabe tenía que saber lo que estaba haciendo. No podía ser de otra manera. Así como ella también había sido consciente de lo que le estaba permitiendo al quedarse quieta y dejar que se pegara a ella.

Después, ambos habían actuado como si no hubiera sucedido nada, pero él la había deseado. Nikki lo había sentido. Y por muy imprudente e insensata que fuera, ella también *seguía* deseándolo.

Con desesperación.

Solo que ahora sabía perfectamente lo que implicaba desearlo. Puede que solo se hubiera acostado con él y con Calvin, pero sabía cómo era.

Tenía los pezones duros. Cuando cerró los ojos, su mente la transportó al taller y tenía al alto y fuerte cuerpo de Gabe detrás de sí, frotándose contra ella.

¿Y si la hubiera empujado por la espalda, doblándola hacia delante? Nikki jadeó. ¿Lo habría detenido? Supo la respuesta en el mismo instante en el que metió la mano bajo las mantas que se enredaban alrededor de su cintura. Le habría dejado seguir. Es más, habría abierto más las piernas, tal y como estaba haciendo en ese momento, permitiéndole un total acceso a... a hacer lo que hubiera querido con ella.

Introdujo los dedos bajo la goma de sus braguitas. Estaba mojada. Lo había sabido antes de tocarse. Esa noche, cuando estuvo frente a él, en esa postura, se había humedecido tanto...

Apretó la mandíbula, metió un dedo dentro de ella y presionó la palma contra su clítoris.

Solo es una fantasía.

Lo que estaba haciendo no significaba nada. Sabía que no había nada real entre ellos, no cuando él estaba enamorado de una mujer que ya no estaba en el mundo de los vivos.

Solo es una fantasía.

En su cabeza, la mano de Gabe reemplazó la suya. Era su mano la que ella había empezado a cabalgar mientras él estaba detrás de ella, frotando su erección al tiempo que le daba placer con los dedos.

No tardó mucho en alcanzar el clímax.

Tensó los músculos y el placer se acumuló en su interior. Apretó las piernas mientras movía los dedos cada vez más rápido. Entonces se retorció, apretó la cara contra la almohada y se dejó llevar por el orgasmo.

Jadeando, se hundió contra el colchón y abrió los ojos. Tardó un momento en recomponerse. Se había relajado, pero todavía se sentía tan... vacía.

Exhaló lentamente. Una parte de ella no podía creerse que hubiera hecho aquello. Por supuesto que no era la primera vez que se daba placer a sí misma, pero nunca se había permitido imaginarse a Gabe. Al menos no después de aquella noche.

De cualquier manera, solo era una fantasía. Y las fantasías no eran malas. No suponían ningún riesgo, incluso eran saludables. Las fantasías no eran reales.

19

El viernes por la tarde Gabe entró en la cocina a la hora de costumbre, puntual como un reloj. Traía en la mano lo que parecía un batido de fresa.

—Hola. —Nikki se echó la gruesa trenza por detrás del hombro, cerró la puerta del frigorífico y dejó el paquete de carne sobre la encimera—. ¿Eso es para mí?

—Por supuesto. —Gabe se colocó junto a ella en la isla y le entregó la bebida—. Es tu favorito. Un poco aburrido, pero vale.

—Lo aburrido es bueno —sonrió ella mientras tomaba el batido. Al rozarle los ásperos dedos sintió una sacudida por todo el brazo. Dio un paso atrás. Había procurado no tocarlo desde... desde el *incidente* en el taller—. Gracias.

—No hay de qué. —Gabe bajó la mano y se sentó en uno de los taburetes—. ¿Qué hay para cenar?

—¿Vas a cenar con Devlin?

Él se encogió de hombros.

—Puede.

Nikki quitó el envoltorio de la pajita y lo tiró a la basura. Gabe no había cenado en el comedor familiar desde la primera semana que empezó a trabajar allí. Lucian y Julia solían acompañar a Devlin de vez en cuando, pero cuando lo hacían, se preparaban ellos la comida. Y no habían vuelto a invitarla a cenar con ellos.

—En el menú pone cordero. —Miró hacia atrás, en dirección al paquete, e hizo una mueca—. ¡Puaj!

—El cordero está rico. —Gabe separó los muslos y metió los pies descalzos en el travesaño del taburete.

Ella negó con la cabeza.

—Los corderos son demasiado adorables para comérselos.

Él sonrió, se sacó el teléfono del bolsillo y lo dejó sobre la encimera de la isla.

—Supongo que las vacas no te parecen tan adorables, porque no tienes ningún problema en comértelas. Ni los pollos.

—Las vacas y los pollos son adorables, pero prefiero no pensar en ellos mientras me los como. —Sonrió al ver que Gabe enarcaba una ceja—. No cuestiones mi lógica.

—Jamás osaría hacerlo. —Recorrió con un dedo la encimera—. Y dime, ¿tienes algún plan para este fin de semana?

Sí lo tenía.

Y por increíble que pareciera, no era terminar las cuentas para la pulsera de su madre. Su estómago dio un salto mortal.

—Voy a ir a ver un apartamento.

—¿Has encontrado uno? —preguntó con auténtico interés.

Nikki asintió. Lo había mantenido al tanto de sus avances en la búsqueda de vivienda.

—Es bonito y está ubicado en una buena zona, a las afueras de la ciudad. Espero que sea el adecuado. No me malinterpretes. Me encanta estar de vuelta con mis padres, pero vivir con ellos cuando estoy a punto de cumplir los veintitrés no era lo que tenía planeado.

Él sonrió.

—No seré yo quien te juzgue. Mis hermanos y yo seguimos viviendo en la casa familiar.

—Pero esto es distinto. Esta casa es tan grande que aquí podría mudarse una familia entera y no os daríais cuenta. —Dio un sorbo al batido—. Además, cada uno tiene su propio apartamento. No tenéis que veros las caras a menos que queráis. Yo, sin embargo, si llego a casa después de las once me siento como una adolescente entrando sin hacer ruido en casa de sus padres para que no la pillen.

Gabe se rio.

—Voy a cruzar los dedos por ti para darte suerte.

—Gracias.

—¿Y tienes pensado hacer algo más?

Sí. Le dio la espalda a Gabe y dejó el batido en la encimera.

—Mañana por la noche tengo... tengo una cita.

Silencio.

Aunque se dijo a sí misma que no debía hacerlo, miró hacia atrás para verlo. La expresión de Gabe... ¡Uf! Parecía enfadado. Casi la asustó.

—Mmm... Mi amiga Rosie me ha organizado una cita.

La mano de Gabe se congeló en la isla.

—¿Entonces es una cita a ciegas?

—Sí. —Se volvió hacia uno de los armarios bajos, se agachó, abrió la puerta y sacó un recipiente grande para horno.

—¿Es seguro?

La pregunta le pareció un poco rara.

—Rosie lo conoce y yo confío en ella. No me organizaría una cita con un pervertido.

—¿Cómo se llama? —preguntó con tono neutro, como si no se creyera lo que acababa de decirle. Lo que era una tontería porque no conocía a su amiga.

Se rio ante la idea de que Rosie conociera a alguno de los De Vincent, sobre todo a Devlin.

—Se llama Gerald. —Colocó el recipiente en la encimera—. No creo que lo conozcas.

—¿Gerald? —Gabe soltó una carcajada—. ¿Qué tipo de nombre es ese?

Ella se giró hacia él y lo miró con cara de sorpresa.

—Pues un nombre como cualquier otro.

Gabe se rio con burla.

—Parece el nombre de un viejo.

—Te recuerdo que aquí el viejo eres tú —replicó ella.

—No tanto como para llamarme «Gerald».

—Lo que tú digas. —Puso los ojos en blanco—. Vamos a ir a Crescent City.

—¿A *Crescent City*?

—No hay nada malo en Crescent City. Tienen una carne deliciosa y me encantan sus patatas fritas.

—Yo te habría llevado por lo menos a Morton's. Esas patatas fritas sí que están ricas.

Nikki entrecerró los ojos.

—Lo siento, pero Morton's no se lo puede permitir todo el mundo. Además, solo vamos a cenar, así que da igual.

Ambos se quedaron callados unos segundos.

—No pareces muy entusiasmada con tu cita con Gerald.

—Sí lo estoy.

Y era cierto. Más o menos. Le hacía ilusión salir, compartir una cena agradable y conocer a alguien nuevo. Porque después de lo que había pasado entre ellos en el taller, necesitaba conocer a alguien.

A cualquiera que no fuera él.

—Vale, vale.

Sacudió la cabeza y fue hacia el armario de las especias. Ya iba siendo hora de hablar de otra cosa.

—¿Y tú qué vas a hacer este fin de semana?

—Trabajar. No cambies de tema. Quiero saber más sobre el abuelo Gerald.

—¡Por Dios! —Se rio antes de volverse completamente hacia él—. Estoy bastante segura de que Gerald es de mi edad, así que para ya, papá.

Él la miró con aquellos impresionantes ojos con una intensidad que le llegó a lo más hondo. Y en ese preciso instante, supo que algo había cambiado. No podía decir exactamente qué, pero todos sus sentidos se pusieron alerta.

—No sabía que estabas buscando una relación.

—Yo no he dicho eso.

Él se enderezó.

—Entonces, ¿por qué has aceptado tener una cita a ciegas?

Ella lo miró fijamente, sin saber muy bien qué responder durante medio minuto.

—¿Por qué tiene citas la gente, Gabe?

—Para follar —respondió él.

¡Guau! Eso no era exactamente lo que ella había pensado, pero al oírle decir eso sintió que su temperatura corporal subía en zonas que no deberían haberse despertado. De ningún modo.

—Iba a decir que para conocer gente nueva, pero supongo que si la cosa va bien, sí, eso también pasa.

No sabía si ese sería el caso. Primero tendría que conocer a Gerald y que este le gustara; algo que esperaba.

Gabe ladeó la cabeza.

—¿Entonces estás buscando echar un polvo?

—No he dicho que sea esa mi intención, pero...

—¿Pero lo echarías si la cosa va bien con Gerald?

—Creía que habíamos acordado no mantener este tipo de conversaciones —le recordó ella.

—No sé qué crees que acordamos. Quiero hablar de ti y de Gerald. —Se levantó del taburete, atravesó la cocina y fue hacia ella—. ¿Sabes por lo menos qué aspecto tiene?

—Mmm... Sí, Rosie me enseñó una foto. —Apretó con fuerza el frasco de comino—. Es mono.

—¿Mono? —Se detuvo enfrente de ella.

Nikki tuvo que echar la cabeza hacia atrás para mirarlo.

—Sí.

—¡Qué interesante! —Dio un paso adelante y sus pies descalzos rozaron sus zapatillas.

Ella se pegó a la encimera. Todavía estaba sosteniendo el maldito frasco de especias.

—No sé por qué encuentras nada de esto interesante.

Gabe colocó una mano junto a cada una de sus caderas y bajó la cabeza para que sus bocas estuvieran a la misma altura. Nikki inhaló suavemente mientras el corazón amenazaba con salírsele del pecho.

—¿Qué estás haciendo? —preguntó ella en un susurro.

—Estoy a punto de tener otra conversación incómoda contigo.

—¿Y para eso necesitas invadir mi espacio personal?

—Sí. —Gabe esbozó una leve sonrisa.

—No creo que haga falta.

Gabe inclinó ligeramente la cabeza, y cuando habló, su aliento le hizo cosquillas en los labios, enviando una miríada de escalofríos por su espina dorsal. ¿Era consciente de lo cerca que estaban sus bocas?

Mejor aún, ¿se había vuelto loco?

—¿Sabes lo que no puedo imaginarme? —preguntó él.

—Supongo que estás a punto de decírmelo.

Él bajó las pestañas, ocultando sus ojos.

—Sí. ¿Estás lista para oírlo? No te imagino follando con un tipo llamado Gerald.

¿Se enfadaría mucho si le tiraba el frasco de cominos?

—¿Es porque crees que todavía soy la pequeña Nikki?

—Estoy plenamente convencido de que dejé de verte como la pequeña Nikki hace unos cuatro años.

Ella abrió los ojos como platos. ¿De verdad había dicho eso?

—Pero volviendo a lo de antes. ¿Sabes por qué no te imagino follando con un tipo llamado Gerald?

—¿Por qué? —susurró ella.

Gabe se echó hacia delante y le rozó la nariz con la suya. El pecho de Nikki se elevó bruscamente mientras tomaba aire.

—Ahí lo tienes —dijo él—. Por cómo se te ha acelerado la respiración. Esa es la razón.

Un dulce y embriagador calor bajó por su cuerpo. En lo único que podía pensar ahora era en esos breves momentos en el taller. En cómo se había pegado a ella y le había agarrado la cadera.

No había sido producto de su imaginación.

—No... No sé de qué me estás hablando. —Tragó saliva.

—Sí, sí que lo sabes. —Él volvió a frotar la nariz en la de ella, enviando otra ola de temblores a su interior. Después se apartó—. ¿Estás segura de que quieres ir a esa cita?

¿Qué cita?

Sin aliento, lo vio alejarse y darse la vuelta. Luego agarró su batido y le dio un buen sorbo. Nikki estaba a punto de preguntarle qué narices estaba haciendo, pero el sonido de unos tacones llamó su atención.

Era la maldita Sabrina apareciendo de nuevo en la cocina.

Ver a Sabrina Harrington era una de las pocas cosas en este mundo que podían sacarla del estupor al instante. El vestido azul claro que lucía enfatizaba su esbelta figura y resaltaba el color de su piel. Llevaba el pelo rubio platino peinado detrás de las orejas, mostrando unos deslumbrantes pendientes de diamantes.

Al recordar la amenaza de Parker, volvió a centrarse en el cordero. Miró el frasco de especias que tenía en la mano, pero no supo para qué lo había cogido.

—Estaba buscando a Devlin —explicó Sabrina.

—No sé qué te ha llevado a pensar que podrías encontrarlo en la cocina. —Gabe dejó el batido en la encimera.

Por el rabillo del ojo, Nikki lo vio cruzarse de brazos y apoyarse en la isla.

—Bueno, tú estás en la cocina, ¿no? —repuso Sabrina con voz espesa y melosa.

—Vivo aquí.

Sabrina se rio, aunque Nikki no logró discernir qué podía hacerle tanta gracia.

—Devlin también vive aquí. Podría estar en la cocina.

—Si crees que está aquí, está claro que no conoces a mi hermano —señaló Gabe con el mismo tono seco que cuando le preguntó por la cita—. ¿Necesitas algo?

Nikki rodeó a Gabe, abrió la puerta del frigorífico y sacó el tomillo fresco que iba a cortar.

—¡Qué detalle por tu parte preguntarme! —La voz de Sabrina sonó más cerca.

Nikki puso los ojos en blanco, se hizo con la tabla de cortar y miró a Gabe, que estaba enarcando una ceja. Se mordió el labio para evitar reírse y sacó el tomillo de su envoltorio de plástico. Parecía como si ella no estuviera en la cocina. Mejor.

—Pues en realidad esperaba que me ayudaras —comentó Sabrina—. He traído un cuadro y me gustaría que Devlin lo colgara en su despacho. Pero no consigo localizarlo. ¿Me echas una mano?

—¿Has intentado buscarlo en su despacho?

—Por supuesto. —Volvió a reírse. Un sonido que empezaba a molestarla—. Incluso he buscado al señor Besson, pero creo que debe de estar en un descanso.

Nikki cogió el cuchillo.

—Richard tiene la tarde libre. —Gabe se apartó de la encimera—. Te ayudaré.

—Eres muy amable.

Gabe le rozó el brazo con el suyo.

—Ya terminaremos esta conversación más tarde.

Nikki se limitó a asentir sin decir nada. En lo que a ella respectaba, la conversación ya se había terminado.

Porque no iba a volver a hablar de su cita con Gabe.

Gabe apenas escuchó el incesante parloteo de Sabrina sobre el cuadro que tenía en el coche mientras iban de camino a la entrada, hacia donde había aparcado el BMW rojo.

—Está en el asiento trasero —le iba explicando ella—. Es una sorpresa para Devlin. ¿Podrías colgarlo por mí?

—Dejaré ese honor a Dev. Es su despacho.

Puso mucho cuidado en mantener cierta distancia entre ellos.

Sabrina abrió la puerta trasera. Cuando Gabe se asomó al interior se quedó sin habla.

¿En serio?

¡Pero si ese cuadro no medía más de medio metro de ancho y medio metro de largo!

—¿No puedes llevar esto tú sola?

—Pesa más de lo que parece.

Se inclinó y agarró sin ningún problema el cuadro con una mano. Después, sin mediar palabra, se volvió y emprendió el camino de vuelta a la casa.

Sabrina corrió detrás de él.

—Ten cuidado con él, por favor.

—No te preocupes. Lo llevaré a su despacho. Puedes esperarlo en una de las salas de estar.

—¿Qué? ¿Como si fuera un invitado más? —Apoyó la mano en la parte superior del brazo de Gabe—. Cariño, pronto seré tu cuñada. No tengo que esperar en una de las salas como una vulgar invitada.

Gabe se zafó de su agarre y abrió la puerta principal.

—Hasta que no te cases con él, eres una invitada.

Se dispuso a subir las escaleras, pero Sabrina se interpuso en su camino.

—Y ahora que tengo tu atención, creo que teníamos algo de lo que hablar.

—No hay nada que tengamos que decirnos. —Le costó mantener un tono de voz calmado—. Si quieres que lleve esto arriba vas a tener que quitarte de en medio.

Sabrina miró a su alrededor antes de dar un paso adelante y bajar la barbilla en lo que a Gabe le pareció un intento de parecer discreta.

—¿Te acuerdas de cuando íbamos a la universidad? Solíamos ser amigos.

—Nunca fuimos amigos, Sabrina.

—Eso no es cierto. —Intentó poner la mano en su pecho, pero Gabe se echó hacia atrás y sus dedos solo tocaron el aire—. Bueno, supongo que estaba más unida a Emma que a ti. Es terrible lo que le pasó.

Gabe apretó la mandíbula.

—¿Cómo coño te has enterado tú de eso?

Sabrina clavó su mirada calculadora en la de él.

—¡Oh! ¿No estabas al tanto de que lo sabía?

Lo único que pudo hacer fue mirarla fijamente.

Ella chasqueó la lengua con suavidad.

—¿Cómo se llamaba ese chico? ¡Ah, sí! Ya me acuerdo. Christopher Fitzpatrick. Me pregunto qué habrá sido de él. —Sabrina ladeó la cabeza pensativa—. ¿No... desapareció? ¡Qué conveniente que siempre le suceda lo mismo a todos aquellos que van contra la familia De Vincent o contra sus seres queridos!

20

Gabe cerró la puerta del despacho de Dev de golpe. Su hermano estaba allí, detrás de su escritorio, revisando unos papeles justo antes de la cena del viernes por la noche.

—¿Me puedes explicar cómo cojones sabe Sabrina lo de Emma y Christopher Fitzpatrick?

Dev arqueó una ceja y alzó la vista.

—¡Qué pregunta más inesperada!

—¿Sabes lo que tampoco me esperaba yo? —Gabe se acercó a su hermano—. Que tu prometida sacara a colación a Emma y a ese desgraciado.

Dev frunció levemente el ceño.

—Sabrina no debería saber nada de Christopher.

—Entonces, ¿por qué los ha mencionado?

—No tengo la menor idea. —Dev cerró la carpeta que estaba leyendo—. Sabrina conocía a Emma. Es posible que ella le comentara algo.

—No sé si ella le habría contado a tu prometida lo que le pasó, pero estoy completamente seguro de que jamás le contó lo que le sucedió a Cristopher.

Dev se quedó callado un momento.

—A Sabrina le gusta parecer que lo sabe todo. Si yo fuera tú, no le daría ninguna importancia.

Gabe no lo tenía tan claro. Por el modo en que Sabrina se lo había dicho, no le cabía la menor duda de que sabía perfectamente que Christopher Fitzpatrick no solo había desaparecido.

—Ya que estás aquí —Dev le arrojó el archivo sobre el escritorio—, te alegrará saber que la investigación sobre la muerte de nuestro... de Lawrence ha concluido de forma oficial.

Gabe agarró el archivo y lo abrió para revisarlo. Eran copias del informe policial que había presentado Troy y del informe forense.

—Ahora creen que los arañazos que presentaba en el cuello se deben a que, probablemente, se arrepintió en el último instante. —Dev se recostó en su asiento y cruzó las piernas—. Como no hay más heridas ni ningún traumatismo, han dictaminado que se trató de un suicidio.

Gabe cerró el archivo y lo dejó sobre el escritorio.

—Y el nuevo jefe de policía nos envía sus disculpas por las molestias que esta investigación nos haya podido ocasionar —concluyó su hermano con una leve sonrisa—. Me ha asegurado que el caso está oficialmente cerrado.

—¿Incluso aunque Stefan continúe insistiendo?

—Si Stefan quiere que los Harrington financien su campaña, será mejor que deje las cosas tal y como están. —Su hermano miró su reloj—. Es casi la hora de la cena. ¿Comes conmigo?

Gabe asintió distraídamente. Tenía la cabeza en otra parte. Ni él ni Lucian creían que Lawrence de Vincent se había suicidado, pero nunca se lo habían comentado a Dev por una razón muy sencilla.

Porque solo había una persona que Gabe creía que podía haber matado a su padre, y no era su hermana Madeline.

De pronto, sintió como si en el despacho hubiera entrado una corriente de aire frío. Cuando se dio la vuelta para comprobarlo, vio el cuadro que había subido ese mismo día por las escaleras. Dev no lo había colgado, pero lo había desenvuelto y apoyado contra la pared.

Era un cuadro de Sabrina.

Completamente desnuda.

¡Jesús!

Nikki no recordaba cuándo había sido la última vez que se había reído tanto, pero ya le dolía el estómago de tanto hacerlo y apenas les habían servido la comida.

Su cita con Gerald no iba nada mal.

En primer lugar, era tan mono como parecía en la foto que Rosie le había enseñado. Y al contrario de lo que el listillo de Gabe había conjeturado, no era mucho mayor que ella. Solo seis años. Muy lejos del *abuelo Gerald*.

Además, era tremendamente divertido y tenía un don para contar historias.

Y, por si fuera poco, no se parecía en nada a Gabe. Por supuesto que no estaba pensando en él en su cita con Gerald. Para nada.

Gerald era rubio y llevaba el pelo corto. No era tan alto y musculoso como Gabe, pero sí más alto que ella. Bueno, la mayoría de la gente era más alta que ella, pero Gerald debía de llegar a Gabe a los hombros y...

De acuerdo, estaba pensando un poco en Gabe. Solo un poco.

—Y bueno —dijo Gerald, alzando su vaso—, Rosie me ha dicho que trabajas para los De Vincent. ¿Pero los De Vincent de verdad?

Nikki abrió los ojos sorprendida. ¿Podía leerle la mente? Todo era posible con la gente que conocía Rosie.

—Solo por un tiempo. Mis padres llevan años trabajando para ellos.

—Seguro que habéis visto y oído un montón de cosas.

Se puso rígida.

—¿Por qué piensas eso?

—Por cómo los llaman. ¿Cómo eran los apodos que les pusieron los medios de comunicación? ¿Diablo? ¿Lucifer? Había otro más. ¡Mierda! No lo recuerdo.

—Demonio —dijo con un suspiro. A Gabe lo llamaban «El Demonio». De repente sintió la extraña necesidad de defenderlos—. Te aseguro que no tienen nada que ver con esos apodos.

—¿Ah, no? —Parecía sorprendido—. Me siento un poco decepcionado. Tiene que ser genial que te llamen «Lucifer».

No tenía muy claro si estaba de acuerdo con eso.

—Resulta curioso cómo los medios siempre se centran en los rumores y tonterías en vez de hablar de todo el trabajo que hacen para las organizaciones benéficas y los millones de dólares que donan.

—Bueno, a la gente le atraen más los escándalos que las buenas obras. Triste, pero cierto.

—Y los De Vincent tienen su buena cuota de escándalos —añadió él antes de dar un sorbo a su bebida—. Solo hay que ver lo que le ha pasado a su padre hace poco. Es una lástima.

—Sí —murmuró ella, deseando cambiar de tema—. ¿Me has dicho que Rosie quiso investigar el lugar donde trabajas o algo parecido?

—¡Ah, sí! —Gerald se rio—. Rosie me convenció una vez para que la dejara investigar el edificio de oficinas donde trabajo.

—¡Oh, no! —Sonrió mientras cortaba el filete. Crescent City siempre estaba lleno los sábados por la noche, con camareros moviéndose entre las mesas de un lado a otro—. Seguro que no terminó bien.

—No. Trajo a una médium con ella. Alguien que se llamaba Princesa Silvermoon.

—¡No me digas! —jadeó ella—. No me lo puedo creer.

Él se llevó una mano al pecho.

—Palabra de *scout*. Se llamaba así. Princesa Silvermoon.

Nikki se rio y bebió otro sorbo de vino. Palabra de *scout*. Le gustaba eso. Era adorable. Todo en él era adorable. De hecho, era perfecto, pero...

Dejó de sonreír.

Desde que se habían encontrado fuera del restaurante, mientras aguardaban a que les dieran mesa, pedían unos aperitivos y después los platos, había esperado sentir esa chispa. Esa innegable atracción que iba más allá del aspecto físico.

Una chispa que no había surgido.

Todavía.

—Entonces, la princesa Silvermoon se paseó por la primera planta y percibió la atmósfera del lugar. Enseguida nos dijo que allí había una niña que había fallecido durante uno de los brotes de gripe. El fantasma de la niña estaba buscando...

El móvil le sonó dentro del bolso. Como todo el mundo cercano a ella sabía que tenía una cita, se preocupó de inmediato.

—Lo siento. —Alcanzó su bolso—. ¿Te importa si veo quién es? Mi madre está enferma y necesito asegurarme de que no se trata de nada importante.

—Por supuesto —respondió él—. Sin problema.

Ella sonrió, metió la mano en el bolso y sacó el teléfono del pequeño bolsillo interior. Luego dio la vuelta al aparato y vio que se trataba de un número de la zona, pero que era desconocido.

—¿Es alguien de tu familia?

Negó con la cabeza, volvió a meter el teléfono en el bolso y lo colgó de la correa en el respaldo de la silla.

—No. De hecho no sé quién es. Deben de haberse equivocado. Así que volvamos al fantasma de la niña. ¿Qué quería?

Gerald sonrió y cogió su vaso de agua.

—Por lo visto estaba buscando a alguien con quien jugar.

—¡Qué lástima!

Oyó el pitido del teléfono, como si hubiera recibido un mensaje de texto o un mensaje de voz, pero lo ignoró.

—Sí, pero luego las cosas empezaron a complicarse cuando Silvermoon subió a la planta de arriba y dijo que el despacho de atrás, el que ocupaba mi jefe, estaba encantado por una «mujer de la noche».

Nikki reprimió una sonrisa.

—¿Una prostituta?

—Sí. Se trataba de un espíritu vengador al que había asesinado uno de sus clientes.

Mientras Gerald continuaba contándole la historia, Nikki se terminó el filete y buscó con la mirada a un camarero disponible. Necesitaba otra copa de vino. Quizás eso le ayudara a encontrar la chispa que tanto necesitaba.

Aunque solo fuera durante un rato.

Se recostó en la silla y apoyó un brazo en su regazo mientras jugaba con el borde de su copa. Era muy mono. Tenía una sonrisa muy bonita.

—Entonces Rosie decidió que teníamos que hacer una sesión de espiritismo. No sé por qué dije que sí. No debería haber aceptado, porque mi jefe llegó un cuarto de hora después y...

Una sombra se cernió sobre la mesa y Gerald dejó de hablar. Como pensó que se trataba del camarero, se volvió. Lo primero que percibió fue el aroma fresco y embriagador de una colonia. En su mente se dispararon todas las alarmas. Alzó la barbilla.

—¿Pero qué coño?

Miró boquiabierta a Gabe, que estaba de pie frente a ella. Seguro que se trataba de una alucinación, así que parpadeó un par de veces. Pero nada, allí seguía.

Gabe estaba mirando..., no, estaba taladrando con la mirada a Gerald, como si estuviera a punto de levantarlo de la silla.

—¿Gabe?

—Tiene que tratarse de una puta broma —espetó él.

Nikki se volvió hacia Gerald. No entendía por qué Gabe estaba reaccionando de esa forma.

—¿Qué estás haciendo aquí, Gabe?

—¿Este es el tipo con el que ibas a salir esta noche? —preguntó él en vez de responder a su pregunta—. ¿El tal *Gerald*?

—Gabe, ¿qué...?

Gerald se recostó en su silla.

—No esperaba verte por aquí esta noche, Gabriel.

Nikki se giró de nuevo hacia su cita, con un nudo en el estómago.

—¿Conoces a Gabe? —No podía ser. Cuando le había preguntado por los De Vincent, habló de ellos como si no los conociera.

—No se llama Gerald —espetó Gabe, echando chispas por los ojos.

La gente de las mesas cercanas empezó a prestarles atención.

—¿Qué? —susurró ella, completamente confundida—. ¿No es ese tu nombre?

—Es mi segundo nombre —replicó Gerald, quitándose la servilleta del regazo y lanzándola sobre la mesa—. No he dicho ninguna mentira.

—¡Ah! ¿Entonces olvidaste mencionarle que te llamas Ross Haid?

Ese nombre no le sonaba, pero tenía un mal presentimiento.

—¿Ross?

—Ross Gerald Haid. —Esbozó una leve sonrisa.

—¿Y también te olvidaste mencionar que eres periodista de *Advocate*? Nikki se quedó petrificada.

—¿Periodista? Me dijiste que eras escritor. Eso es lo que me dijo Rosie.

—Un periodista es un escritor —señaló Ross.

Gabe colocó una mano en el respaldo de la silla donde estaba sentada.

—Sí, un escritor de *Advocate*, que está trabajando en una historia sobre mi familia.

Estaba conmocionada.

—¿Estás escribiendo una historia sobre ellos?

—Sí. —Ross miró a Gabe—. Pero no quería salir contigo por eso, Nikki.

—Tonterías —dijo Gabe en voz baja—. Llevas el último par de meses husmeando en todo lo que tenga que ver con nuestra familia. Te enteraste de que Nikki estaba trabajando para nosotros y fuiste tras ella.

¡Oh, Dios mío!

Se recostó en su silla, estupefacta. Era imposible que Rosie supiera aquello. Imposible. De lo contrario, no le habría organizado aquella cita. El tal Ross le había tendido una trampa. Por eso había mostrado tanto interés en hablar de los De Vincent. No por simple curiosidad. Había utilizado a Rosie para llegar a ella y obtener información de la familia de Gabe.

Cuando todo encajó en su sitio, se sintió tremendamente avergonzada. Esa cita, la que se suponía que iba a marcar el comienzo de una nueva vida en la que empezaría a salir y a ser una mujer normal, estaba resultando ser un desastre de proporciones épicas.

—Eres un hijo de puta. —Gabe se inclinó hacia delante y colocó la otra mano en la mesa—. Vuelve a acercarte a Nikki y...

—¿Y qué? —Por el tono de voz de Ross se notaba que estaba deseando que aquello continuara—. ¿Tienes miedo de que Nikki me cuente algo que pueda usar contra vosotros?

¿Algo que pudiera usar?

Por supuesto que no.

—Te aseguro que no quieres saber lo que puede llegar a pasarte —le advirtió Gabe.

—¿Me estás amenazando? —inquirió Ross.

—Usa esa imaginación que tienes para responderte tú mismo.

Nikki se dio cuenta de que nunca había oído hablar a Gabe de ese modo, pero estaba demasiado enfadada como para detenerse a pensarlo.

—Un momento. —Cuadró los hombros y miró a Ross—. ¿Querías tener una cita conmigo solo para poder sonsacarme información sobre los De Vincent?

—Yo no diría que esa fue la *única* razón —respondió el periodista mirándola.

Gabe hizo un sonido que le recordó mucho a un gruñido real. Nikki le agarró del brazo mientras se levantaba de la silla. Después, asió su bolso y le sacó el dedo corazón a Ross en la cara.

—¡Que te den!

—Oye —Ross dejó de sonreír—, hablo en serio. No solo quise salir contigo por...

—Cierra el pico —masculló Gabe.

Como seguía sin moverse, Nikki tuvo que tirarle del brazo.

—Vámonos —le dijo—. No merece la pena. Este tío no merece la pena.

—¡Oh! Yo creo que sí merece la pena. —Gabe miró a Ross—. No me arrepentiría para nada.

Aunque le habría encantado dar ella misma un puñetazo a Ross, si de verdad era periodista, aquello no terminaría bien para Gabe. Tenía que sacarlo de allí antes de que cometiera alguna estupidez.

—Vámonos —susurró—. Por favor.

Gabe la miró y luego se apartó de la mesa con tanto ímpetu que los vasos vibraron.

—Hablo en serio, Ross. Puedes seguir empalmándote investigando a mi familia, pero mantente alejado de Nikki, ¿entendido?

A Nikki le dio un vuelco el corazón cuando oyó espetar a Ross:

—¡Oh! Lo entiendo perfectamente.

No sabía si el periodista entendía realmente la amenaza que se cernía sobre él, pero Gabe se dio la vuelta y la agarró de la mano. Al darse cuenta de que todo el mundo los estaba mirando, clavó la vista en la espalda de Gabe y lo siguió en silencio entre las mesas hasta que salieron al aire más fresco de la noche.

En cuanto estuvieron fuera, se soltó de su mano y se volvió hacia él sin saber muy bien qué decir.

—Me muero de la vergüenza.

—Nic...

—¡Me ha utilizado para conseguir cotilleos de tu familia! —Se giró hacia la entrada y estuvo a punto de volver dentro y dar un bofetón a Ross o como quiera que se llamara. Entonces soltó un jadeo y se volvió hacia Gabe—. No le he contado nada. Te lo prometo...

—Lo sé. —Él suavizó su expresión—. Sé que no lo harías. No lo he dudado ni por un segundo, así que no tienes que sentir ninguna vergüenza. No sabías quién era. No hiciste nada malo.

Aquello disipó parte de la tensión que le atenazaba los hombros, pero seguía sintiéndose como una auténtica idiota.

—Y te aseguro que Rosie tampoco sabía cuáles eran sus verdaderas intenciones. Si lo hubiera sabido, jamás me habría organizado una cita.

—Te creo.

Nikki soltó un suspiro. Menudo alivio.

—Por cierto, estás muy guapa. —Gabe la miró, e incluso con la tenue luz que proyectaba el restaurante en la calle, notó su mirada descendiendo sobre ella—. Ese vestido... El pelo. Los zapatos. ¡Jesús! Ese tipo no se merecía todo esto.

Se miró a sí misma con las mejillas rojas. Se había tomado su tiempo a la hora de arreglarse para esa cita. Llevaba un vestido negro muy sexi que se ajustaba a la forma de sus senos y estómago antes de ensancharse en las caderas y caer libremente por los muslos. Se había ondulado el pelo con un rizador y se había esforzado mucho para que el maquillaje fuera perfecto, con los ojos ahumados y los labios rojos.

Se aclaró la garganta.

—Mmm... Gracias. ¿Qué ha pasado con...?

—Quiero que sepas —la interrumpió él— que estás preciosa, Nikki. Demasiado para Ross, aunque no fuera quien es.

Como no sabía qué responder a eso, decidió que ya iba siendo hora de cambiar de tema.

—¿Cómo supiste que era él?

—No lo sabía. Al menos hasta que lo vi.

—Entonces, ¿por qué viniste al restaurante?

—Intenté llamarte.

¿Así que ese era su número? ¿Pero cómo había conseguido su teléfono? ¡Ah, claro! Seguro que lo había encontrado en el contrato que había tenido que firmar para trabajar en su casa.

Gabe empezó a andar.

—Lo más probable es que te enfades al principio, pero luego me lo agradecerás.

—¿Qué? —Logró alcanzarlo, lo que fue todo un logro, teniendo en cuenta los tacones que llevaba.

—No tenía ni idea de que Gerald fuera Ross. Iba a interrumpir tu cita con el pretexto de que había una emergencia —explicó él, bajando la vista hacia ella y con una sonrisa de medio lado en los labios—. Pensé que te iba a hacer un favor y que me convertiría en tu salvador.

Se quedó con la boca abierta por enésima vez esa noche.

—Estás de coña, ¿verdad?

—No.

—¿Me estás diciendo que ibas a interrumpir mi cita sin ningún motivo?

—Bueno, al final existía uno muy bueno.

—Pero no sabías quién era. ¿Y si no hubiera sido un periodista que...?

—Los «y si» no sirven para nada, Nic.

—¡Por supuesto que sirven, gilipollas! —Una persona que pasaba a su lado se los quedó mirando, pero a ella le dio igual—. Tiene que tratarse de una broma.

Gabe estaba sonriendo. Pero sonriéndole con una de esas enormes sonrisas de oreja a oreja.

—No es ninguna broma. Vamos a suponer que no se trataba de Ross, el periodista capullo que quería usarte. ¿Y si solo hubiera sido Gerald? Es un tipo aburridísimo y tú te veías demasiado sexi sentada a su lado.

Nikki se detuvo en medio de la acera, se dio la vuelta y le golpeó en el brazo, con todas sus fuerzas.

—Ya te he dicho que te ibas a enfadar al principio.

—Estoy furiosa. ¿Pero qué te pasa?

—¿Has venido conduciendo? —preguntó él, sin inmutarse.

—No. Pedí un Uber. Odio conducir por la ciudad un sábado por la noche.

—Estupendo. —Gabe se puso a andar de nuevo, guiándola hacia la calle Toulouse—. Te llevo a casa.

—No me vas a llevar a ningún sitio. —Cogió el bolso—. No me lo puedo creer. En serio...

—¿Qué haces?

—Pedir un coche. —Se paró.

—No.

—¡Oh, sí! —espetó ella, hurgando en el bolso.

Le daba lo mismo que un puto periodista hubiera fingido querer tener una cita con ella para obtener información de los De Vincent. Gabe había ido allí para arruinarle la cita, no para salvarla.

—Como no empieces a caminar ya mismo, te voy a alzar sobre mi hombro y a cargar contigo hasta el aparcamiento.

—No serás capaz.

Él la miró.

—¿Tengo pinta de estar bromeando?

Por mucho que la molestara, no.

—No.

—Eso es lo que pensaba.

Se le veía tan, pero tan pagado de sí mismo.

—Si te portas bien y no intentas pegarme de nuevo —continuó él—, pararé y te compraré un batido.

—¿Si me comporto? —Lo taladró con la mirada—. No soy una niña, Gabe.

—Ya sé que no eres una niña. —Aminoró el paso para ir al mismo ritmo que ella—. Y pedirte que te comportes no significa lo que piensas.

No tenía la menor idea de qué quería decirle con eso.

—Te voy a dar una patada *ninja* en la nuca.

Él se rio mientras se acercaban a la intersección.

—Es imposible que llegues a mi nuca.

¡Mierda!

Eso era cierto.

Pero podía intentarlo.

Cuando cruzaron la calle, Nikki no sabía si sentirse desconcertada por su presencia o seguir furiosa con él.

—¿Por qué has hecho esto? —preguntó, alzando la vista para mirarlo—. Si no sabías quién era Gerald, ¿por qué has venido?

La luz de las farolas se reflejaba en sus pómulos. Gabe se quedó callado unos segundos.

—Estaba sentado en el taller, pensando en lo que me dijiste el viernes sobre por qué querías tener una cita. Que no estabas buscando una relación, pero que, si surgía, no te importaría acostarte con alguien.

Nikki frunció el ceño de tal manera que sus cejas casi se tocaron.

—Estoy completamente segura de que eso no fue lo que dije.

—Pero era lo que querías decir.

Apretó con fuerza la correa del bolso.

—¿Y?

—Y no me gustó.

Su respuesta la dejó tan anonadada que no dijo nada mientras entraban al oscuro y silencioso aparcamiento. Gabe debía de haber hecho un pacto con el diablo para encontrar plaza en la primera planta.

Sus tacones repiquetearon en el suelo, resonando a su alrededor.

—No lo entiendo. No te entiendo en absoluto.

Gabe disminuyó el paso.

—Creo que sí lo entiendes, solo que no quieres reconocerlo.

—No —dijo ella—. Te juro que no lo entiendo.

Gabe no dijo nada hasta que llegaron a la plaza donde estaba aparcado el coche, al fondo del aparcamiento.

—¿Vamos a fingir que no pasó nada entre nosotros en el taller? ¿Eso es lo que vamos a hacer?

Ella se detuvo cuando él le abrió la puerta del copiloto.

—No... No sé de qué estás hablando.

—Mentirosa. —Gabe le quitó el bolso y lo dejó en el asiento.

Sí, lo era. Porque se sentía más cómoda actuando como si no hubiera pasado nada. Era más seguro.

Gabe se volvió hacia ella.

—Sé que sentiste lo mucho que me gustó estar detrás de ti.

El rubor tiñó sus mejillas. Menos mal que el sitio estaba demasiado oscuro como para que él se diera cuenta.

—Eres un hombre. Todos os excitáis si una ráfaga de viento os roza en el lugar adecuado.

Gabe se rio.

—¡Ojalá fuera cierto! Pero no lo es. Y lo sabes, sabías exactamente lo que estaba sintiendo porque a ti te pasó lo mismo.

El corazón se le paró en el pecho. De ninguna manera iba a admitir aquello en voz alta. Daba igual lo que ambos hubieran sentido.

—Ya no estoy interesada en ti.

—Deja de decir tonterías.

Nikki jadeó.

—Tu arrogancia no tiene límites.

—No es arrogancia. —Se acercó hacia ella, obligándola a retroceder hasta que tocó con la espalda el lateral del coche—. Y tampoco tiene nada que ver con lo que pasó entre nosotros antes de que te fueras a la universidad.

—Todo tiene que ver con eso —espetó ella—. ¡Todo!

Él la miró fijamente.

—De acuerdo. Digamos que sí que tiene que ver. Aun así, eso no cambia una cosa.

—¿El qué?

—El hecho de que salieras con ese tipo cuando habrías preferido estar conmigo.

Nikki creyó que los ojos se le iban a salir de las órbitas. En la punta de la lengua se le acumularon mil formas de negarlo, pero Gabe se movió tan rápido que no se dio cuenta de lo que estaba haciendo hasta que le dio la vuelta y tuvo la espalda pegada al pecho de él.

—¿Qué estás haciendo? —preguntó mientras él le ponía un brazo alrededor de la cintura.

—Demostrarte lo que acabo de decir.

Miró a su alrededor con los ojos muy abiertos.

—No necesitas demostrar nada.

—¡Oh! Yo creo que sí. —Presionó las caderas contra sus nalgas. Y sí, ella lo sintió perfectamente. Era imposible no sentirlo—. Todavía me deseas. No has dejado de desearme nunca.

—¿Estás borracho? —preguntó con un jadeo.

—No he bebido una sola gota de alcohol en todo el día. No es como esa noche.

Las implicaciones de lo que acababa de decir la hicieron temblar. También la mano que le recorrió la cadera.

—Gabe.

—Dime que pare y lo haré.

Abrió la boca. Tenía que poner fin a aquella situación porque sabía que lo que fuera que iba a suceder en ese momento lo cambiaría todo entre ellos. Y esta vez no habría forma de reparar los estragos que causaría en su amistad... y muy posiblemente en su vida.

Aquello sobrepasaba muchas de sus líneas y desde luego no era la mejor de las ideas, sobre todo después de enterarse de lo que le había sucedido a Emma. Porque pasara lo que pasase, el corazón de Gabe pertenecía a otra mujer. ¿Dónde la dejaba eso a ella?

Solo con eso, fuera lo que fuese.

Aun así, no le dijo que parara todavía.

Notó su aliento en la sien.

—No te imaginas lo que quise hacerte cuando me dijiste que ibas a tener una cita. Bueno, quizás ahora te hagas una idea. —Bajó los dedos hasta el dobladillo de su vestido—. Puede que esto sea una locura, pero no me importa.

—Pues debería importarte —susurró ella con el corazón latiéndole desaforado.

—Entonces dime que pare. —Cuando le rozó la sien con los labios, Nikki soltó un jadeo—. Aún no me lo has dicho.

Cierto.

Era incapaz de comprender cómo había empezado la velada con un hombre y ahora se estaba dejando acariciar por Gabe de Vincent en medio de un aparcamiento.

Aparte de ese momento de debilidad que había tenido la semana anterior, jamás se había permitido fantasear con una situación como la que estaba viviendo en ese instante.

Gabe dejó escapar una risa ronca y profunda que la atravesó por completo.

—Eso es porque no quieres. Con Ross, sin embargo, aunque no hubiera sido un capullo...

Se quedó sin aliento al notar la mano de Gabe metiéndose entre su vestido y ascendiendo por su muslo. Esa piel callosa la estaba volviendo loca.

—... jamás habría llegado tan lejos contigo. —Movió los dedos hacia la tira de tela que atravesaba su cadera—. ¿Me equivoco?

No, no se equivocaba.

—Contéstame, Nic. —Enganchó un dedo por debajo de su tanga.

—No —respondió ella con la respiración entrecortada—. No habría llegado tan lejos.

Sus labios le rozaron el lóbulo de la oreja.

—¿Y eso por qué?

Tenía la garganta seca.

—Porque no hubo chispa.

—¿Por qué? —Tiró con fuerza de su tanga, que se rasgó a cada lado haciendo que sus caderas se estremecieran.

¡Cielo santo!

Gabe le quitó el tanga, aunque en ese momento a Nikki le dio igual lo que hiciera con el destrozado trozo de tela.

—¿Por qué no hubo chispa, Nic?

Apenas pudo pensar mientras la mano de él se deslizaba por su bajo vientre, descendiendo lentamente al lugar que se moría de ganas que le tocara.

—Porque no surgió.

—No, esa no es la razón. —Gabe detuvo la mano—. Contéstame con sinceridad y te enseñaré lo que es una chispa de verdad.

Su pecho se elevó bruscamente. Tragó saliva.

—Porque él... él no eras tú.

—Esa es mi chica. —Metió los dedos entre sus muslos, arrancándole un jadeo de placer.

¡Dios! Estaba pasando. Gabe la estaba tocando en medio de un aparcamiento. En ese momento, cualquiera podría pasar por allí y verlos, pero a ella le dio igual. Lo único que le importaba era Gabe, las abrasadoras sensaciones que le estaba provocando y lo pesados que sentía los pechos.

Llevaba tanto tiempo deseándolo...

Desde siempre.

—¡Joder! Estás tan mojada... —gruñó él.

Nikki empezó a cerrar las piernas. Sus rodillas eran dos flanes temblorosos.

—No, no hagas eso. —Le mordisqueó el lóbulo. Ella volvió a jadear—. Me encanta.

Mantuvo las piernas abiertas.

—¿Sabes lo que quería hacerte la otra noche en el almacén? En lo único en lo que podía pensar. —Arrastró el dedo por su humedad, volviéndola loca—. Quería tomarte por detrás y follarte tan fuerte que ni siquiera te habrías planteado tener una cita con otro hombre.

¡Dios mío!

—Aquí no puedo hacerlo. —Movió el dedo en círculos sobre su clítoris—. ¿Pero sabes lo que sí podemos hacer?

—¿Qué? —susurró ella, mirando alrededor del aparcamiento.

Gabe se separó un poco de ella. Segundos después notó la mano de él moviéndose. Luego oyó el sonido de su bragueta al bajarse y volvió a sentirlo pegado a ella.

Nikki se estremeció de la cabeza a los pies. Sintió contra su trasero su pene duro, caliente, desnudo. El pánico se apoderó de ella.

—¿Tienes un preservativo?

—No voy a penetrarte, Nic. —Movió las caderas contra sus nalgas—. Confía en mí.

Y después de eso metió un dedo en su interior.

Arqueó la espalda mientras él le metía el dedo todo lo que podía. Aquello no tenía nada que ver con lo que se hacía ella misma cuando se masturbaba. ¡Oh, no! Era completamente diferente.

Gabe soltó una palabrota y su cálido aliento le rozó la nuca mientras presionaba la piel callosa de su palma contra su punto más erógeno. Movió las caderas detrás de ella, deslizando su pene hacia arriba y hacia abajo contra sus nalgas. Cuando le introdujo un segundo dedo, se sobresaltó y abrió los ojos como platos.

Gabe se detuvo en seco.

—¿Te estoy haciendo daño?

—No —gimió ella—. Solo... solo ha pasado mucho tiempo. Eso es todo.

—Sí, lo he notado.

¿De verdad podía notarlo?

Pero en cuanto sus dedos empezaron a moverse de nuevo se olvidó de aquello. Estaba completamente a su merced. Se agarró a su brazo con una mano, clavándole las uñas en la piel mientras apoyaba la otra mano en el lateral del Porsche.

Apenas podía pensar. El placer se arremolinó en torno a ella, tensando todo su cuerpo. No podía detenerse. Se movió contra él, cabalgando su mano tal y como había hecho en su fantasía.

—Eso es. —Su voz era casi gutural. Nunca le había oído hablar así—. Fóllame los dedos.

Aquellas palabras la hicieron arder por dentro. Puede que después se avergonzara, pero en ese momento solo consiguieron excitarla más. Su sangre se convirtió en lava y se le contrajeron todos los músculos del cuerpo al mismo tiempo. Gabe continuó penetrándola con los dedos, mientras se frotaba contra su trasero. En un momento dado, debió de sentir que estaba a punto de alcanzar el orgasmo y que no iba a permanecer callada, porque le tapó la boca con la mano para amortiguar sus gemidos mientras se corría.

Cuando todavía estaba perdida en las oleadas de placer, oyó a Gabe soltar un gruñido desde lo más profundo de su garganta, antes de empujar una última vez contra su trasero y estremecerse. Entonces sintió su esperma cayendo sobre una nalga y apoyó la cabeza en su pecho.

En ese momento Nikki solo tenía clara una cosa: ambos habían perdido la cabeza.

21

Por suerte, Gabe llevaba una camisa de repuesto en el maletero y la usó para limpiar a Nic lo mejor que pudo. Por alguna razón que escapaba a su entendimiento, le produjo una enorme satisfacción saber que era su semen lo que le estaba limpiando.

En cuanto estuvieron dentro del coche, se fijó en ella. Nic estaba agarrando el dobladillo de la falda con la vista al frente. De no ser por esa leve sonrisa que dibujaban sus labios, las alarmas habrían saltado dentro de su cabeza.

Aun así, estaba preocupado.

Las cosas habían ido mucho más lejos de lo que había imaginado. Cuando salió del almacén para poner fin a su estúpida cita, no tenía planeado arrancarle el tanga y follarla con los dedos.

Puso en marcha el coche y el motor rugió de inmediato.

Sinceramente, no sabía cómo habían llegado a ese punto tan rápido, pero ahora ya no podían retroceder en el tiempo.

—¡Eh! —Estiró el brazo, colocando una mano sobre la de ella—. ¿Estás bien?

—Sí. —Nic se aclaró la garganta—. Estoy bien.

Estudió cada centímetro de su rostro. No sabía muy bien qué estaba buscando, pero entonces la sonrisa de Nic se ensanchó. Justo antes de que volviera la cabeza, pudo ver cómo se le ruborizaban las mejillas.

Esa noche había sido... diferente.

Había estado a punto de matar a un hombre en medio de un restaurante y luego había tenido uno de los mejores orgasmos de su vida en un aparcamiento, y sin meterla.

Sí, así no solían ser sus sábados por la noche.

—¿Sabes lo que me gustaría hacer ahora mismo?

Nic lo miró.

—¿Dormir?

Gabe se rio mientras conducía por el aparcamiento.

—Eso tampoco estaría mal, pero no es lo que tenía en mente. Me apetece un batido.

Cuando la miró, la vio sonreír abiertamente.

—Sí, yo también me tomaría uno.

—Pues hagámoslo.

Y eso fue lo que hicieron.

Condujo hasta el establecimiento más cercano, que resultó ser un Smoothie King. Entró y pidió uno de fresa para ella y uno de arándanos para él, que sabía que le provocaría una mueca de asco.

—Gracias —dijo ella, aceptando el batido que le dio cuando regresó al asiento del conductor.

—De nada. —Se dispuso a poner el coche en marcha pero se detuvo. Según el tráfico que hubiera, iba a tardar unos veinte minutos en llevarla a casa—. ¿Te importa si me lo bebo antes de seguir conduciendo?

—Por supuesto que no. —Nic dio un sorbo a su batido.

De pronto, se acordó de lo que ella le había comentado la noche anterior.

—¿Qué ha pasado con el apartamento que ibas a ver?

—¡Oh! ¡Es perfecto! Ya he rellenado todo el papeleo y estoy esperando a tener noticias del administrador de la propiedad. Si me dan el visto bueno, es mío.

—Me alegro mucho.

—Gracias. Deberían decirme algo a lo largo de la semana.

—Entonces tendrás que conseguir un perro o alguna mascota.

Ella se rio suavemente.

—Un gato tal vez.

—O un armadillo.

—¿Un armadillo? ¿Qué?

Gabe sonrió y se encogió de hombros.

—Recuerdo que, cuando tenías trece años, intentaste salvar un armadillo.

Nic se quedó callada un instante.

—¡Oh, Dios mío! ¡No sé cómo he podido olvidarme de eso! Mi madre se puso como loca cuando intenté recogerlo...

—Una reacción de lo más normal cuando ves a tu hija intentando levantar un armadillo.

—Pero no me habría hecho daño. Yo le gustaba.

Gabe negó con la cabeza.

—Sigo pensando que los armadillos son las criaturas más adorables que he visto en mi vida —continuó ella. Luego se quedó callada y lo miró de reojo—. Me estás mirando.

—No, no lo hago.

Claro que la estaba mirando.

Nic se volvió completamente hacia él.

—¿Cómo que no, si lo estás haciendo ahora mismo?

—Está bien. Se rio sobre la pajita y luego clavó la vista en la parte delantera del establecimiento de batidos—. Ya no te estoy mirando.

—Pero antes sí.

—Puede.

Ella se rio, pero se puso seria de inmediato.

—¿Gabe?

—¿Sí? —Apoyó la cabeza en el asiento y la miró. ¡Dios! Estaba... No había palabras para describirla.

—¿Qué... Qué estamos haciendo? – inquirió ella en voz baja.

No sabía qué responder. Mientras estaba en el taller, sentado con la vista clavada en ese puto estante, en lo único en lo que podía pensar era en ella teniendo esa cita. Luego, antes de darse cuenta de lo que hacía, se metió en el coche, la llamó y condujo hasta Crescent City Steaks, dominado por una furia primitiva y, si era sincero consigo mismo, por otra emoción que prefería no nombrar. Una emoción que alimentó su decisión de interrumpir su cita. Algo de lo que se alegraba por muchas razones, porque estaba seguro de que, periodista o no, Ross habría intentado colarse entre sus bragas. Solo hacía falta mirarla. Estaba absolutamente preciosa.

—No lo sé —respondió. Sus miradas se encontraron—. Te lo juro, no tengo ni idea. Solo... no me gustó la idea de que tuvieras una cita.

Ella enarcó ambas cejas mientras le daba un buen sorbo al batido.

—¿De modo que no te gustaba la idea de que tuviera una cita y decidiste que la mejor forma de conseguirlo era provocándome un orgasmo en medio de un aparcamiento?

Gabe no pudo evitarlo y se rio.

—No eres la única que lo disfrutó.

—¡Oh! Ya lo sé —replicó ella con tono seco.

—Te aseguro que eso no es lo que tenía planeado. —Y era la verdad—. Solo... surgió.

Nic bajó su batido y lo miró.

—Es un poco difícil que algo así surja *sin más*.

—Tienes razón. —Se pasó la mano por el pelo—. Supongo que necesitaba demostrarte que te gusto tanto como tú a mí.

—¿Te gusto?

—Pareces sorprendida —se rio él—. ¿Cómo es que me he corrido de esa forma? Te aseguro que no me ha pasado nada parecido desde que iba al instituto.

—¡Oh! —Ella se metió la pajita en la boca.

La miró un instante, divertido por su reacción, aunque también sentía algo más en su interior; una emoción extraña que no había experimentado desde hacía mucho tiempo. ¿Cariño? Por supuesto que le tenía cariño a Nic.

—En cualquier caso, cuando dijiste que ya no estabas interesada en mí, supongo que me lo tomé como un desafío.

Nic pareció pensar en sus palabras.

—¿Entonces eso es lo que fue? ¿Querías demostrar algo, un desafío?

—¡Mierda! No. Eso no es lo que he querido decir. —Le dio un trago al batido, intentando dar sentido a lo que estaba pensando, pero no le sirvió de nada porque no tenía ni idea de lo que estaba sucediendo entre ellos—. Para nada.

Cuando la oyó soltar un suspiro entrecortado, la miró, pero Nic apartó la vista.

—¿Te arrepientes? —preguntó ella en apenas un susurro.

Le pareció increíble que le preguntara algo así cuando él no le había dado ninguna muestra de que ese fuera el caso. Pero entonces lo entendió. Aquella fatídica noche seguía interponiéndose entre ellos como una víbora venenosa.

—No. —La agarró de la barbilla y la obligó a mirarlo a los ojos. Lo que sentía por ella y por lo que acababa de pasar había formado un nudo de emociones que se había instalado en su pecho y lo tenía completamente confundido—. No sé lo que significa lo que ha pasado entre nosotros, ni lo que significará mañana, pero sí tengo claro algo, Nic, no me arrepiento de nada en absoluto.

El estruendoso tono de llamada de su móvil fue lo que terminó de despertarla. Tenía la sensación de que había estado sonando un buen rato.

Soltó un gruñido, rodó sobre su costado y buscó a tientas el teléfono en la mesita de noche hasta que logró dar con él. Abrió un ojo.

Era de Rosie.

Pulsó el botón de responder a la llamada, se llevó el móvil a la oreja y graznó:

—¿Qué hora es?

—¡La hora de contarme qué coño pasó anoche!

Sentía como si la noche anterior hubiera sido un sueño. A esa hora tan temprana, nada le parecía real.

—Supongo que estás hablando de Gerald. ¡Oh, espera! ¿Cuál es su verdadero nombre? ¡Ah, sí! Ross Haid, el periodista...

—Sabía que escribía para *Advocate* de vez en cuando, pero no pensé que eso supondría un problema. Anoche me mandó varios mensajes, aunque no los he leído hasta esta mañana. El primero, y te lo cito textualmente, decía: «Gabriel de Vincent acaba de secuestrar a mi cita». Al principio pensé que estaba bromeando, sin embargo, en el siguiente mensaje me comentaba que estaba escribiendo un artículo sobre los De Vincent y me juraba que no había salido contigo por eso. Pero voy a matarlo con mis propias manos. ¿Qué pasó exactamente, Nikki?

¿Cómo iba a explicárselo cuando ni ella misma lo sabía?

—Bueno, te ha hecho un buen resumen de lo que sucedió.

—¿Entonces Gabe descubrió que era Ross? —La voz de Rosie sonaba tan aguda que se estremeció de dolor.

Soltó un gemido y se acostó de espaldas.

—No, no tenía ni idea de quién era hasta que se presentó allí. Dijo que había venido a salvarme de una cita pésima.

—¿En serio? —replicó Rosie con tono seco.

—Sí. —Se tapó los ojos con el brazo—. Verlo aparecer y descubrir quién era Gerald me dejó anonadada. Fue una locura.

—¿Y después qué pasó? —quiso saber su amiga—. ¿Te llevó a casa y te arropó?

Nikki hizo una mueca.

—No.

—¿Entonces solo se presentó, te sacó de allí y ya está?

—En realidad no —murmuró mientras dejaba caer el brazo en la cama.

—Tengo la sensación de que es mejor que hablemos de esto en persona. Levántate y...

—No me voy a levantar.

—Entonces cuéntame lo que pasó anoche.

Una parte de ella no quería contárselo, porque sentía que, si lo hacía, parecería algo sucio. Pero también conocía a su amiga y sabía que no dudaría en presentarse en su casa, exigiendo respuestas.

—Pasó algo entre nosotros. —Miró la puerta cerrada de su dormitorio. Le resultaba raro tener ese tipo de conversación en casa de sus padres—. Pero ni siquiera sé cómo sucedió.

—¿Cómo sucedió *qué*? —Rosie sonaba más calmada, lo que significaba que en vez de estar en el nivel diez de voz aguda, había bajado al nivel siete. Y eso ya era un progreso.

—Estábamos... discutiendo, o eso creo. Sobre por qué había querido arruinarme la cita sin saber quién era Gerald de verdad. Ahora que lo pienso es una tontería, pero bueno. Entonces dijo algo de que yo le gustaba y yo le dije que él a mí no. —Se frotó los ojos—. Y me quiso demostrar que mentía.

—Muy bien. Voy a necesitar más detalles —dijo Rosie—. ¿Cómo te demostró que mentías?

Negó con la cabeza con las mejillas en llamas.

—Lo hicimos, más o menos.

Silencio.

—¿Cómo se hace más o menos *eso*?

Nikki soltó un sonoro suspiro.

—Imagínate hacerlo, pero sin besos y usando solo los dedos.

—¡No jodas! —exclamó Rosie.

—Sí.

—¿Dedos? ¿En plural?

Nikki se rio y se puso de costado.

—Sí.

—¡No jodas! —repitió su amiga.

—Lo sé. La cosa sucedió demasiado deprisa y... —Y él le dio el mejor orgasmo de su vida—. Y no sé. Pasó. Después nos tomamos un batido.

—Espera. ¿Qué?

—Sí. Lo has oído bien. Nos tomamos un batido.

—No sé ni cómo responderte a eso, Nikki. —Hizo una pausa—. ¿Hablasteis después de lo que pasó?

—Sí. Lo hicimos. Le pregunté qué significaba lo que había pasado y dijo que no lo sabía, pero también me aseguró que no se arrepentía de nada. —Apretó los labios y volvió a tumbarse de espaldas—. Y yo le creo. No creo que lo tuviera planeado, ni que esté arrepentido.

—Nikki. —Rosie soltó un suspiro.

—Mira, sé que es una locura. Teniendo en cuenta nuestro pasado es lo último que deberíamos haber hecho, pero...

—Pero todavía te importa.

—No iba a decir eso, pero sí, todavía me importa. Es evidente.

—Sabes perfectamente a lo que me refería con lo de que todavía te importa —replicó Rosie—. ¿Qué ibas a decir tú?

Nikki frunció el ceño.

—Iba a decir que no estoy interpretando nada de lo que pasó. Que no tengo ninguna expectativa al respecto.

—Cariño —Rosie estaba subiendo el tono de nuevo—, como te dije la última vez, tienes que empezar a leer entre líneas todo lo que ese hombre hace. Y también te voy a decir algo nuevo: tienes que dejar de engañarte a ti misma.

—No me estoy engañando.

—Sí lo estás. Mira, no te estoy juzgando. Obviamente. No conozco a Gabe ni sé qué clase de hombre es, pero hay algo entre ambos. Y en el pasado también *hubo* algo. No sé si eso es bueno o malo; lo que sí es malo es que finjas que no es importante para ti, cuando sí lo es.

Abrió la boca para negarlo, pero su amiga tenía razón. Se estaba engañando a sí misma. Bueno, todavía no había tenido tiempo de asimilarlo todo, pero lo que había pasado entre ellos era algo importante. Era un paso hacia el futuro o uno hacia el desastre, pero un paso que sabía muy bien que iba a dar.

—Te odio —murmuró.

Rosie se rio.

—¿Puedo hacerte una pregunta y vas a ser completamente sincera? ¡Oh, Dios!

—Dispara.

—¿Alguna vez has dejado de quererle?

Se le cortó la respiración. La pregunta de Rosie no ofrecía lugar a dudas. Su amiga no quería saber si estaba enamorada de Gabe, sino si alguna vez había dejado de quererlo. Y aquello la sacudió por dentro. Una tormenta de emociones se apoderó de ella: miedo, anticipación, pavor, entusiasmo. Durante un segundo, se permitió sentirlo todo. Fue maravilloso y aterrador al mismo tiempo.

¿De verdad había estado enamorada de Gabe cuando era más joven y no se había tratado solo de un encaprichamiento? ¿Y si lo que había sentido la noche anterior entre sus brazos iba más allá de la simple lujuria?

No pudo responder a la pregunta de Rosie.

Su amiga se limitó a suspirar y dijo:

—Eso es lo que pensaba.

22

Gabe solo tuvo que hacer una llamada telefónica el domingo por la mañana para encontrar lo que estaba buscando. Esa era la razón por la que en ese momento se encontraba frente a una puerta marrón oscuro de una de las casas estilo vagón más nuevas de Pritchard Place.

Llamó a la puerta con el puño y esperó. Aunque la espera no duró mucho, ya que enseguida oyó unos pasos acercándose por el otro lado. Segundos después, se abrió la puerta, revelando media cara de Ross Haid.

—¿Pero qué...? —Ross parpadeó varias veces y abrió la puerta del todo. Iba vestido con una camiseta interior blanca y unos pantalones de franela.

Sin decir ni una palabra, Gabe entró en la casa, obligando a Ross a retroceder. Después cerró la puerta.

El periodista lo miró con una buena dosis de miedo en los ojos.

—¿Qué estás haciendo, hombre? Sabes quién soy y para quién trabajo...

Gabe echó el brazo hacia atrás y propinó un puñetazo a la mandíbula de Ross. El impacto echó hacia atrás la cabeza del periodista, que cayó de nalgas al suelo antes de llevarse la mano a la mandíbula.

—Llevo queriendo hacer esto desde anoche. —Abrió el puño y se inclinó sobre Ross—. No te imaginas lo mucho que me costó no tumbarte de un golpe en ese restaurante.

—¡Joder! —Ross escupió una flema de sangre—. Creo que me has roto un diente. ¿Te has vuelto loco?

—Tú eres el que debería hacerse esa pregunta —respondió él, enderezándose—. Puedes investigarnos a mí y a mis hermanos todo lo que quieras, pero mantente alejado de Nic.

—¡Mierda! —Ross rodó sobre su espalda—. Ya lo dejaste claro anoche. No tenías que presentarte aquí.

—Me estoy asegurando de que todavía lo sigas teniendo claro. —Dar un puñetazo a Ross le había producido una enorme satisfacción, pero se moría de ganas por destrozar a ese hombre por haber avergonzado a Nic e intentado usarla—. Porque la próxima vez será la última que lo hagas.

—¿En serio has venido a mi casa para pegarme y después amenazarme?

—Sé que no se lo vas a contar a nadie. ¿Quieres saber por qué? Porque no eres tan imbécil. Como abras la boca, me aseguraré de que todo el mundo sepa por qué te he partido la cara. ¿Crees que a tus jefes de *Advocate* les gustará este tipo de publicidad? ¿Usar a una mujer? —preguntó—. Les daré una historia, pero no la que esperabas publicar.

—¡Jesús! —La risa de Ross vino acompañada de un ataque de tos—. Menos mal que todos piensan que eres el más sensato y tranquilo de los De Vincent. No saben lo equivocados que están.

—Solo cuando se trata de personas que me importan.

—¿Y a ti te importa Nikki? ¿La hija de veintitantos años de tus empleados? —Ross se volvió a reír y Gabe se planteó atizar otro puñetazo a ese hijo de puta. El periodista bajó la mano y se apoyó en el codo—. ¿Qué significa ella para ti?

Sabía a dónde quería ir a parar con esa treta.

—Como salga su nombre escrito en algún medio, te haré responsable.

—No voy a escribir nada de ella. Me gusta mucho.

—Te has equivocado con lo último —le advirtió él.

—¿Ah, sí? —Ross levantó una pierna—. Empiezo a pensar que mi teoría sobre tu familia es correcta.

—Me importa una mierda lo que pienses.

—Pues no debería. —Ross se sentó y se limpió un hilo de sangre que le caía por la comisura de la boca—. No creo que tu padre se suicidara. Más bien creo que hizo algo y uno de los tres lo mató.

Nikki estaba tan nerviosa el lunes por la mañana que pasó por delante del congelador dos veces antes de acordarse de que había ido a la despensa a buscar los filetes para la cena.

No había tenido noticias de Gabe desde que la dejó en casa de sus padres el sábado por la noche y aún no lo había visto. Como no sabía si eso era algo bueno o malo, intentó ordenar sus pensamientos y ponerse a trabajar.

Los lunes le tocaba quitar el polvo a cosas que nadie usaba y que dudaba que los De Vincent supieran incluso que tenían.

Se recogió el pelo y se concentró en la tarea que tenía por delante. Lo malo de hacer algo tan monótono era que le daba a su cabeza vía libre para obsesionarse con cada pequeño detalle de lo que había pasado entre ella y Gabe el sábado.

Y eso era justo lo que menos necesitaba.

O quería.

Por mucho que intentara pensar en cómo iba a decorar el bonito apartamento que esperaba alquilar, o se estresara con la difícil decisión de encontrar un empleo de trabajadora social en el condado o seguir estudiando, su mente volvía una y otra vez a Gabe.

Quería golpearse a sí misma. Con fuerza.

Lo mejor que podía hacer era actuar como si no hubiera sucedido nada. No sería lo más fácil, pero sí lo más inteligente. Estaba claro que Gabe se sentía atraído físicamente por ella. Y a ella le pasaba lo mismo, pero sabía que en su caso no se limitaría solo al plano físico.

Que se convertiría en algo más.

Y no podía arriesgarse de esa forma.

Cerca del mediodía, se encontraba aspirando uno de los dormitorios que nadie usaba de la segunda planta del ala que utilizaban Lucian y Julia. Como la alfombra estaba inmaculada, se había quitado los zapatos y los había dejado en el pasillo. Estaba tarareando una canción cuando la aspiradora se apagó de repente.

Frunció el ceño, presionó el botón de encendido/apagado y giró la cintura para mirar a su alrededor. El cable se había desenchufado.

—¡Qué raro! —murmuró, acercándose al enchufe. El cable era largo, así que era imposible que se hubiera desconectado al tirar de él mientras aspiraba.

¡Maldita casa poseída por el demonio!

Lo volvió a enchufar y la aspiradora se encendió de nuevo. Con un suspiro, se dio la vuelta y... soltó un pequeño grito de sorpresa.

Gabe estaba en el umbral, con los brazos cruzados y apoyado en el marco de la puerta.

—¿Te está dando problemas la aspiradora?

—¿La has desenchufado tú? —preguntó mientras se acercaba al aparato para apagarlo.

—No. ¿Por qué iba a hacerlo?

Ella lo miró con los ojos entrecerrados.

—No lo sé, pero se ha desenchufado sola.

—Fantasmas.

—Pensaba que no creías en los fantasmas.

Él se encogió de hombros.

—Nunca he visto nada, pero he oído bastantes cosas extrañas en esta casa como para tener mis dudas sobre su existencia o no.

No sabía si estaba tomándole el pelo. En lo único que podía pensar era en que estaban solos en la segunda planta, en una habitación con una cama.

Se aclaró la garganta y agarró el mango de la aspiradora.

—Bueno, tengo que volver al trabajo, así que...

Gabe frunció el ceño.

—¿Eso es lo que vamos a hacer?

—No te entiendo. —Y era verdad, no lo entendía—. Tengo que pasar la aspiradora por esta habitación. Ya sabes, una de las cinco de esta planta que nunca se usan. Es muy importante y tengo que darme prisa.

Él sonrió.

—¿Y eso por qué?

—Supongo que si no lo hago, las pelusas de polvo que hay debajo de la cama se multiplicarán y se apoderarán de la casa. Y a Devlin le dará un soponcio. No podemos permitir que eso suceda.

Gabe se rio.

—Las pelusas no pueden esperar.

—No, no pueden. Ya sabes cómo son. Siempre tan juntas, multiplicándose y teniendo hijitos pelusa. Además, es mi trabajo.

—Te he estado buscando —dijo, ignorando sus palabras.

—Pues ya me has encontrado, pero como puedes comprobar, estoy muy ocupada... —Cuando Gabe entró al dormitorio y cerró la puerta, dio un pequeño paso atrás—. ¿Qué haces?

Al verlo echar el pestillo, el corazón se le subió a la garganta. Luego él se acercó en silencio hacia ella como lo haría un depredador con su presa.

—Gabe...

—¿Te has estado escondiendo de mí todo el día?

—¿Qué? No. He estado trabajando...

—¡Ajá! —Cruzó el espacio que los separaba—. Recuerdo cuando eras pequeña; solías esconderte en alguna de estas habitaciones cuando Lawrence estaba por aquí.

—Bueno, a él no le gustaba todo el ruido que hacía...

—Nunca hiciste mucho ruido. —Se paró frente a ella y la agarró de las caderas—. Da igual, me alegro de haberte encontrado aquí.

Alzó la vista con el pulso latiéndole a toda velocidad.

—¿Por qué?

—Porque me he pasado toda la noche despierto, pensando en algo.

Casi tenía miedo de preguntarle.

—¿En qué?

Él le apretó un poco más las caderas y después la levantó. Nikki no tuvo tiempo de protestar. En cuestión de segundos pasó de estar de pie a estar tumbada de espaldas en el centro de la cama, con Gabe encima de ella, aprisionándola con los brazos y las rodillas.

¡Oh, Dios mío!

—¿Has estado pensando en lanzarme sobre una cama?

Gabe volvió a reírse. Una risa ronca que hizo que le temblaran hasta los dedos de los pies.

—No, esto no es lo que he estado pensando, pero ha sido divertido.

—Para ti, tal vez.

—Te ha gustado.

De acuerdo, sí, pero jamás lo reconocería en voz alta.

—¿Qué estás haciendo?

—Continuar con el pensamiento que me ha tenido despierto toda la noche. Ya te lo he dicho. —Con una sonrisa, apoyó su peso sobre las rodillas y se enderezó—. Sígueme el rollo.

—¿Que te siga el rollo? ¿Vienes aquí, me arrojas sobre la cama y se supone que tengo que adivinar qué tienes en mente? —Empezó a incorporarse—. Gabe...

—¿Quieres saber en lo que he estado pensando?

—No mucho —respondió ella.

—¡Oh! Sí que vas a querer saberlo. —Cuando la tomó por la cintura, Nikki soltó un jadeo de sorpresa—. Pero creo que mejor te lo voy a mostrar.

—No creo que... ¡Gabe! —chilló cuando él le enganchó con los dedos la cinturilla de sus *leggings* negros—. ¿Qué haces?

—Ya lo verás. —Él tiró de la prenda, pero ella lo agarró de las muñecas—. Y tengo el presentimiento de que vas a disfrutar mucho con esto.

A Nikki se le aceleró la respiración. No tenía ni idea de cómo había pasado de estar aspirando una alfombra a terminar así. Todo había sucedido con tanta rapidez que se preguntó si había tenido el control desde que Gabe entró en la habitación.

O si quería tener el control.

Dejó de agarrarle las muñecas.

La sonrisa de Gabe se hizo más amplia. Vio cómo bajaban sus espesas pestañas.

—¿Cómo te ha ido el día?

La pregunta la pilló desprevenida.

—Mmm... Bien. Como cualquier lunes.

Volvió a tirar de los *leggings*, consiguiendo bajárselos un par de centímetros por las caderas.

—¿Has tenido alguna noticia del apartamento?

—Todavía no.

La posición en la que se encontraba era la más insólita para mantener ese tipo de conversación.

—Tengo algunos muebles en el almacén que irían de fábula con tu apartamento —dijo él, acariciándole el hueso de la cadera con el pulgar—. Una mesa baja de centro, una cómoda y una mesita. Si las quieres, son tuyas.

Se quedó tan sorprendida por su propuesta, que lo único que pudo hacer al principio fue mirarlo.

—No puedo aceptarlo. Tus creaciones valen lo mismo que un semestre en la universidad...

—Me da igual. Quiero que las tengas. —Continuó moviendo el pulgar hacia la otra cadera, deslizándolo por su bajo vientre—. Son piezas que nunca he vendido y las hice hace años.

—Gabe...

La miró fijamente.

—Son míos y puedo regalárselos a quien quiera. Y te elijo a ti.

Te elijo a ti.

¡Señor! Esas palabras le llegaron directamente al corazón. Seguro que él no las había pronunciado con esa intención, pero ella las sintió así.

—Considéralo un regalo de inauguración de tu casa —señaló como si no estuvieran hablando de un regalo que costaba decenas de miles de dólares—. Y ahora se supone que me tienes que preguntar cómo me ha ido el día.

Nikki arrugó la nariz.

—¿Cómo te ha ido el día?

Gabe se rio.

—Al menos podrías fingir que te importa.

- Me importa mucho —repuso ella, poniendo los ojos en blanco.

—Me he despertado temprano y no he podido volver a dormir. Estaba pensando en el sábado por la noche y en lo increíblemente bien que me sentí frotándome contra tu trasero.

¡Jesús!

Se le contrajo el estómago al tiempo que un intenso hormigueo le recorrió las venas.

—También pensé en cómo te apretaste sobre mis dedos cuando te corriste —prosiguió él. Sus palabras le abrasaron la piel—. Haciendo que me pusiera duro como una roca. ¿Sabías eso?

—No —susurró ella. A esas alturas, le ardía la sangre.

Gabe se mordió el labio mientras le miraba los pechos y más abajo.

—Y claro, tuve que hacer algo al respecto. No fue tan bueno como el sábado por la noche, pero funcionó. Durante un momento.

Nikki abrió los ojos de par en par ante lo que estaba insinuando.

Gabe tiró de nuevo de sus *leggings*, consiguiendo que bajaran lo suficiente para revelar sus braguitas. Cuando vio los motivos que llevaba, ladeó la cabeza.

—¿Mariposas?

—Cierra el pico —le ordenó ella, completamente ruborizada.

—Muy bonitas. Me gustaría verlas enteras.

Nikki clavó la vista en la puerta cerrada.

—¿Te has vuelto loco? —Le agarró las manos—. ¿Y si entra alguien?

—Nadie va a encontrarnos. He cerrado la puerta con pestillo. —Siguió tirando de la prenda, bajando otros dos centímetros más—. Y este dormitorio nos ofrece mucha más privacidad que un aparcamiento.

Nikki volvió a sonrojarse, pero por otro tipo de calor.

Entonces Gabe continuó tirando y ella ya no pudo seguir mintiéndose a sí misma. No quería que Gabe se detuviera porque en ese momento era un volcán a punto de entrar en erupción. Cuando él se movió y le quitó los *leggings* del todo, se olvidó por completo de lo arriesgado que era involucrarse sentimentalmente con Gabe.

Cuando Gabe le acarició las pantorrillas desnudas y la parte exterior de los muslos, tuvo que esforzarse por respirar. Luego él le enganchó la cinturilla de las bragas.

Aquello no tenía nada que ver con lo ocurrido el sábado por la noche.

Pero nada de nada.

Si le dejaba hacerlo, se desnudaría ante él como no había hecho delante de nadie en mucho tiempo.

Y no lo detuvo.

Todo lo contrario, arqueó las caderas para ayudarle a quitarle la ropa interior. Gabe soltó un gruñido de satisfacción, le sacó las bragas y las tiró en algún lugar de la habitación. Después le recorrió con las manos la parte interior de los muslos.

Nikki se derrumbó sobre sus codos, sin aliento. Con las mejillas rojas, lo vio contemplar la parte más íntima de su anatomía, incapaz de apartar la vista.

—Eres preciosa. —Gabe deslizó un dedo por el pliegue de su muslo y luego hizo lo mismo en el otro—. Absolutamente perfecta.

—No... No deberíamos estar haciendo esto.

Él la miró.

—¿Por qué no?

Le costó horrores recordar todas las razones por las que aquello era una mala idea. Y más cuando en ese momento él le estaba separando las piernas para que se abriera para él. Su instinto le gritó que cerrara los muslos, pero era demasiado tarde. Gabe ya le había agarrado una pierna y se la había colocado por encima del hombro y bajaba la cabeza entre sus muslos.

—¿Por qué no deberíamos hacer esto? —insistió él.

Al notar su aliento sobre su zona erógena profirió un jadeo ahogado con los labios entreabiertos.

—El sábado por la noche te dije que no sabía lo que estábamos haciendo ni a dónde nos llevaba esto. —Gabe movió la cabeza y le besó el muslo—. Pero eso no significa que no quiera tomar ese camino y descubrirlo.

Todavía no la había tocado y ya estaba loca de deseo. Tenía todos los sentidos embotados. Y por eso precisamente soltó la siguiente estupidez:

—Ayer no me llamaste, ni me enviaste ningún mensaje. Pensaba que... —Se detuvo—. Supuse que preferías olvidar lo que pasó.

Sus miradas se encontraron. Sin decir nada, Gabe frotó la mandíbula contra su muslo. Hubo un instante de silencio; un instante en el que se maldijo a sí misma por haber abierto la boca. Él volvió a besarle el muslo.

—No me he olvidado de lo que ha pasado y nunca volveré a darte esa impresión.

—¡Oh! —exclamó ella. No supo qué más decir.

Y entonces la boca de Gabe se puso en marcha y a ella le abandonó cualquier pensamiento coherente. La besó justo debajo del ombligo, y fue descendiendo poco a poco. El roce de esos labios sobre su piel envió una oleada de escalofríos por todo su cuerpo.

Se estremeció cuando Gabe metió las manos entre sus piernas, abriéndola aún más. Segundos después, metió su boca dentro de ella.

—Esto... —dijo él antes de lamerle todo el centro—. Esto es en lo que he estado pensando. En cómo sería tu sabor. Necesitaba averiguarlo.

Y se dispuso a hacer precisamente eso. En cuanto sintió sus labios sobre ella gritó. Gabe la saboreó, la lamió y la penetró con la lengua. Cualquier reparo que pudiera haber tenido se perdió en un torrente de pura sensación. Su cuerpo se apoderó de su mente y se abandonó al placer. Se agarró al edredón mientras sus caderas se movían solas, arqueando y girando sobre su boca. Poco a poco, sus jadeos se convirtieron en gemidos.

Gabe sabía muy bien lo que estaba haciendo. Le metió las manos debajo de las nalgas y la alzó. En esa posición él... él se dio un festín. La devoró por completo. O esa fue la impresión que tuvo ella. Nikki fue incapaz de escapar de las crudas sensaciones que su lengua le estaba provocando, aunque tampoco quería hacerlo. Cuando sintió sus labios sobre su clítoris, explotó.

Echó la cabeza hacia atrás, arqueó la espalda, clavó los hombros en el colchón y se agarró al edredón con fuerza. Después, se dejó llevar por todas esas oleadas de placer que la recorrían una y otra vez. Cuando terminó, Gabe se apartó de ella. Su pierna se deslizó por el hombro de él mientras él levantaba la cabeza y le daba un beso debajo del ombligo.

—Sabes mejor de lo que me imaginaba —dijo con voz ronca mientras le mordisqueaba la piel.

Nikki se sacudió ante el contacto de sus dientes. Abrió los ojos y lo miró. Al ver que le brillaban los labios se estremeció. Sus miradas se encontraron. Su respiración se fue ralentizando. Gabe apoyó las manos en el colchón, se enderezó y se sentó sobre sus rodillas. Ella miró hacia abajo. Notaba perfectamente su erección a través de los vaqueros. Con el estómago en la garganta, entreabrió los labios. Se moría por devolverle el favor.

Gabe debió de leerle la mente porque se llevó las manos a la hebilla del cinturón y con dedos ágiles se lo desabrochó. Luego hizo lo mismo con la bragueta. Se bajó los pantalones y el bóxer negro, y liberó su miembro grueso y duro.

Nikki se humedeció los labios.

—Yo también quiero probarte.

—Estas van a ser mis nuevas palabras favoritas.

—Hoy se te ve muy feliz.

Gabe se encogió de hombros mientras apoyaba los pies en la otomana de una de las habitaciones más pequeñas de la planta principal y cruzaba las piernas a la altura de los tobillos. Aquella estancia, con su televisión, era lo más parecido a una sala de estar real que tenía la casa. Sin duda se lo debían a su madre. Solía quedarse allí por la tarde, junto con todos sus hijos. Allí era donde veían películas. Siempre le había gustado esa sala.

Lástima que en ese momento acabara de entrar el senador.

Pero ni siquiera su llegada inesperada de ese martes iba a echar a perder su buen humor. Que una mujer preciosa te hiciera una entusiasta mamada era el mejor remedio contra los hijos de puta molestos. Habían pasado veinticuatro horas y Gabe todavía tenía una sonrisa en los labios.

Y aún tenía su sabor en la boca. Nic sabía como la ambrosía.

No había cometido el mismo error que el domingo. Para ser sinceros, hacía tanto tiempo que no se preocupaba por cómo podía sentirse una mujer con la que había estado después de despedirse, que no se le pasó por la cabeza mandarle ningún mensaje. Había perdido la costumbre.

Un fallo por su parte.

Porque sí le preocupaba lo que podía sentir Nic. Así que la noche anterior, como se había quedado a cenar con sus padres en vez de ir al taller, le mandó un mensaje. Y esa misma mañana, le había enviado otro deseándole los buenos días.

Ahora estaba esperando que fuera ella la que se acercara a él. Sabía que debía de estar trabajando en algún lugar de la casa y estaba dejando que se tomara su tiempo.

—He venido a ver a Dev. —Stefan se sentó en el butacón de enfrente—. Pero está con Sabrina.

Gabe no pudo evitar hacer una mueca de disgusto. Un gesto que no le pasó desapercibido a su tío.

—No te gusta la señorita Harrington, ¿verdad? —indicó.

Gabe sonrió con desgana.

—¿Y a quién le gusta?

—A tu hermano.

Ahora sí se rio de verdad.

—No creo que le guste tanto.

—Bueno, supongo que tampoco tiene que gustarte mucho una persona para casarte con ella —comentó Stefan, cruzando las piernas mientras daba golpecitos con un dedo en el brazo del butacón—. Era algo que también le pasaba a tu madre y a Lawrence.

Miró al senador con los ojos entrecerrados. No era ningún secreto que sus padres no se llevaban bien. El hecho de que Lawrence no fuera su padre biológico ni el de Dev era una prueba de ello.

—Supongo que Lucian va a ser el primero en romper la tradición —continuó Stefan, como si le gustara oírse hablar a sí mismo—, ya que va a casarse con esa enfermera.

—Julia no tiene nada malo, ni tampoco el hecho de que posea habilidades de primera necesidad —repuso él—. Además, no creo que alguien que se ha casado tres veces y divorciado otras tantas deba hablar de la vida sentimental de los demás.

—*Touché!* —murmuró Stefan.

Gabe negó con la cabeza y miró hacia otro lado justo cuando Nic entraba en la estancia. Llevaba una pequeña bandeja con un vaso encima. Se sintió molesto. No le gustaba verla sirviendo al imbécil de su tío.

Nic tomó el vaso y lo dejó en el posavasos que había junto al butacón. Después se volvió hacia Gabe y le lanzó una rápida sonrisa. Cuando él le guiñó un ojo a modo de respuesta, toda su cara se tiñó de un bonito tono rosa. Al verla salir a toda prisa de la sala, tuvo que hacer acopio de todas sus fuerzas para no salir corriendo detrás de ella.

—Veo que algunas cosas siguen igual.

Se volvió bruscamente hacia el senador.

—¿Qué significa eso?

Stefan se encogió de hombros sin responder. Probablemente fue lo mejor, porque menos de un minuto después, Sabrina entró en la sala de estar.

Seguida de Parker.

En cuanto la prometida de su hermano lo vio, esbozó una sonrisa tan grande con esos labios rojos que temió que se le fuera a romper la cara.

—¡Gabe, qué sorpresa más inesperada!

¡Mierda!

No iba a dejar que esa mujer le arruinara el buen humor. Empezó a levantarse.

—Mira lo que has hecho, Sabrina. —Stefan sonrió contra su vaso—. Estás espantando a mi sobrino.

—Eso no es cierto —dijo ella con las mejillas rojas.

Gabe se enderezó todo lo alto que era. Luego miró a los hermanos y se centró en Parker.

—Últimamente, te veo mucho por aquí. Me pregunto por qué.

Parker se encogió de hombros.

—Estoy intentando conocer mejor a mi futura familia política.

Desde el butacón le llegó un bufido de burla.

—Estoy seguro de que no tiene nada que ver con la joven y atractiva ama de llaves que pulula por la casa.

Gabe apretó la mandíbula.

—Será mejor que no.

—Por supuesto que no. —Sabrina parecía realmente desconcertada por la sugerencia—. Es la tontería más grande que he oído en todo el día.

Gabe sostuvo la mirada de Parker. El muy cabrón no se amilanó.

—Te veo muy preocupado por si ese fuera el caso —replicó Parker.

—La consideramos un miembro más de nuestra familia —señaló él, dando un paso adelante. Al ver que Parker retrocedía, sonrió—. A diferencia de los que hay en esta sala.

Sabrina soltó un jadeo de sorpresa.

El senador se rio.

—Quédate un rato aquí conmigo, Sabrina. Háblame de esa nueva obra de caridad en la que estás trabajando. ¿De qué se trata? ¿Es para alguna hermandad o algo parecido?

Gabe miró alrededor de la estancia, preguntándose qué narices estaban haciendo allí esos tres. No era la primera vez que los veía juntos.

Fuera lo que fuese, quería estar lo más lejos posible de ellos. Así que decidió ir en busca de Nic y olvidarse de su anterior idea de darle tiempo.

Se la encontró en la cocina, mirando fijamente un trozo de papel.

Aunque le estaba dando la espalda, debió de oírle nada más entrar, porque volvió la vista atrás y le sonrió. Fue una sonrisa tímida, que por alguna razón que no pudo explicar, despertó en él una repentina necesidad de protegerla.

—Hola —le saludó ella antes de volver a mirar el papel—. ¡Adivina qué!

Sabía que no debería hacer lo que estaba a punto de realizar. No con la casa llena de Harrington y el padre de Nic rondando por ahí, pero no pudo evitarlo.

Se colocó detrás de ella y le puso las manos en las caderas.

—¿Qué?

Enseguida notó la reacción de Nic a su contacto. El ligero escalofrío que la recorrió mientras la abrazaba contra su pecho.

—Hace media hora me ha llamado el administrador de la propiedad del apartamento que me interesaba.

—¿Y? —Deslizó las manos sobre su estómago. El rubor regresó a las mejillas de Nic.

—El apartamento es mío.

—Eso es estupendo. —La giró para que lo mirara—. En serio.

—Lo sé. —Ella alzó el trozo del papel entre ellos—. Estoy superemocionada.

—¿Cuándo te mudas?

—No lo sé. —Esbozó una enorme sonrisa, una sonrisa preciosa—. Aunque ya me conoces. Con lo impaciente que soy, seguro que me voy a vivir allí en cuanto esté libre.

Gabe se rio.

—Sí, te doy dos semanas como máximo.

—Entonces, ¿los muebles de los que me hablaste...?

—Son tuyos.

Nic se rio.

—Debería pagártelos.

—Puedes hacerlo. —Bajó la mirada hacia su boca. Sus labios no eran la única parte de su cuerpo que todavía no había probado. También estaban sus pechos. Aunque ese no era el lugar ni el momento para pensar en esas cosas—. Déjame que te invite a cenar para celebrarlo.

—¿En serio? —preguntó con tono de sorpresa.

—Sí. —Gabe sonrió—. Este viernes. Cena conmigo.

Ella lo miró fijamente durante un instante antes de clavar la vista detrás de él.

—¿No te preocupa lo que la gente pueda pensar?

—Vamos a salir a cenar. No a robar una tienda.

Nic ladeó la cabeza y alzó las cejas.

—Si nos ven juntos, la gente hablará de nosotros.

—La gente siempre habla cuando ve a un De Vincent —replicó él—. A mí me da igual. ¿A ti?

Tardó un rato en contestar. Tanto que Gabe empezó a preocuparse, hasta que lo miró con un brillo travieso en los ojos.

—Todos pensarán que estoy cenando con mi hermano mayor.

Él se rio por lo bajo.

—¡Qué graciosa!

Nic se rio.

—Es broma. También me da igual lo que piensen los demás. Cenaré contigo.

—Esa es mi chica. —Apartó las manos de su cuerpo antes de cometer alguna estupidez.

Ella dio un paso atrás y lo miró a través de sus largas pestañas.

—Pero será mejor que me lleves a ese asador tan caro del que me hablaste el otro día.

23

—¡Por tu nuevo apartamento! —Bree levantó su margarita.

Nikki alzó su vaso con una sonrisa y Rosie hizo lo mismo con el suyo.

—¡Chinchín!

Era martes por la noche y Nikki había salido con sus amigas a tomar algo y a cenar unos tacos para celebrar su nueva adquisición. Nada más salir de la casa de los De Vincent, se fue directamente a la agencia para firmar el contrato de alquiler.

—No me puedo creer que te vayas a mudar la semana que viene. —Bree negó con la cabeza—. Yo necesitaría por lo menos un mes para guardar y etiquetar todo como es debido.

—Porque tú eres una maniática del orden—señaló Rosie.

—Cierto. —Bree se encogió de hombros—. Me gusta que todo esté ordenado. No veo qué tiene de malo.

—No tengo tanto que guardar. —Nikki agarró lo que le quedaba del taco—. La mayoría de las cosas que tenía en la universidad están en cajas.

—Por cierto, ¿te has enterado ya? —Rosie se volvió hacia Bree—. Gabe está amueblándole todo el apartamento con sus propios diseños.

Bree abrió tanto la boca que a Nikki le pareció ver que se le caía un trozo de lechuga.

—¿Qué?

—No es verdad. —Lanzó una mirada asesina a Rosie—. Solo me ha regalado un par de muebles.

Bree dejó el vaso en la mesa muy despacio.

—Pero sus muebles cuestan...

—Sé lo que cuestan. —Nikki cogió su bebida—. Solo son muebles antiguos que llevan mucho tiempo sin venderse.

Bree la miró fijamente.

—¡Ah! Y también van a tener una cita —agregó Rosie—. No nos olvidemos de eso.

—No es ninguna cita —arguyó ella, aunque su corazón dio un pequeño brinco de alegría—. Solo vamos a cenar para celebrar lo del apartamento.

—Nikki, ¿pero tú crees que me chupo el dedo? —preguntó Rosie. Ella arrugó la nariz—. Me consta que no sois solo amigos. No te olvides de lo que sé.

—¿Qué es lo que sabes? —quiso saber Bree.

Nikki se recostó en su silla y dio buena cuenta de su bebida mientras Rosie le contaba a Bree lo que había sucedido entre ella y Gabe la noche de su fallida cita con Gerald. Menos mal que todavía no había puesto a Rosie al tanto de los últimos acontecimientos.

Cuando Rosie terminó, Nikki la miró con cara de pocos amigos.

—No volveré a contarte nada nunca más.

Rosie se rio.

—¡No me puedo creer que no me hayas dicho nada! —Bree se inclinó hacia delante con los ojos abiertos como platos—. Cuéntamelo todo. ¿Tiene un gran...?

—¿Podemos cambiar de tema, por favor? —pidió ella—. Hemos venido aquí para celebrar lo de mi apartamento. No para hablar de mi cita con Gabe.

—¡Ves cómo es una cita! —saltó Rosie.

Bree se puso a reír mientras ella le arrojaba sal a Rosie. Gracias a Dios, cambiaron de tema.

—¡Oh! Antes de que se me olvide. —Rosie hurgó en su bolso y sacó una bolsa de terciopelo rojo—. Esto es para la pulsera que estás haciendo. Tengo un amigo que tiene una tienda dedicada a la cromoterapia...

—¿Cromoterapia? —Bree frunció el ceño—. Vale, no quiero saber qué es eso.

Rosie le sacó el dedo corazón.

—Da igual. El caso es que me dijo que el color rojo estimula la energía y la vitalidad.

—Y yo que pensaba que el color rojo tenía más que ver con el sexo —masculló Bree.

—¡Cómo no! —Rosie negó con la cabeza.

Nikki se inclinó hacia delante y agarró la bolsa.

—Gracias. Me vendrá genial para la pulsera. —No sabía si la cromoterapia funcionaba o no, pero no perdía nada probándolo—. Solo me queda pintarla. Ahora ya sé de qué color.

Una vez fuera del restaurante, con el aire fresco de la noche, se despidió de sus amigas y se dirigió a la manzana donde había aparcado el coche. Cruzó los brazos sobre la cintura y apresuró el paso. Esa era una época muy rara en lo que al clima se refería. Durante el día hacía mucho calor y había mucha humedad en el ambiente, y por las noches bajaban considerablemente las temperaturas. Sabía que para los que vivían en el norte aquello apenas se consideraba frío, pero a Nikki le hubiera gustado acordarse de llevarse una chaqueta para ponerse encima.

Dobló una esquina y se bajó de la acera, atenta al tráfico mientras se acercaba a su coche. Al pulsar el mando para abrir la puerta, sintió un intenso hormigueo en la nuca, una especie de alerta. Se le erizó todo el vello del cuerpo.

Sintió como... como si alguien la estuviera observando. Fue la misma sensación que tuvo la noche que salió de Cure.

Miró hacia atrás, echando un vistazo a toda la manzana. Había gente, pero al igual que en la otra ocasión, nadie le estaba prestando atención. Sin embargo, mientras abría la puerta del coche, la sensación continuó allí.

Nikki se mordió el labio para no gritar, aunque no consiguió quedarse callada del todo. ¿Cómo iba a hacerlo cuando Gabe la estaba penetrando con otro dedo más mientras le succionaba el clítoris con presteza? El orgasmo le llegó con fuerza y sin previo aviso. Se habría caído de no ser porque él la estaba sujetando de las caderas.

¡Dios, se le daba de fábula aquello!

—Hoy te has puesto falda a propósito, ¿verdad? —Arrastró la boca por el interior de su muslo.

Nikki se agarró a la encimera que tenía detrás y se encogió de hombros.

—Puede.

—¿Para darme un mejor acceso? —preguntó. Le colocó la falda en su lugar—. Si es así, estoy a muerte con la idea.

Ella se rio mientras él se ponía de pie. Ese jueves por la tarde, Gabe la había encontrado en uno de los baños de la tercera planta y, aunque sabían que corrían el riesgo de ser descubiertos, aquello no les impidió pasar un buen rato.

Y tampoco se lo iba a impedir ahora.

Apoyó las manos en el pecho de Gabe, se deslizó entre él y la encimera y lo empujó para colocarlo en la misma posición en la que ella acababa de estar.

Gabe enarcó una ceja.

—¿Qué estás haciendo?

—Ya lo verás. —Metió la mano entre sus cuerpos y encontró el botón de sus vaqueros. Cuando se lo desabrochó y le bajó la cremallera, Gabe la miró con un brillo de deseo en los ojos—. Creo que ya te lo estás empezando a imaginar.

—Sí —respondió él con voz ronca.

Le agarró los pantalones con una sonrisa en los labios y se los bajó. Gabe no llevaba ropa interior ese día y la dura y gruesa longitud de su miembro se liberó al instante. Sabía por aquella noche de hacía tanto tiempo lo mucho que la llenaría y estiraría por dentro, pero aunque no se hubieran acostado antes, se habría dado cuenta solo con verlo.

Se puso de rodillas y ciñó los dedos alrededor de la base de su miembro. Gabe empujó las caderas hacia delante en respuesta y exhaló con fuerza. A ella le asombró el efecto que sus caricias provocaban en él.

Sabía que la estaba mirando mientras se echaba hacia delante y pasaba la lengua por el humedecido glande. Sabía que no le quitaba los ojos de encima cuando la recogió el pelo y se lo echó hacia atrás mientras ella le lamía desde la punta hasta la base y luego volvía a subir, deteniéndose en la pequeña hendidura. Y cuando cerró su boca alrededor de su pene, también supo que Gabe estaba totalmente pendiente de ella, solo de ella.

—¡Joder! —gruñó él.

Gabe apretó la mano con la que le estaba sosteniendo el pelo, lo enrolló alrededor y, con una ligera presión, la instó a que se lo metiera en la boca todo lo que pudiera, aunque debido a su tamaño, tampoco fue mucho. Así que Nikki decidió usar la mano, sincronizándola con los movimientos de su boca.

—Vas a matarme —dijo él.

No había hecho muchas mamadas en su vida, pero enseguida se dio cuenta de que, si a un chico le gustabas, era imposible que no lo complacieras. Además, le encantaba estar haciéndosela a Gabe, así que supuso que su entusiasmo compensaría su falta de experiencia.

—¡Joder, Nic! —murmuró con voz ronca. La inmovilizó mientras empezaba a mover las caderas, tomando el control—. ¡Dios mío! ¡Mírate!

En cierto modo, encontró excitante dejarle llevar la voz cantante. Gabe no se estaba conteniendo. La forma como se movía contra su mano y le follaba la boca hizo que tuviera que apretar los muslos para aliviar el delicioso dolor que aquello le estaba provocando.

Cuando él aceleró los movimientos, Nikki sintió palpitar la vena que le recorría el miembro. Entonces lo oyó gemir y abrió los ojos al instante. Quería verlo correrse.

Y no quedó defraudada.

Su atractivo rostro se tensó antes de echar la cabeza hacia atrás, exponiendo la garganta. ¿Quién se habría imaginado que una garganta podía ser tan sexi? Todos esos músculos rígidos y venas protuberantes la estaban volviendo loca.

Cuando Gabe alcanzó el orgasmo no le dio tiempo a retirarse. No cuando todavía la estaba sujetando del pelo, manteniéndola en su lugar. De todos modos, tampoco se habría apartado. Quería que vertiera todo su placer en ella, de modo que se tragó toda su simiente hasta que su miembro perdió su dureza y él lo sacó de su boca.

Gabe no la soltó de inmediato. Con la mano todavía enredada en su pelo, bajó la barbilla y la miró con intensidad durante un buen rato. Ninguno de los dos habló. Él le recorrió la mejilla con la otra mano, acariciándole el labio inferior hinchado con el pulgar.

—¿Me tomarías por un cerdo machista si te dijera que me encanta tenerte así? ¿De rodillas y lista para mí?

—Sí —respondió ella con una enorme sonrisa, frotando la mejilla contra su mano—. Pero como también me gusta tenerte de rodillas, no creo que sea la más indicada para hablar.

Gabe emitió un sonido a medio camino entre un gemido y una carcajada y la ayudó a levantarse antes de abrazarla contra su pecho. Después, le rodeó la cintura con el otro brazo y ocultó la cara en su cuello.

—Vas a matarme. —La besó en esa zona, haciéndola temblar—. Lo sabes, ¿verdad?

—¿Porque eres viejo y corres el riesgo de sufrir un infarto? —se burló ella.

—Cariño, podría tener la misma edad que tú, y cada vez que me la chuparas estaría a punto de tener un ataque al corazón.

—No sé si tomarme eso como un cumplido.

—Deberías. —Volvió a besarla en el cuello—. Vas a acabar conmigo.

Nikki cerró los ojos mientras le daba un vuelco el corazón. Ella no lo tenía tan claro. Más bien tenía la sensación de que, cuando eso terminara, sería al revés.

Porque aquello tenía fecha de caducidad, ¿verdad?

Aquel pensamiento empañó su buen humor del mismo modo que si le hubieran tirado un jarro de agua fría. No sabía de dónde procedía esa idea. Tal vez porque estaba tratando de no entregarse del todo a él, de retener una parte de ella, y estaba fracasando de una manera lenta pero estrepitosa.

Porque sabía que se estaba enamorando de él.

Otra vez. Y esta vez la caída sería más dolorosa. Podía decirle a Rosie que tenía el control todo lo que quisiera, pero en el fondo sabía la verdad.

No tenía el más mínimo control.

Y ni siquiera... ni siquiera se habían besado. Ni aquella famosa noche de hacía cuatro años, ni desde que empezaron... lo que quiera que fuera eso que compartían ahora. Se sentía como una idiota al dar importancia a algo tan trivial como un beso. ¿Pero no era un detalle significativo? No sabía si era una tontería o una señal de alerta en toda regla.

—¡Eh! —Gabe le rozó el cuello con los labios una vez más y se enderezó—. ¿En qué estás pensando?

—En nada.

Él la buscó con la mirada.

—¿Seguro?

—Sí. —Forzó una sonrisa—. Pero tengo que volver al trabajo.

Gabe la sostuvo contra sí con fuerza, mientras le soltaba el pelo. Iba a necesitar peinarse cuanto antes.

—¿Y si decido retenerte aquí conmigo?

A ella le gustó demasiado la idea.

—Creo que alguien se percataría de mi ausencia cuando llegara la cena.

—Cierto. —Gabe soltó un suspiro. Bajó la cabeza y le dio un beso en la mejilla. Nikki sintió una opresión en el pecho—. No podemos permitir que Dev se quede sin comer.

—Sería una tragedia de proporciones épicas. —Se separó de él y se dispuso a salir del baño.

Gabe la alcanzó cuando intentaba alisarse el pelo con las manos.

—Sigue pareciendo que te han follado.

Se puso roja.

—¡Vaya! Gracias.

Cabe se rio y la miró.

—Pero me gustas mucho así.

—No me cabe la menor duda —replicó ella cortante mientras intentaba deshacerse un nudo del pelo—. Tienes que irte.

—No te olvides de nuestra cena de mañana por la noche.

Nikki lo empujó con una mano.

—No me he olvidado.

Él apenas se movió de su sitio.

—¿Por qué no cenamos juntos también esta noche? Podríamos saltarnos el plato principal e ir directamente a...

—¡Fuera! —ordenó ella, empujándolo.

Gabe se volvió y le sonrió mientras caminaba hacia atrás. Cuando se chocó contra la pared se rio. Ella hizo otro tanto, se giró y negó con la cabeza.

Gabe era... ¡Dios! No sabía ni cómo describirlo.

En cuanto se quedó sola en el baño, se peinó un poco para que no pareciera que acababa de acostarse con alguien.

Sobre todo teniendo en cuenta que no se había acostado con nadie en sentido estricto.

Cuando estuvo satisfecha con su aspecto, cerró la puerta del baño y entró en el dormitorio contiguo, que también cerró. Estaba en mitad del pasillo cuando oyó detrás suyo el lento chirrido de una puerta al abrirse.

El corazón se le subió a la garganta. Se dio la vuelta. No vio a nadie en el pasillo, pero la puerta contigua a la del dormitorio en la que habían estado ella y Gabe estaba abierta a medias.

—¡Mierda! —murmuró.

Una parte de ella no quería ir a investigar, pero se obligó a hacerlo. Miró en el interior con la piel de gallina. No había nadie.

Aunque la habitación estaba helada.

La piel de gallina se extendió por todo su cuerpo y empezó a sentir un hormigueo en el cuello. No era la primera vez que experimentaba esa sensación. La sensación de que alguien o *algo* la estaba observando, justo detrás de ella.

Se dio la vuelta muy despacio, conteniendo la respiración.

Tampoco había nadie en el pasillo.

Pero la puerta que daba a la galería estaba abierta y una ligera brisa agitó las cortinas de gasa.

Y esa puerta había estado cerrada unos segundos antes.

24

Era tarde cuando Nikki decidió que era el momento de irse a casa. Gabe todavía estaba trabajando, con las manos cubiertas de una fina capa de serrín, lijando una tabla.

Se detuvo junto a la pequeña habitación que él le había preparado, sin saber muy bien cómo despedirse de él. ¿Solo con un gesto de la mano? ¿Acercándose a él y dándole un abrazo? Le parecía increíble agobiarse por algo así, pero las cosas entre ellos todavía estaban muy en el aire. Sí, le había provocado unos orgasmos increíbles con las manos y la boca en casi todos los lugares íntimos en los que podía pensar. Sin embargo, no era su novio.

Como todavía no tenía muy claro qué era él para ella, se quedó allí de pie, como una imbécil, mordiéndose el labio y preguntándose cuál era la forma más apropiada de decirle adiós.

Pero entonces Gabe se enderezó y volvió la cabeza hacia ella. En cuanto la vio, esbozó una sonrisa.

—¿Te vas?

—Sí.

—¿No vas a venir a despedirte?

—Sí. —Supuso que ya no podía seguir en el umbral de la puerta, así que se acercó a él indecisa, con las mejillas rojas. Abrió la boca para decir algo, pero él dejó la lijadora y se volvió completamente hacia ella.

Antes de que pudiera decir nada, Gabe la rodeó con un brazo y la levantó hasta dejarla de puntillas. Luego la abrazó y Nikki pudo sentir todo su cuerpo contra el de ella. El corazón le dio un vuelco al verlo bajar la cabeza. ¿Iba a besarla?

Le rozó la mejilla con la boca y depositó un beso en la zona de detrás de la oreja. Ella se estremeció. Cuando él le dio otro beso en la frente, sonrió ligeramente.

—Hasta mañana.

Tratando de no sentirse decepcionada por que no la hubiera besado en la boca, sonrió con más ganas.

—Hasta mañana, Gabe. —Se apartó de él y le dijo adiós con la mano antes de darse la vuelta e ir hacia la puerta.

Casi había llegado a ella cuando él la llamó. Lo miró.

Tenía esa maldita sonrisa en la cara, esa que le retorcía las entrañas de la forma más deliciosa posible.

—¿Me harías un favor?

—Claro.

—Mañana por la noche ponte un vestido bonito.

Se rio ante la petición.

—Creo que puedo hacerlo.

—Más te vale, porque te aseguro que no te arrepentirás. —Cogió la lija de nuevo—. Buenas noches, Nic.

—Buenas noches.

Mientras salía a la calle, se sintió un tanto acalorada. No le había dado un beso, pero había sido una despedida muy... propia de Gabe.

Sacó las llaves y se dirigió hasta la cafetería junto a la que había aparcado el coche. Vio su vehículo debajo del halo de luz de una farola. Cuando se disponía a cruzar la calle, oyó que alguien la llamaba.

—¿Nikki?

Frunció el ceño. Aquella voz le sonaba. Se dio la vuelta y la mandíbula casi se le cayó al suelo.

—¿En serio?

Ross Gerald Haid caminaba por la acera en su dirección. Cuando estaba a punto de alcanzarla, aminoró el paso y levantó las manos.

—No he venido aquí en busca de problemas.

—¿De verdad? Porque no me lo creo.

—Tienes todo el derecho del mundo a dudar de mí, pero te juro que solo quiero hablar contigo unos minutos. —Se metió las manos en los vaqueros—. Le pedí a Rosie tu número para disculparme contigo, aunque estaba muy enfadada y...

—Por supuesto que lo está. La usaste para llegar hasta mí y así poder escribir tu estúpido artículo sobre los De Vincent. Sí, está cabreada, igual que yo. —Cerró el puño sobre las llaves del coche para no tirárselas a la cara—. ¿Y cómo has sabido que estaba aquí? ¡Ah, sí! Eres periodista. —De pronto se acordó de la extraña sensación que tuvo cuando salió de Cure y de la noche que abandonó la casa de los De Vincent, después de su primer día de trabajo allí, cuando creyó que un coche la seguía. ¡Cielo santo! ¿Sería él?—. ¿Me has estado siguiendo?

—Soy periodista. No un acosador.

Seguía sin creérselo.

—A mí me parece lo mismo.

Ross apretó la mandíbula.

—Solo quiero disculparme, Nikki. Me lo pasé muy bien en la cena. Me habría encantado volver a quedar contigo...

—Estás loco. —La ira ardía en su interior—. Gabe está justo ahí. Si sale...

—No le hará ninguna gracia verme. Ya lo sé. —Ross mantuvo las manos en los bolsillos—. Pero prefiero correr el riesgo y pedirte perdón. Te lo debo.

—Solo me debes una cosa —masculló ella—. No volver a verte la cara jamás.

—Sin problema —dijo él en voz baja mientras una pareja pasaba junto a ellos—. Pero siento que te debo algo más que eso.

—¿La disculpa? Te la puedes meter por donde...

—Una advertencia —la interrumpió él—. Creo que eres una chica muy maja y Rosie te adora. Así que considero que es mi deber decirte esto. Llevas mucho tiempo conviviendo con los De Vincent y piensas que los conoces, pero no es verdad, Nikki. No los conoces en absoluto.

Sintió la urgente necesidad de protegerlos.

—¿Y tú sí?

—Lo suficiente para saber que todas las buenas personas que se acercan a ellos no terminan bien. Y tú pareces una buena persona —dijo él.

Sus miradas se encontraron bajo la tenue luz de la farola—. Odiaría que te pasara algo.

Gabe observaba cómo la luz de las velas se reflejaba en el rostro de Nic mientras ella se llevaba la copa de vino hasta esos exuberantes labios. ¡Dios! Cuando entró en el restaurante y la vio allí de pie, esperándolo, estuvo a punto de subírsela a los hombros y sacarla de Firestones como un puto cavernícola.

Nunca había tenido una reacción tan visceral como esa. Nic estaba preciosa. Llevaba el pelo recogido en un moño sencillo que realzaba sus pómulos altos y anchos y aquellos increíbles y expresivos ojos. Hasta ese momento no se había dado cuenta de lo elegante que era la curva de su cuello. En cuanto al vestido... ¡La leche! Era como si llevara una segunda piel de color azul. Le dejaba los hombros al aire y tenía un escote lo suficientemente bajo como para dejar entrever las bonitas formas que ocultaba.

El hecho de que varios hombres vestidos para lo que parecía ser una cena de negocios no dejaran de mirarla con descaro no ayudó a calmar el impulso primitivo de sacarla de allí.

Había querido recogerla en su casa, pero ella había insistido en encontrarse con él en el restaurante. Gabe solo había cedido porque sabía que le iba a costar horrores explicar a Richard y a Livie por qué iba a llevar a su hija a cenar.

¿Qué podía haberles dicho?

Aquella era una pregunta muy buena en la que llevaba pensando todo el día. Bueno, más bien toda la semana. ¿Qué harían si descubrían lo que estaba haciendo con su hija? No le gustaba tener que ocultarles aquello.

Pero Nic también estaba haciendo lo mismo.

Incluso él estaba mintiendo a su familia. Lucian le había preguntado qué iba a hacer esa noche, si quería cenar con Julia y con él. Gabe había rechazado la oferta y evitó dar ninguna explicación. Lo cierto era que en ese restaurante mucha gente podía reconocerlo, pero nadie sabría quién era Nic.

Y eso hacía que se sintiera como si la estuviera escondiendo, porque, bueno, eso era lo que estaba haciendo. La estaba escondiendo de todos aquellos que le importaban. Algo que le provocaba una opresión en el pecho.

Pero nada de aquello cambiaba lo que estaba haciendo.

O lo que deseaba.

Ahora estaban sentados en una cabina, que era lo más parecido a un reservado y la cena estaba llegando a su fin. Gabe ya había pagado la cuenta y estaba pensando en los hoteles de la zona. ¿Aceptaría Nic pasar la noche en uno de ellos?

Esperaba que sí.

—Me estás mirando otra vez —dijo ella, dejando el vaso a un lado.

—Sí.

Ella sonrió y bajó la barbilla.

—Me pone un poco nerviosa.

—¿Ah, sí?

Nic asintió.

—¿Por qué?

Ella se encogió de hombros. Su piel parecía brillar.

—Estoy segura de que todo el mundo se pone nervioso cuando lo escudriñan de ese modo.

—A mí me gusta que me mires.

Nic clavó la vista en él.

—Bueno, tú no eres como todo el mundo.

Gabe se rio por lo bajo.

—Eso es verdad.

Ella apartó la vista y se mordió el labio inferior. Era la primera vez que se quedaban en silencio desde que había empezado la cena. Habían hablado de todo, desde las próximas vacaciones hasta cuáles eran sus clases preferidas en la universidad. Gabe tenía olvidada esa época desde hacía mucho tiempo, pero al conversar con ella, había tenido la sensación de que solo habían pasado meses y no años.

Aquello le recordó algo de lo que no habían hablado.

—¿Has decidido ya si quieres seguir estudiando?

—Sí. —Nic se puso a juguetear con el pie de la copa—. Mi madre cree que, si su tratamiento va bien, podrá volver al trabajo a principios del año que viene. Empezará con media jornada, hasta que se recupere del todo, pero ya no me necesitará.

A Gabe le alegró oír que Livie estaba pensando en volver al trabajo, pero no le entusiasmaba nada el hecho de no poder ver a Nic prácticamente cuando quisiera.

Un momento.

Para eso todavía quedaban meses. *Meses.* ¿De verdad estaba pensando tan a largo plazo?

—Como ahora tengo un apartamento que pagar, he pensado que lo mejor que puedo hacer es empezar a trabajar en mi sector. Así ganaré un dinero y adquiriré experiencia. En cuanto tenga un empleo estable, intentaré hacer un máster. Puedo hacer ambas cosas.

—Creo que es una buena decisión.

—¿En serio? —preguntó ella con genuino interés.

Él asintió.

—Ponerte a trabajar ahora te vendrá mucho mejor que seguir estudiando. Eso no significa que ampliar tu formación no sea bueno, pero creo... creo que estarás más contenta trabajando.

Ella esbozó una tenue sonrisa.

—Cierto.

—Aunque cuando decidas hacer las dos cosas será duro.

—Lo sé. —Soltó un suspiro—. No es que esté deseando agobiarme, pero cuando quieres algo tienes que ir a por ello.

—Eso es verdad. —Él se recostó en su asiento—. A riesgo de parecer como el viejo que crees que soy, estoy muy orgulloso de ti.

Nic sonrió.

—Es que eres viejo.

Él soltó un bufido.

—Lo digo en serio. Has sido la primera de tu familia en graduarte en la universidad. Y lo has hecho trabajando a media jornada. Eso no es fácil. Y encima entre las primeras de tu promoción.

—¿Cómo sabes que...? —Hizo una pausa—. ¿Quién te lo contó? ¿Mi madre o mi padre?

—Ambos. Están muy orgullosos de ti. Y tú también deberías estarlo.

—Los cumplidos te llevarán lejos —bromeó ella.

Gabe sonrió de oreja a oreja.

—Y cuando tu familia te ha necesitado, has venido sin dudarlo.

—Bueno, eso no es algo de lo que sentirse orgullosa —dijo ella, colocando en el plato la servilleta que había tenido apoyada en el regazo—. Es lo menos que se puede hacer por la familia.

—Pero no todo el mundo lo hace. —Gabe miró su reloj—. Hay algo que quiero enseñarte. A menos que tengas otros planes.

—No tengo planeada otra cena después de esta.

—Espero que no. —Se puso de pie, rodeó la mesa y le ofreció la mano—. ¿Vienes?

Nic no vaciló.

Recogió su bolso y le dio la mano. Gabe la llevó hasta una puerta que ponía «SOLO MIEMBROS DEL PERSONAL».

—¿Has estado alguna vez en la azotea del Firestones?

—No. —Nic se rio cuando abrió la puerta y la metió dentro de una cocina abarrotada de gente trabajando.

Cuando la vio abrir los ojos sorprendida, le guiñó un ojo. Aquello le recordó a la noche en la que Lucian y él llevaron allí a Julia.

—Entiendo que a nadie le importa que estemos por aquí, ¿verdad? —susurró ella, enganchando el brazo de él con la otra mano.

—No. —Apartó a Nic del camino de un camarero que llevaba una bandeja de comida humeante sobre la cabeza—. El acceso a la azotea es privado. Solo unas pocas personas tienen las llaves del ascensor.

Nic estudió el antiguo ascensor al que se acercaban.

—¿Así que esta es una de las famosas joyas ocultas de Nueva Orleans? ¿Cómo es que nunca he oído hablar de este sitio?

—Porque es una joya *muy* oculta. —Gabe le soltó la mano, sacó la cartera y extrajo la tarjeta que ponía en marcha el ascensor.

—Estás lleno de sorpresas —comentó ella cuando las puertas se abrieron con un crujido.

Volvió a agarrarla de la mano y la metió en el ascensor.

—Te advierto que se mueve un poco.

Nic enarcó una ceja. Las puertas se cerraron y el ascensor empezó a subir.

—No quiero morir aquí —se quejó ella, mirando a su alrededor.

Gabe se rio, la llevó hacia él y por fin se permitió tocarla. Le soltó la mano y dejó que la suya cayera por su cadera, recorriendo su costado y subiendo hacia la curva de su cintura. Cuando se detuvo justo debajo de sus pechos, sintió el ligero temblor que la recorrió.

—Por cierto, me gusta muchísimo este vestido.

Ella esbozó una sonrisa de medio lado.

—Sabía que te gustaría.

El ascensor se detuvo y las puertas se abrieron permitiendo la entrada de un soplo de aire fresco. Volvió a tomarla de la mano y la guio por la azotea poco iluminada.

Tras pasar por varios espacios cerrados con toldos y cortinas que ondeaban, se acercaron a la cornisa. Ella se soltó de la mano y se adelantó.

—¡Madre mía! —murmuró. Colocó las manos en la cornisa y contempló las luces parpadeantes de los edificios y de los coches que había debajo.

—¿Te gusta? —Gabe se detuvo junto a ella y apoyó la cadera en la cornisa.

—Por supuesto. —Su sonrisa estuvo a punto de pararle el corazón—. Desde que vivo aquí, jamás había visto la ciudad desde tan arriba.

—¿En serio?

Aquello lo sorprendió. La vista desde ese punto era única. Se podía ver el Barrio Francés desde un lado y el centro de la ciudad por el otro. Pero suponía que en algún momento de su vida había podido contemplar las vistas de la ciudad de noche.

Nic asintió.

—Por mucho que haya estado aquí de noche, nunca he estado en un lugar lo bastante alto para tener este tipo de vista. Es preciosa.

—Sí. —Gabe se fijó en un mechón de pelo que le acariciaba la mejilla—. Lo es.

Nic lo miró.

—Me imagino que habrás traído aquí a muchas mujeres.

—Solo a una —confesó él—. A Julia.

Ella se volvió completamente hacia él.

—Creo que necesito más detalles.

Gabe se rio entre dientes.

—Lucian también estaba.

—Tendrías que haber empezado por ahí.

—Tienes razón. —Inclinó la cabeza—. ¿Hace mucho frío aquí arriba?

—No. Se está perfectamente bien. —La vio mirar hacia atrás y fijarse en las cortinas blancas que ondeaban—. ¿Qué hay ahí detrás?

—¿Quieres verlo?

—Sí. —Cuando volvió a mirarlo su rostro respingón era tan bonito bajo la luz de la luna que Gabe supo en ese instante que jamás podría negarle nada—. Sí, quiero verlo.

Si Nikki pensaba que las vistas desde la azotea eran dignas de admiración, lo que se encontró detrás de las cortinas blancas no se quedaba atrás.

Gabe había apartado una sección de una cortina para permitirle entrar, y ahí fue cuando vio por primera vez los mullidos sofás blancos y *chaise longues* dispuestos alrededor de un hogar de gas de mármol blanco que desprendía calor suficiente para mantener a raya el frío dentro de la tienda. Cuando Gabe bajó la cortina, fue como si estuvieran en una estancia distinta de la azotea.

Volvió a fijarse en los sofás. Su mente viajó hasta el plano sensual y se preguntó qué podía hacer la gente detrás de esas cortinas. No eran muy gruesas, pero sí lo suficiente como para proporcionar privacidad y que, desde fuera, solo se percibiera la silueta de las personas.

—¿Qué te parece? —Gabe pasó junto a ella, rodeó el hogar y se sentó en el centro de un sofá.

—Me gusta. —Miró a su alrededor—. Aunque no creo que se esté tan a gusto en verano.

—En verano corren las cortinas y traen unos ventiladores enormes de tipo industrial. Sigue haciendo un calor del demonio, pero hay una piscina al otro lado.

—Ya decía yo que olía a cloro.

Gabe se recostó en el sofá y apoyó un brazo en el respaldo. A Nikki la excitó muchísimo esa posición tan arrogante. Tenía la camisa blanca ligeramente desabrochada por el cuello, dejando al descubierto su piel bronceada. Llevaba el pelo suelto, y las puntas le rozaban la fuerte línea de la mandíbula.

—Ahora eres tú la que no me quita los ojos de encima —dijo él, mirándola con dulzura.

—Sí.

—Me gusta.

No supo si fue por todo el vino que había tomado durante la cena. Una de esas botellas carísimas con un nombre que no podía pronunciar y que seguramente no volvería a beber en la vida. O por la maravillosa cena que habían compartido. Quizá fue por la asombrosa vista de Nueva Orleans. O puede que se debiera a que solo eran ella y Gabe. Fuera lo que fuese, se sintió un poco salvaje y atrevida.

Rodeó el hogar, dejó caer el bolso en el sofá junto a Gabe y se sentó a horcajadas en su regazo, colocando las rodillas a cada lado de sus piernas.

Gabe le rodeó las caderas con las manos al instante.

—¿Qué haces, Nic?

—Me estaba cansando de estar de pie.

—Bueno, preciosa, cada vez que te canses, puedes usar mi regazo cuando quieras. —Tiró de ella hacia abajo, para que pudiera sentirlo completamente.

Con las mejillas rojas, Nic apoyó las manos en sus hombros.

—Gracias por la cena.

—No tienes que darme las gracias por eso.

—El filete estaba delicioso. —Se le cortó la respiración al sentir sus callosas manos deslizándose por su cintura.

Gabe se rio por lo bajo y continuó su camino hasta un pecho.

—Empiezo a creer que solo aceptaste salir conmigo para comerte un buen filete.

—Puede.

—No me importa que me uses.

Cuando le acarició el pecho con el pulgar se le endurecieron los pezones.

El vestido llevaba una especie de sostén incorporado que le brindaba sujeción suficiente como para no tener que llevar ropa interior. Así que cuando levantó las manos, cruzó los brazos y tiró de las diminutas mangas no se paró a pensar en lo que estaba haciendo.

Ya tendría tiempo de culpar después al vino por su comportamiento.

Consciente de que Gabe no le quitaba ojo, continuó bajando las mangas hasta que sintió caer la tela del vestido, justo debajo de sus pechos.

Gabe respiró hondo.

El aire fresco alivió el acalorado rubor que descendía por su garganta y pecho mientras reprimía el deseo de cubrirse. En su lugar, apoyó las manos en el tórax de Gabe y dejó que él la mirara a su antojo.

Y vaya si lo hizo.

No tenía unos pechos especialmente generosos. Debían de estar en la media en lo que a tamaño se refería. Sin embargo, Gabe la miró como si acabara de mostrarle una especie de tesoro.

—¡Qué belleza! —exclamó, mirándola a los ojos.

Nikki se mordió el labio inferior. Cuando Gabe le ahuecó los pechos, tuvo la sensación de que le temblaban las manos. Desde luego, ella se estremeció por completo ante su contacto.

—No los recordaba. De esa noche.

Nikki se encogió por dentro. No habían vuelto a hablar de esa noche desde el día en que él le llevó el primer batido.

—Me acuerdo de algunas cosas, pero no de tus pechos.

Era incapaz de hablar mientras él le pasaba los pulgares por los pezones.

—No recuerdo cómo eran. Tengo muy buena imaginación, no me malinterpretes. —Le pellizcó un pezón, arrancándole un jadeo de sorpresa—. Pero no me acuerdo de qué se sentía al tenerlos entre mis manos, y mi imaginación tiene sus límites.

—Bueno, espero que la realidad esté a la altura.

Gabe deslizó las manos por sus costillas y luego la levantó un poco para acercarla más a él. Después, se metió un pezón en la boca y lo succionó con fuerza. Ella arqueó la espalda ante la deliciosa sensación.

—¿Te hice esto? ¿Esa noche? —preguntó él con voz ronca.

—No —susurró.

Le mordisqueó el sensible punto.

—No me tomé mi tiempo contigo. Eso sí lo recuerdo.

Era cierto.

—Pero ahora lo voy a solucionar. —Le lamió un pezón mientras atrapaba el otro entre sus dedos.

Nikki echó la cabeza hacia atrás y empezó a mecer las caderas contra él.

La invadió una terrible sensación de vacío. Quería que cumpliera su promesa de solucionar esa noche ya mismo. Le daba igual que estuvieran en una azotea. Lo necesitaba, lo deseaba con tanta pasión que...

—¿Gabe? ¿Estás aquí arriba? —La voz de Devlin resonó de pronto por toda la azotea.

Soltó un jadeo de sorpresa al notar que Gabe se ponía rígido debajo de ella. Durante un instante, no pudo reaccionar, ni siquiera fue capaz de pensar. Pero entonces su cerebro le gritó: «¡Devlin está aquí!» con ella subida a horcajadas encima de Gabe y con la parte superior del vestido bajada, dejando al descubierto sus senos.

Se quedó petrificada, sobre todo porque las cortinas que rodeaban los sofás no ocultaban mucho. No con la luz que despedía el fuego del hogar.

Bueno, Devlin estaba a punto de descubrir lo que Gabe estaba haciendo ahí arriba. Con ella.

No era la forma en la que le habría gustado que se enterara todo el mundo. Ahora iba a tener que contárselo a sus padres, porque no esperaba que Devlin mantuviera la boca cerrada. Y aunque lo hiciera, sabiendo que alguien tan cercano a ellos estaba al tanto, tendría que confesárselo.

La idea no la horrorizaba tanto como se había imaginado. El momento iba a ser terriblemente incómodo, pero no pudo evitar sonreír como una tonta mientras la risa bullía en su garganta. Estaban a punto de atraparlos como un par de adolescentes cachondos. Era ridículo.

Gabe se apartó de ella y... y *todo* en él cambió al instante.

—¡Mierda! —masculló. Le agarró el corpiño del vestido y se lo subió, cubriéndole el pecho.

La risa se apagó en su garganta. Gabe la levantó y la ayudó a ponerse de pie. Luego se incorporó a toda prisa, sin dejar de mirar una pequeña abertura que había entre las cortinas.

—Si sales por ahí, puedes volver al ascensor sin toparte con él. Yo me encargaré de distraerlo.

Nikki, que ya no tenía ninguna gana de sonreír, se volvió. A su cerebro le estaba costando asimilar lo que él le estaba diciendo. Gabe quería que ella saliera de allí antes de que Devlin los viera. Antes de que los viera juntos.

Creía que te daba igual quién nos viera.

La frase le hizo cosquillas en la lengua, pero nunca salió de sus labios. Le ardía la garganta y tuvo que parpadear un par de veces para ahuyentar las absurdas lágrimas que se agolparon en sus ojos. No debería haberse sorprendido tanto, ¿verdad?

—Date prisa. —Gabe le dio un beso en la mejilla y una palmada en la cadera—. Luego te mando un mensaje.

Todavía aturdida, hizo lo que le pidió.

Se volvió y salió por el lugar donde le había indicado Gabe, preguntándose qué coño estaban haciendo.

Qué coño estaba haciendo *ella*.

25

Gabe vio a Nic meterse entre las cortinas y desaparecer, cabreado con su hermano y consigo mismo. ¿Qué narices estaba haciendo Dev allí?

Se colocó bien los pantalones, porque lo último que necesitaba era encontrarse con su hermano con una erección más que evidente, y corrió una de las cortinas. Una vez fuera, bajo el cielo nocturno, escudriñó la azotea y vio a su hermano junto a una de las plantas altas. Tenía un vaso en la mano.

—¿Qué estás haciendo aquí arriba? —preguntó, caminando por la azotea.

—¡Ah! Estás ahí. —Dev se volvió hacia él—. Me han dicho que has subido con una señorita muy guapa. —Frunció el ceño y miró a su alrededor—. Me picó la curiosidad.

—Debiste de oír mal.

Dev le miró a los ojos.

—Es complicado oír mal ese tipo de cosas.

Gabe no le respondió, porque era muy probable que terminara noqueando a su hermano por interrumpir lo que estaba siendo uno de los mejores momentos de su vida.

—Si no estabas con nadie, ¿que hacías aquí?

Gabe resopló por la nariz.

—Distrutando de la soledad. Pero está claro que no ha funcionado.

—¿En serio? —preguntó su hermano con voz seca—. No me parece muy acertado venir a un restaurante si quieres estar solo.

—Primero he cenado —replicó él—, y luego me ha apetecido subir aquí.

Su hermano sonrió y dio un sorbo a su bebida.

—¡Qué interesante!

Por la forma en que lo dijo, supo que Dev no se había creído ni una sola palabra de lo que le había dicho.

Su hermano no tardó mucho en confirmar sus sospechas.

—El camarero me dijo que estabas con una chica *joven*.

Todo su cuerpo se tensó, y no de una forma agradable.

—También dijo que era muy guapa y con unos ojos marrones enormes —continuó Dev—. Me recuerda a alguien que ambos conocemos.

—Conoces a muchas mujeres guapas.

—Cierto. —Dev lo miró—. Pero no muchas a las que subirías aquí. Solo se me ocurre una.

Gabe no dijo nada.

Al cabo de un rato, Dev preguntó:

—¿Qué estás haciendo, Gabe? Hubiera esperado algo como esto de Lucian. Bueno, de Lucian antes de conocer a Julia. Pero jamás pensé que te dedicarías a pasar las noches con una...

—Ten cuidado con cómo terminas la frase —le advirtió él.

—¿Entonces es cierto? —Dev se puso frente a él—. Ni te molestes en mentirme. Siempre has tenido la ridícula costumbre de defender a Nikki desde que era una cría y se metía en problemas.

Gabe se quedó callado.

—¿En qué estás pensando? —insistió Dev una vez más—. Espera. Ya lo entiendo. Tiene veintidós años y es muy guapa. ¿A qué hombre no le gustaría? Pero tú más que nadie deberías saber lo mala idea que es. Echar un polvo no significa...

—¡Ya basta! —escupió Gabe, dando un paso hacia su hermano—. No quiero hablar de Nic contigo. Ni ahora ni nunca.

Su hermano ladeó la cabeza. Se quedaron así unos instantes.

—He venido aquí con varios miembros de la junta. Como parece que no he interrumpido nada, ¿por qué no bajas con nosotros? Aunque solo sea para tomarte un par de copas.

Gabe apretó los dientes. No le apetecía lo más mínimo quedarse con su hermano. Prefería ir en busca de Nic. Se sentía fatal por haber dejado que se fuera de ese modo, pero por el bien de ella, lo más sensato había sido evitar que Dev los encontrara en esa situación.

Dev esperó.

—Bajo en un rato —dijo.

—Te estaremos esperando.

Gabe vio desaparecer a su hermano mientras se sacaba el teléfono del bolsillo y abría los mensajes. Tras pensar qué iba a escribirle, al final se decidió por un escueto:

Lo siento. Mándame un mensaje cuando puedas.

Se quedó mirando el mensaje un momento y soltó un taco. Después se puso en marcha y bajó para reunirse con su hermano.

Cuando llegó a la mesa donde Dev parecía un monarca frente a su corte, Nic todavía no le había respondido. Los minutos se convirtieron en horas y ella no dio señales de vida en toda la noche.

Nikki se sentía... sucia.

No sucia en el sentido físico, sino como si hubiera hecho algo mal y necesitara limpiarse. Había tenido esa misma sensación cuatro años antes, y después de la noche anterior volvía a sentirse así.

Si eso no era una llamada de atención, no sabía qué otra cosa podía ser.

Cuando ese estúpido periodista le dijo que las buenas personas como ella que se acercaban a los De Vincent no terminaban bien, probablemente no se había referido a esa situación en particular, pero en cierto modo tenía razón.

Su corazón *no* estaba bien.

Y eso la enfurecía, porque ella misma se lo había buscado. ¿En qué demonios había estado pensando cuando decidió arrojarse a los brazos de Gabe de ese modo?

¿Por qué no se le ocurrió que su corazón terminaría involucrado?

Ni siquiera sabía por qué estaba sorprendida, e incluso decepcionada, por el hecho de que Gabe no quisiera que Dev lo viera con ella. Aunque él había dicho que le daba igual, no era verdad.

A ella sí le importaba que la gente se enterara porque... porque no quería sentir que tenía que ocultar su relación con Gabe. Pero eso era precisamente lo que él estaba haciendo con ella.

Así que decidió ignorar el mensaje de Gabe del sábado y se refugió en su habitación, centrándose en guardar en cajas las pocas pertenencias que tenía que no había dejado almacenadas. Después terminó la pulsera de su madre, pintándola de rojo para que hiciera juego con la bolsa de terciopelo que Rosie le había dado, y la colocó sobre un trozo de cartón para que se secara.

Se dio una ducha rápida, agarró el bolso y bajó las escaleras. Su madre estaba en el salón, hojeando una revista. Su rostro empezaba a recuperar su color habitual.

—Voy a salir un rato a buscar unas cuantas cajas más. ¿Necesitas algo?

Su madre la miró y negó con la cabeza.

—No, pero gracias.

Nikki se acercó a ella y le dio un beso.

—Hoy tienes muy buen aspecto.

—Estoy mejor. —Su madre sonrió mientras ella se enderezaba—. Estoy pensando en salir al jardín y arrancar un poco de mala hierba.

—¿Y a papá qué le parece?

Su madre soltó un bufido.

—Si sabe lo que es bueno para él, no dirá nada que no sea «¡Acaba con esas malas hierbas, cariño!».

Nikki se rio porque sabía que eso no era lo que iba a decir su padre.

—Os veo luego.

El cielo estaba nublado cuando se dirigió a su viejo Ford. Esperó que no lloviera cuando su madre estuviera fuera. Un simple resfriado podía derivar en una neumonía cuando tu sistema inmunológico había quedado prácticamente destruido por la quimioterapia.

Salió del camino de entrada. Sabía qué lugar estaba lleno de cajas vacías: el taller de Gabe. Dudaba que se encontrara allí a esa hora, tan cerca de la cena. No era que lo estuviera evitando. Al fin y al cabo tenía que verlo el lunes. Simplemente no sabía qué decirle en ese momento.

Debido al tráfico, tardó en llegar a su destino más de lo esperado. Por suerte, encontró un hueco para aparcar en la misma calle.

Abrió la puerta de entrada, respiró hondo y se asomó al interior. Al ver que la planta principal estaba a oscuras, suspiró aliviada. Se apresuró a cerrar la puerta, echó la llave y corrió hacia el pasillo trasero que conducía a una pequeña habitación donde Gabe guardaba algunas cajas dobladas.

Atravesó la planta principal sin la menor vacilación. Lo único que quería era hacerse con algunas cajas e irse. En el pasillo, miró una puerta cerrada que había un poco más lejos, la del despacho de Gabe.

Sacudió la cabeza, fue hacia la puerta que le interesaba y la abrió. Nada más entrar el corazón se le puso en la garganta cuando oyó abrirse la puerta del despacho.

Gabe salió al estrecho pasillo.

¡Mierda!

Era en lo único en que podía pensar. *¡Mierda!*

Se miraron en silencio varios segundos.

—¿Por qué estás ignorando todos mis mensajes? —quiso saber él. Bueno, más que querer saber, *exigió* una respuesta.

Ella enderezó la espalda.

—¿Qué haces aquí?

Gabe enarcó una ceja.

—Este es mi taller.

—Sí, pero no había ninguna luz encendida y estabas en tu despacho, con la puerta cerrada... y todo eso. —Esa última parte fue penosa hasta para sus propios oídos.

—Estoy en mi despacho porque necesitaba encontrar un pedido por el que me ha preguntado un cliente. No encendí las luces porque no pensaba trabajar. Y no has respondido a mi pregunta. ¿Por qué estás ignorando mis mensajes?

—No he ignorado tus mensajes —mintió ella—. He estado ocupada. Muy ocupada. Guardando mis cosas. He venido en busca de algunas cajas extra que vi por aquí el otro día.

—Tonterías. —Gabe dio un paso adelante, y como el pasillo no era muy grande, en un abrir y cerrar de ojos se estaba cerniendo sobre ella—. Te he escrito cinco veces.

—No —replicó ella—. Me has escrito...

—Tres veces hoy y dos anoche. Hasta donde yo sé, tres más dos son cinco.

Ella lo miró con los ojos entrecerrados.

—Pensaba que estabas hablando de hoy, listillo.

—Nunca se está demasiado ocupado para responder a un mensaje.

Eso era cierto.

—No importa. Solo necesito coger unas cajas... —Empezó a darse la vuelta, pero él la detuvo agarrándola de la mano. Nikki lo miró—. En serio. Solo he venido a por unas cajas y me voy.

Gabe tensó los hombros.

—Estás enfadada.

Estuvo tentada de negarlo, pero prefirió sacar todo lo que tenía dentro. De pronto, todos esos sentimientos desagradables que habían hervido a fuego lento en su interior desde la noche anterior estallaron.

—Anoche me hiciste sentir como una mierda —dijo, soltando la mano de su agarre—. Como algo que tienes que esconder, algo de lo que te avergüenzas...

—No me avergüenzo de ti, Nic. —Gabe abrió los ojos sorprendido—. ¿Cómo puedes pensar eso?

—¿En serio? —Se rio—. Me sacaste literalmente de encima de ti y me dijiste que me fuera antes de que Devlin nos encontrara. ¿Cómo se supone que debo sentirme?

—¿De verdad querías que Dev nos encontrara así? —preguntó él—. ¿Dev?

—No, obviamente no quería que me encontrara con las tetas al aire...

—Me alegra saber que pensamos lo mismo.

Hizo caso omiso a aquel comentario.

—Pero tampoco quiero sentirme como algo que hay que esconder, y eso fue lo que hiciste.

Los ojos de Gabe buscaron los de ella.

—Te aseguro que esa no era mi intención.

—Bueno, pues yo me sentí así. —Se cruzó de brazos y negó con la cabeza mientras la frustración se apoderaba de ella—. ¿Qué estamos haciendo, Gabe?

Él se quedó callado.

Nikki tomó una dolorosa bocanada de aire.

—¿Sabe alguno de tus hermanos lo que está pasando entre nosotros? ¿Sea lo que sea esto? No. Mis padres tampoco. Supongo que es porque no estamos realmente juntos, ¿verdad?

Gabe apartó la mirada. Nikki notó cómo contraía un músculo de la mandíbula.

—No sé por qué estoy enfadada o decepcionada, porque ni siquiera hemos hablado de qué es esto.

—Lo estamos hablando ahora.

Nikki se rio con amargura.

—Sí, bueno, ya es un poco tarde.

—¿Lo es? —Volvió a mirarla—. ¿Por qué es demasiado tarde si estamos hablando de esto?

—¡Porque justo estamos hablando de esto *ahora*! —Exhaló lentamente para calmarse—. Como si lo de anoche ni siquiera fuera una cita, solo una cena para celebrar que he encontrado un apartamento, pero...

—¿Cómo que no fue una cita? —replicó él—. Salimos. Cenamos. Incluso habría ido a buscarte a tu casa, pero te negaste.

Nikki abrió la boca. De acuerdo. En eso tenía razón.

— Y cuando estábamos llegando al momento que más se parecía a una cita, nos interrumpieron.

—¿Te refieres a cuando me pediste que me marchara antes de que tu hermano nos encontrara?

Gabe respiró con tanta fuerza que sus fosas nasales se dilataron.

—Mira, entiendo que no reaccioné de la mejor manera posible. También me sentí como una mierda después, pero solo estaba intentando protegerte.

—¿De verdad? ¿O solo estabas tratando de protegerte a ti mismo?

Gabe apretó la mandíbula. Tardó un rato en responder.

—Supongo que estaba intentando protegernos a ambos.

Ella lo miró fijamente. No sabía cómo sentirse ante esa confesión.

—No quería que tuvieras que soportar a Dev. Lo conoces. Sabes que habría hecho algún comentario de lo más ofensivo, porque así es mi hermano —continuó Gabe—. Pero no debería haberte pedido que te fueras. Cometí un error, porque no estoy tratando de esconderte.

—¿Ah, no? —Tenía un nudo en la garganta.

—Esta situación no es fácil, Nic. Y lo sabes. —Se pasó una mano por el pelo antes de negar con la cabeza—. Lo único que sé es que, ¡joder!, no puedo dejar de pensar en ti. Cuando no estás cerca, me pregunto dónde estás, qué estarás haciendo. Y cuando estás conmigo me cuesta horrores no estar tocándote todo el tiempo. Sé que te deseo más de lo que he deseado a nadie en mi vida.

De repente, lo vio retroceder, como si sus propias palabras lo hubieran sorprendido.

Lo que había dicho... ¡Madre mía! ¿Más de lo que había deseado a nadie en su vida? ¿Más que a Emma? Porque si ese era el caso, era algo gordo, pero... pero solo era lujuria. Era sexo. Sin romance de por medio. Y mucho menos amor.

¿Amor?

¿Desde cuándo había entrado en juego el amor?

Cuadró los hombros. No iba a seguir engañándose a sí misma. El amor siempre había estado ahí, porque si lo había pasado tan mal por lo sucedido la noche anterior era porque sentía algo por él.

—Me sueltas todo esto —logró decir por fin—, pero ni siquiera me has besado, Gabe.

—¿Qué? —Parecía confuso.

—Que no me has besado. En los labios, con tus labios —explicó, poniendo los ojos en blanco—. Así que no te plantes ahí y me digas que...

Se movió tan rápido que Nikki se preguntó si tenía poderes sobrenaturales. Antes de que le diera tiempo a respirar, Gabe le tomó la cara entre las manos y le echó la cabeza hacia atrás.

Y entonces, su boca se apoderó de la de ella.

26

Solo era un beso (su primer beso juntos), pero en el momento en que la boca de Gabe tocó la suya, Nikki supo que jamás la habían besado de esa forma.

No hubo nada tierno o suave en ese beso. ¡Oh, no! Ese beso la marcó en cuestión de segundos. Sus labios se movían sobre los de ella mientras le acariciaba las mejillas con los dedos.

Todos los motivos por los que habían estado discutiendo instantes antes desaparecieron. Ahora solo era él, besándola por fin. Nikki sintió cómo su cuerpo, su corazón y cada parte de su ser tomaban el control. Se puso de puntillas y le rodeó el cuello con los brazos mientras le devolvía el beso con el mismo ardor.

Cuando Gabe se estremeció, Nikki pensó que iba a dejar de respirar allí mismo. Con la mente en vilo y los sentidos dando vueltas como en una noria, solo pudo temblar cuando él profundizó el beso. En el momento en que su lengua tocó la suya, supo que estaba perdida.

Y sí, era cierto. Nunca la habían besado de ese modo, como si la estuviera saboreando y poseyendo al mismo tiempo. Oyó el gruñido casi animal que salió de la garganta de Gabe.

Él levantó la cabeza, respirando con dificultad.

—Tienes razón. Aún no te había besado. No debería haber esperado tanto tiempo.

Y volvió a besarla.

Durante un microsegundo, le preocupó que aquello no fuera una buena idea. Su corazón... ¡Oh, Dios! Estaba poniendo todo su corazón en aquello y sabía lo que eso significaba. Ella lo... amaba, y todo lo que él le había dicho antes no implicaba que sintiera lo mismo por ella, pero no pudo evitarlo.

Nikki deseaba aquello con tantas ganas...

Siempre lo había deseado.

Gabe fue bajando las manos por sus mejillas, por sus brazos hasta llegar a las caderas. Luego la alzó en brazos. En ese momento, el instinto se apoderó de Nikki. Puso las piernas alrededor de su cintura y se agarró a él mientras Gabe se giraba y la apoyaba contra la pared que tenían detrás. Se le contrajo el estómago, como si estuvieran en la cima más alta de una montaña rusa.

Gabe ladeó la cabeza y profundizó el beso una vez más al tiempo que balanceaba las caderas contra las de ella. Nikki gimió contra su boca y metió los dedos entre su sedoso cabello. El corazón le iba a mil por hora, su pulso latía con fuerza. Apretó las piernas alrededor de él.

Gabe los movió hacia un lado, golpeando un objeto que estaba apoyado en la pared. ¿Una escoba quizá? No tenía ni idea. En cualquier caso, cayó al suelo. Gabe se rio contra sus labios y la alejó de la pared. Después la agarró con firmeza por el trasero y empezó a andar. Mientras la conducía a su despacho, la invadió un abrumador aluvión de sensaciones.

Solo había estado allí una vez, pero sabía que había un escritorio, algunas sillas y un sofá. Tuvo la sensación de que allí era justo donde la llevaba y estuvo completamente de acuerdo con esa idea.

Sin dejar de besarse, cayeron hacia atrás, sobre el sofá. Los mullidos cojines se hundieron bajo su peso. Gabe la agarró de los muslos y la ayudó a colocar las piernas alrededor de su cintura de nuevo. Mientras seguía reclamando su boca, giró las caderas, frotándose contra ella en el lugar que más deseaba. Nikki también arqueó las caderas, proporcionándole una mayor fricción. Gabe soltó un gemido desgarrado a modo de respuesta.

Sus labios la estaban abrasando, pero cuando le metió la mano por debajo de la camiseta, su piel áspera la enardeció por completo. La presión que estaba ejerciendo sobre ella era demasiado y, al mismo tiempo, insuficiente. Gabe le estaba agarrando el muslo con tal ímpetu que casi le dolía mientras se movían el uno contra el otro. Cuando enredó los dedos con más fuerza en su cabello, él tiró de la copa de su sujetador hacia un lado y le acunó el hinchado seno.

Entonces dejó de besarla, para trazar un ardiente sendero con su boca a lo largo de su garganta. Cuando llegó al cuello de su camiseta, le pellizcó un pezón.

—Gabe —gimió, arqueando la espalda.

Él se apartó un poco y sacó la mano de debajo de la prenda. Durante un breve y decepcionante segundo, temió que fuera a detenerse.

—Quítate la camiseta. Ahora.

Estupendo. No iba parar.

Antes de que Nikki pudiera moverse, él ya se estaba quitando su propia camiseta por la cabeza y arrojándola a un lado. Con los ojos muy abiertos, lo vio desabrocharse el botón de los vaqueros.

—Date prisa, preciosa —dijo él.

Nikki se incorporó todo lo que pudo y alcanzó su camiseta, pero no debió de moverse lo suficientemente rápido porque Gabe casi se la arrancó.

¡Jesús!

Él la abrazó antes de que volviera a recostarse, poniéndole una mano detrás de la cabeza para mantenerla en su sitio mientras la besaba de nuevo. Con la otra mano no tardó en encontrar el cierre de su sujetador. Estaba claro que tenía mucha experiencia en esas lides, porque consiguió desabrochárselo en apenas unos segundos. ¡Con una sola mano! Los tirantes cayeron sobre sus brazos. Gabe metió la mano entre ellos, enganchó los dedos en el centro del sujetador y tiró de él. La prenda también terminó en el suelo.

Después la soltó.

Nikki se apoyó sobre los codos. Tenía los labios hinchados. Gabe la miró con tal intensidad que fue como si la tocara.

—Necesito estar dentro de ti. ¡Joder, Nic! No te imaginas cuánto. —Sus ojos ardían de deseo—. No llevo ningún preservativo encima, pero estoy limpio.

A Nikki le latía el corazón con tanta fuerza y tan rápido que temió estar a punto de sufrir un infarto.

—Tomo la píldora.

—¡Gracias a Dios! —Se inclinó sobre ella, tomándola de la cabeza con una mano. Tenía todos los músculos del brazo en tensión—. ¿Quieres hacerlo? Si no quieres, podemos parar. Ahora mismo. Solo tienes que decirlo.

—Sí, quiero hacerlo. —No lo dudó ni por un instante. Seguro que más tarde se arrepentiría, pero no en ese momento—. Te quiero dentro de mí.

Gabe pareció murmurar una oración de agradecimiento al cielo y luego se levantó del sofá. Ella se volvió, incapaz de apartar la mirada, y observó cómo se quitaba los vaqueros y la ropa interior hasta que se quedó completamente desnudo. Cuando vio su erección se mordió el labio.

—Como sigas mirándome de ese modo, me voy a correr antes de que empecemos.

¡Oh, señor!

Lo miró a los ojos.

—Y eso sería una pena.

—Exacto —respondió él con gesto tenso—. Levántate.

Un escalofrío la recorrió mientras hacía lo que él le ordenaba. Gabe la agarró de los pantalones y la desnudó en un tiempo récord. En serio, si hubieran estado en una olimpiada, se habría llevado la medalla de oro.

La idea le hizo tanta gracia que empezó a reírse, pero entonces él volvió a besarla, la tumbó en el sofá bocarriba y se colocó entre sus piernas. Ahí fue cuando lo sintió, tremendamente duro, contra la parte más íntima de su anatomía.

Nikki se tensó preparada para que él la penetrara de inmediato, como aquella primera noche, pero eso no fue lo que pasó.

Gabe volvió a besarla, pero esta vez el beso fue... diferente. Lento. Dulce. Tierno. La besó como si la quisiera, y continuó besándola hasta que Nikki sintió que empezaba a relajarse.

Entonces dejó de besarla en la boca y empezó a descender por su garganta. Las puntas de su terso cabello rozaron la curva de su pecho, haciéndole cosquillas. Cuando Gabe se metió un pezón en la boca y deslizó una mano entre sus muslos, sintió que todo su cuerpo cobraba vida. El placer la recorrió por completo. Le clavó las uñas en el cuero cabelludo y soltó un jadeo que terminó transformándose en un gemido cuando él la penetró con un dedo. Después, su boca hizo tales maravillas en su pecho que alzó las caderas hasta que prácticamente su trasero dejó de tocar el sofá.

Su cuerpo se contrajo alrededor de su dedo, los pequeños temblores que la recorrían la embriagaron. Gabe la estaba volviendo loca, moviendo lentamente la mano y torturándola con su lengua y su boca.

Nikki gimió su nombre y rotó las caderas contra su mano.

Gabe alzó la cabeza con una sonrisa de satisfacción en los labios.

—Me encanta oírte pronunciar mi nombre cuando te estoy metiendo los dedos.

El placer se intensificó cuando le introdujo un segundo dedo.

—¡Dios, estás tan húmeda! —Frotó el pulgar contra su clítoris, enviando una oleada de calor por todo su cuerpo—. Estás lista para mí.

—Sí. —Ella metió la mano en su cabello y tiró de él para acercar su boca a la de ella. Una cruda lujuria corría por sus venas—. Ahora —dijo contra su boca—. Te quiero ahora.

Él volvió a soltar ese gruñido animal y retiró los dedos. Segundos después lo sintió duro y caliente contra su centro. A Gabe le tembló el brazo que tenía apoyado en el sofá cuando dejó de besarla y presionó la frente contra la suya. Entonces la penetró muy despacio.

—¡Dios mío! —jadeó ella, agarrándose a sus brazos mientras él la estiraba centímetro a centímetro. El dolor se entremezcló con el placer.

Gabe se detuvo.

—¿Estás bien?

—Sí. —Le apartó un mechón de pelo de su atractivo rostro—. Es que ha pasado mucho tiempo, eso es todo. Pero cuando digo mucho, es mucho.

Gabe se estremeció.

—Sé que esto me convierte en un capullo, pero no te imaginas lo mucho que quiero follarte después de oír esto.

Nikki tembló.

—¿Más que antes?

—No creía que eso fuera posible. —La besó—. Pero sí.

Ella deslizó su otra mano por el brazo de él y le agarró el antebrazo.

—Entonces hazlo.

Gabe levantó la cabeza. Sus ojos verde mar la miraron con intensidad.

—¿Qué quieres que haga, Nic?

Nikki jamás había pronunciado esa palabra, pero ahora lo hizo sin ningún pudor.

—Fóllame.

Gabe empujó las caderas hacia delante casi por reflejo. Cerró los ojos con un gemido mientras se deslizaba profundamente en ella. Nikki lo recibió, subiendo las rodillas y enganchándole la cintura con las piernas hasta que estuvo dentro de ella por completo.

Durante un buen rato, ninguno de los dos se movió. Se quedaron encajados, cadera con cadera, pecho con pecho. Podía sentirlo palpitando en su interior.

Y entonces empezó a moverse.

Su enorme cuerpo se sacudió mientras se retiraba lentamente para entrar de nuevo en ella. Nikki arqueó la espalda.

—¡Jesús! —gruñó—. Eres... ¡Joder! Eres perfecta.

Y él también. Quería decírselo, pero en ese momento era incapaz de hablar; estaba absolutamente perdida en ese lánguido ritmo que la estaba llevando al límite, pero sin llegar a él. La besó una vez más. Nikki elevó las caderas para recibir cada profunda embestida hasta que ya no pudo más porque él aceleró el ritmo y la inmovilizó debajo de él.

Gabe apretó la mejilla contra la suya. El sofá crujió debajo de ellos, golpeando la pared. Sintió cómo el pene de Gabe se hinchaba dentro de ella cada vez que respiraba. La tensión se fue acumulando en su interior. Clavó los talones en su espalda, instándolo a que se moviera más rápido, que la penetrara con más fuerza. Y él obedeció.

De pronto, sintió como si todos los músculos de su cuerpo se contrajeran. La espiral que giraba en su interior explotó. El clímax le llegó de repente, provocado por las profundas embestidas de Gabe.

Gritó cuando un intenso placer fluyó por sus venas en olas abrasadoras. Lo único que podía hacer era aguantar mientras él continuaba empujando dentro de ella a un ritmo demoledor.

—Gabe... ¡Oh, Dios mío, no puedo...! —gimió, echando la cabeza hacia atrás.

Gabe le pasó un brazo por debajo de los hombros, acercándola a él mientras seguía penetrándola. Nikki no sabía si estaba teniendo un segundo orgasmo o si se trataba del primero, que continuaba consumiéndola lentamente. Cerró los ojos y se dejó caer hacia atrás sin apenas fuerzas.

Gabe gruñó su nombre antes de retroceder en el último segundo, corriéndose sobre su estómago.

Después, mientras todavía seguía temblando, apoyó todo su peso sobre un brazo y le dio un beso en el hombro. Unos segundos más tarde, le dio otro en la comisura de la boca.

Nikki tomó una trémula bocanada de aire.

—¡Menudo beso!

Gabe se quedó mirando el techo, escuchando la lluvia caer sobre el tejado mientras acariciaba el brazo de Nic con las yemas de los dedos. Su cálido aliento le hacía cosquillas en la piel. Estaba tumbada de espaldas, acurrucada entre el respaldo del sofá y él. Él estaba de costado, casi cayéndose del asiento. Tenía el brazo atrapado bajo los hombros de Nic, que usaba su bíceps como almohada, pero no le importó. Nunca se había sentido tan cómodo en su vida.

Y el sexo tampoco había sido así jamás.

Ni siquiera con Emma.

Le sorprendió que ese pensamiento no le desgarrara el corazón como un látigo. Simplemente surgió. Un mero pensamiento. Un recuerdo. Nada más. Y nada menos.

Miró el cuerpo de Nic. La había limpiado con su camiseta, pero ambos seguían desnudos. Sus pechos subían y bajaban a un ritmo constante y uniforme. Le encantaban esos pequeños pezones. Su pene cobró vida propia cuando vio sus muslos abiertos. Apenas tenía vello púbico. Solo una línea. Evidentemente, eso ya lo sabía, pero verla así, toda desnuda, acostada a su lado, totalmente relajada, era algo muy diferente.

Volvió a fijarse en sus pechos. La piel más oscura de sus pezones le hizo la boca agua.

—¿Me estás mirando las tetas? —preguntó ella en voz baja.

La miró a la cara con una sonrisa en los labios. Seguía de espaldas a él; todavía tenía los ojos cerrados.

—Tal vez.

—Eso pensaba.

—No es lo único que estaba mirando.

Nic volvió la cabeza hacia él. Vio cómo agitaba las pestañas, mostrando esos preciosos ojos marrones.

—Eres un viejo verde.

—No lo sabes tú bien. —Presionó su erección en ciernes contra su muslo.

Nic abrió los ojos un poco.

—¿Ya estás duro?

—Casi. —Le tocó la mejilla—. Tengo a una mujer muy guapa acostada desnuda a mi lado. Estoy teniendo una erección permanente.

Ella se rio.

Gabe miró el reloj que había detrás de él y soltó un suspiro.

—¿Tienes que hacer algo?

—No, pero será mejor que le mande un mensaje a mi madre —respondió ella antes de bostezar—. Le dije que solo iba a buscar unas cajas.

—¿Te traigo el teléfono? Creo que tu bolso está tirado en el suelo.

—Todavía no. No quiero que te muevas aún. Estás muy calentito y yo estoy muy a gusto.

Estupendo. Él tampoco quería moverse.

¡Joder! No quería separarse de ella jamás.

Aquel pensamiento pareció salir de la nada, pero él sabía que no era así. Lo empujó de vuelta al fondo de su mente.

—¿Tienes hambre?

Ella respondió con un gemido que podía significar cualquier cosa y se encogió de hombros. El movimiento sacudió sus pechos. Ahora estaba duro como una roca. Genial.

Nic volvió a cerrar los ojos. Él le acarició el labio inferior. Tenían que hablar. Sabía que no habían resuelto nada esa noche. ¿Pero cómo iban a resolver las cosas hablando?

Tenía la sensación de que hablar solo empeoraría la situación, porque ella quería saber en qué punto estaba su relación y él no tenía una respuesta para eso.

En lo que respectaba a esa mujer, tenía la cabeza hecha un puto lío.

Cerró los ojos. Una sensación de desesperación se apoderó de él. La sensación de que aquello tenía una fecha de caducidad que no podía ignorar.

Recordó lo que Dev le había dicho la noche anterior. ¿En qué estaba pensando? Debería estar centrado en encontrar una vivienda en Baton Rouge y construir una nueva vida con su hijo.

No en comenzar una vida con Nic.

No tenía la intención de alejar a William de sus abuelos. Por eso estaba buscando una casa en Baton Rouge. Quería que su hijo viviera con él, pero sabía que aquello llevaría su tiempo. Seguro que más de tres meses. La cuestión era que quizá los Rothchild nunca le dieran ese tiempo.

Si decidían luchar por la custodia y llevarlo a los tribunales, no estaría bien visto que estuviera saliendo con una mujer mucho más joven. Gabe lo sabía. Sabía que las personas eran capaces de hacer lo peor con tal de proteger a sus seres queridos. Él mismo lo había hecho cuando se encontró en esa tesitura.

Sin embargo, él no era como Dev. Tenía el dinero y el poder suficiente para asegurarse de que no hubiera ningún problema con la custodia, pero no le haría eso a su hijo. Ni tampoco a los padres de Emma, que acababan de perder a su hija.

Era una situación muy jodida.

Sintió una quemazón en el pecho. Lo que estaba haciendo no era justo para Nic. Quería estar con ella, pero sabía que no podrían estar juntos porque ella querría más. Se merecía más. Y él no podía dárselo.

Se preguntó si alguna vez había podido dárselo, incluso a Emma.

Al final, también se había alejado de ella.

De pronto, notó que Nic le lamía el pulgar y abrió los ojos al instante. Ella lo miró, se metió su dedo en la boca y lo chupó con la fuerza suficiente como para enviar un ramalazo de pura lujuria a su pene.

¡Mierda!

Dejó de pensar en cualquier cosa que no fuera ese momento.

Se apoyó sobre el codo y clavó la vista en esos exuberantes labios alrededor de su pulgar.

—Te voy a follar.

Nic cerró los ojos y gimió. ¡Joder! Era la cosa más excitante que había visto y oído en mucho tiempo.

Sin retirar el pulgar de su boca, colocó la palma en su barbilla y tumbó a Nic bocabajo. Después, la agarró de la cadera y levantó su bonito trasero.

—No te muevas —ordenó.

En cuanto estuvo seguro de que Nic estaba afianzada sobre sus rodillas, ciñó los dedos alrededor de su miembro y lo guio hacia la parte más bella de su anatomía. Le sacó el pulgar de la boca y le rodeó los hombros con el brazo para mantenerla en su lugar.

Al recordar lo estrecha que estaba, la penetró con cuidado, dándole tiempo de que se adaptara a su tamaño. Pero ella echó hacia atrás las nalgas de un empujón y se empaló en su sexo.

Gabe respiró hondo.

—Te he dicho que no te movieras.

- No puedo evitarlo —se quejó ella, rotando lentamente la caderas—. Te siento tan bien dentro de mí.

Gabe se quedó quieto contemplando cómo montaba ella su pene. Pero ese trasero moviéndose de ese modo... Sí, aquello no iba a durar mucho.

Le inmovilizó la cadera con una mano y se inclinó para susurrarle al oído.

—Ahora te voy a follar. Duro, nena. Te voy a follar duro.

Nic se estremeció.

Y Gabe cumplió su amenaza.

Esta vez no hubo un lento preludio. Ni una seducción. La folló con fuerza, introduciéndose en ella, animado por la forma como arqueó la espalda y los gemidos que resonaron en la habitación.

Sabía que debía ir más despacio. Ella le había dicho que hacía mucho tiempo que no mantenía relaciones sexuales, pero no pudo. La sangre le palpitaba en las sienes y la forma como ella lo rodeaba y se apretaba sobre él era embriagadora. Buscó su clítoris y jugueteó con él mientras seguía embistiéndola.

Sus gemidos se hicieron más fuertes. Ella movió las caderas para encontrarse con las de él con igual entusiasmo. Como siguieran así el sofá terminaría haciendo un agujero en la pared. Le dio igual.

Vas a perderla.

Un escalofrío le recorrió la columna.

Cuando sintió los espasmos de ella a su alrededor, desapareció cualquier atisbo de control que le quedara. Volvió a inmovilizarla con una mano sobre la espalda y otra levantándole la cadera. La penetró una y otra vez sin misericordia, sintiendo que perdía un poco la cabeza mientras se corría.

Sintiendo que perdía una parte de sí mismo.

27

Nikki estaba hecha un manojo de nervios cuando envió un mensaje a Gabe, el domingo por la mañana, y le preguntó si quería que se vieran en la protectora de animales. Una parte de ella había esperado que le dijera que no, pero no lo hizo. Todo lo contrario, aceptó de inmediato y ahora estaban de pie frente a Ned Rivers, que les estaba pasando las correas.

Ned era uno de los supervisores voluntarios de la protectora, un hombre mayor que se había criado en la ciudad y que había atravesado una mala racha en sus años de juventud, incluyendo una temporada en prisión. Mientras cumplía su condena, había participado en un programa de adopción de perros y desde entonces había dedicado su vida a ofrecer una segunda oportunidad a los animales.

Y esa era la razón de ser de esa protectora.

Las segundas oportunidades.

Así que estar allí con Gabe tenía cierto sentido.

En ese momento, Ned estaba mirando a Gabe con atención. Nikki sabía que no tenía nada que ver con el hecho de que esa fuera la primera vez que Gabe estaba allí, sino con quién era. Casi todo el mundo de la zona conocía a los De Vincent.

—Gracias, Ned. —Nikki aceptó la correa que le ofrecía el hombre mayor mientras este seguía mirando a Gabe—. ¿Quién necesita hacer ejercicio hoy?

—¿Además de mí? —bromeó Ned, sonriéndole —. Fusion y Diesel. —Miró a Gabe—. Son dos *pitbulls* de tamaño grande. ¿Crees que podrás con ellos?

Gabe esbozó una sonrisa de medio lado.

—Eso espero.

—Lo harás bien. —Nikki contuvo una sonrisa mientras agarraba la otra correa que le pasaba Ned—. Fusion y Diesel solo son dos cachorros grandes.

—Por sus nombres no lo parecen —comentó él.

Ned soltó un resoplido mientras recogía un archivo de su escritorio, pero mantuvo la boca cerrada. Nikki enganchó su brazo al de Gabe y lo condujo fuera del despacho.

—Creo que no le he caído muy bien —dijo Gabe mientras rodeaban el edificio y oían cada vez más cerca los ladridos de los perros.

—No te conoce.

Cuando se acercaron a la alta alambrada que rodeaba la zona de los perros, Nikki se soltó del brazo de Gabe. Si los De Vincent no hubieran sido tan famosos, habría parecido otro voluntario más con ese par de pantalones de chándal sueltos grises y la sencilla camiseta que llevaba.

¡Dios! Estaba guapísimo. Llevaba unas gafas de sol plateadas y el pelo recogido en la nuca en una especie de moño. Aunque también era cierto que a Gabe le sentaba bien cualquier cosa que se pusiera.

—Gracias por venir —dijo, deteniéndose frente a la puerta.

Uno de los trabajadores se apresuró a abrirles.

—De nada. Ya estaba despierto y no tenía nada planeado.

Nikki sonrió al trabajador, que miró a Gabe dos veces de arriba abajo.

—¿Hoy no vas al taller?

—Después. —Gabe le puso la mano en la parte baja de la espalda mientras entraban por la puerta abierta—. ¿Y tú?

Ella se encogió de hombros.

—Ya veré.

—Deberías —señaló él, deslizando la mano por su cadera.

Nikki se estremeció y se mordió el labio.

—¿Hay alguna razón en concreto por la que crees que debería ir?

—Múltiples.

Se detuvo para acariciar a un golden retriever y luego volvió la cabeza hacia Gabe.

—¿Alguna de ellas tiene que ver con un sofá?

A pesar de que tenía los ojos ocultos detrás de las gafas de sol, pudo sentir la intensidad de su mirada.

—Puede. Aunque también hay un escritorio que creo que anoche no recibió la atención necesaria.

Nikki se rio. Se quedó un rato rascando al perro debajo del hocico. Cuando paró, el animal gimoteó.

—Lo siento, pequeño, pero tú ya has salido a pasear hoy.

El pinchazo que sintió en el corazón mientras se alejaba del pobre perro no era nada nuevo. Estaba acostumbrada. Se encontró al trabajador de la protectora frente a las últimas jaulas. Al poco rato, Diesel y Fusion tenían puestas las correas y olfateaban las zapatillas de Gabe moviendo efusivamente las colas y los traseros.

—Espero que esto signifique que les gusto —comentó él, mirándolos.

—Les gusta todo el mundo. Los pitbulls son perros muy afables —explicó, llevándolos a una gran extensión de césped—. Sin embargo, tienen muy mala reputación.

Gabe sonrió al animal con manchas blancas y negras que llevaba.

—¿Este cuál es?

—Diesel.

—Tiene mucha fuerza.

El perro tiraba excitado de la correa, olfateando cada brizna de hierba. Fusion, por su parte, iba dando saltos, que era lo que solía hacer cuando estaba contento.

—Supongo que trabajar aquí de voluntaria tiene que resultarte duro —señaló Gabe, llamando su atención—. Seguro que quieres adoptarlos a todos.

—Ojalá pudiera. —Se retiró un mechón de pelo de la cara—. Si tuviera un montón de dinero, montaría mi propio refugio de animales.

Gabe se rio por lo bajo.

—Te pareces a Julia. Fue lo mismo que dijo ella.

—Porque Julia es una buena persona. —Sonrió—. Me gustaría tener un perro, pero viviendo en un apartamento, tendría que ser uno pequeño y que fuera bastante perezoso. Estos se volverían locos en una vivienda tan pequeña.

Gabe se quedó callado unos segundos.

—Lucian siempre quiso tener uno de estos cuando era pequeño.

—A tu padre le habría dado un ataque... —Abrió mucho los ojos—. Lo siento, quería decir a Lawrence.

—No pasa nada —la tranquilizó él con una sonrisa—. Lawrence era mi padre aunque no compartamos el mismo ADN. Es el único padre que he conocido. Y tienes razón. Jamás nos habría permitido tener una mascota.

—Porque habría hecho ruido —comentó ella, recordando el día que el senador estuvo de visita en la casa—. Y dejado pelos por todos los lados.

—Casi convencimos a nuestra madre una vez. Bueno, sobre todo Madeline. Quería uno de esos perros pequeños. Esos que te muerden los tobillos. —Se arrodilló junto a Diesel y le dio una palmadita. El perro se tumbó de inmediato de costado, jadeando para que le rascara la barriga. Cosa que Gabe hizo encantado—. Creo que un yorkie o algo parecido.

Por lo que recordaba de Madeline, podía imaginarse a la niña casi siempre taciturna llevando ese tipo de perro. Observó a Gabe rascar la barriga del pitbull.

—¿Y al final por qué no la dejó tu madre?

—No lo sé. Mi madre y mi hermana siempre tuvieron una relación muy rara. Mi madre pasó de hacer cualquier cosa por Madeline a prácticamente no hablarse la una a la otra. —Acarició con los dedos el pecho del perro, que golpeó el suelo con la cola—. Pero ya sabes cómo terminó la historia.

Sí, lo sabía, y seguía sin poder creérselo.

—Siento muchísimo que hayáis tenido que vivir una tragedia así.

Gabe alzó la vista y esbozó una leve sonrisa.

—Hace que uno se pregunte si la maldición de los De Vincent es cierta, ¿verdad?

La maldición afectaba a las mujeres.

La leyenda decía que el terreno donde se había construido la mansión De Vincent estaba mancillado. Por lo visto, se había usado como zona de cuarentena durante las distintas epidemias letales que asolaron Nueva Orleans. Advirtieron al patriarca de la familia de que no construyera ninguna casa allí, pero él hizo caso omiso y enfureció a los espíritus de todas las personas que habían muerto en ese terreno. Lo más extraño de esa maldición, si uno creía en ese tipo de cosas, era que parecía odiar a las mujeres. Las mujeres De Vincent solo podían terminar de dos formas: o locas... o muertas.

Y, por desgracia, había una larga y muy constatable lista de ejemplos de ambas cosas.

—¿Crees en la maldición? —preguntó Nikki, mirando a Gabe mientras rascaba al perro detrás de las orejas.

Gabe detuvo la mano en la cadera del perro. Después, se quedó callado un buen rato antes de responder.

—Solía pensar que solo era una historia muy interesante que nos contaba mi abuela, pero a veces me pregunto si hay parte de verdad en ella. No hace falta remontarnos a todas las muertes extrañas que se han producido en nuestra familia a lo largo de los siglos. Basta con ver lo que ha sucedido en los últimos años. Nuestra madre. Emma. Nuestra hermana. Julia casi muere esa noche en la azotea. Así que sí, puede que la maldición sea real. Parece que todo lo que tocamos termina mancillado.

—No todo. —Ella estiró la mano y le acarició el brazo. Le dolía el corazón por Gabe, por su familia—. Yo no.

Él la miró un momento antes de sonreír.

—No, tú no.

Puede que Nikki fuera la mayor tonta de la historia, pero ese lunes por la tarde, mientras recogía la pila de toallas limpias y las subía por las escaleras, no podía parar de sonreír.

Devlin le había dado el viernes libre para que pudiera mudarse con tranquilidad. Se lo había dicho antes de viajar a Houston. Así que no solo iba a poder empezar antes su traslado, sino que no tendría que hacer la cena el resto de la semana, ya que el mayor de los De Vincent no volvería hasta el sábado por la tarde.

Y si Devlin no estaba, no había razón alguna para que Sabrina o Parker se pasaran por allí.

Doble ganador.

Aunque esa sonrisa bobalicona que tenía desde el sábado por la noche no se debía solo a la consideración que para con ella había tenido Devlin o a su ausencia. La principal razón de su buen humor se debía a lo que estaba sucediendo entre Gabe y ella.

¡Madre mía!

Gabe era... insaciable.

Al recordar por enésima vez lo que habían hecho durante el fin de semana se puso roja. Lo del sábado por la noche había sido... alucinante, ¿pero la tarde y la noche del domingo? Había sido una repetición de lo del sábado y mucho más. Él se había asegurado de que el escritorio recibiera la atención debida. La había colocado en el borde y se había dado un festín con su sexo antes de ponerla de pie, darla la vuelta e inclinarla sobre la mesa. Después la había follado desde atrás. Nunca había estado más excitada en toda su vida, ni tampoco la habían follado de esa forma tan salvaje.

Y había descubierto que le gustaba mucho.

Pero Gabe no se había detenido ahí. Había pedido algo de comer en el restaurante de la misma calle, tal y como había hecho la noche anterior, había ido a recogerla y después la había arrastrado hasta su regazo y se habían vuelto a acostar.

Esa vez había sido... diferente.

Más lento y, de alguna manera, mucho más intenso. Tuvo la sensación de que estaban haciendo el amor.

Y habían hablado... de todo. De su próxima mudanza. Gabe le había dicho que tenía que adoptar un perro, y ahí volvió a salir el tema del armadillo. Nikki no estaba en contra de tener un perro, pero sabía que no debía apresurarse. No quería tener un animal y luego no estar nunca en casa por el trabajo y los estudios.

También habían hablado de la mudanza de Lucian y de lo raro que iba a ser no tenerlo en casa. Gabe le había contado un poco más de lo que había sucedido con su hermana, lo que había hecho y lo mucho que les había dolido a él y a sus hermanos. Incluso se habían preguntado quién podía ser su padre biológico, pero Gabe no tenía ni idea. Después de cenar y de volver a acostarse, se habían quedado tumbados juntos, acurrucados. Le había parecido algo tan normal, tan natural...

Le había parecido una relación real, profunda. Le había parecido amor.

Se detuvo en el pasillo, cerró los ojos y respiró hondo. No podía permitirse tener esa esperanza, pero tampoco podía evitarlo. Cada vez que pensaba en la forma en la que Gabe la había besado para despedirse de ella, como si no quisiera dejarla ir, su corazón se ponía a dar saltos de alegría.

Ella tampoco había querido irse.

Sintió un hormigueo en la boca del estómago, como si una serpiente hubiera despertado de su letargo. Habían hablado de todo, menos de ellos. Y si bien el sexo había sido increíble, no había resuelto nada.

Ni había respondido a ninguna de sus preguntas.

Abrió los ojos y se preguntó dónde podría estar Gabe. No lo había visto. Seguramente se encontraba en el taller, aunque se imaginó que volvería pronto. A esa hora solía traerle el batido.

Se apresuró por el pasillo antes de que los brazos se le doblaran por el peso de las toallas. Cuando torció en una esquina, casi se chocó con Julia.

—¡Hola! —La novia de Lucian estiró los brazos hacia las toallas de inmediato—. Déjame que te eche una mano.

—No tienes por qué hacerlo.

—Ya lo sé. —Le quitó la mitad de la pila con una sonrisa—. Pero no me gusta ver a la gente tan ocupada cuando soy perfectamente capaz de ayudar. ¿Dónde vas con todo esto?

Una vez más, Julia le estaba demostrando que no se parecía en nada a Sabrina.

—Precisamente me dirigía al apartamento de Lucian.

—Entonces nos viene de perlas —indicó Julia, caminando a su lado—. ¿Cómo está tu madre?

—Muy bien. Está terminando el tratamiento, así que estamos cruzando los dedos para que, cuando le hagan las siguientes pruebas, el cáncer haya desaparecido.

—Eso espero. De corazón.

—¿Cómo van las obras de tu casa? —preguntó mientras se acercaban al apartamento de Lucian.

—Ya casi han terminado. Creo que estaremos instalados allí antes de las vacaciones. No te imaginas las ganas que tengo —respondió ella—. Estoy deseando que vengan mis padres. No quiero que cenen aquí. ¡Vaya! —Abrió mucho los ojos—. No debería haber dicho esto.

Nikki se rio.

—No pasa nada. Entiendo perfectamente que no quieras que tus padres pasen el Día de Acción de Gracias en la mesa de los De Vincent. Seguro que sería la cena más incómoda y tensa de todos los tiempos. Créeme. Fui testigo de unas cuantas cuando sus padres estaban vivos.

—Siempre se me olvida lo bien que conoces a esta familia —dijo Julia, mirando la puerta cerrada de las habitaciones de Lucian—. No creo que la gente de fuera pueda entender cómo son.

—No —estuvo de acuerdo ella.

En ese momento se acordó de Ross. No le había contado a Gabe su último encuentro con el periodista porque no creía que tuviera que saberlo, pero la gente como Ross nunca entendería a los De Vincent. Siempre pensarían lo peor de ellos.

—Y mis padres tampoco. ¿A Lucian y a Gabe? Seguro. —Julia cambió el peso de las toallas—. ¿Pero a Devlin y a Sabrina? ¿O al senador? No. Estarían todo el tiempo pensando: «¿Qué coño le pasa a esta gente?».

Nikki sonrió.

—Creo que es una pregunta que muchos se hacen a diario.

Julia se rio y la miró.

—Pero para ellos tú eres como de la familia, así que entiendes su forma de actuar. Sabes lo mucho que estos chicos luchan por aquello que realmente quieren y lo que creen que es mejor para ellos. Y esa lucha a veces les hace cometer estupideces. —Hizo una pausa—. Bueno, estoy convencida de que ya lo sabes. Pareces estar muy unida a Gabe.

Nikki se quedó petrificada. No sabía cómo responder a aquello.

—Gabe siempre ha sido... muy amable conmigo. —De pronto pensó en el fin de semana y se ruborizó de la cabeza a los pies. No había sido precisamente amable con ella—. Y a los dos nos gusta trabajar con las manos.

—No me cabe la menor duda —repuso Julia con una sonrisa de oreja a oreja.

Nikki la miró con los ojos muy abiertos.

—No me refería a...

—Lo sé —se rio Julia—. Bueno, como te he dicho antes, espero haberme mudado antes de las vacaciones. Estoy deseando que mis padres vean mi nueva casa. Creo que Lucian está planeando llevarlos a visitas guiadas por la ciudad.

Aunque al principio se sintió aliviada porque la conversación hubiera tomado una dirección menos espinosa, notó que su sonrisa se desvanecía y daba paso a una punzada de envidia. Visitas guiadas con los padres. Vacaciones en familia. Un futuro feliz que incluía a las personas que uno quería. A pesar de lo que sentía por Gabe, no era tan ingenua como para pensar que ese sería su futuro.

Y eso era..., bueno, era muy triste.

Dejó las toallas, se despidió de Julia y volvió de regreso a las escaleras, pero se detuvo en el pasillo. Sus piernas se negaron a moverse cuando la realidad la golpeó.

Estaba enamorada de Gabe.

No era ninguna sorpresa. Había estado enamorada de él desde el día en que la rescató en la piscina. Ese amor la había conducido a hacer cosas estúpidas; cosas en las que él también había formado parte.

Pero cuando volvió a la casa, no había ido detrás de él. Todo lo contrario, había intentado evitarlo. Fue él quien se acercó a ella, alegando que quería que fueran amigos. Y también fue él quien le arruinó la cita y dio el primer paso. Sí, Gabe era el que había ido detrás de ella.

Eso tenía que significar algo.

Recordó las palabras que Julia acababa de decirle. *Sabes lo mucho que estos chicos luchan por aquello que realmente quieren y lo que creen que es mejor para ellos.*

Gabe la deseaba. Se lo había demostrado una y otra vez, pero no era fácil. Estaban sus hermanos. Su pasado. Los padres de ella. La diferencia de edad. A ella todo eso le daba igual. Estaba enamorada de él y una pequeña parte de su corazón le decía que era muy probable que Gabe sintiera lo mismo por ella.

Si solo se tratara de sexo, Gabe habría podido conseguir compañía femenina con solo chasquear los dedos. E incluso le habría resultado más fácil, pues no tendría que haberse enfrentado a todas esas complicaciones. Al fin y al cabo, no le faltaban voluntarias. Tenía acceso a una fuente inagotable de sexo sin ataduras ni estrés.

Tenía que haber una razón por la que había ido a por ella. No pudo evitar acordarse del día en que le contó a Rosie lo del pequeño espacio que Gabe le había preparado en el taller. ¿Qué le había dicho su amiga? ¿Que quizá Gabe se había pasado cuatro años odiándose a sí mismo porque la había deseado en ese momento igual que la deseaba ahora?

No deseabas a una persona tanto tiempo si no sentías algo por ella.

Sabía lo que tenía que hacer.

Necesitaba confesarle a Gabe lo que sentía.

Sus piernas empezaron a moverse solas. No bajó las escaleras. Como su padre ya se había marchado, decidió dejarse llevar por el instinto. Salió y tomó el camino más rápido hacia la otra ala de la casa, yendo por la galería. Se estremeció al notar las gotas de lluvia que el viento dejaba entrar. Subió las escaleras que llevaban al ala derecha y se dirigió a la tercera planta, a la entrada exterior de las habitaciones de Gabe.

Cuando llegó a las puertas tuvo un momento de vacilación, pero al final llamó. Estas se abrieron solas. No debía de haberlas cerrado con pestillo. Se le contrajo el estómago. Gabe ya estaba en casa. Entró a la zona de estar de su apartamento. Las luces estaban apagadas, pero la puerta que daba a su dormitorio estaba abierta y oyó correr el agua de la ducha.

Fue hacia el dormitorio y accedió a la espaciosa habitación.

Pensó en sorprenderlo, desnudándose y metiéndose con él en la ducha, pero luego puso los ojos en blanco porque era una tontería. Todavía no se atrevía a hacerlo, y además, había ido allí para hablar con él, y eso sería lo último que harían si se metía en la ducha.

Echó un vistazo a su alrededor. No había vuelto a estar allí desde aquella noche. No había limpiado su apartamento ni una sola vez y él no se lo había vuelto a mencionar desde el día del gimnasio.

Ahora que estaba allí se dio cuenta de que apenas había cambiado nada. La decoración era espartana. Una cama enorme en el medio. Una mesita de noche con un libro desgastado encima y, junto a ella, lo que parecía ser un marco de fotos. La estancia estaba demasiado oscura para que pudiera ver quién estaba en la foto. Frente a la cama había una gran cómoda que había hecho Gabe. Zarcillos de hiedra recorrían el hermoso mueble. Cuando inhaló, percibió el aroma fresco y limpio de su perfume.

Se fijó en la cómoda. Antes casi no lo había visto, pues pasaba muy bien desapercibido. Tuvo que mirarlo dos veces para comprobar que era cierto. Abrió la boca asombrada.

—No es posible —murmuró mientras se acercaba al mueble.

Agarró el collar y reconoció al instante el fino cordón de cuero barato. Sin aliento, deslizó el pulgar sobre el medallón que había tallado para él. Era muy simple, hasta tosco. Se trataba de un círculo con una espada y un cincel dentro. En su momento, le había parecido una buena idea añadir una espada al diseño. Ahora se daba cuenta de la tontería que era. ¿Cómo iba a vencer un cincel a una espada? Pero Gabe...

Gabe lo había guardado todos esos años.

Los ojos se le llenaron de lágrimas mientras cerraba los dedos alrededor del medallón. Había conservado el collar que ella le había regalado esa noche de hacía cuatro años. No lo había escondido. Lo había dejado en su cómoda, donde podía verlo todos los días.

Todos los días durante cuatro años.

Más abrumada de lo que nunca habría creído posible, se llevó el collar al pecho. En ese momento, dejó de oír el agua de la ducha correr. Incapaz de reprimir la sonrisa que tenía en la boca, se volvió hacia el baño. Al cabo de unos segundos se abrió la puerta y, junto con el vapor de agua, pudo ver a...

¡Santo cielo!

Sabrina Harrington estaba saliendo del baño de Gabe, con solo una toalla cubriendo su esbelto cuerpo.

Nikki se quedó muda de asombro durante unos segundos.

—¿Pero qué coño?

Sabrina se sobresaltó y abrió los ojos de par en par. Luego se puso tan pálida que Nikki pensó que se iba a desmayar.

—¿Qué estás haciendo en la habitación de Gabe? —escupió Sabrina, recuperándose de la conmoción.

¿En serio? ¿De verdad le estaba haciendo esa pregunta a ella*?*

—¿Qué haces tú en su baño?

Sabrina torció los labios en una sonrisa de satisfacción mientras se sujetaba la toalla al pecho para que no se le cayera.

—¿Tú qué crees?

Nikki se rio. Se rio con ganas. No pudo evitarlo. Sabía lo que Sabrina estaba intentando insinuar con ese comentario.

—Estás tan llena de mierda que no te queda espacio en el cerebro.

Sabrina dio un paso atrás, boquiabierta.

—¿Perdona?

—Es imposible que Gabe sepa que estás aquí arriba en su ducha, puta loca. Como venga y te encuentre aquí te echa a patadas. —Volvió a reírse, sobre todo porque seguía sin dar crédito a lo que había visto. Ducharse en el baño de Gabe era absolutamente espeluznante. Estaba bastante segura de que en ese canal de televisión que se dedicaba a hablar de crímenes había oído que los acosadores solían hacer ese tipo de cosas—. ¡Virgen santa!

—¿Qué sabrás tú? —espetó Sabrina, cerrando la mano en un puño.

—Sé que no te soporta. Todo el mundo lo sabe, así que no te quedes ahí, actuando como si él estuviera al tanto de que estás aquí arriba. —Nikki se mantuvo firme—. Y qué casualidad que estés aquí justo cuando Dev ha viajado a Houston. ¿Qué esperabas? ¿Sorprender a Gabe? ¡Jesús! En serio, ¿qué te pasa?

—¿Y qué haces tú aquí, zorra? ¿Limpiar su habitación y hurgar entre sus cosas?

Nikki arqueó las cejas mientras empezaba a darse la vuelta. Tenía que encontrar a Gabe de inmediato. Este asunto con Sabrina se había descontrolado del todo.

—Resulta que yo sí tengo una razón para estar aquí. A diferencia de ti, mujer penosa.

—¡Oh! Sé por qué estás aquí. Lo sé todo sobre ti y Gabe. Te está follando, ¿verdad, *Nicolette*? —Sabrina esperó a que Nikki volviera a mirarla a la cara—. No te culpo, pero espero que, por tu propio bien, seas consciente de que eso es todo. Solo sexo. —La miró con una mueca de desprecio absoluto—. Al fin y al cabo, eso es lo único para lo que valéis las mujeres de tu clase.

—¿De mi clase? Mira, da igual. Ni siquiera quiero saber por qué crees que...

—¿Por qué creo que estáis follando? Porque os oí a los dos la semana pasada. Estabais en una de las habitaciones de invitados —explicó Sabrina—. Tú parecías una puta cuando gritabas su nombre.

Nikki se quedó consternada. De modo que era cierto que ese día había estado alguien en el pasillo. Había creído que la puerta que se había abierto era una de esas cosas raras que pasaban en la casa, pero había sido Sabrina. La ira reemplazó enseguida a la consternación. ¿Los había espiado? ¿Escuchado?

—Al menos conmigo sí se acuesta —replicó, demasiado furiosa para detenerse—. Seguro que eso te carcome por dentro, ¿verdad? Llevas años deseándolo y lo único que has conseguido es ducharte en su baño como una acosadora.

Sabrina dejó escapar un grito ahogado. Uno que la puso un poco nerviosa. Ya iba siendo hora de salir de allí e ir en busca de Gabe. Esa mujer no estaba bien.

—Sabes que está enamorado de otra, ¿no? —dijo Sabrina.

—¿Te refieres a Emma? Lo sé todo sobre ella.

—Me refiero a la madre de su hijo.

Nikki se quedó petrificada mientras un escalofrío le recorría la columna. No debía de haberla oído bien. ¿La madre de su hijo?

—Gabe no tiene ningún hijo.

Una enorme sonrisa iluminó el rostro de Sabrina.

—¡Oh, sí! Sí lo tiene. Se llama William y vive en Baton Rouge con sus abuelos.

Todo su cuerpo se puso alerta. Baton Rouge. Gabe estaba buscando una casa allí... No, de ningún modo. Sabrina le estaba mintiendo, porque después de todo lo que Gabe y ella habían hablado y compartido, era imposible que él no le hubiera mencionado nunca que tenía un hijo.

—No tenías ni idea, ¿verdad? —Sabrina parecía muy pagada de sí misma—. Eso es porque solo te está follando, Nikki. No quiere compartir contigo su vida.

Aquellas palabras cargadas de veneno fueron como una puñalada directa a su corazón. Negó con la cabeza y dio un paso atrás. Todavía tenía el collar en la mano.

—Estás loca.

—No estoy loca. Te estoy diciendo la verdad.

—Si crees que a Gabe le va a parecer bien esto que estás haciendo...

Sabrina fue hacia ella *ipso facto* y la agarró del brazo.

—Si sabes lo que te conviene, no dirás ni una sola palabra de esto.

Nikki miró hacia abajo, al lugar donde Sabrina la estaba sujetando.

—Si crees que no se lo voy a contar a Gabe o a Devlin es que has perdido la cabeza del todo. Tu prometido tiene que saber que...

—Como abras la boca te prometo que será la última vez que lo hagas. —Los ojos azul claro de Sabrina la miraron con una frialdad letal—. No me subestimes, Nikki. Los De Vincent no son los únicos que saben cómo hacer que la gente desaparezca.

No se lo podía creer.

—¿Me estás amenazando?

—¿Dices que lo sabes todo sobre Emma? —Sabrina sonrió—. Me juego el cuello a que no sabes que los hermanos mataron al hombre que la atacó. Lucian y Gabe. Se llamaba Chris. Lo golpearon hasta matarlo.

Nikki sintió una opresión helada en el pecho. No por la revelación en sí. Se había criado en la casa de los De Vincent y sabía de lo que eran capaces. Lo que la aterrorizaba era que Sabrina lo supiera. Era peligroso para ellos.

—Suéltame —ordenó Nikki, sosteniéndole la mirada.

—¿Vas a mantener la boca cerrada?

Mientras miraba a Sabrina se acordó del día en que se cayó por las escaleras. Sabrina había estado allí. En aquel momento se planteó la posibilidad de que hubiera sido ella la que la había empujado, pero lo descartó enseguida porque Sabrina habría estado demasiado loca para hacer algo así. También se acordó del incidente con la ventanilla del coche de Gabe con ella sentada en el asiento del copiloto. ¿Podría Sabrina haber tenido algo que ver con eso?

Ahora ya no le parecía tan descabellado. Sabrina podría haberla visto llevando las flores, cerrar las puertas de la segunda planta que daban al pasillo y esperarla fuera. ¿Habría seguido también a Gabe, o a ella misma, y ver dónde vivía? La noche en la que tiró el champán a Sabrina, un vehículo la siguió. Había pensado que podía ser Ross, pero ¿y si había sido ella?

Y todo porque sospechaba que algo estaba pasando entre ella y Gabe. ¡Jesús!

—¿Fuiste tú? —preguntó cada vez más inquieta—. ¿Me empujaste por las escaleras el día que llevaba las flores?

Sabrina le lanzó una sonrisa helada.

—Si hubiera sido yo, podría haberte matado. No soy una mala persona.

Su respuesta no la tranquilizó en absoluto. Se zafó de su agarre.

—No te acerques a mí.

Salió del dormitorio y corrió hacia la puerta de entrada interior.

Sabrina la siguió hasta la sala de estar.

—Vas a desear no haber puesto un pie en las habitaciones de Gabe.

Nikki ya se estaba arrepintiendo.

28

Gabe caminó por la planta baja con un batido de fresa bajo el brazo, mientras intentaba sacar el teléfono del bolsillo trasero de sus vaqueros. Había buscado a Nic por todas partes. ¿Dónde se había metido? Había llegado a casa un poco más tarde de lo habitual, pero a esas horas, solía encontrársela en la cocina, preparando la cena.

Estaba a punto de llamarla cuando se abrieron las puertas que daban a la escalera trasera y Nic apareció corriendo a través de ellas como si hubiera visto un fantasma.

—¿Va todo bien? —le preguntó, dirigiéndose hacia ella.

—Creo que sí. Te estaba buscando. —La vio mirar hacia atrás—. Tengo que hablar contigo.

Gabe comenzó a inquietarse.

—¿Qué sucede?

Nic negó con la cabeza, lo agarró del brazo y lo llevó hasta una habitación contigua, aquella en la que solían ver películas con su madre. Después cerró la puerta y se apoyó en ella.

La inquietud fue creciendo en su interior.

—De acuerdo. Estás empezando a preocuparme. —Le puso la mano en la mejilla y la obligó a mirarlo—. Cuéntame, cariño. ¿Qué pasa?

—Lo siento. Es que me acaba de ocurrir algo de lo más desconcertante. —Se apartó de la puerta y fue hacia el sofá.

Cuando se volvió para sentarse, Gabe notó que llevaba algo en la mano.

—¿Qué tienes en la mano?

Nic parpadeó y bajó la vista.

—¡Oh, Dios mío! Ni siquiera me he dado cuenta de que todavía lo llevaba. —Mientras abría la mano, el rubor ascendió por sus mejillas.

Gabe se acercó a ella y dejó el batido en la mesa baja.

—¿Eso es...?

Lo era. Nic sostenía en la palma el collar que le había regalado cuatro años antes. El collar que tenía encima de *su* cómoda.

—¿Has estado en mi habitación?

—Fui arriba a buscarte. Cuando llamé a las puertas de la galería, estaban abiertas. Pensé que estabas dentro, así que entré. —Contempló el collar antes de volver a mirarlo—. Oí el sonido de la ducha.

Gabe alzó las cejas. ¿La ducha de su habitación?

—No era yo.

—Lo sé. —Empezó a sentarse en el sofá, pero cambió de opinión—. Me encontré a Sabrina en tu habitación. Se estaba duchando en tu baño.

Era imposible que la hubiera oído bien. La miró fijamente un buen rato.

—¿Qué?

—Sí, esa fue más o menos mi reacción cuando salió del baño llevando solo una toalla —dijo ella.

—¿Sigue arriba?

—No lo sé. Me marché de allí.

Ni siquiera había visto su coche aparcado fuera. La ira le quemó por dentro. Se dio la vuelta y empezó a ir hacia la puerta. Iba a echar a patadas a esa mujer de su casa. Estaba harto de toda esa mierda.

—Espera. —Nic rodeó la mesa baja—. Sabe lo nuestro.

Gabe se volvió hacia ella. Estaba tan fuera de sí que le costaba entender lo que le había dicho.

—¿A qué te refieres?

—Nos oyó la semana pasada, cuando estábamos en una de las habitaciones de invitados. —Nic tragó saliva.

¡Joder!

No eran las mejores noticias, pero como Dev ya sospechaba la verdad y él no había hecho mucho por negarlo, que Sabrina lo supiera solo le molestaba por cómo pudiera afectar a Nic. Esa mujer estaba lo bastante loca como para desquitarse con ella por algún tipo de celos retorcidos.

—Creo que ha estado..., no sé, espiándonos en esta casa. —Nic se estremeció—. Es espeluznante.

«Espeluznante» ni siquiera se acercaba a definirlo.

—Ha intentado insinuar que tú estabas al tanto de que estaba allí, pero yo sabía que eso era imposible. Esa mujer no está bien, Gabe. —Nic alzó la barbilla y lo miró—. No sé por qué nunca le has dicho nada a Dev, pero tiene que saberlo. Incluso me ha amenazado para que no se lo contara a nadie. Está completamente chalada.

Nadie la había definido mejor. A una parte de él le costaba creer que Sabrina hubiera llegado hasta ese punto. ¿Qué hacía allí arriba? ¿Esperar a que él llegara a casa? ¿De verdad creía que tenía alguna posibilidad de seducirlo?

—Creo... Sé que parece una locura, pero creo que fue ella la que me empujó el día que me caí por las escaleras. —Nic negó con la cabeza—. Se lo pregunté antes y no me lo negó, Gabe.

Un escalofrío le recorrió la espina dorsal.

—¿Qué te dijo?

—Que si hubiera sido ella, podría haberme matado y que ella no era una mala persona. No es la respuesta más reconfortante del mundo. Creo... ¡Dios! Creo que me empujó, Gabe.

¡Mierda!

—¿Y lo de la ventanilla de tu coche? Sí, también parece algo descabellado, pero ¿y si tuvo algo que ver? Fue justo en el asiento en el que iba yo.

Gabe luchó contra el impulso de agarrar el objeto más cercano y estrellarlo contra la pared. El día que Nic se cayó, podría haberse roto algún hueso o algo peor. Había sido un milagro que saliera ilesa. Y lo mismo podía decirse del incidente de la ventanilla.

¿Todo había sido a causa de él? En aquel momento entre Nic y él no había nada, pero sí que había tenido lugar la cena en la que Nic le tiró el champán encima a Sabrina. Gabe se había pasado toda la cena pendiente de ella.

Sabrina debió de darse cuenta.

—Siento que te hayas visto involucrada en todo esto —dijo con la mandíbula apretada—. Me aseguraré de que...

—Eso no es lo único que me ha dicho. —Nic se pasó la mano libre por el pelo y miró hacia otro lado—. También me ha dicho... me ha dicho que tienes un hijo.

Gabe sintió que se le tensaban todos los músculos del cuerpo. Era imposible que Sabrina supiera lo de William. Dev jamás se lo habría contado. A menos que esa mujer lo estuviera acosando...

¡Santo cielo! Era la única explicación probable.

Si Sabrina sabía lo de William era porque lo estaba acosando de verdad. Estaba asqueado y furioso, y sin palabras. Había mantenido la boca cerrada con respecto a Sabrina porque creía que su encaprichamiento por él, o lo que fuera eso, era inofensivo. Sabía que Dev tenía que estar al tanto porque todo el mundo se había dado cuenta. Pero esta vez... esta vez había ido demasiado lejos.

—No es cierto, ¿verdad? —preguntó Nic, acercándose a él. El cordón del collar todavía colgaba entre sus dedos—. No tienes un hijo.

Durante un instante, se planteó mentirle, algo que le horrorizó hasta la médula. No estaba tratando de ocultar la existencia de William. Nunca haría eso, pero sabía que en el momento en que se lo contara a Nic, todo cambiaría entre ellos. No porque ella no estuviera interesada en tener una relación con un hombre que tuviera un hijo.

Sino por la *forma* en la que se estaba enterando.

Ese sentimiento desesperado que había tenido el sábado por la noche volvió a resurgir en su pecho mientras contemplaba sus preciosos ojos marrones. No le costó ver lo que estaba pensando. Se negaba a creer que Sabrina le hubiera dicho la verdad.

Ahora Gabe ya no podía mirarla a la cara.

—Sí, tengo un hijo.

No. Imposible.

Nikki se quedó tan conmocionada que fue incapaz de pensar durante un buen rato. Era imposible que Gabe tuviera un hijo y no se lo hubiera mencionado ni *una* sola vez.

—No tiene gracia, Gabe. —Cerró el puño sobre el collar.

Él seguía sin mirarla.

—No es ninguna broma, Nic.

Abrió la boca, pero no emitió sonido alguno. Dio un paso atrás y chocó con la mesa baja.

—¿Tú... tienes un hijo? ¿Con Emma?

Gabe elevó los hombros al tomar una profunda bocanada de aire.

—Sí. Se llama William. Tiene cinco años.

¿Cinco años? Eso significaba... Sí, todo encajaba.

—¿Se quedó embarazada cuando os volvisteis a encontrar? ¿Por eso estás yendo a Baton Rouge y estás buscando una vivienda allí?

—Efectivamente —contestó con un tono tan frío y distante que Nikki se estremeció.

—¿Se... se lo contaste a Sabrina? ¿Lo de tu hijo? —Su voz tembló de una forma que le resultó de lo más humillante.

Él volvió la cabeza hacia ella al instante y por fin la miró.

—Nunca le he contado una mierda a Sabrina. Los únicos que lo saben son mis hermanos. Y puede que tus padres. Seguro que han escuchado algo. Pero nunca le habría dicho nada a esa loca. Ni tampoco Dev.

Nikki ya no sabía qué creer.

—Entonces, ¿cómo es que lo sabe cuando yo...?

—Ha debido de estar siguiéndome —respondió él antes de soltar una risa ahogada—. No hay otra explicación. ¡Señor! Esa mujer me ha estado espiando.

Eso tenía sentido. Nikki había comprobado de primera mano lo perturbada que estaba, pero eso no explicaba por qué no le había contado nada.

—Nunca me has hablado de él.

Gabe apretó la mandíbula y volvió a apartar la mirada.

—¿Cómo... cómo es que nunca salió el tema? Me has hablado de Emma, de lo que le pasó y de su accidente. Podías habérmelo dicho en ese momento. —El corazón le latía con tanta fuerza que estaba sintiendo náuseas—. Es un dato importante. Tener un hijo no es moco de pavo.

—Cierto. —No mostró emoción alguna.

—Entonces, ¿por qué no me lo dijiste? Hablamos un montón. Compartimos un montón de cosas.

—Hemos salido un par de veces. Nos hemos acostado. Hemos pasado tiempo juntos. Eso es todo —espetó él—. ¿Por qué tenía que hablarte de él? Pronto ni siquiera voy a vivir aquí de forma permanente.

Era imposible que acabara de decir eso.

¡Oh, Dios mío! Seguro que no le había dicho eso.

Se tambaleó hacia atrás como si la hubieran abofeteado. Tenía tal nudo en la garganta que creyó que se le iba a cerrar. Miró a la cara al hombre que se había convertido en un extraño.

Sabrina había tenido razón.

Solo te está follando. No quiere compartir contigo su vida.

Se le desgarró el corazón. Tenía frente a sí la confirmación de esas palabras. Seguro que había sido así desde el principio, pero ella había sido demasiado ingenua para darse cuenta.

—¡Mierda! —Gabe se pasó la mano por el pelo—. Yo...

—Durante toda mi vida, solo me he sentido tan estúpida e ingenua en una ocasión. Fue hace cuatro años, cuando me desperté y me llamaste Emma.

Vio cómo abría los ojos ligeramente.

—¿No te acuerdas? Me llamaste Emma. —Le tembló el labio inferior mientras se le clavaba en la palma el contorno del medallón—. Ahí fue cuando me di cuenta de que seguías enamorado de ella.

—No —respondió él con voz ronca—. No me acuerdo.

—Por supuesto que no. —Nikki se rio. Una risa que sonó amarga y frágil—. Cualquiera habría supuesto que eso se me quedó grabado a fuego. Que habría sido motivo suficiente para no volver a enamorarme de ti.

Gabe se puso pálido. El color abandonó su cara mientras la miraba fijamente.

—¿Pero cómo iba a volver a enamorarme de ti si he estado enamorada de ti desde que tenia dieciséis años e impediste que me ahogara en la piscina? —Intentó respirar hondo, pero el aire se le quedó atorado en la garganta—. Por eso te estaba buscando hoy. Necesitaba decírtelo porque pensaba... —Se detuvo. ¿Cómo había podido ser tan tonta?—. Ahora ya da igual. No sé qué es lo que sientes por mí, o si sientes algo, pero está claro que no es lo mismo que siento yo—. Se le quebró la voz a la vez que el corazón—. Hace cuatro años me puse en ridículo yo sola. Hoy eres tú el que hace que me sienta como una imbécil. No habrá una tercera vez.

Abrió la mano y dejó que el collar que le había regalado hacía cuatro años cayera sobre la mesa baja. Luego se dirigió a la puerta. Necesitaba salir de allí antes de derrumbarse por completo.

—Nic...

—Aléjate de mí —le advirtió ella, levantando la mano—. Si te importo algo, aunque solo sea un poco, me dejarás en paz.

29

Gabe subió las escaleras hasta su apartamento aturdido, sosteniendo el collar con todas sus fuerzas.

La había cagado.

Lo sabía en lo más profundo de su ser. La había cagado a lo grande.

Abrió las puertas de la galería y se detuvo en seco cuando vio a Sabrina sentada en la barra. Por lo menos se había vestido, aunque era evidente que acababa de ducharse. Tenía el pelo mojado y peinado hacia atrás y, por una vez en su vida, iba sin maquillar. La conmoción inicial dio paso a la rabia.

—¡¿Estás de coña?! —gritó, acercándose a ella.

Sabrina levantó la mano.

—Sé que estás enfadado...

—Sal ahora mismo de mi apartamento y de esta casa o te juro por Dios...

—¿Qué? —Entreabrió los labios—. ¿Me vas a sacar tú mismo? ¿Se lo vas a contar a Dev? No creo que lo hagas.

—Estás completamente loca.

—No. No lo estoy —repuso ella con las mejillas rojas—. Dices eso porque soy una mujer que va en busca de lo que quiere, de lo que se *merece*. Si fuera un hombre, estarías aplaudiéndome.

—Si fueras un hombre, ya te habría sacado de aquí a patadas. —Hizo acopio de todas sus fuerzas para no perder la compostura—. ¿Cómo coño sabes lo de mi hijo?

Sabrina sonrió.

—Tengo mis fuentes.

—No me vengas con esas tonterías, Sabrina. ¿Me has estado espiando?

Sabrina resopló.

—Tú lo llamas espiar. Yo, ponerse al día. En serio, Gabe, no me costó mucho enterarme de que Emma había tenido un hijo. No cuando empezaste a ir a Baton Rouge casi todas las semanas. Lo único que tenía que hacer era fijarme en lo que hacías...

—¿Contrataste a alguien para que me siguiera?

Ella se encogió de hombros.

—En cuanto vi una foto del niño supe que era tuyo. Se parece a los De Vincent.

¡Santo cielo! Sabía que Sabrina era capaz de cualquier cosa, pero eso era una puta locura.

—Más te vale no volver a acercarte a él.

—Tu hijo me da igual. Sin embargo, ¿sabes quién sí se habría preocupado por él? Nikki. Seguro que le habría encantado conocerlo, pero me ha parecido que no sabía ni que existía.

Gabe se estremeció.

Sabrina sonrió y cruzó sus delgadas piernas.

—Te he hecho un favor. Deberías darme las gracias.

—¿Qué?

—Me he deshecho de Nikki por ti. Vamos, no podías ir en serio con ella. He vuelto a hacerte el trabajo sucio.

Lo único que pudo hacer fue mirarla.

—¿Le dijiste a Nikki lo de mi hijo para alejarla de mí?

—Tampoco es que estuvierais juntos de verdad. Seamos sinceros, solo era sexo. Eso es todo. No se lo dijiste a tus hermanos, ni tampoco la llamabas «novia». Ella no era la perfecta Emma.

Por mucho que odiara reconocerlo, sus palabras dieron en el blanco. ¿Era así como Nic se sentía al respecto? ¿Como pensaba que estaba llevando él su relación? ¡Joder, sí!

¡Jesús!

Gabe negó con la cabeza antes de volver a centrarse en la conversación.

—¿Empujaste a Nic por las escaleras?

Sabrina ladeó la cabeza.

—Eso habría sido demasiado vulgar por mi parte. Tengo mucha más clase que eso.

No se la creyó en absoluto.

—Todo esto termina aquí y ahora. Te vas a mantener alejada de Nic y de...

—¿O qué? Sé que no vas a decir nada. Como se lo cuentes a tu hermano, me aseguraré de que Nikki tenga la peor racha de suerte del mundo. Di una sola palabra a Devlin y lo haré. Sabes que lo haré.

Gabe cerró las manos en sendos puños. Sabía que lo intentaría.

—Le arruinaré la vida. Lo convertiré en mi objetivo personal y...

Gabe se movió tan rápido que ni siquiera le dio tiempo a pensar en lo que estaba haciendo. Antes de darse cuenta, tenía la mano en su garganta y se la estaba apretando con la fuerza suficiente como para que ella supiera que no estaba bromeando.

—Como se te ocurra siquiera mirar mal a Nic, te destruiré. ¿Te ha quedado claro, Sabrina? Estoy cansado de tus mierdas. De que te entrometas en mi vida, husmeando en cosas que no te importan. Estoy harto.

Ella torció el labio.

—¡Oh! ¿También te gusta en plan duro, como Devlin? —Se deslizó del taburete—. Seguro que follas igual de duro...

—No te quiero —la interrumpió él, sosteniéndole la mirada—. Nunca te he querido. ¡Joder, mujer! ¿Qué hice para que te llevaras una impresión tan equivocada?

—Nunca te has permitido desearme. —Sabrina se humedeció los labios—. Primero por Emma y ahora por Nikki...

—¡No tiene nada que ver con ellas! Siempre ha sido por ti —replicó él—. Puede que tu exterior sea tan hermoso como el de ellas, pero por dentro eres terriblemente fea y estás podrida hasta la médula. No hay nada que merezca la pena en ti.

Sabrina se estremeció.

—Métete esto en la cabeza —dijo, alejándola de él antes de hacer algo de lo que luego se arrepintiera—. Como se te ocurra volver a amenazar a

Nic, *una* sola vez más, te mataré. ¿Lo has entendido? Y sabes que no es ninguna amenaza.

Sabrina palideció, incluso creyó ver que sus ojos se humedecían antes de que se enderezara.

—Jamás he querido estar con Devlin.

—Entonces, ¿por qué coño te vas a casar con él?

—Porque no tengo otra opción —susurró ella.

Nada más decir eso vio cómo abría los ojos y se ponía todavía más pálida.

—¿Qué quieres decir con eso?

Sabrina negó con la cabeza y enseguida pareció recomponerse.

—Me casaré con Devlin. Y haré todo lo que haga falta para que ese matrimonio se lleve a cabo.

Gabe la miró y luego sacudió lentamente la cabeza. Esa mujer estaba desequilibrada.

—Sal de aquí y no te acerques ni a mí, ni a mi hijo.

Sabrina tuvo el suficiente sentido común como para salir corriendo de su apartamento.

Hasta que Gabe no oyó cerrarse la puerta no se percató de algo que le había dicho antes.

He vuelto a hacerte el trabajo sucio.

¿Cómo?

¿Qué cojones había querido decir con eso?

Sabrina no fue la única mujer que salió de la casa como alma que lleva el diablo el lunes por la tarde.

También lo hizo Nic.

Sí, esa tarde se marchó (Gabe supuso que había sido una suerte que Dev no estuviera en casa, porque no le habría hecho mucha gracia), pero volvió el martes. No se acercó a ella, pero sabía que estaba por allí. Esa mañana la había visto entrar en la sala de estar con un trapo en la mano.

Ese martes sus caminos se cruzaron solo una vez. En la cocina. Él solo... solo fue allí y se la encontró, guardando la compra de la semana.

Cuando Nikki se dio cuenta de que estaba allí, contemplándola en silencio, abandonó la estancia. Se levantó y se fue sin más, dejando la compra tal cual estaba. No le dijo ni una sola palabra y apenas lo miró.

Gabe se encargó de terminar de colocar la compra.

Ahora estaba sentado a los pies de su cama, mirando el collar que sostenía en la mano. Quería hablar con ella, explicarle por qué no le había contado lo de William.

Quería pedirle perdón por lo que le había dicho. Nic no era un polvo o alguien con quien solo estaba pasando el rato. No, Nic significaba mucho más para él. Ni siquiera sabía por qué le había dicho eso. Bueno, no estaba siendo sincero consigo mismo, sí lo sabía.

Le había dicho eso porque se sentía culpable, culpable por haberle ocultado lo de William. Había reaccionado con Nic del mismo modo que reaccionaba su padre con su madre cada vez que hacía algo mal y se sentía acorralado.

Gabe no era mejor que él.

¡Joder! La echaba mucho de menos.

Echaba de menos su sonrisa. La forma en la que su risa hacía que se olvidara de todas sus preocupaciones. Echaba de menos cómo se sentaba a su lado en el taller, en silencio y simplemente era feliz. Cómo trabajaban juntos y cómo hacía que se sintiera, como si fuera un hombre digno de su atención y su tiempo. Y echaba de menos poder hablar con ella de todo.

De todo menos de lo más importante de su vida.

¡Mierda!

¿Por qué no se lo había contado?

Las razones que se le ocurrieron no tenían el peso suficiente. Y lo que era aún peor, sus excusas eran un insulto hacia Nic. Sabía que ella habría entendido por qué no estaba criando a su hijo. Sabía que era muy joven y que todavía no pensaba en tener hijos, pero ella le había dicho...

Le había dicho que lo quería.

Que estaba enamorada de él.

Cerró los ojos y se llevó la mano con la que sostenía el collar a la frente. Le dolía el pecho como si le hubieran arrancado el corazón con un cuchillo romo. Un cuchillo que él mismo había empuñado.

Sabía por qué se sentía así.

Porque ya lo había sentido antes.

No sabía cómo arreglar las cosas con Nic. Ni siquiera sabía si podía hacerlo. Tenían todo en contra. Él mismo se había encargado de que fuera así.

Pero había algo más que tenía que hacer.

Tenía que hablar con Dev en el momento en que llegara a casa. No era algo que se pudiera decir por teléfono. Era una conversación que tenían que mantener cara a cara y que deberían haber tenido hacía mucho tiempo.

Tenían que poner fin a todo el asunto con Sabrina.

Nikki se despidió con un gesto de la mano de Bev, que acababa de dejar la ropa limpia. Después de recoger todas las chaquetas de traje envueltas en plástico que pertenecían a Devlin, se dirigió a sus habitaciones del ala derecha.

Devlin era el único que vivía en la mansión De Vincent que solía enviar prendas a la tintorería con asiduidad. Lucian apenas lo hacía y Gabe... Gabe nunca llevaba nada que necesitara limpieza en seco.

Le dolió el pecho mientras respiraba entrecortadamente.

No quería estar en esa maldita casa, donde todo le recordaba a Gabe. Habría preferido estar en su cama, debajo de unas cuantas mantas, comiendo *beignets* y palomitas hasta caer en coma.

El dolor que sentía en ese momento hacía que el sufrimiento que había experimentado hacía cuatro años pareciera una nimiedad. Estaba completamente destrozada.

Parpadeó para apartar las lágrimas que se agolpaban en sus ojos, abrió la puerta del apartamento de Devlin y se apresuró a colgar sus chaquetas. Por alguna razón que desconocía, el mayor de los De Vincent prefería que se quedaran con la protección de plástico. Salió del apartamento y cerró con llave.

La casa estaba sorprendentemente tranquila cuando bajó las escaleras. Su padre se había ido y Lucian y Julia estaban supervisando las obras de su nueva vivienda.

No sabía dónde estaba Gabe. Lo más probable era que estuviera fuera. No le había visto desde el día anterior en la cocina. Había entrado y se había quedado mirándola como si quisiera hablar con ella. Nikki no pudo soportarlo y se marchó. Por suerte, Gabe tuvo el detalle de colocar la compra antes de que se echara a perder por el calor.

En ese momento, nada de lo que Gabe pudiera haberle dicho habría cambiado nada. Ya le había dicho todo lo que tenía que decirle, tanto con palabras como con hechos.

Agarró la aspiradora y se dirigió a la estancia más pequeña de la casa: la sala de estar con televisión. Y por pequeña se refería a los estándares de los De Vincent, por supuesto, ya que seguía siendo bastante más grande que la mayoría de las salas de estar clásicas.

Cuando estaba a punto de enchufar la aspiradora, oyó pasos en el pasillo. Levantó la cabeza con un nudo en el estómago y se apartó del enchufe, pensando que era Gabe.

Todavía no estaba lista para verlo. En absoluto. Puede que nunca lo estuviera...

Parker apareció en el umbral y el nudo en el estómago se le hizo más grande, pero por una razón diferente. Se le tensaron todos los músculos del cuello.

—¿Qué haces aquí?

Él apretó los labios.

—¡Vaya! Veo que la petición que te hice la última vez de que me hablaras con respeto te entró por un oído y te salió por otro.

Nikki no se había olvidado de su amenaza, y después de lo sucedido con Sabrina, temía que sus padres sufrieran las consecuencias. Pero después de lo que esa mujer había hecho, le parecía imposible que Gabe no se lo contara a Devlin.

—No pretendo ser grosera —dijo. Y eso era verdad solo en parte—. Pero ¿cómo has conseguido entrar? Mi padre no estaba para abrirte.

Parker ladeó la cabeza.

—Si no queréis que entre gente en la casa, quizá deberíais cerrar las puertas.

Nadie debería entrar en una casa que no es suya sin ser invitado, pero esa no era la cuestión. Nikki estaba completamente segura de que todas las puertas estaban cerradas, las miles que había.

—He venido a ver a Devlin —explicó Parker, entrando en la habitación.

—No está en casa. —Una sensación de malestar trepó por su estómago como una hiedra venenosa. ¿Cómo no iba a saber que Devlin había salido de viaje?

Tenía que saberlo.

No le creyó ni por un momento. Un escalofrío le recorrió la espalda. ¿A qué había ido allí?

—¿Ah, sí? —preguntó Parker quitándose una pelusa imaginaria de su inmaculada camisa de vestir azul marino—. En realidad, creo que ahora mismo no hay nadie en la casa. Excepto tú.

El malestar fue creciendo. Nikki se hizo a un lado para no quedar atrapada entre la televisión y una de las sillas.

—Gabe está aquí.

—¿Sí?

No estaba segura, pero esperaba que hubiera alguien más allí. Asintió con la cabeza.

—Estupendo. Le haré una visita. —Miró alrededor de la estancia antes de clavar los ojos azul claro en ella—. Pero me alegro de haberte encontrado. Sobre todo ahora.

Nikki tragó saliva mientras miraba en dirección a la puerta. Parker la estaba poniendo muy nerviosa. Todos sus instintos le gritaban que saliera de allí a toda prisa.

—Quería hablar contigo. —El hermano de Sabrina retrocedió y cerró la puerta de la sala de estar—. Sin que nadie nos interrumpa.

30

Nikki soltó el cable de la aspiradora, que cayó al suelo con un ruido sordo. El corazón le latía a toda velocidad.

—A mi hermana no le gustas. —Parker se desabrochó el botón del puño izquierdo de la camisa—. Y con eso quiero decir que no le gustas nada de nada.

—Ya... ya me lo imaginaba —replicó ella.

—¿En serio? Pero no creo que entiendas lo que implica que a mi hermana no le guste alguien. —Parker se subió la manga hasta el codo—. Me ha dicho que has malinterpretado algo que ha ocurrido hace poco.

Lo único que había sucedido hacía poco era que se la encontró desnuda en el dormitorio de Gabe, pero Nikki tenía muy claro que no había malinterpretado nada.

—Y le preocupa que vayas a decirle algo a su prometido. —Se desabrochó el botón del puño derecho e hizo lo mismo con la manga—. Le he dicho que no te atreverías a hacer tal cosa, pero ella afirma que ya has hablado con Gabe.

El corazón se le subió a la garganta.

—Sabrina estaba en su habitación...

—Esperando a que llegara para hablar del compromiso con su hermano. —Parker bajó los brazos y sonrió—. Para planificar una fiesta que quiere dar para celebrarlo. Quería conocer la opinión de Gabe sobre qué champán pedir.

Nikki se quedó muda de asombro por un momento, pero luego fue incapaz de no responder.

—¿Y para eso tenía que ducharse en su baño? ¿Estáis de coña? ¿Es esto algún tipo de cámara oculta?

—Se le vertió un poco de bebida en la camisa y se duchó. Gabe no estaba allí. —Parker rodeó la mesa baja—. Pero tú sí.

—¿Crees que Gabe no va a decir nada después de lo que ha pasado? —preguntó, todavía estupefacta.

—No dirá ni una palabra —respondió él con absoluta confianza.

Nikki lo miró con la boca abierta. Estaba tan loco como su hermana.

—¿Por qué estabas en las habitaciones privadas de Gabe, Nikki?

—Porque *trabajo* aquí. Por eso...

—Venga ya, Nikki. No estabas allí por trabajo. —Frunció los labios—. Bueno, a menos que tuvieras pensado trabajar con las piernas abiertas. ¿Sabes? Estoy un poco ofendido.

Ella jadeó indignada.

—¿Que tú estás ofendido?

—Me tratas como si no pudieras soportarme. Cada vez que me acerco a ti, reaccionas como si fuera a abalanzarme sobre ti —dijo sin quitarle ojo mientras ella se iba hacia el otro extremo de la mesa baja. Parker se rio—. Lo estás haciendo ahora mismo.

—Porque me pones los pelos de punta, Parker.

—¿Alguna vez te he hecho algo para que me tengas miedo?

Nikki alzó ambas cejas.

—¿Además de entrar en la casa cuando se supone que no debes hacerlo? ¿Qué tal si hablamos de lo que pasó en la casa de la piscina?

Parker apretó la mandíbula.

—En la casa de la piscina no pasó nada.

—Porque Lucian llegó a tiempo. —El nudo en el estómago se convirtió en un enorme trozo de hielo—. Te negaste a marcharte, a pesar de que yo solo llevaba una toalla, e intentaste quitármela...

—Y tú no tenías ningún problema en enseñarle las tetas y el culo a Gabe cada vez que lo tenías cerca. Así que, perdóname por pensar que tampoco te importaría que te viera.

Nikki respiró con fuerza.

—No enseñé ninguna parte de mi cuerpo a nadie con diecisiete años, pero si lo hubiera hecho, sería mi decisión. Al igual que es mi decisión a quién se lo enseño ahora.

—¡Oh! Estás adorable cuando te haces la feminista —se burló él—. Los hechos son los hechos. Nunca te he hecho nada salvo invitarte a mi ático.

—Sí, gracias por eso, pero prefiero arrancarme todos los pelos del cuerpo con unas pinzas oxidadas antes que aceptar esa oferta —espetó ella.

Parker endureció la mirada.

—Eres una zorrita que necesita que le enseñen cuál es su lugar.

Nikki se acercó al borde de la mesa baja.

—¿Y cuál se supone que es mi lugar?

—Todavía no estoy seguro —respondió él.

—Tienes que irte —dijo ella, intentando mantener un tono de voz tranquilo—. Ahora mismo.

Parker se rio.

—No sé si a Devlin le va a hacer mucha gracia lo maleducada que estás siendo con su cuñado.

Nikki estaba tan asustada y sorprendida por el hecho de que Parker y Sabrina creyeran que, después de lo ocurrido el lunes, se celebraría esa boda, que apenas podía formular una frase coherente.

—Bien —logró decir al cabo de un rato. Fue hacia la puerta—. Si no te vas, llamaré a la policía y te denunciaré por allanamiento. —Cuando llegó a la puerta, la abrió y salió al pasillo. Como sabía que Parker la estaba siguiendo y no quería darle la espalda, se dio la vuelta—. Te doy diez segundos para...

—¿Vas a llamar a la policía? —Él se rio—. ¡Qué dura!

—Te quedan cinco segundos. —Se metió la mano en el bolsillo en busca del teléfono—. Y lo haré...

Parker la agarró del brazo y se lo apretó con fuerza.

—No creo que sea buena idea llamar a la policía, Nikki.

—Suéltame —ordenó ella, torciendo el brazo.

Parker le clavó los dedos con saña. Ella jadeó de dolor.

—¿Recuerdas lo que te dije sobre tus padres? Puedo hacer que pierdan sus trabajos...

—Empiezo a creer que tus amenazas no valen una mierda cuando las probabilidades de que Devlin se case con tu hermana son literalmente nulas. —Le sostuvo la mirada a pesar de que tenía el corazón desbocado—. Ahora suéltame.

Parker la miró con una furia desmedida mientras la atraía con fuerza hacia su pecho.

—Si Devlin rompe el compromiso porque corriste a contárselo a Gabe, vas a desear haber cerrado el pico.

Le entraron náuseas de solo pensar en todas las partes de su cuerpo que estaban tocando las de él. Trató de alejarse.

—Suéltame ahora mismo.

—¿O qué? —susurró Parker mientras la arrastraba hacia él de nuevo.

—O te arranco la mano con la que la estás tocando.

Nikki sintió tal alivio al oír la voz de Gabe que pensó que iba a desmayarse. Parker abrió los ojos como platos y le soltó el brazo mientras ella se tambaleaba hacia atrás. Entonces el hermano de Sabrina se hizo a un lado y Nikki pudo ver a Gabe acercándose por el pasillo.

Sus bellos rasgos estaban contraídos por la ira. Al verlo, sintió una amalgama de sentimientos contradictorios, pero se alegró de que estuviera allí.

—Gabe. —Parker recuperó su sonrisa falsa—. Estaba buscando...

Nikki chilló cuando Gabe interrumpió lo que fuera a decir Parker agarrándolo del cuello y estrellándolo contra la pared.

—Dame una buena razón para no estrangularte aquí mismo —dijo Gabe con un tono demasiado tranquilo—. Dudo que puedas encontrar una, pero hoy me siento generoso.

Como nunca había visto a Gabe así, Nikki retrocedió hasta la pared opuesta. De pronto, recordó lo que Sabrina le había dicho sobre el hombre que atacó a Emma. Con todo lo que había sucedido después, se le había olvidado por completo.

Parker, bastante menos fuerte que el mediano de los De Vincent, se atragantó mientras Gabe seguía ejerciendo presión sobre su cuello.

—Sigo esperando la buena razón. Solo necesito una.

Ahí fue cuando Nikki comprendió de lo que era capaz. Puede que fuera el hermano que todos creían más sensato, pero en ese momento vio lo que se ocultaba bajo las apariencias. Le habría gustado que eso la asustara o hiciera que lo viera con otros ojos.

Pero no fue así.

Parker intentó quitarse de encima la mano de Gabe. Su cara cada vez estaba más roja.

—¿Por qué te estaba agarrando, Nic? —inquirió Gabe con el mismo tono sereno.

Ella los miró a ambos. El brillo de súplica que vio en los ojos de Parker le produjo una perversa satisfacción.

—Le dije que si no se iba, llamaría a la policía.

—¿Y por qué no se fue?

—No lo sé. Tendrás que preguntárselo a él.

—No creo que me guste su respuesta. ¿Qué estaba haciendo aquí?

Nikki se cruzó de brazos.

—Dijo que estaba buscando a Devlin.

Gabe ladeó la cabeza.

—¿Pero qué chorrada es esa, Parker? Sabes que Dev no vuelve hasta el sábado. Así que dime ahora mismo a qué has venido y cómo cojones has conseguido entrar.

Parker no podía responder, no con Gabe asfixiándolo. El hombre había pasado de tener la cara roja a morada. Nikki decidió intervenir.

—Creo que ha venido a decirme que mantenga la boca cerrada sobre lo que vi el lunes.

—¿En serio? —Gabe soltó a Parker.

El hermano de Sabrina cayó contra la pared, tosiendo en busca de aire.

—¡Jesús! —escupió con voz ronca, frotándose la garganta—. Me estabas ahogando.

—¡No jodas! —Gabe se inclinó sobre la cintura para quedar a la altura de su cara—. ¿Te ha enviado Sabrina para que amenaces a Nic? No contestes. De todos modos, no vas a decir la verdad.

Parker apartó la vista, pero Gabe lo agarró del pelo y lo obligó a mirarlo a los ojos.

—Quiero que tanto tú como tu hermana entendáis algunas cosas. Creí que ya se lo había dejado claro a Sabrina el lunes, pero lo voy a repetir. Mantente alejado de Nic. No la mires. Ni siquiera respires en su dirección. Si tú o tu hermana lo hacéis, se acabó. ¿Entendido?

Parker no respondió.

Gabe golpeó la cabeza de Parker contra la pared.

—Te lo vuelvo a preguntar. ¿Entendido?

—Entendido —jadeó Parker.

—Bien. Ahora tengo un mensaje para Sabrina. Dile que voy a hablar con Dev en cuanto llegue a casa el sábado. Tu hermana la cagó y tendrá que asumir las consecuencias. Igual que tú.

Parker tragó saliva con fuerza.

—Si Devlin no se casa...

—Me importa una mierda. De verdad. Me da completamente igual —dijo Gabe. Y entonces esbozó la risa más aterradora que Nikki había visto en su vida—. ¿Ha quedado claro?

—Sí —gruñó Parker.

—Perfecto. —Gabe soltó a Parker, que se fue resbalando hacia abajo por la pared, respirando con dificultad—. ¡Ah! Una cosa más.

Parker levantó la barbilla.

Gabe sonrió, echó el brazo hacia atrás y, a la velocidad del rayo, estrelló el puño contra la mandíbula de Parker, que se derrumbó como una marioneta a la que le hubieran cortado las cuerdas.

—¡Dios mío! —Nikki se llevó una mano a la boca.

Gabe se cernió sobre Parker.

—Ahora levántate y sal de esta casa antes de que haga algo peor.

Parker no protestó. Se levantó y se marchó corriendo (sí, corriendo) por el pasillo y luego abrió la puerta de golpe para salir. No miró atrás ni una sola vez.

Y entonces se quedó sola con Gabe.

—Los miembros de la familia Harrington tienen un problema serio en la cabeza —murmuró.

—Y que lo digas. —Gabe soltó un suspiro y se frotó los nudillos—. Es la segunda vez que pego a un hombre por ti.

Se volvió lentamente hacia él.

—¿Qué?

—¿Estás bien? —preguntó Gabe en vez de responder.

—Sí. —Cruzó los brazos sobre el pecho—. No sé cómo ha conseguido entrar. Había cerrado todas las puertas.

—Siento decirte esto, pero acabo de entrar por el recibidor. Esa puerta estaba abierta.

—¿Qué? —preguntó incrédula—. La cerré. Estoy segura.

Gabe sacudió la cabeza.

—¿Te ha hecho algo Parker? —Se dirigió a la puerta principal y echó la cerradura—. ¿Seguro que no te ha hecho daño?

—No. Me ha dado un susto de muerte, pero no me ha hecho nada. —Ahora que la adrenalina ya no corría por sus venas, empezó a notar un tipo de ansiedad diferente.

Gabe se puso frente a ella y luego se miró la mano.

—Ya le advertí que no se acercara a ti. Está claro que tiene un problema de oído.

—¿De verdad?

—Déjame verte el brazo. —Dio un paso hacia ella.

Nikki retrocedió.

—A mi brazo no le pasa nada.

—Me quedaré más tranquilo si me dejas examinarlo.

—¿Y qué más te da? —La pregunta salió de su boca mientras seguía apartándose de él.

—¿Que qué más me da? —repitió él lentamente. Apartó la vista un instante y se mordió el labio—. Nic, tenemos que hablar.

—No, porque sé muy bien que me vas a decir que no te da igual, que te preocupas por mí, y las cosas se van a poner muy incómodas y dolorosas. —Descruzó los brazos—. Porque está claro que no te preocupas por mí de *esa* forma.

Gabe volvió la cabeza hacia ella.

—Nic...

—Si fuera así me habrías contado detalles importantes de tu vida—. El nudo regresó a su garganta—. Como que tienes un hijo. No me digas que no. No puedes negarlo. —Cerró los ojos y exhaló lentamente para no derrumbarse—. Gracias por hablar con Parker. Y por pegarle. Pero esto no cambia nada. Sigo sin querer hablar contigo. —Abrió los ojos y odió que las lágrimas que había en ellos le impidieran verlo con nitidez—. No quiero saber nada de ti.

Nikki nunca había dado tanto las gracias de estar tan ocupada que no le diera tiempo a pensar en nada más. Llevaba todo el día sin pensar en Gabe ni preocuparse por Parker o Sabrina.

Ese día era el primero que no tenía ganas de quedarse en la cama y llorar como si volviera a tener dieciocho años. Abrir cajas y colocar todas sus cosas tuvo el extraño efecto de vaciar su cabeza de cualquier pensamiento.

También ayudó el hecho de pasar parte del día con sus padres y con Rosie, que acababa de sacar las últimas toallas, dejándoselas en la cama.

Cuando su amiga salió del corto y estrecho pasillo, Nikki miró la pequeña isla que separaba la cocina del salón. A la derecha, había espacio para poner una mesa.

Todavía no había comprado una.

Antes de darse cuenta, estaba mirando el equipo de ebanistería que Gabe le había regalado. La caja lacada estaba abierta y Rosie estaba hurgando en ella, buscando un objeto puntiagudo para abrir una caja.

Se lo había llevado a su apartamento porque se negaba a permitir que lo que había pasado con Gabe echara a perder un pasatiempo con el que volvía a disfrutar.

Cada vez que veía ese equipo sentía una punzada de dolor en el corazón, pero estaba decidida a no permitir que eso la afectara.

—¿Estás bien? —preguntó su amiga, secándose el sudor de la frente con la palma de la mano.

—Sí. —Levantó los brazos sobre la cabeza para estirar la espalda—. Solo estaba sumida en mis pensamientos.

—Recuerda lo que te dije. —Rosie se colocó el pañuelo que impedía que sus rizos le cayeran por la cara—. ¡Que le den!

—Lo recuerdo. —Nikki había puesto a Rosie al corriente de todo lo que había pasado en los últimos días. Confiaba en que su amiga no comentara nada sobre que Gabe tenía un hijo. Pero no le había contado nada de lo que Sabrina le había dicho sobre el hombre que había atacado a Emma. Eso era un secreto que se llevaría a la tumba—. ¡Que le den!

«¡Que le den!» se había convertido en el nuevo lema de Rosie.

Rosie le pasó un brazo por los hombros.

—Con el tiempo mejorará.

—Lo sé. —Tragó saliva y sonrió—. Ya he vivido esto con él antes.

Su amiga la besó en la mejilla y luego se apoyó en la isla.

—Sigo creyendo que no te contó lo de su hijo por un buen motivo. Y estoy segura de que, tarde o temprano, te lo explicará.

—Me da igual si lo hace o no. —Tomó una profunda bocanada de aire que llegó a su dolorido pecho—. El hecho de que no me contara algo tan importante, que afecta a su futuro y habría afectado a nuestro futuro juntos, demuestra que no pensó en nuestra relación a largo plazo.

Rosie no dijo nada.

—Al final, solo era... una chica más con la que pasar el rato. Lo dijo él mismo, Rosie. De todos modos, también se va a mudar.

—Los hombres se pasan todo el día diciendo tonterías que no quieren decir.

—Y a veces también dicen cosas que sí quieren decir. —Intentó respirar, pero el nudo que se había instalado en su garganta se lo impidió—. ¡Dios! No me puedo creer que todavía esté enamorada de él. Soy una imbécil.

—No eres ninguna imbécil. Él imbécil es él.

Nikki sonrió.

—Gracias por ayudarme hoy. No sabes lo mucho que significa para mí.

—No hay de qué. Me habría gustado quedarme un poco más, pero hoy me toca reemplazar a Randy. Estamos en otoño y ya sabes lo populares que son las visitas guiadas de fantasmas en el Barrio Francés.

Nikki sonrió. Lamentó no poder acompañarla.

—No te preocupes. Bastante has hecho ya.

Después de prometer a Rosie que la invitaría a la primera comida que hiciera en su nuevo apartamento, se despidieron y Nikki se quedó sola.

Todo estaba demasiado tranquilo.

Encendió la televisión, dando gracias por que le hubieran hecho la instalación esa misma mañana. Necesitaba oír algo de fondo.

Cuando dejó el mando a distancia, se quedó mirando la mesa baja. El pecho se le contrajo de forma dolorosa. Aquella mañana había aparecido un camión de mudanzas, justo después de que se marchara el instalador de la televisión por cable. Al principio, no tenía ni idea de lo que traían. No fue hasta que empezaron a descargar cuando se dio cuenta de que eran los muebles que le había regalado Gabe.

Le ardió la garganta. Apretó los labios y apartó la mirada.

Tomó una temblorosa bocanada de aire. Cada vez que pensaba en los dos, en lo que habían compartido y en lo que él le dijo después, se le rompía el corazón.

¡Cómo le habría gustado poder odiarlo!

Habría sido mucho más fácil.

Fue hacia la cocina y sacó el recipiente de espaguetis que su padre le había preparado. Lo metió en el microondas y se pasó los siguientes minutos comiendo sin pensar en nada más.

Aún le quedaba mucho por hacer.

Después de colocar los libros en los pequeños estantes, se dirigió al dormitorio para terminar de ordenar las toallas. Fuera, ya era de noche.

Le gustaba muchísimo el apartamento. No era enorme, posiblemente más pequeño que el que Gabe tenía en la mansión De Vincent, pero era perfecto para ella. Solo deseó que esa experiencia no se viera empañada por la fragilidad de su corazón.

¡Joder! Si era sincera consigo misma, le habría encantado que él estuviera allí con ella. Habrían compartido una botella de vino para celebrarlo y luego habrían inaugurado la cama.

Pero no pasaría nada de eso.

Se sorbió la nariz y usó el hombro para secarse la estúpida lágrima que le caía por la mejilla mientras doblaba otra toalla. Volvería a superarlo. Esta vez no iba a tardar cuatro...

Clic.

El aliento se le quedó atascado en la garganta. Se quedó completamente inmóvil. Alguien acababa de abrir la puerta de entrada de su apartamento.

31

A Nikki se le pusieron de punta los pelillos de la nuca. Dejó sobre la cama la toalla que estaba doblando. De pronto, sintió mucho calor. Después, mucho frío. Se volvió hacia la puerta abierta del dormitorio, con el corazón a punto de parársele.

Alguien había entrado en su apartamento.

¿No había cerrado la puerta con llave?

Se apartó de la cama y miró hacia el pasillo. Solo conocía a una persona tan arrogante como para entrar en su apartamento sin avisar, pero no podía ser él. No después de lo que había pasado entre ellos.

Aun así, se aferró a esa pequeña chispa de esperanza y se acercó a la puerta del dormitorio, esforzándose por mirar el pasillo. Lo único que se oía era el zumbido de fondo de la televisión encendida y lo único que pudo ver fue el apoyabrazos del sofá y la isla que separaba la cocina del salón.

—¿Gabe? —preguntó, abriendo y cerrando las manos a los costados.

Al cabo de unos segundos, un hombre entró en su campo de visión. Un hombre que claramente no era Gabe, a menos que hubiera perdido peso y estatura en tiempo récord... y decidido que un pasamontañas negro era el último accesorio de moda.

Durante un aterrador instante, Nikki no pudo moverse, ni siquiera respirar, mientras miraba fijamente a ese hombre al otro lado del pasillo. Se quedó como un animal petrificado frente a los faros de un coche aproximándose, mientras su cuerpo intentaba reaccionar a las órdenes que le estaba enviando el cerebro.

El hombre avanzó por el pasillo.

Un terror helado se extendió por sus entrañas y su instinto por fin tomó el control. Se arrojó hacia delante, cerró la puerta y echó la patética cerradura.

—¡Mierda, mierda!

Se dio la vuelta para buscar su teléfono. Un pasamontañas negro era una mala señal, una muy mala señal. Levantó la toalla de la cama. No veía el teléfono por ningún lado.

Algo pesado se estrelló contra la puerta del dormitorio, sacudiendo toda la pared. Se dio la vuelta soltando un grito. Su teléfono. ¡No! ¡Se lo había dejado en el salón!

El intruso volvió a golpear la puerta. La madera se partió en el centro, astillándose. Nikki retrocedió a trompicones. Cuando vio una mano enguantada atravesándola y buscando la cerradura, empezó a hiperventilar.

¡Dios! No podía creerse lo que estaba pasando. Un extraño, un extraño con máscara y guantes había irrumpido en su apartamento y ella había visto bastantes episodios de *Crímenes imperfectos* para saber que aquello iba a terminar mal.

Miró desesperada a su alrededor. Vio las puertas de cristal del balcón. El instinto le dijo que no llegaría a tiempo. No con las puertas cerradas y la cerradura echada.

Un arma. Necesitaba un arma.

Se dio la vuelta y agarró la lámpara de la mesita de noche, el único objeto con la suficiente consistencia que tenía en el dormitorio. Cuando la puerta se abrió, se giró y la desenchufó de la toma de corriente.

—¡No te acerques! —gritó, sosteniendo la lámpara como si fuera un bate de béisbol.

El hombre fue hacia ella.

¡Mierda!

No lo dudó ni un instante. Balanceó la lámpara con toda la intención de aplastar la cabeza a ese tipo. Pero eso no fue lo que sucedió.

El hombre logró agacharse a tiempo y cargó contra ella. Su hombro la golpeó de lleno en el estómago, doblándola. Jadeó de dolor mientras el hombre le arrebataba la lámpara y la tiraba. El objeto se estrelló contra la alfombra. Nikki se enderezó y trató de escapar haciéndose a un lado, en dirección al pasillo.

No lo consiguió.

El intruso la agarró por la cintura y, antes de darse cuenta, estaba volando por los aires. Aterrizó sobre la cama con tanta fuerza que se quedó sin aire en los pulmones. La conmoción hizo que perdiera unos segundos preciosos.

Se giró e intentó gritar, pero él cayó sobre ella y le tapó la boca con una mano mientras se sentaba a horcajadas sobre sus caderas, inmovilizándole las piernas.

Cuando el hombre se inclinó sobre ella, acercando su cabeza, el pánico le atenazó todos los músculos. Esos ojos...

El encapuchado le tapó la boca con más fuerza, haciéndole daño en los labios. Colocó la otra mano en su hombro y la bajó hasta su pecho, donde apretó con saña.

Nikki gritó de dolor, pero el sonido no llegó a sus oídos.

Mientras chillaba contra su mano, un horror distinto se abrió paso en su interior. Ese hombre iba a... *¡Oh, Dios mío!*

Un terror en estado puro hizo correr la adrenalina por sus venas. Levantó las caderas, intentando liberarse, pero él la sujetó con más fuerza. Ignoró la agonía que le abrasaba el pecho y, haciendo acopio de todas sus fuerzas, le dio un puñetazo en un lateral de la cabeza.

El hombre echó la cabeza hacia atrás y aflojó el agarre de su boca. Nikki volvió a golpearlo, esta vez en la mandíbula. Le dolían los nudillos. El intruso retrocedió lo suficiente para que ella pudiera enderezarse y liberar una pierna. Se retorció e intentó llegar al borde de la cama.

Una mano la agarró por el cabello y tiró de ella hacia atrás. El dolor se extendió por su cuero cabelludo cuando la tumbó de espaldas.

—Zorra estúpida —gruñó él con una voz que le puso todos los pelos de punta.

Esa voz. Esa voz. Conocía esa...

Recibió un fuerte puñetazo en la mandíbula. El estallido de dolor que siguió fue tan brutal como inquietante. Después, un calor abrasador le atravesó el rostro. Sintió un sabor metálico en la boca. Sangre. *¡Sangre!*

Otro golpe.

Otra ráfaga de dolor se apoderó de ella. Esta vez venía del ojo. Del ojo izquierdo. Se le oscureció la visión mientras se desplomaba en el colchón. De pronto le costaba pensar. Intentó incorporarse, pero sentía la cabeza rara, le pesaba demasiado.

Y le dolía horrores.

—No te muevas.

Un puño se estrelló contra su estómago. Nikki jadeó. Algo... algo se rompió en su interior. ¿Una costilla?

Volvió a caer sobre la cama, aturdida y perdida en un mar de dolor e incredulidad. *¿Por qué me está pasando esto?* Se repitió esa pregunta una y otra vez, perdiendo de nuevo unos segundos valiosos que él aprovechó para agarrarle la pierna y arrastrarla hasta el borde del colchón. Después se colocó entre sus muslos. El techo desapareció y luego volvió a aparecer.

¿Por qué me está pasando esto?

Unos minutos antes, estaba doblando la ropa, haciendo todo lo posible por no llorar, por no sucumbir a las emociones desbocadas por haber vuelto a ponerse en esa situación con Gabe y tener que vivir con ello. De eso hacía solo unos minutos...

Sintió unos dedos clavándose en la piel de su estómago, enganchándole la cintura de los *leggings* y tirando de ellos hacia abajo.

Una rabia visceral y sofocante, mezclada con el terror, la empujó más allá del dolor y de la confusión por lo que estaba sucediendo. Sus pensamientos se aclararon al instante.

Levantó las caderas. Un movimiento que él debió de interpretar como que ella le estaba ayudando, porque se echó hacia atrás y le soltó una pierna. Ella aprovechó la oportunidad y, poniendo toda su alma en ello, le dio una patada en el estómago.

El intruso gruñó y cayó hacia atrás, de nalgas.

Nikki no perdió el tiempo.

Se bajó de la cama. Tan pronto como sus pies tocaron la alfombra, empezó a correr. Sus movimientos eran lentos y desiguales, lo que la ralentizó al llegar al pasillo.

Tienes que llegar a la puerta. Grita. Alguien te oirá. Grita.

Y eso fue lo que hizo. Gritó todo lo que pudo, pero el sonido le pareció muy débil.

Un peso se estrelló contra su espalda, haciéndola caer. Se golpeó la barbilla con el suelo, enviando otro estallido de dolor por su columna. No se detuvo. Se negó a rendirse ante el dolor. Ni siquiera cuando él le dio un puñetazo en la espalda, a la altura del riñón.

—¡A la mierda con esto! —El hombre la giró con violencia, aplastando la parte posterior de su cabeza contra el suelo.

Nikki cogió aire para gritar, pero él le apretó la garganta, robándole el que podría ser su último aliento.

Nada podría haberla preparado para esa sensación que paralizaba todos sus nervios. Su cuerpo se agitaba mientras intentaba tomar aire, pero la mano alrededor de su garganta se lo impedía.

Iba a morir. En ese momento supo que la iba a matar. Toda su vida pasó por delante de ella. Vio a sus padres. Vio a Rosie y a Bev. Y también vio a Gabe.

No.

No iba a permitir que ese fuera el fin.

Levantó los brazos y fue a por la única parte expuesta de su atacante que podía ver: sus ojos. Mientras su cuerpo empezaba a convulsionar, le clavó las uñas en el ojo izquierdo.

El hombre gritó de dolor y le liberó la garganta para agarrarle la mano, aunque ella no le soltó. Él se echó hacia atrás, pero los dedos de Nikki se habían atascado bajo el pasamontañas. El intruso giró la cabeza y volvió a forcejear con las manos. El pasamontañas se enredó un instante y luego se soltó mientras Nikki se arrastraba hacia atrás, tomando profundas bocanadas de aire con la boca llena de sangre y saliva.

Cuando se arrodilló, se dio cuenta de que tenía el pasamontañas en la mano. Con un resuello, se puso de pie justo a tiempo de evitar la patada que él empezaba a propinarle. El hombre estrelló su bota contra la pared. Nikki se tropezó hacia delante y luego miró hacia atrás.

—¡Parker! —jadeó, dejando caer el pasamontañas al suelo.

Él volvió rápidamente la cabeza hacia ella. La sangre le corría por un lado de la cara; una cara contorsionada por el dolor y la ira. Se puso de pie de un salto.

—Le advertí que teníamos que hacerlo como con la otra perra, pero no me escuchó. Me dijo que dos accidentes de coche levantarían demasiadas sospechas. Debería haberme encargado de ti la primera noche que te seguí.

Cuando se dio cuenta de lo que significaban sus palabras, el horror se apoderó de ella.

—¿Emma? ¿Tú provocaste el accidente de Emma?

Su voz sonaba extraña, empalagosa, pero Parker la entendió perfectamente porque soltó un rugido que despertó un terror primigenio en su espina dorsal.

Se dio la vuelta e intentó moverse lo más rápido que pudo. El pasillo la parecía interminable. Una parte de ella, una parte que solo estaba centrada en sobrevivir, supo que no llegaría a la puerta. Si se caía de nuevo, jamás se volvería a levantar.

Entonces su conciencia se apagó y el instinto de supervivencia tomó el control. Fue hacia la isla de la cocina, donde estaba el equipo de ebanistería abierto, agarró el cincel más grande que vio y se dio la vuelta.

Más tarde, no recordaría cómo tomó esa decisión. Simplemente sucedió.

Estaba sosteniendo el cincel con tanta fuerza con ambas manos, que cuando Parker se abalanzó sobre ella, clavándoselo en el pecho, Nikki no lo soltó. Tampoco lo soltó cuando él abrió los ojos de golpe. Ni cuando llevó las manos hasta su cara e intentó arañarla. Ni siquiera lo soltó cuando sintió un líquido caliente empapándole las manos. Ni cuando a Parker se le doblaron las rodillas y cayó hacia delante, liberándose del cincel.

El hermano de Sabrina se desplomó de cabeza en el suelo. Después, su cuerpo tembló un par de veces y se quedó inmóvil.

Nikki todavía sostenía el cincel.

Se quedó allí paralizada un instante. Entonces sucedió algo muy extraño. La parte lógica de su cerebro despertó.

Tenía que llamar a la policía. Sí. Eso era lo que tenía que hacer.

Se puso a buscar por el salón como si fuera una autómata. Encontró el teléfono en la mesa baja. Lo cogió, pero se le escapaba entre los dedos.

Entumecida.

Se sentía tan entumecida.

Marcó el 911. No supo exactamente lo que le dijeron, aunque sí oyó que iban de camino. No tuvo claro si le pidieron que siguiera al teléfono, pero necesitaba llamar a Gabe.

Supuso que a él y a sus hermanos les gustaría saber que Parker estaba en su casa, muerto, y que le había dado a entender que había tenido algo que ver con el accidente de coche de Emma. Era importante porque... porque eso involucraba a los De Vincent. Y vendría la policía. Surgirían preguntas. Habría un escándalo.

Devlin se iba a... disgustar mucho.

No sabía cómo se lo tomaría Gabe.

Mientras llamaba a Gabe, una parte de su cerebro sabía que no estaba pensando con mucha lógica. No, no estaba pensando en absoluto. Retrocedió, el teléfono sonó contra su oído. Tocó la pared con la espalda y se deslizó por ella hasta sentarse en el suelo.

El tono de llamada siguió sonando y sonando, pero Gabe no contestó.

Con el cincel todavía en la mano, se apretó el teléfono contra el pecho mientras miraba el pasillo y la sangre que corría lentamente por las baldosas.

32

Gabe se sacó el teléfono del bolsillo por lo que le pareció la enésima vez desde que vio que Nic lo estaba llamando.

Se sorprendió al ver su nombre en la pantalla. Después de su última conversación, se imaginaba que ella habría preferido patearle las pelotas antes que llamarlo.

¿Qué podría querer?

Seguramente que se llevara los muebles que le había enviado. Podía odiarlo todo lo que quisiera, pero esos muebles ahora eran suyos. Punto.

Volvió a sonar el teléfono, pero esta vez metió la mano en el bolsillo y lo apagó sin ver quién era.

Fuera lo que fuese, tendría que esperar hasta que el drama en su casa se calmara lo suficiente para que pudiera escabullirse y ver qué era lo que quería. Dev había llegado a casa temprano y lo primero que hizo Gabe fue contarle lo sucedido.

Su hermano se terminó su tercer vaso de burbon.

—Lo sabía.

—¿Perdona? —preguntó Gabe sorprendido.

Le acababa de explicar todo lo que había pasado con Sabrina ¿y esa era la respuesta que recibía?

—Sabía que iba detrás de ti. También sabía que estaba loca, completamente loca. —Dev rodeó su escritorio, tomó la botella de burbon y se sirvió otro vaso—. Sin embargo, esperaba que, con el tiempo, se cansara de perseguirte. Esperaba que fuera... más inteligente.

Gabe lo miró boquiabierto.

—¿Estás de coña?

Dev regresó a su silla, se sentó y dejó el vaso sobre la mesa.

—¿Tengo cara de estar bromeando?

Gabe estuvo a punto de levantarse.

—Sabías que iba detrás de mí, que me estaba jodiendo la vida...

—Eso no lo sabía. Lo último —le interrumpió Dev—. Si lo hubiera sabido, habría puesto fin a todo esto.

—¿Lo habrías hecho?

Su hermano lo miró con frialdad.

—Sí. La familia es lo primero. Siempre.

—¿Entonces que vas a hacer al respecto? —quiso saber él—. No puedes seguir adelante con la boda.

—Por supuesto que no. Se acabó. Seguramente se habría acabado igual, aunque no me lo hubieras contado o Nikki se hubiera callado. —Cogió el vaso—. No deseo tanto el imperio Harrington.

Gabe se echó hacia atrás y se pasó una mano por el pelo. Se sentía tan aliviado que podría haber besado a su hermano.

—Bueno, siento que tu prometida...

—No lo sientas. Nunca la he querido. Apenas la soporto.

—Entonces, ¿por qué? —Se moría de curiosidad—. Si sabías que lleva una década intentando acostarse conmigo, ¿por qué seguiste con ella? No podías ansiar tanto la compañía de su familia.

—Pensé erróneamente que podía controlarla. —Giró el líquido dentro del vaso—. Que me costaría menos vigilarla si estaba casado con ella.

—Eso no tiene sentido.

Dev se encogió de hombros.

—Sabrina sabía cosas. Cosas sobre las que no he sido del todo sincero contigo.

Gabe supo al instante de lo que se trataba.

—Estás hablando de Christopher Fitzpatrick. Dijiste que...

—Nunca le conté lo que pasó con ese hombre —le interrumpió Dev—. Pero Sabrina lo sabía. No sé si se enteró por Emma o no. Pero era fundamental mantenerla cerca de nosotros para que no pusiera en peligro a la familia.

—¡Dios santo! —Gabe estaba tan sorprendido como asombrado mientras miraba a su hermano. Sintió que, después de tantos años, lo veía de otro modo—. Así que estabas con ella para proteger...

—Estaba con ella porque así lo decidí. Y ahora decido no seguir con ella. Así de sencillo.

Gabe negó con la cabeza lentamente. Cuando eran pequeños, Dev siempre... siempre se llevaba la peor parte del castigo cuando sus hermanos se metían en problemas. A veces, incluso, casi parecía ofrecerse voluntario. Siempre estaba con su padre, *siempre*, y Gabe se preguntaba a menudo por qué, ya que Lawrence no se portaba nada bien con Dev. A medida que se hizo mayor, empezó a darse cuenta del motivo por el que su hermano se había quedado voluntariamente al lado de su padre.

De ese modo evitaba que prestara demasiada atención a Lucian, a Madeline y a él mismo. Dev los había protegido.

Y todavía seguía haciéndolo.

¡Jesús!

Se aclaró la garganta.

—¿De verdad se ha terminado? ¿Crees que Sabrina se tomará la ruptura medianamente bien?

—Lo hará. —Dev estaba mirando fijamente su vaso—. Puedo ser muy convincente.

Miró con atención a su hermano.

—A veces, me asustas.

Dev sonrió, sonrió de verdad, algo raro en él.

—Sí, yo también me asusto a mí mismo a veces.

Gabe alzó ambas cejas.

—Por cierto —dijo Dev, antes de tomar un sorbo de su bebida—. ¿Qué vas a hacer con Nikki?

Vaya una forma más rápida de cambiar de tema.

—¿A qué te refieres?

—Ya sabes a lo que me refiero. Has estado con ella.

Gabe lo miró con los ojos entrecerrados.

—Como te dije la última vez, no voy a discutir esto contigo.

Dev se encogió de hombros.

—Espero que hayas pensado en las... consecuencias a largo plazo que te puede acarrear una relación más estable con Nikki. Es casi diez años más joven que tú, acaba de salir de la universidad y trabaja para nuestra familia.

—Lo he pensado, Dev.

—Sé que te he dicho esto antes, pero merece la pena repetirlo. ¿Qué crees que pasará si los Rothchild deciden luchar por la custodia? —preguntó—. Tú y una novia de veintidós años. No creo que un juez lo considere lo más adecuado.

—Puede que Nic sea joven, pero es una persona responsable, madura y más sensata que la mitad de nosotros. —Se le encogió el corazón porque era verdad y seguía cagándola con ella—. William es mi hijo. No creo que ningún juez se atreva a negarme la custodia.

Dev recorrió con un dedo el borde del vaso.

—Entonces nos aseguraremos de no llegar a eso.

Miró a su hermano.

—Nic sería... Le confiaría a William. Sin dudarlo ni un segundo. —En el momento en que aquellas palabras salieron de su boca supo que eran verdad. Fue un trago amargo, teniendo en cuenta que la revelación llegaba demasiado tarde.

Había vuelto a herirla, pero esta vez sabía que el daño causado por sus palabras y la falta de ellas era mucho más profundo que el de hacía cuatro años.

—Debería haberme imaginado que terminarías cayendo en sus redes. —Dev esbozó una leve sonrisa carente de humor—. Si Lawrence estuviera vivo para ver esto...

—No sé muy bien qué responderte.

—Habría tenido muchas cosas que decir al respecto.

—Eso seguro.

—Excepto que no se habría dedicado solo a pensarlas —continuó su hermano—. ¿Por qué crees que no me gustaba que Nikki correteara por la casa en bañador? No era por ti. —Dev apretó la mandíbula—. Era por nuestro *padre*.

Nada habría podido pillarlo más desprevenido.

—¿Qué?

—¿Nunca te diste cuenta de la forma como la miraba? —preguntó con una mueca de asco en los labios—. Yo sí. Yo lo vi.

Gabe parpadeó despacio.

—¿De qué estás hablando?

Su hermano tardó un rato en contestar.

—No lo conocíais, Gabe. No como yo. Yo era el único que sabía de lo que era capaz ese cabrón. De todas las veces que se salió con la suya.

Gabe se quedó completamente petrificado mientras miraba a su hermano. Se le congelaron las entrañas.

—¿Él la...? —Se detuvo. No. Nic le habría dicho algo, sobre todo después de contarle lo de Emma. Aunque aquello no lo tranquilizó en absoluto. Al fin y al cabo, tampoco le había mencionado nada de lo que pasó en la casa de la piscina con Parker. No hasta que él se lo preguntó—. ¿Qué hizo?

—Qué no hizo sería la pregunta adecuada. —Se bebió lo que le quedaba del vaso. Después torció los labios, enseñando los dientes—. Creo que el día más feliz de mi vida fue el día en que me enteré de que no era mi padre biológico. Que su puta sangre no corría por mis venas. —Lo miró—. Confía en mí, Gabe, tú y yo hemos tenido suerte.

Gabe se agarró al reposabrazos de la silla. ¿Qué sabía Dev? Entonces le surgió una pregunta. Una pregunta que no pudo evitar hacer.

—¿Fuiste tú? ¿Tú lo mataste?

Dev volvió a mirarlo, pero no respondió.

Tras unos segundos, Gabe se recostó en su asiento y se pellizcó el puente de la nariz, maldiciendo para sus adentros. En realidad no quería que Dev le respondiera. Ni siquiera sabía por qué le había formulado esa pregunta.

Bajó la mano al reposabrazos.

—¿Sabes? Sabrina me dijo algo más. Que había vuelto a hacerme el trabajo sucio. No sé qué quiso decir con eso, pero tuve la sensación de que no es la primera vez que hace algo así.

Dev entrecerró los ojos.

—No creo...

De pronto, la puerta del despacho se abrió de golpe. Gabe volvió la cabeza y vio entrar a Lucian. El hecho de que su hermano no se hubiera molestado en llamar hizo saltar todas sus alarmas interiores. La palidez de su rostro tampoco lo tranquilizó.

Dev debía de estar pensando lo mismo, porque se inclinó hacia adelante y preguntó:

—¿Quiero saberlo?

Pero su hermano pequeño no se dirigió a Dev, sino que lo miró directamente a él y negó con la cabeza con el teléfono en la mano.

—Se trata de Nikki.

Un frío helado se apoderó de él. Antes de darse cuenta, se puso de pie, se metió la mano en el bolsillo y se sacó el teléfono. Tenía una llamada perdida. Se le paró el corazón. No era de Nic, sino de Troy. Volvió la cabeza hacia Lucian. Tenía la sensación de estar levitando.

—¿Puedes darnos más detalles? —inquirió Dev. Sonaba tranquilo, demasiado tranquilo.

Él, sin embargo, sentía como si todo estuviera dando vueltas a su alrededor.

—Acabo de hablar por teléfono con Troy. Me ha dicho que a Nikki la han atacado en su apartamento...

Eso fue lo único que oyó, lo único que necesitaba oír en ese momento.

—¿Está bien?

Lucian abrió la boca.

—No... No lo sé.

El mundo se paró en ese instante. Le invadió una terrible sensación de *déjà vu*, que lo sacudió de la cabeza a los pies. No podía ser posible. Nic no. No podía perderla...

Se detuvo de inmediato. No iba a permitir que ese horrible pensamiento se hiciera realidad.

—¿Dónde está?

—En el Hospital Universitario —respondió Lucian.

Fue hacia la puerta.

—Espera. Todavía no os lo he contado todo. —Lucian se volvió hacia Dev—. Ha sido Parker Harrington.

Nikki se estremeció cuando el joven médico le iluminó el ojo izquierdo.

—Lo siento. —El hombre ladeó la cabeza, se sentó y apagó la luz—. Va a tener un hematoma y el ojo hinchado un tiempo, pero no parece que ni el ojo ni la cuenca hayan sufrido un daño significativo.

Empezó a asentir con la cabeza, aunque al final se abstuvo de hacerlo porque le dolía todo el cuerpo.

—Los resultados de sus radiografías tienen que estar al llegar. Sin embargo, creo que van a confirmar lo que ya sabemos. Tiene una contusión en el costado izquierdo, aunque no creo que tenga ninguna costilla rota. Le va a doler durante una o dos semanas. Ha tenido usted mucha suerte.

Sí, lo sabía.

Sus huesos doloridos eran una buena prueba de ello. Parker había querido... ¡Dios! Había querido matarla. Y no solo eso, ahora él estaba...

Tomó una profunda bocanada de aire.

El médico esbozó una leve sonrisa.

—Queremos mantenerla en observación unas pocas horas, seguramente el resto de la noche, sobre todo para descartar que tenga una conmoción cerebral. Se llevó unos cuantos golpes importantes en la cabeza.

Miró por encima del hombro del médico, hacia el umbral de la puerta. Se le contrajo el estómago. Allí había un policía vestido de uniforme. Troy había estado antes, pero no había vuelto a verlo desde que se la llevaron para las radiografías.

Esperaba que no hubiera llamado a sus padres.

—Vamos a darle algo para el dolor —continuó el médico. Le habría gustado acordarse de su nombre—. Le dará un poco de sueño, así que no se preocupe si necesita dormir, ¿de acuerdo?

—De acuerdo. —Su voz sonaba ronca, y cada vez que hablaba le dolía. Un aterrador recuerdo de lo cerca que había estado de morir por estrangulamiento.

No quería pensar en eso, pero no podía evitarlo. En realidad era en lo único en lo que podía pensar.

Parker la había amenazado, había amenazado el empleo de sus padres y la había advertido sobre Sabrina. Pero era *Parker*. Aunque la había asustado el día que Gabe lo pegó, nunca, ni en un millón de años, lo imaginó capaz de hacerle algo así.

Sin embargo, mientras había esperado a la policía, sentada en su apartamento, su cerebro fue encajando todo poco a poco. Podría estar equivocada, pero lo dudaba.

Volvió a fijarse en el policía. Con el ojo izquierdo hinchado, no podía distinguir sus rasgos. Lo veía borroso. Sin apartar los ojos de él, pensó en Sabrina.

Parker había ido a por ella por culpa de su hermana.

Jamás pensó que pudieran llegar a ese límite, pero Parker era el hermano de Sabrina. *Había sido*. Ahora Parker ya no era nada.

¡Oh, Dios!

Le temblaba el labio inferior. Algo bastante incómodo porque lo tenía partido y le dolía. Le sorprendió no haber perdido ningún diente.

—¿Seguro que no quiere que llamemos a nadie? —preguntó el médico, llamando su atención.

—He llamado a una amiga. —Eso no era del todo cierto, pero tenía pensado llamar a Rosie en cuanto se acercara el momento de que le dieran el alta.

El médico la miró un momento y después asintió.

—Muy bien. Una enfermera vendrá en breve y le dará algunos analgésicos.

—Gracias —dijo antes de verlo salir detrás de la cortina.

Y entonces se quedó sola con el policía. ¿Por qué seguía allí? Seguramente porque Troy no la había creído cuando le dijo que no tenía ni idea de por qué Parker quería hacerle daño.

Pero si le decía la verdad, entonces tendría que explicarle todo lo que sabía y al final los De Vincent terminarían implicados. Una parte de ella no sabía por qué quería protegerlos. Tal vez era algo que llevaba grabado en su interior por sus padres. En todo caso, no iba a decir nada a ningún policía.

Cerró el ojo que tenía bien e intentó ponerse cómoda en la cama, pero cada vez que se movía le dolía todo. La manta era demasiado fina y tenía mucho frío.

Respiró entrecortadamente mientras las lágrimas ascendían por su garganta.

Había matado a un hombre.

Y... no sabía cómo sentirse al respecto, porque aunque estaba feliz de seguir con vida, matar a alguien era...

Se sentía como si fuera una mera espectadora. Como si estuviera flotando sobre su propio cuerpo, sostenida por unas cuerdas muy finas y frágiles que podían romperse en cualquier momento. No sabía qué pasaría cuando eso sucediera.

La enfermera entró y le preguntó cómo se encontraba mientras le daba los analgésicos. Los sintió entrar en su cuerpo, extendiéndose por la parte posterior de su cabeza y luego calmando el dolor de su boca.

Cerró los ojos y esperó a que los medicamentos aliviaran el resto de los dolores y el recuerdo de los ojos de Parker, abiertos por la sorpresa.

33

Gabe era consciente de que Lucian le seguía mientras recorría el pasillo del hospital, hacia la habitación donde le habían dicho que estaba Nic. Con el corazón atascado en algún lugar de su garganta, dobló una esquina y se encontró cara a cara con Troy.

—¡Aquí estás! —dijo el policía—. Tenemos que hablar.

—Puede esperar. —Esquivó a Troy.

—No. —Su amigo lo agarró del brazo, deteniéndolo—. No puede.

Gabe miró el brazo de Troy.

—Sabes que te respeto y te considero mi hermano, pero si no me sueltas ahora mismo, las cosas se pueden poner feas de cojones.

Troy no le soltó.

—Mira, sé que quieres verla, y lo harás. Está al final del pasillo, viva y respirando, pero tienes que darme un par de minutos.

—Gabe. —Lucian se puso junto a él y le tocó el hombro.

Miró a su hermano.

—Me llamó y no contesté.

—Pero ahora estás aquí y la vas a ver. —Lucian le apretó el hombro—. Habla con Troy ese par de minutos que te ha pedido.

Soltó una palabrota y se volvió hacia el detective.

—Date prisa.

—Fue Parker Harrington —informó en voz baja— Entró en su apartamento...

—Eso ya lo sé —le cortó Gabe.

—Lo que no sabemos es por qué lo hizo. Ya sabes que no soy un gran forofo de Parker, ¿pero dar una paliza a una chica e intentar matarla? No parece muy propio de él.

Gabe dejó de sentir el suelo bajo los pies mientras las palabras de su amigo penetraban en su mente. De no ser por la mano de Lucian en su hombro, habría cometido alguna estupidez. Lo sabía.

—¿Dónde está Parker? —preguntó.

Si no querían que pusiera sus manos sobre ese pedazo de mierda, más les valía que lo hubieran encerrado en un lugar bien seguro.

Troy miró alternativamente a los dos hermanos y dijo en voz baja:

—Parker está muerto.

—¡¿Qué?! —exclamó Lucian.

Gabe se quedó helado.

—Nikki lo mató. Con un cincel —explicó Troy. Gabe fue incapaz de pensar en nada por la furia que lo consumía por dentro—. El agente de policía que llegó al lugar de los hechos intentó quitárselo de las manos. —Troy miró al final del pasillo—. Se lo clavó a ese hijo de puta justo en el pecho.

—¡Jesús! —Gabe se volvió, se zafó de la mano de su hermano y se pasó los dedos por el pelo.

—Fue en legítima defensa —intervino Lucian.

Troy ladeó la cabeza.

—Ya lo sabemos. Eso está claro, pero no sabemos por qué y Nikki no está hablando.

—¿Qué quieres decir con que no está hablando?

—Nos ha dicho que no tiene ni idea de por qué Parker quería hacerle daño y creo que eso no es verdad. —Troy lo miró fijamente—. Me juego el cuello a que no nos está contando todo porque tiene algo que ver con uno de vosotros. Y como Parker es el hermano de la prometida de Dev, no sería tan sorprendente.

Gabe se tensó. Puta Sabrina. Se volvió hacia su hermano. Sus miradas se encontraron y supo que ambos estaban pensando lo mismo.

Lucian se hizo a un lado.

—Tengo que llamar a Dev.

—¡Oh, no! De eso nada. —Troy se volvió hacia Lucian.

Para Gabe aquella conversación había terminado. Reanudó la marcha por el pasillo, ignorando las protestas de Troy. No le costó mucho encontrar la habitación de Nikki, ya que había un policía apostado en la puerta. El agente miró detrás suyo un instante y Troy debió de hacerle algún gesto porque se apartó y lo dejó pasar.

Entrar en la habitación del hospital fue como andar por arenas movedizas. La sensación de haber estado en esa misma situación antes casi le arrancó las rodillas. Daba igual que Troy le hubiera dicho que estaba respirando y viva.

Estar respirando y viva no significaba una mierda.

Gabe lo sabía.

Tomó una profunda bocanada de aire y apartó la cortina. Y entonces la vio. Bueno, le vio la espalda.

Nic estaba acurrucada de lado, de espaldas a la puerta. Solo tenía conectada una bolsa de suero y muy pocos monitores a su alrededor. Eso era bueno, teniendo en cuenta las circunstancias.

Pero se la veía tan pequeña en esa cama... Demasiado pequeña.

Se acercó a la estrecha cama, desesperado por ver sus preciosos ojos marrones.

Ahí fue cuando la vio de verdad.

Se le rompió el corazón.

Aunque Troy le había contado lo que Parker le había hecho, no estaba preparado para lo que tenía delante. Tenía todo el rostro magullado, salvo unos pocos centímetros. Los labios estaban rojos e hinchados. A lo largo de su mandíbula podían verse hematomas rojos que se volvían morados en los bordes. El ojo izquierdo estaba hinchado, azul y morado, y tenía arañazos en la única mejilla que podía ver.

Se le doblaron las rodillas.

Le habría gustado que Parker estuviera vivo por varias razones. La primera, porque Nic no hubiera tenido que matar a un hombre. Era demasiado buena para cargar con ese peso. La segunda, más egoísta, porque quería golpear a ese hijo de puta hasta la muerte. Quería que pagara cada hematoma, cada herida, cada instante de dolor que había sentido Nic.

Se sentó en la silla vacía que había frente a la cama. ¿Dónde estaban sus padres? Apoyó los codos en las rodillas y se frotó la cara con las manos.

¡Joder! No se merecía eso. Nadie se lo merecía, pero ella todavía menos.

Los ojos... los ojos se le llenaron de lágrimas.

Debería haberlo visto venir. La idea de que Sabrina y su hermano eran una molestia inofensiva había dejado de tener lógica en el momento en que se enteró de todo lo que Sabrina sabía sobre él. Debería haber previsto que uno de los dos iría a por Nic. Los hermanos Harrington nunca creyeron que sería él quien se lo contaría a Dev. Gabe lo sabía, tenía que haber estado ahí para ella.

¡Dios!

Nic se estremeció, llamando su atención. Gabe exhaló con fuerza y miró la manta. Se le había bajado hasta la cintura. Tiró de ella con mucho cuidado, tapándola hasta los hombros.

Ella se retorció con una mueca de dolor. ¿Qué más le pasaba? ¿Había algo que no estaba viendo? Un escalofrío lo recorrió.

Nic se movió de nuevo y abrió un ojo, despertando.

—¿Gabe?

—Lo siento —dijo con voz ronca—. Lo siento tanto.

La vio fruncir el ceño e intentar incorporarse.

—¿Qué? —Soltó un resoplido de dolor.

Se acercó a ella, pero se detuvo al instante. Tenía miedo de tocarla y hacerle daño.

—¿Cómo puedo ayudarte?

Nic apretó los labios y se tumbó de espaldas.

—¿Qué estás haciendo aquí?

La pregunta lo sorprendió.

—¿Dónde más iba a estar?

Ella no respondió, simplemente apartó la mirada. Su cuello. ¡Santo cielo! Vio las marcas en el cuello con forma de dedos.

—¡Dios bendito! —masculló.

Nic se quedó helada.

—¿Tan mal aspecto tengo?

Gabe se dio cuenta de que estaba apretando los puños.

—Estás preciosa.

A Nic se le escapó una risa ronca y ahogada.

—Creo que... deberías ir a que te revisen la vista.

—A mi vista no le pasa nada. —Abrió y cerró las manos—. ¿Dónde están tus padres?

Nic cerró el ojo que no tenía hinchado.

—Todavía no los he llamado.

—Nic.

—No quiero que me vean así. Se llevarían un susto de muerte... y es lo último que mi madre necesita ahora mismo.

Gabe no podía creer que le preocupara inquietar a sus padres.

—Te verán tarde o temprano, cariño.

—Ya lo sé. —Tragó saliva y volvió a hacer un gesto de dolor—. Pero no tiene por qué ser en este preciso instante.

—Me llamaste —dijo él con voz ronca después de un rato—. Pero no te respondí. Estaba hablando con...

—No pasa nada. No tiene importancia.

—Sí que importa, Nic.

Ella se quedó callada unos segundos.

—Te llamé después. No estaba pensando con mucha claridad. Pensé que Devlin... tenía que saberlo.

No lo había llamado para pedirle ayuda. Aquello le dolió. Cuando Nic más lo necesitaba, él había creado una situación en la que no podía estar allí y en la que ella ni siquiera había pensado en acudir a él.

Aquello era algo que le iba a costar mucho perdonarse.

Nic levantó la mano y se tocó con cuidado el labio.

—¡Ay!

Gabe sonrió y le agarró la muñeca con cariño.

—No te toques.

Nic lo miró antes de apartar la vista. Gabe la soltó al cabo de unos segundos. ¡Dios! Ansiaba abrazarla y no dejarla ir jamás.

—¿Sabes si ya han..., mmm..., si ya han retirado el cadáver? —preguntó ella.

—No lo sé, pero puedo averiguarlo.

Le temblaron los labios.

—Había un montón de sangre. El suelo debe de estar hecho polvo.

—Yo me ocuparé de eso. —Y lo haría. No permitiría que tuviera que ver ni un solo detalle que le recordara al ataque—. No quiero que te preocupes por eso. Me aseguraré de que todo quede como antes.

—Gracias —susurró ella.

—No tienes que darme las gracias. Yo debería...

—¿Deberías qué?

Debería haber estado allí. Haberla protegido. Haber actuado de forma diferente con ella. Debería haberle contado lo de William y... permitirse sentir todo lo que estaba sintiendo por ella en vez de encerrarse en sí mismo, como un idiota aterrorizado por la intensidad de sus emociones.

Debería haberse permitido amarla.

El resultado podría haber sido muy distinto. En lugar de estar en una habitación de hospital, podría haber estado en una morgue y en un funeral. Al igual que con Emma, no habría tenido una tercera oportunidad para hacer las cosas bien.

Y necesitaba hacer las cosas bien.

Era curioso cómo, en momentos como ese, uno se daba cuenta de lo que realmente importaba y lo superfluo que era todo lo demás.

Nic rompió el silencio.

—Voy a... voy a llamar a Rosie y me iré unos días con ella. No puedo volver al apartamento hasta que todo esté limpio.

—Vendrás a casa conmigo —repuso él con el ceño fruncido—. Y te quedarás todo el tiempo que haga falta.

—No creo que sea... buena idea.

—¿Por qué no?

Ella lo miró fijamente un momento antes de volver a apartar la mirada. Tenía que decirle lo que había estado pensando y lo que sentía por ella, pero ese no era el momento.

Gabe la tomó de la mano. Los nudillos estaban rojos e hinchados. Tenía sangre seca bajo las uñas, entre los dedos. Ver todo eso lo enfureció, pero no podía negar que su chica era toda una luchadora.

Su chica.

Se sintió igual de bien con esas dos palabras como la primera vez que pensó en ellas, pero esta vez las recibió con alegría, las sintió.

—¿Te ves capaz de contarme lo que ha pasado? —preguntó después de unos segundos.

—Al principio ni siquiera sabía que era él —respondió ella en un murmullo—. Llevaba un pasamontañas y vino hacia mí. Me quedé atrapada en la habitación y él...

A Gabe se le tensó cada uno de los músculos del cuerpo mientras le estrechaba las dos manos. Troy no le había mencionado ningún tipo de agresión... sexual, pero una nueva ola de rabia y horror se apoderó de él.

—¿El qué, cariño?

—Creo que intentaba, ya sabes, violarme. —Gabe dio gracias a Dios por que Nic hubiera cerrado los ojos, así no podía ver la furia asesina que en ese momento sentía—. Me resistí a él y supongo que decidió desistir y matarme directamente.

Gabe le apretó la mano con suavidad.

—¿Te dijo algo?

—Sí. —Tomó una temblorosa bocanada de aire—. Me dijo algo que no sé ni cómo empezar a contártelo.

—Puedes contármelo todo. —Le besó los nudillos.

Nic abrió el ojo sano.

Pasaron unos minutos.

—Más o menos me dio a entender que estaba allí por Sabrina. Esa mujer... está obsesionada contigo. No sé por qué Parker hizo eso por ella, pero me dijo que...

Se le contrajo el estómago.

—¿Qué te dijo, Nic?

Nic soltó un suspiro.

—Dijo que él quería haber hecho lo mismo que antes, pero que Sabrina creyó que dos accidentes de tráfico levantarían muchas sospechas.

Se quedó paralizado.

—Creo... ¡Dios! Creo que se estaba refiriendo a Emma. Sé que parece una locura, aunque está claro que esos dos están desquiciados. No sé cómo se produjo exactamente el accidente de Emma, pero deberían investigarlo.

Gabe ya no sentía ni la mano que sostenía. No veía a Nic, ni oía los pitidos constantes del monitor. Cuando respiró, no percibió ese intenso olor a desinfectante tan característico de los hospitales. Estaba en esa habitación con Nic, pero también en otra parte.

¿Habían tenido algo que ver Parker y Sabrina con el accidente de Emma?

Era posible. Por lo que sabía, Emma había perdido el control de su coche a pocos kilómetros de la casa de sus padres, cuando iba a recoger a William. El vehículo había chocado con un árbol. ¿Pero podría alguien, como por ejemplo Parker, haberla sacado de la carretera?

Sí, era más que probable.

He vuelto a hacerte el trabajo sucio.

Sabrina prácticamente lo había reconocido.

De pronto, tuvo la sensación de que todo había cambiado. Sin embargo, sabía que no se había movido. Ni siquiera pestañeado. La rabia resurgió. Fue como si su piel estuviera en llamas.

—Gabe —susurró Nic.

La oyó, pero al mismo tiempo su voz sonó muy distante. Estaba concentrado en lo que acababa de decirle. Emma no había muerto a causa de un accidente. La habían asesinado porque una mujer estaba obsesionada con él. No podía asimilarlo, no podía pensar en ello.

—Lo siento —dijo Nic en voz baja—. Lo siento mucho.

Su voz suave y sus disculpas lo estremecieron, haciéndole volver a la realidad. Nic estaba en esa cama de hospital. No Emma. Habían conseguido apartar a Emma de su hijo, pero no habían logrado separarlo de Nic.

Volvió a llevarse la mano de Nic a los labios, le dio un beso en la palma y cerró los ojos. Había perdido una parte de Emma la noche en que la agredieron, y luego la perdió por completo el día en que la vengó. Cinco años después se reunieron de nuevo. Una reunión que tuvo como fruto a su hijo, pero Gabe había aceptado, mucho antes de que Emma muriera, que todo había terminado entre ellos. Que Sabrina hubiera ido a por ella después de todo ese tiempo escapaba a su comprensión.

—¿Estás bien? —le preguntó Nic.

¿Lo estaba? ¡Joder, no! La ira mezclada con la impotencia era una combinación peligrosa, pero tuvo que calmarse. No le quedaba otra. Tenía que hacerlo por ella. Que Nic se preocupara por él de ese modo volvió a llegarle al alma. En ese momento no tenía que pensar en nada más que en ella.

—Sí. —Abrió los ojos—. Estoy bien, cariño.

Nic se quedó callada un instante.

—No le he contado a Troy ni a la policía nada de lo que Sabrina o Parker me dijeron.

Gabe se llevó la mano a la frente.

—Dev te lo agradecerá, pero a mí me da igual si se lo cuentas. No tienes que mentir para evitar un escándalo. Ni siquiera deberías preocuparte por eso.

Ella volvió a callarse.

—¿Y ahora qué va a pasar?

—No lo sé —respondió él. Fuera lo que fuese no sería algo agradable—. Hoy he hablado con Dev. Ha llegado a casa antes de lo previsto y se lo he contado todo.

—¿En serio?

—Sí. Va a romper con ella.

Nic soltó una dura carcajada.

—Entonces, ¿Sabrina le pidió a Parker que me silenciara por nada? ¿O fue por rabia y por celos?

Gabe había subestimado a Sabrina. Quizá solo había sido por una cuestión de celos, pero ¿por qué Parker corrió tanto riesgo por su hermana?

—Bueno..., eso ya ni siquiera importa —dijo ella—. Porque se lo ibas a contar a Devlin de todos modos. Parker hizo todo esto por nada. Murió por...

—Me importa una mierda ese cabrón. Se merecía lo que le pasó. Lo único que lamento es que te hayas visto involucrada en esto, que tuvieras que luchar por... —Se le quebró la voz. Fue incapaz de terminar.

—¿Gabe?

Negó con la cabeza. Todavía la estaba sujetando de la mano.

—No deberías haber pasado por esto.

—Tranquilo —susurró ella—. No pasa nada.

—¿Estás intentando consolarme?

—No lo sé. Supongo que sí.

Sacudió la cabeza asombrado.

—Eres... Sinceramente, no sé qué decir.

Nic intentó liberar su mano, pero él no se lo permitió. Jamás la dejaría ir.

—Creo que ya has dicho suficiente.

Se lo merecía.

Después de un buen rato, ella dejó de mirar sus manos entrelazadas y clavó la vista en él.

—¿A qué has venido?

—Tenemos que hablar. Ahora no. —Volvió a besarle la parte superior de su magullada mano, acallando sus protestas—. Hablaremos más tarde.

34

Gabe se quedó junto a la cama de Nic hasta que se durmió. Aun así, le costó un montón dejarla. Pero necesitaba hablar con sus hermanos.

Se los encontró en una de las habitaciones privadas al final del pasillo. Dev estaba de pie en un rincón de la pequeña estancia, con los brazos cruzados. Lucian estaba sentado en el sofá, al lado de Julia. Por suerte, Troy no estaba con ellos. Cuando cerró la puerta, Julia se puso de pie.

—¿Cómo está? —preguntó. Su mirada y la tensión en los labios eran una buena prueba de lo preocupada que estaba.

—Se ha llevado una paliza considerable, pero está bien. —Al menos físicamente. Cuando volvió a hablar su voz sonó ronca—. Acabo de dejarla dormida.

Lucian soltó un sonoro suspiro y luego se recostó en el incómodo sofá.

—¡Jesús! —Se pasó las manos por la cara mientras Julia se sentaba de nuevo y le acariciaba el brazo—. ¿Dónde están Livie y Richard?

—No quiere que la vean así —explicó—. Tenemos que respetar su decisión. —Miró a Dev—. ¿De acuerdo?

—De acuerdo —murmuró él. Después alzó la voz—. ¿Pudiste hablar con ella sobre Parker?

Gabe no podía sentarse, así que se paró en el centro de la habitación.

—Sí. Fue a por ella por Sabrina, pero eso no es todo.

—¿Ah, no? —Lucian bajó las manos y tomó la de Julia.

—Ni mucho menos —espetó él.

Dev miró hacia el sofá.

—Quizá Julia debería...

—No —lo interrumpió Lucian, mirando hacia atrás—. Julia es parte de la familia, no solo para lo bueno, también para lo malo. Ella se queda.

Dev cerró la boca y fue lo bastante listo para no hacer ningún comentario más al respecto.

Una parte de Gabe habría preferido que Julia no oyera aquello, pero no tenía nada que ver con la confianza.

—Parker insinuó que él y Sabrina estuvieron involucrados en el accidente de Emma.

Lucian se puso pálido y pareció quedarse sin palabras. Pero no fue su reacción lo que sorprendió a Gabe, sino la de su hermano mayor, porque Dev nunca reaccionaba ante nada.

Pero ahora lo hizo.

La sangre abandonó su rostro mientras daba un paso adelante, aunque luego pareció recomponerse y descruzó los brazos.

—¿Estás seguro? —preguntó con una voz que Gabe apenas reconoció—. ¿Qué te ha dicho?

Gabe repitió las palabras de Nic.

—Tiene sentido, sobre todo teniendo en cuenta lo que me dijo la propia Sabrina.

—¡Dios bendito! —susurró Julia.

Dev le sostuvo la mirada durante unos segundos y después apretó los labios y apartó la vista. Un músculo le palpitaba en la mandíbula.

—Tenemos que encontrar a Sabrina —indicó Gabe.

Su hermano asintió brevemente.

—Primero iré a ver a Stefan y luego haré una visita a casa de los Harrington. Nadie podrá protegerla de nosotros.

Gabe respiró hondo.

—Responderá por esto.

—Hará algo más que responder.

—Deberías quedarte en la cama, Nikki. Lo digo en serio. —Rosie se paró delante de un viejo tablero de ajedrez convertido en una mesa de centro.

El apartamento de su amiga estaba decorado con un extraño surtido de objetos. Una cortina de cuentas separaba el salón del dormitorio. En las paredes colgaban pósteres de lugares encantados de Nueva Orleans junto con cuadros dignos de un museo. Había velas con forma humana en estantes llenos de libros que hablaban de apariciones reales de fantasmas y, por extraño que pareciera, libros de cocina. Frente a la enorme televisión, se alineaban velas con formas más clásicas.

Nikki se sentó con cuidado en el sofá.

—Aquí estaré bien. —Tiró de la pulsera del hospital, pero soltó un suspiro cuando no se la pudo quitar. ¿Con qué estaban pegadas esas cosas? ¿Con Super Glue?—. Gracias por venir a recogerme.

—Si vuelves a darme las gracias, me pondré a chillar. —Rosie se sentó a su lado con cara de preocupación. Miró el teléfono de Nikki—. Tienes que llamar a tus padres.

—Lo haré. —Soltó otro suspiro y se retiró un mechón de pelo de la cara—. Tengo tiempo. No creo que los medios mencionen mi nombre cuando hablen de ello.

—Cariño, es de lo único que se habla. Esta mañana ha salido en todos los canales de la zona. ¿Parker Harrington? Es un bombazo.

Se le revolvió el estómago.

—Pero no han dicho mi nombre, ¿verdad?

—No. Por extraño que parezca, dicen que se trata de un crimen pasional de una mujer con la que estaba saliendo.

—¡Dios! —Se echó hacia atrás con la esperanza de aliviar la presión que tenía en las costillas—. No quiero que mis padres se asusten.

—Se van a asustar. No quiero estresarte, pero a su hija casi la matan y, por el aspecto que tienes, pareces recién salida de un cuadrilátero de lucha libre.

Nikki se estremeció.

—No me estás ayudando.

—Ya lo sé, pero todos esos hematomas y golpes no van a desaparecer por arte de magia. Tus padres se van a enfadar mucho cuando se den cuenta de que has tardado tanto en contárselo.

Sí, ya lo sabía.

—Los llamaré en breve.

—De acuerdo. —Rosie se puso de pie y se acercó a las cortinas entreabiertas que dejaban entrar la luz de la mañana que provenía de las puertas de cristal que daban al balcón. En ese momento sonó el teléfono de Nikki. Desde donde estaba pudo ver quién era. Rosie directamente lo adivinó—. ¿Gabe?

—Sí —susurró. Era la tercera vez que la llamaba—. Le mandé un mensaje diciéndole que venía a tu casa.

—¿Pero él quería que fueras a la suya con él? —Rosie cerró las cortinas y la estancia se oscureció.

Cuando Gabe se apartó de su cama a primera hora de la mañana para ir a ver a sus hermanos, Nikki puso en marcha su plan de huida. La suerte por fin estaba de su lado: Rosie respondió a su llamada y consiguió que le dieran el alta antes de que Gabe volviera.

—Sí, pero no habría sido la decisión más inteligente. —Se pasó las manos por las rodillas y se concentró en respirar hondo.

—Estoy segura de que él tuvo todo lo que había que tener en cuenta cuando te lo propuso.

Nikki no podía dejar de pensar en la forma como la había cogido de la mano y se la había besado. Vio lágrimas en sus ojos y parecía reacio a separarse de ella. Le había dicho que tenían que hablar, pero ella sabía que cualquier cosa que pensara o sintiera era fruto de lo que acababa de suceder.

—Me da igual. —Cerró el ojo sano—. Ahora solo quiero dormir un poco, ¿vale?

—Muy bien. Te dejaré tranquila, pero solo si te metes en mi cama y duermes allí—. Cuando abrió la boca para protestar, Rosie levantó una mano para acallarla—. Ya me he levantado y si te tumbas aquí no vas a descansar nada. Además, no soy un asco de amiga. Vas a dormir en mi cama. Así que levanta el culo y muévete.

Nikki esbozó una débil sonrisa.

—No eres un asco de amiga. —Se puso de pie, ignorando la punzada de dolor—. Me meteré en tu cama.

Y eso fue lo que hizo. Hasta se las apañó para ponerse unos pantalones cortos y una camiseta holgada que le quedaba lo suficientemente bien para estar cómoda. En ese momento, se habría puesto cualquier cosa con tal de cambiarse de ropa.

No quería volver a ponerse esos *leggings* ni esa camiseta nunca más. Rosie debió de leerle el pensamiento porque en cuanto se metió en la cama, los sacó del dormitorio.

Tardó un rato en encontrar una postura con la que no le doliera todo. Al final, terminó tumbada de espaldas. La habitación estaba tan tranquila que se preguntó si Rosie seguía en el apartamento. El silencio la puso nerviosa. Cuando cerró los ojos, pudo oír la respiración agitada de Parker, lo sintió sobre ella y vio sus ojos llenos de sorpresa.

Apretó los labios e ignoró el dolor que el gesto le causó. La emoción le atenazó la garganta. Las lágrimas le quemaban los ojos. No quería llorar. Además de por lo mucho que le iba a escocer el ojo, porque sabía que, si empezaba, no podría parar. Al menos no pronto. Le habían pasado demasiadas cosas y no tenía ni idea de si iba a poder lidiar con todo.

—¿Seguro que su amiga vive aquí? —preguntó Dev mientras subían por las escalera de metal que llevaban al apartamento de la segunda planta de lo que parecía ser una tienda de vudú—. ¿O es una sacerdotisa dispuesta a resucitar a los muertos?

Gabe hizo caso omiso del comentario.

—No tenías que venir conmigo.

—Sí tenía. —Dev se colocó las gafas de sol que llevaba—. Nikki ha salido malparada por mi relación con Sabrina.

La responsabilidad recaía sobre ambos. Gabe no debería haber tardado tanto en contarle a su hermano lo que estaba pasando con Sabrina, y Dev debería haber roto con ella hacía años.

Aunque en ese momento, nada de eso importaba.

Gabe se detuvo frente a una puerta de la que colgaba una especie de cruz celta de madera. La artesanía le llamó la atención, pero era tan extraña que no se detuvo a pensarlo.

Esperaba estar en el lugar correcto. Había tenido que indagar un poco y llamar a Bev. Sabía que Nic era amiga de su hija. Fue Bree quien le dio la dirección de Rosie.

Llamó a la puerta con los nudillos mientras Dev se unía a él en el rellano. Un segundo después, la puerta se abrió una rendija. ¡Bingo! Tenía que ser Rosie porque su aspecto encajaba con la descripción que le había dado Bree. La mujer miró fuera. Llevaba un pañuelo en el pelo con... ¿calaveras?

Sí, sin duda eran calaveras.

—Sabía que terminarías apareciendo por aquí. —La amiga de Nic miró detrás de él y frunció el ceño—. Lo que me sorprende es ver a *este*.

Dev se hizo a un lado.

—¿Perdona?

La mujer lo ignoró.

—¿Has venido por Nikki?

—Sí. ¿Me vas a dejar entrar?

Ella bloqueó la puerta.

—Depende. ¿Vas a hacer por fin las cosas bien con mi amiga?

—¿Quién es esta mujer? —exigió saber Dev.

—Soy Y a ti Qué te Importa —espetó, sin dejar de mirar a Gabe.

A pesar de la seriedad del momento, Gabe tuvo que reprimir una carcajada.

—Voy a intentarlo.

—A estas alturas, intentarlo no es suficiente, amigo —repuso Rosie, sorprendiéndolo—. Que tú lo intentes es como si yo intentara no comerme el último pastel que hay en el frigorífico. Imposible.

—De acuerdo. Voy a hacer lo correcto con ella. Por eso he venido —dijo Gabe—. ¿Me vas a dejar entrar?

La mujer pareció pensárselo durante un instante antes de hacerse a un lado y abrirles la puerta.

—Está en el dormitorio.

Gabe entró.

—Gracias.

—No hagas que me arrepienta de esto —le advirtió en voz baja—, porque te aseguro que lo lamentarás.

No pudo evitar sonreír.

—No te arrepentirás.

—Perfecto.

Gabe estaba pasando junto a la imponente mujer cuando oyó a Dev preguntar.

—¿Eso es una cortina de cuentas?

—¿Algún problema? —replicó ella—. ¿No te gustan o no son apropiadas para los de tu clase?

—Estoy seguro de que no le gustan a nadie que tenga más de doce años.

—Compórtate —le dijo Gabe a su hermano, dejándolo en el salón con la amiga de Nic.

Abrió las cortinas y entró en la habitación a oscuras. Tardó un momento en acostumbrarse a la falta de luz, pero enseguida la vio tumbada en el centro de la cama.

Cuando había vuelto a la habitación del hospital y se dio cuenta de que se había ido, no supo si maldecir o reír. Nic estaba esforzándose al máximo por hacer exactamente lo contrario de lo que él quería. Y eso era una buena señal.

Se acercó a la cama y se sentó. Incluso en medio de esa penumbra pudo ver que los hematomas tenían peor aspecto que antes. Apretó la mandíbula y estiró la mano para retirarle un mechón de pelo de su magullada cara.

—Nic —la llamó. Ella frunció el ceño antes de abrir el ojo derecho. Cuando lo reconoció, se espabiló por completo—. Buenos días. —Le sonrió.

Ella lo miró fijamente durante unos segundos.

—¿Dónde está Rosie?

—Fuera, en el salón.

—¿Cómo... cómo me has encontrado?

—Tuve que indagar un poco —respondió él—. ¿De verdad pensaste que no te buscaría cuando vi que te habías ido? ¿Cuando no respondías a mis llamadas?

—Creía... —Apartó la mirada—. Creía que me ibas a dar un poco de espacio.

—Eso no es lo que necesitas ahora mismo.

—¿Cómo lo sabes?

—Porque lo sé —replicó él. Vio cómo tensaba los hombros—. A veces dar espacio no es lo que hay que hacer. Y lo que necesitas en este momento es que me quede a tu lado. Así que aquí estoy.

—No soy Emma.

—Ya lo sé.

Nic soltó un fuerte suspiro.

—Sé que te sientes culpable y seguro que te has planteado muchas cosas, pero nada de esto es real. En una semana o un mes cambiarás de opinión, así que, por favor, ¿podemos dejar de hacer esto?

—Como te dije antes, tenemos que hablar, pero ahora no es el momento adecuado. Sin embargo, voy a decirte algo. No tienes ni idea de lo que estoy pensando ni de lo que es real. —Colocó una mano en el otro lado de sus piernas—. Lo único que sé es que la cagué contigo. Tendría que haberte contado lo de William y desde luego jamás debería haberte dicho lo que te dije. Sé muy bien que serías perfecta para él. Que lo aceptarías, igual que él a ti. Me he pasado los dos últimos días arrepintiéndome, preguntándome si podía arreglar lo nuestro, si era digno de ti. Pero después de verte en esa cama del hospital, después de verte aquí, sabiendo que podías haber muerto... ¿Qué estaba haciendo? ¿Esperando a una tercera o cuarta oportunidad sin luchar de verdad por ti y preocupándome solo por tonterías? No. Ahora me doy cuenta de que nada importa cuando se trata de ti y de mí.

Nic no se movió. ¿Estaba respirando?

—He venido aquí porque no quiero estar en otro lugar. Porque me necesitas. —Le dio un beso en la coronilla—. Y porque me di cuenta de algo antes de que te pasara esto.

—¿De qué? —susurró ella.

—De algo que hablaremos más tarde, ¿de acuerdo? Ahora mismo solo quiero llevarte a casa y abrazarte hasta que no me quepa la menor duda de que te encuentras bien, de que vas a estar bien.

Ella no dijo nada, pero entonces hizo una mueca.

—¡Dios mío!

—Cariño. —Se acercó aún más ella.

Nic intentó incorporarse mientras se tapaba la cara con las manos. La forma como se movió y trató de ocultarle las lágrimas le rompió el corazón.

Reaccionó de inmediato. Se metió en la cama con ella y la tomó en sus brazos con todo el cuidado que pudo para no hacerle daño. Aunque por la manera como estaba sollozando dudó que lo sintiera contra ella.

Pero ahí estaba.

La abrazó un poco más fuerte, sosteniéndola mientras ella se apoyaba en su pecho y abría y cerraba las manos en el aire. Intentó tranquilizarla con palabras que probablemente no tenían mucho sentido. Luego se quedó allí, dejando que se desahogara, porque era lo mejor para ella. Tenía que serlo.

En algún momento, fue consciente de que Rosie había ido a ver cómo estaban, pero se marchó sin decir una palabra, dejándolos solos.

No supo cuánto tiempo pasó antes de que los sollozos se calmaran y Nic dejara de llorar. La oyó sorberse la nariz y apartarse un poco para dejar espacio entre ellos.

—Lo siento. —Su voz era más ronca que antes—. No quería llorar delante de ti.

—No pasa nada. —Continuó abrazándola con cuidado—. Soy un pañuelo excelente.

Oyó su risa temblorosa.

—Es solo que... todo me ha venido de repente.

—Es normal.

Nic se secó los ojos.

—¿De verdad quieres que vaya a tu casa?

—Sí. Y si te ves con fuerzas, creo que deberíamos irnos cuanto antes —dijo él. Por fin se permitió sonreír—. Dev está en el salón con tu amiga.

—¿Qué? —preguntó pasmada—. ¿Has dejado a Rosie con tu hermano?

Gabe contuvo una sonrisa.

—No creo que tengas que preocuparte por tu amiga. Me preocupa más Dev.

Nic se inclinó hacia delante y miró las cortinas de cuentas.

—Eso no es bueno.

—Seguro que no. Ven conmigo, Nic. Déjame cuidar de ti y empezar a arreglar las cosas entre nosotros.

Nic lo miró. Durante un instante tuvo miedo de que le dijera que no. Estaba dispuesto a suplicar si hacía falta. Y también a cargarla sobre su hombro y sacarla de allí.

—Está bien —repuso ella, apartándose de él—. Iré contigo.

35

Gabe vio a Richard salir a la zona del salón, dejando a su hija dentro de su dormitorio con su madre. Desde el momento en que entró a esa habitación, el hombre parecía haber envejecido una década. Gabe se sentía igual. Las últimas veinticuatro horas no habían sido fáciles.

Había llevado a Nic a la casa De Vincent, y ella no protestó en lo más mínimo cuando la instaló en su apartamento. Después de tomarse medio cuenco de sopa, se había quedado dormida. Por desgracia, su sueño no duró mucho.

Las pesadillas la atormentaron. Gabe no pudo hacer nada más que abrazarla y recordarle que ya no estaba en su apartamento y recordarse a sí mismo que seguía viva y junto a él.

Por la mañana, por fin se había sentido lista para llamar a sus padres. En realidad no le quedaba otra, porque al día siguiente Richard iba a trabajar allí.

La visita había sido dura.

Odiaba ver a Livie llorar.

Y también detestaba ver lo mucho que eso afectaba a Nic.

—¿Quieres algo de beber? —preguntó.

—Sí. —Richard se aclaró la garganta sin dejar de mirar la puerta cerrada del dormitorio—. Me sentará bien.

—Tu hija se va a recuperar. —Gabe fue al pequeño bar que había junto a la cocina-comedor de su apartamento—. Es una mujer fuerte. Como Livie.

El hombre mayor asintió. Después, se quedó callado un rato hasta que preguntó:

—¿Qué le va a pasar a Sabrina?

Sabrina, como era de esperar, estaba desaparecida, y no precisamente por ellos.

—Dev tiene a gente buscándola. Nos haremos cargo de ella.

—¿Al estilo De Vincent?

Gabe sirvió dos vasos de wiski. Richard llevaba muchos años trabajando para su familia.

—¿De verdad quieres que te responda a eso?

—Es mi única hija —dijo Richard, mirándolo—. Mi Nicolette es una buena chica. Tiene un corazón enorme. Algún día ayudará a mejorar la vida de las personas. Quiero que esa mujer pague por lo que le ha hecho a mi niña.

Gabe asintió mientras le pasaba el vaso a Richard.

—Queremos lo mismo.

Richard se bebió la mitad del wiski de un solo trago antes de dejar el vaso sobre la mesa.

—Te he cuidado desde que llevabas pañales. Sé muchas cosas de tu familia y de ti.

—Cierto.

—Siempre te he respetado, he velado por ti y os he considerado a ti y a tus hermanos como mis hijos. —Apoyó las manos en la barra sin apartar los ojos de Gabe—. Siempre habéis tenido vuestras razones para actuar como lo hacéis. Lo entiendo, e incluso cuando habéis hecho cosas que iban en contra de mis creencias, os he seguido queriendo como si fuerais de mi propia sangre.

Gabe cuadró los hombros. Richard sabía muchas cosas. Había visto demasiado. Más que Livie.

—Y también sé que los tres nos respetáis a mí y a mi mujer, así que ahora te voy a hacer una pregunta y lo único que espero es que me respondas con sinceridad —continuó—. Tienes a mi hija en tu habitación, en tu cama, y me consta que los dos habéis pasado mucho tiempo juntos últimamente. No como antes. Quiero saber cuáles son tus intenciones con ella.

A Gabe ni se le pasó por la cabeza mentir.

—Estoy enamorado de ella.

El padre de Nic apretó la mandíbula.

—Hace poco te has enterado de que la mujer de la que llevas enamorado una década ha muerto y te ha ocultado la existencia de un hijo...

—Sé a dónde quieres ir a parar. Entiendo que pienses en Emma, pero lo que siento por Nic no tiene nada que ver con ella. Una parte de mí siempre la querrá. —Respiró hondo—. Pero quiero más a Nic.

Richard lo miró sorprendido. Agarró el vaso y se terminó el wiski.

—Eres diez años mayor que ella.

—No me siento tan mayor a su lado. Puede que algún día lo note, cuando tenga tu edad, pero ahora no. Y corrígeme si me equivoco, ¿pero no le sacas ocho años a Livie?

—Cuando empezamos a salir, las cosas eran diferentes.

—Cuando empezasteis a salir, Livie apenas tenía dieciocho años, ¿verdad?

—Como te he dicho, era diferente...

—Os queríais —le interrumpió Gabe—. Eso es lo único que importa. Y ahora miraros. ¿Cuánto tiempo lleváis casados?

Richard enarcó una ceja.

—¿Y qué pasa con William?

—Se lo presentaré cuando esté lista. Y ya veremos lo que sucede a partir de ahí —le explicó—. Mira, aún no tengo todo resuelto. Ni siquiera le he dicho a Nic lo que siento, pero te lo estoy diciendo a ti. La quiero. Estoy enamorado de ella, así que lo único que puedo asegurarte es que intentaremos ir paso a paso, solucionando los obstáculos que se nos presenten.

—¿Todavía no le has dicho a mi hija que la quieres?

—Aún no. —Miró la puerta cerrada—. No era el momento adecuado.

—Cualquier momento es adecuado para decirle a alguien que lo quieres.

Mientras miraba al hombre al que consideraba como un padre más que como un empleado, sintió que el corazón se le subía a la garganta. Desde el momento en que Richard y Livie entraron en su apartamento para ver a su hija supo que iba a tener esta conversación con su padre. El hombre no iba a pasar por alto el hecho de que su hija estuviera en su cama. El caso era que no tenía ni idea de cómo se tomaría la noticia.

Incluso se había preparado para recibir un puñetazo en la cara si eso era lo que el padre de Nic necesitaba.

—¿Qué me estás queriendo decir? —Se oyó preguntar a sí mismo.

—Que supongo que hay cosas peores que un De Vincent termine enamorándose de tu hija.

Gabe esbozó una lenta sonrisa.

—¿Crees que Livie pensará lo mismo? ¿A pesar de la maldición?

—Tú no eres el hermano que me preocupa cuando se trata de la maldición —replicó Richard—. De hecho eres el que menos me preocupa.

Nikki estaba sentada en una silla en la zona de la galería que daba a la piscina. Una manta suave y ligera le cubría las piernas, protegiéndola de la brisa que soplaba por el jardín y que le removía los mechones sueltos en la nuca.

Junto a ella tenía un vaso de té helado y un libro que Julia le había prestado y que todavía no había abierto. Estaba deseando sumergirse en una buena lectura, pero solo podía pensar en los últimos acontecimientos.

La reacción que habían tenido sus padres al ver su aspecto era algo que quedaría grabado en su memoria durante mucho tiempo. No iba a olvidarse así como así del ataque de Parker, pero por alguna razón, ver a su padre prácticamente desmoronándose frente a ella cuando la miró, la dejó completamente destrozada.

Sus padres eran las personas más fuertes que conocía.

Se alegró de haberlos visto. Cuando su madre la abrazó se dio cuenta de lo mucho que la necesitaba en ese momento. No hay nada que te haga sentir mejor que el abrazo de una madre.

Con lo que no se sintió tan bien fue cuando su madre le preguntó por qué estaba en la *cama* de Gabe. Había sido un momento, cuanto menos, incómodo, porque no supo qué responderle. Sobre todo cuando ni siquiera ella misma sabía lo que había entre ellos.

Gabe habló con el propietario de su apartamento y ya habían empezado a arreglarlo. No se iban a limitar a limpiarlo. Tenían que quitar las baldosas porque la sangre había...

Cogió su vaso de té. La mano le temblaba. Los cubitos de hielo chocaron mientras bebía.

En otras palabras, no iba a regresar a su apartamento hasta dentro de unos días. Gabe había ido con Rosie a recogerle algo de ropa. Le habría encantado mirar a esos dos por un agujerito y escuchar qué se decían.

Dejó el vaso a un lado, se subió la manta hasta los hombros y cerró los ojos. La hinchazón del ojo izquierdo había empezado a disminuir e iba recuperando poco a poco la visión. Las costillas todavía le dolían, sobre todo cuando se ponía de pie o se sentaba, pero también iba a mejor.

La vida siguió su curso, aunque nadie sabía dónde podía estar Sabrina. En este caso, no eran los hermanos De Vincent los que la habían hecho desaparecer con sus más que cuestionables métodos.

Sabrina se había largado.

Eso significaba que todavía seguía por ahí, en algún lado, y eso la aterrorizaba, porque esa mujer no estaba bien de la azotea. Recordó la maldición de la familia De Vincent. Las mujeres morían, desaparecían o perdían la cabeza.

Cuando pensó en Sabrina, en la hermana de los De Vincent y en su madre, comenzó a preguntarse si no había algo de verdad en ello.

Eso o habían tenido muy mala suerte.

Debería preocuparse ya que ella era una mujer y estaba viviendo bajo el techo De Vincent (aunque solo temporalmente), pero a Julia también le pasaba lo mismo y estaba bien... Salvo cuando casi la mató Daniel.

Y a ella casi la había matado Parker.

Sí, tal vez debería preocuparse.

Seguía sin poder creerse lo que Sabrina y Parker habían sido capaces de hacer. El hecho de que la siguieran, de que hubieran seguido a Gabe todo ese tiempo, era más que inquietante. Ahora ya no tenía ninguna duda de que Sabrina había sido la responsable de que se cayera por las escaleras o del incidente de la ventanilla rota. De lo último habría sido Parker. Todas esas veces en que se había sentido observada había tenido razón. No tenía la menor idea de qué intentaban conseguir con el asunto de la ventanilla, tal vez solo asustarla o por un ataque de celos. ¿Quién sabía?

Lo que le habían hecho, o habían intentado hacerle, había sido horrible. Pero lo que le habían hecho a Emma y a su hijo había sido mucho peor.

No podía entender cómo alguien podía ser tan malvado; cómo lo que Sabrina sentía por Gabe se había retorcido en algo tan feo y siniestro.

Seguramente nunca lo entendería.

Abrió los ojos al oír unos pasos aproximándose. No se sorprendió al ver a Gabe doblando una esquina de la galería.

Descalzo.

—Hola —la saludó. Se acercó, pero se detuvo a medio metro de ella. ¿Te traigo otro vaso de té?

—No, gracias.

Gabe había estado atendiendo todas sus necesidades desde que estaba en sus habitaciones. Tenía que reconocer que le gustaba. ¿A quién no?

—Está empezando a hacer frío aquí fuera —comentó él, mirando por encima de la barandilla. La brisa le revolvía el pelo, enviando díscolos mechones a su cara—. ¿Quieres entrar?

Eso no era lo que ella quería.

Estaba lista para la conversación que Gabe le había prometido. En realidad estaba más que lista. Necesitaba saber en qué punto estaba su relación. Durante los dos últimos días, Gabe se había comportado como un novio, preocupándose por ella, durmiendo a su lado y despertándose para reconfortarla cuando tenía alguna pesadilla. Había sido perfecto.

Pero no se habían besado. Ni se habían tocado o hecho gestos inapropiados. Tampoco habían discutido. Estaban en un compás de espera.

Nikki ya le había entregado su corazón a Gabe. Dos veces. Necesitaba saber si podía hacerlo una tercera vez, porque estaba cansada de ir siempre detrás de él.

—Lo que quiero es hablar contigo. —Lo miró fijamente—. Dijiste que lo haríamos, y creo que ya va siendo hora.

Gabe se quedó tan quieto durante unos segundos que a Nikki se le formó un nudo de terror en el pecho.

—Sí, ha llegado el momento de mantener esa conversación.

Nikki respiró hondo.

—Entonces habla.

—¿Sabes? Me he estado repitiendo esta conversación en mi cabeza una y otra vez. Quería que fuera perfecta, porque creo que te lo mereces. —Se apoyó en la barandilla, colocando las manos en las enredaderas—. He hecho una lista mental de todas las veces que he metido la pata, empezando por aquella mañana de hace cuatro años, cuando desperté y te llamé por el nombre equivocado.

Antes, no había nada que a Nikki le doliera más que recordar ese momento, pero en las dos últimas semanas se había dado cuenta de que solo era un punto insignificante en el radar de cosas que podían enviarte de cabeza a años de terapia intensiva.

—Y he descubierto que es una lista muy larga —continuó con un tono irónico y de autocrítica—. Tan larga que ni siquiera sé cómo hemos llegado aquí.

Ella también solía pensar eso mismo, pero dejaba de hacerlo cuando empezaba a preguntarse si no estaba permitiendo que su corazón la tratara como a un felpudo.

—Pero lo peor de todo fue no contarte lo de William y lo que te dije cuando me preguntaste por él. Me pilló desprevenido. Me puse a la defensiva. No es excusa. No debería haber reaccionado de ese modo.

—¿Por qué no me lo contaste? ¿Cuál es la verdadera razón si no fue porque pensaste que no era asunto mío?

Gabe apartó la mirada y respiró hondo.

—¿Sinceramente? Estaba avergonzado. No de tener un hijo, eso nunca, sino de tener un hijo al que estaban criando sus abuelos. Tengo un hijo del que no he sabido nada durante cinco años. Un hijo que no está conmigo y que vive a varias horas de aquí. No es fácil reconocer algo así delante de alguien.

—Lo entiendo. De verdad. Pero no sabías de su existencia hasta que sus abuelos te llamaron. No puedes culparte por no haber estado allí para él.

—¿En serio me estás defendiendo? —Parecía atónito.

—Sigo pensando que eres un gilipollas por tratarme como lo has hecho —respondió ella con franqueza—. Pero los hechos son los hechos. Emma te ocultó la existencia de William, por el motivo que fuera, y eso no es culpa tuya.

—Pero todavía no estoy con él.

—Porque estás dando tiempo a sus abuelos para que acepten la nueva situación. Mira, no te estoy diciendo que estés manejando esto de forma perfecta, pero sí estás haciendo todo lo que está en tu mano para que un asunto bastante complicado se resuelva de la mejor manera posible.

Gabe se quedó callado un buen rato.

—Nunca sabré por qué no me contó nada. ¿Qué hay tan malo en mí para que Emma no quisiera que supiera que tenía un hijo?

—No te hagas esto. —Se inclinó hacia delante, ignorando el dolor de sus costillas—. No eres perfecto y tienes una familia un poco rara, pero sea cual sea el motivo por el que no te lo dijo, es cosa de ella. No tuya.

Al ver que Gabe seguía callado, continuó.

—Te conozco desde que era una niña. Te conozco, Gabe. No hay nada que me lleve a pensar que serías un mal padre. No encuentro ninguna razón por la que debería evitar que fueras parte de la vida de un niño.

—¿Incluso si supieras que ayudé a matar a alguien?

A Nikki se le hizo un nudo en el estómago.

—Ya lo sé.

—¿Qué? —Gabe se puso pálido.

—Sabrina me lo contó cuando me habló de William, solo que no he tenido la oportunidad de mencionártelo. Pensé que...

—¿Qué pensaste?

Ella exhaló con fuerza.

—Sé lo que le pasó a Emma. Quizás esto me haga una mala persona, pero ese hombre obtuvo lo que se merecía. ¿Se supone que tengo que sentirme mal por alguien que le hizo eso a una mujer?

Él no dijo nada.

—Además yo... —Tomó una profunda bocanada de aire—. Yo he matado a Parker.

—Eso es diferente. Fue en defensa propia.

—Y tú estabas defendiendo a la mujer a la que amabas.

—No es lo mismo.

Nikki lo miró.

—Si Emma decidió apartarte de la vida de William por lo que le pasó a su agresor, fue su elección. No la culpo. Solo te estoy diciendo lo que yo habría hecho si hubiera estado en su lugar.

Gabe la miró con total intensidad.

—¿Y qué habrías hecho?

—Te habría ayudado.

A Gabe se le escapó una risa ahogada.

—¿Ah, sí?

—Sí —insistió ella—. Odio haber... haber matado a alguien, pero lo hice para sobrevivir. Si no lo hubiera hecho, ahora no estaría aquí. Sé que lo que pasó con ese tipo no es lo mismo, pero te hace ver las cosas con una nueva perspectiva.

Gabe asintió despacio. Nikki entendía por qué le había ocultado lo de su hijo. Seguía sin gustarle. ¿Pero podía perdonarlo?

¿Se merecía él su perdón?

En el fondo de su corazón, sabía cuál era la respuesta a esas preguntas.

Gabe esbozó una sonrisa de medio lado.

—¿Sabes? Me imaginaba que tendríamos esta conversación en otro tipo de circunstancias. Durante una cena a la luz de las velas o después de follar hasta perder el sentido.

Eso último le provocó una deliciosa tensión en el estómago.

Él se apartó de la barandilla.

—Pero un hombre sabio me ha dicho hace poco que cualquier momento es bueno para decirle a alguien que le quieres.

Nikki lo miró con los ojos abiertos. No estaba segura de haberlo oído bien.

—¿Qué? —susurró.

Su sonrisa se volvió tímida, casi infantil.

—Te quiero, Nic.

—¿Desde cuándo? —espetó sorprendida.

Él dejó escapar una risa larga y profunda.

—No lo sé. Creo que desde que me dijiste que me limpiara yo mismo mi habitación.

Ella se echó hacia atrás.

—¿Desde entonces?

—Bueno, sí..., o tal vez la primera vez que tuviste un orgasmo gritando mi nombre.

—Creo que deberías dejar de dar ejemplos.

Gabe se rio y tomó su rostro entre sus manos, acunándole las mejillas.

—No sé el momento exacto en que me enamoré de ti. Solo sé que sucedió. Quizá fue de repente. O poco a poco. No lo sé, pero sí que es real. Lo que siento por ti no es solo lujuria, aunque me excitas muchísimo, no me malinterpretes. Lo que siento por ti es algo más profundo. Más intenso. Hace que me plantee cosas que jamás pensé que volvería a plantearme.

El corazón le retumbaba en el pecho.

—¿Como cuáles?

La miró de nuevo.

—Como vivir juntos. Comprarnos un pez y luego adoptar uno de esos perros a los que paseas. Dar pequeños pasos y luego otros más grandes. Como comprarte el anillo más grande del mundo, que no sería lo suficientemente grande para lo que te mereces. Como formar una familia, primero con William y contigo, y luego con uno o dos hijos más.

Nikki soltó un suave jadeo. Le costaba creerse lo que estaba oyendo, pero todos sus instintos le dijeron que esta vez era real.

—De modo que sí, te quiero, Nic. —Le acarició el labio con el pulgar, con cuidado de no tocar la zona maltrecha—. Y si tú ya no me quieres me voy a pasar todo el tiempo que haga falta haciendo lo imposible para que vuelvas a enamorarte de mí. Y tengo mucho tiempo disponible. Soy un De Vincent. Entiendo que...

—Claro que te quiero, tonto —lo interrumpió, riendo mientras lágrimas de alegría inundaban sus ojos—. Si no te quisiera, no estaría aquí. No...

Gabe presionó los labios contra los de ella en un beso suave y tierno. Era el tipo de beso con el que había soñado cuando era más joven, porque era el beso de un hombre enamorado. Podía notar la diferencia. Parecía una locura, pero era cierto.

Cuando él separó su boca de la de ella, se agarró a sus brazos y parpadeó para contener las lágrimas. Cuando era una adolescente, había soñado con ese momento, incluso había rezado un par de veces para que se cumpliera. Pero la realidad era mucho más bella y abrumadora de lo que se había imaginado. La emoción se arremolinaba en su interior, caótica, deslumbrante, consumiéndola por completo.

—Te quiero, Gabe —dijo con voz temblorosa.

—Nunca me cansaré de oírte decir eso. Nunca. —Gabe le pasó un brazo por debajo de las piernas y lo siguiente que supo fue que la levantaba en el aire, con manta incluida. Después la abrazó contra su pecho y la llevó adentro—. Y voy a pasarme las próximas dos horas demostrándotelo.

36

Nikki nunca se había alegrado tanto de que Gabe se quedara a dormir en su casa como esa noche. Y no tenía nada que ver con lo que había pasado en su apartamento un mes antes. Cuando volvió a su apartamento, Gabe se había quedado con ella varias noches seguidas, incluida la primera noche completa.

Si no hubiera estado enamorada ya de él, se habría enamorado esa noche, cuando él se había encargado de hacer todo lo posible para alejar sus preocupaciones. Cuando se despertó en mitad de la noche, aterrorizada por que alguien estuviera irrumpiendo en su casa, él se levantó, comprobó la puerta y todas las cerraduras y luego la abrazó con fuerza hasta que volvió a quedarse dormida.

Y eso se repitió varias noches hasta que el trauma por el ataque de Parker disminuyó lo suficiente para poder dormir de un tirón.

La alegría que hoy sentía tampoco tenía nada que ver con el hecho de que tenían que levantarse temprano para hacer un viaje.

Tenía que ver con cómo Gabe la había despertado media hora antes de lo previsto, primero con los dedos entre sus muslos y luego con la boca. En ese momento, mientras sentía los últimos coletazos de clímax, se dijo a sí misma que quería despertarse así todas las mañanas.

Metió los dedos entre su sedoso cabello y lo llevó hacia ella para besar esa boca maravillosa. Sintió su propio sabor en sus labios.

—Hola —dijo él, rozándole los labios con los suyos.

—Buenos días. —Nikki lo puso de espaldas y se sentó a horcajadas sobre él, depositando un sendero de besos por su garganta y pecho.

Gabe la agarró de las caderas.

—¿Has dormido bien?

—Muy bien. —Le lamió un pezón—. ¿Y tú?

—Como un bebé. —Gabe gimió cuando ella bajó la mano entre sus cuerpos para agarrarle el pene—. ¿Sabes? Anoche te quedaste dormida encima de mí.

—Eso no es verdad. —Alzó las caderas, acomodándose sobre su erección.

—Sí, lo hiciste. —Gabe bajó las manos por su trasero y le acunó los glúteos—. Te quedaste frita sobre mi pecho.

Ella sonrió.

—Fue por el vino.

—¿Solo el vino?

—Bueno, vale, puede que también por los orgasmos —reconoció ella.

—Sí, más bien fueron los orgasmos. —Gabe terminó la frase con un gruñido mientras ella se introducía por completo su longitud—. Pero me gustó.

—¿Ah, sí? —Empezó a mover las caderas.

—Sí. —Él subió la mano por su espalda hasta enredarla en su pelo—. Me gusta sentir tu peso sobre mí. Creo que por eso siempre duermo mejor cuando estoy contigo. —La llevó hacia su boca—. Aunque me gusta más esto.

Su risa quedó atrapada por el beso de él y ya no hubo más palabras. Sus cuerpos se movieron a un ritmo lento al principio, que se fue haciendo cada vez más rápido. Los únicos sonidos que se oían en la habitación eran los jadeos y gemidos. La tensión creció en su interior mientras lo montaba.

—Te quiero —susurró Gabe contra su boca.

Esas dos palabras la hicieron caer por el precipicio. Perdió cualquier atisbo de control y sentido del ritmo. Gabe le puso un brazo sobre la espalda para unir sus pechos. Con la otra mano la agarró de la cintura, anclándola a él y asumiendo el mando. La penetró, llegando a cada punto que la volvía loca. Un placer asombroso recorrió sus venas. Sintió que explotaba, rompiéndose en un millón de pedazos. Gabe la siguió de inmediato. Echó la cabeza hacia atrás y se vertió en su interior mientras dejaba escapar el gruñido más sexi que había oído en su vida.

Se derrumbó contra él. Los latidos de su corazón comenzaron a normalizarse, aunque su cuerpo seguía temblando.

—Creo... creo que me voy a quedar dormida otra vez encima de ti.

Gabe se rio mientras le apartaba el pelo de la cara.

—En circunstancias normales estaría encantado, pero tenemos que levantarnos.

Tenía razón, pero en ese momento tenía la sensación de tener flanes por músculos. Gabe tampoco se movió. Todavía tenía un brazo sobre ella y su otra mano descansaba en un lado de su cabeza.

Nikki cerró los ojos.

Durante el último mes, las cosas no habían sido fáciles del todo. Sus padres habían aceptado su relación, pero su madre se había reunido con Gabe sin que ella se enterara. Habían mantenido una conversación *privada* de la que él evitaba hablar cada vez que ella le preguntaba, aunque estaba convencida de que su madre le había amenazado en algún momento.

Lucian y Julia no se habían inmutado cuando Gabe les propuso que los acompañaran a cenar la primera vez. Seguro que se habían dado cuenta desde el principio de que pasaba algo entre ellos. Y el hecho de que Gabe la llevara a su dormitorio después del ataque también había sido un indicio de que eran algo más que amigos.

En cuanto a Devlin..., bueno, seguía siendo Devlin.

En realidad no lo había visto mucho desde el día en que se presentó con Gabe en el apartamento de Rosie. Incluso cuando volvió a incorporarse a su puesto de trabajo en la casa De Vincent apenas cenaba en casa y solo parecía estar allí por la noche. No tenía ni idea de cómo estaba llevando la situación, aunque suponía que debía de tener muchas preocupaciones en la cabeza.

Como dónde narices estaba Sabrina, por ejemplo.

Nadie la había visto ni sabido nada de ella. Absolutamente nada. Su familia había denunciado su desaparición, lo que había alimentado el escándalo que ahora rodeaba a los Harrington y a los De Vincent. Las revistas y los sitios web de cotilleos se estaban dando un festín con todos ellos, al igual que Ross Haid. Al fin y al cabo, el hijo asesinado y la hija desaparecida pertenecían a una de las familias más ricas del país, con un compromiso de por medio con otra familia muy poderosa, cuyo apellido siempre estaba asociado a los escándalos.

En lo que respectaba a Gabe y a ella, les estaba yendo bastante bien, teniendo en cuenta todo lo que había sucedido. Estaban juntos. De verdad. Ya no se escondían. Nikki había soñado con ese momento muchas veces, pero la realidad había superado todas sus expectativas. Esbozó una sonrisa feliz y cansada.

—¿En qué estás pensando? —preguntó Gabe.

—En nosotros. En todas las veces que he soñado con esto y que está siendo mucho mejor de lo que me imaginaba.

Gabe le abrazó la cintura con más fuerza, pero se quedó callado un momento.

—A veces sigo pensando que no te merezco.

Ella levantó la cabeza para poder mirarlo a los ojos.

—Pues claro que me mereces, Gabe. Me lo estás demostrando todos los días.

—Y voy a seguir demostrándotelo.

—Lo sé —susurró ella.

—Será mejor que nos levantemos y salgamos a la carretera cuanto antes —señaló Gabe, aunque no la soltó. Todo lo contrario, la abrazó con más fuerza—. No es un trayecto largo, pero prefiero no pillar ningún atasco.

Ella lo besó en el pecho.

—Sí, deberíamos levantarnos.

Estaba deseando empezar la jornada porque hoy era un día importante. Uno de los más importantes de su vida, ya que iban a dar un paso más hacia su futuro juntos.

Hoy iba a conocer al hijo de Gabe.

—¿Estás nerviosa? —preguntó él, apartándole un mechón de pelo de la cara.

—Un poco.

—No lo estés. —Gabe se sentó, levantándola con él para poder mirarla a los ojos.

—¿En serio?

—Sí. Todo va a salir bien. —Y entonces Gabriel de Vincent pronunció las palabras que había deseado recibir la mayor parte de su vida; las dos palabras que nunca se cansaría de oír—. Te quiero.

La grava crujió bajo los neumáticos cuando Gabe detuvo el coche en una plaza que había en la parte trasera del aparcamiento. Habían llegado unos minutos antes de lo acordado. Apagó el motor y miró a Nic. Sus ojos se encontraron. Sin pensárselo dos veces, estiró el brazo y la agarró de la mano.

—Todavía estoy un poco nerviosa —confesó ella, entrelazando los dedos con los suyos. Gabe lo sabía. El hecho de que se hubiera cambiado cinco veces de ropa antes de decidirse por unos vaqueros oscuros y una blusa de chenilla era buena prueba de ello—. Pero me voy a tranquilizar.

Él se llevó su mano a la boca y se la besó.

—Seguro que sí.

Ella le recompensó con una sonrisa deslumbrante que lo dejó sin aliento.

—¿Y tú? ¿Estás nervioso?

Gabe estuvo a punto de mentirle y decirle que no, pero así no funcionaban las cosas entre ellos. Eran sinceros el uno con el otro, incluso en los momentos más complicados.

—Sí. Siempre lo estoy antes de verlo.

Le había pasado lo mismo el fin de semana anterior. Había pensado que era mejor pasar un rato a solas con su hijo antes de presentarle a Nic. Los Rothchild sabían que hoy iba a ir con Nic. No se habían opuesto a ese encuentro, pero tampoco se mostraron muy entusiasmados. Aunque no era nada personal. No estaban reaccionando así por Nic, o por su edad, o por la relación que mantenía con Gabe. Tampoco porque Gabe estuviera saliendo con alguien que formaría parte de la vida de su nieto.

Estaban reaccionando así por Emma.

El dolor de la pérdida de su hija todavía podía leerse en sus ojos y era evidente cada vez que hablaban de ella.

Gabe tuvo que contarles lo de Sabrina muy a su pesar. No había querido añadir más dolor a sus vidas, ni que la impotencia se transformara en una ira que pudiera arruinarles la vida. Pero como Sabrina seguía por ahí, no le quedó otra que avisar a los Rothchild por si intentaba hacer algo que implicara al niño.

Con suerte, la encontrarían pronto y resolverían el asunto, pero no quiso arriesgarse y dejar a los padres de Emma al margen de lo que estaba sucediendo.

—No pasa nada porque estés nervioso, siempre que sepas que tu hijo te quiere. —Nic le apretó la mano, luego se inclinó hacia delante, le puso la otra mano en la nuca y lo llevó hacia ella para darle un beso—. Siempre que sepas que te quiero.

—Mmm... —murmuró él contra sus labios—. Será mejor que salgamos del coche antes de que cometamos alguna indecencia.

Nic se rio antes de apartarse de él.

—Vamos.

Salieron del vehículo y se dirigieron a la parte delantera del coche. Gabe la agarró de la mano y caminaron entre los automóviles aparcados antes de entrar en el parque. Tenía claro dónde estaban los Rothchild: en la zona infantil. Su hijo era un pequeño muy activo y sabía por experiencia que ya estaría correteando entre los distintos columpios y toboganes.

—Ahí están —dijo cuando llegaron a la cima de una pequeña colina.

Los Rothchild estaban sentados en un banco mientras William se colgaba de uno de esos artilugios con barras metálicas.

Sus abuelos debieron de decirle algo porque el niño se descolgó de inmediato, se alejó de los padres de Emma y fue hacia ellos antes de que Gabe pudiera decirle nada. El pequeño esbozó una sonrisa enorme. Gabe sintió que parte de su miedo se desvanecía. William lo había reconocido.

Sabía que era un miedo estúpido, pero no podía evitar tenerlo cada vez que lo veía. Temía que su hijo se olvidara de él entre visita y visita. Un miedo que seguramente persistiría hasta que las cosas se volvieran más permanentes. Hoy lo había reconocido. Y eso... eso era algo bueno.

—¡Oh, Dios mío! —susurró Nic en voz baja, aunque él percibió la emoción en su voz—. Se parece muchísimo a ti, Gabe.

—Sí, ¿verdad? —No podía ocultar el orgullo que sentía—. Va a ser todo un rompecorazones.

Nic se rio.

—Eso seguro.

Nic le apretó la mano, mientras veían a William correr hacia ellos, esquivando el tiovivo y moviendo sus bracitos y piernecitas. Gabe sintió que el resto de sus dudas se disipaban. Su hijo no solo lo había reconocido, sino que parecía estar entusiasmado de verlo. Aquello le llegó al alma. Nic le soltó la mano justo a tiempo. Gabe se puso de rodillas mientras William se lanzaba a sus brazos. El niño le echó los brazos al cuello y, aunque no pesaba mucho, casi lo tiró al suelo.

—Hola, hombrecito. No sabes cuánto me alegro de verte. —Tenía la voz tan áspera como el papel de lija—. Muchísimo.

William sí que sabía dar un abrazo. Gabe lo había experimentado de primera mano. Abrazaba con todo el cuerpo, sin la menor reserva. El tipo de abrazo que un hijo daba a su padre. El tipo de abrazo que inundaba de lágrimas los ojos de un hombre adulto.

Entonces William se echó hacia atrás, levantó la cabeza y sus ojos azul verdosos se clavaron en Nic llenos de curiosidad.

Ella le sonrió y le saludó moviendo los dedos.

—Hola.

—Hola —respondió su hijo con una sonrisa tímida.

—William, me gustaría presentarte a alguien que es muy especial para mí. —Mantuvo un brazo alrededor de la estrecha cintura del niño mientras miraba a Nic. Cuando ella lo miró, su corazón se llenó de una felicidad que nunca había sentido—. Estoy seguro de que la vas a querer tanto como yo.

Agradecimientos

Quiero dar las gracias a Kevan Lyon por ser una agente increíble, por apoyar siempre cualquier idea que se me ocurre y acompañarme en cada paso del camino. No puedo agradecer lo suficiente a Taryn Fagerness por conseguir que mis libros lleguen a todos los países y lectores posibles. Gracias a ti, tengo una pared entera de libros en idiomas extranjeros. Gracias a mi editora, Tessa Woodward, que decidió dar vida a los hermanos De Vincent, así como a Shailyn Tavella y al maravilloso equipo de HarperCollins/Avon Books. Gracias a Kristin Dwyer, que ha trabajado incansablemente para que este libro llegue a la mayor cantidad de personas posible.

Un enorme gracias a Stephanie Brown por ayudarme a ir siempre por el buen camino y hacerme reír. Sin Sarah Maas, Laura Kaye, Andrea Joan, Stacey Morgan, Lesa Rodrigues, Sophie Jordan, Cora Carmack, Jay Crownover, KA Tucker y un sinfín de amigos increíbles, lo más seguro es que ya hubiera perdido la cabeza. Gracias.

Un agradecimiento especial a todos los miembros de JLAnders que me hacen sentir tan especial. Y nada de esto sería posible sin ti, querido lector. Gracias a ti, puedo escribir otra novela y dar vida a un mundo nuevo. Así que gracias.

¿TE GUSTÓ ESTE LIBRO?

escríbenos y
cuéntanos tu opinión en

 /Sellotitania    /@Titania_ed

/titania.ed

#SíSoyRomántica

Ecosistema digital

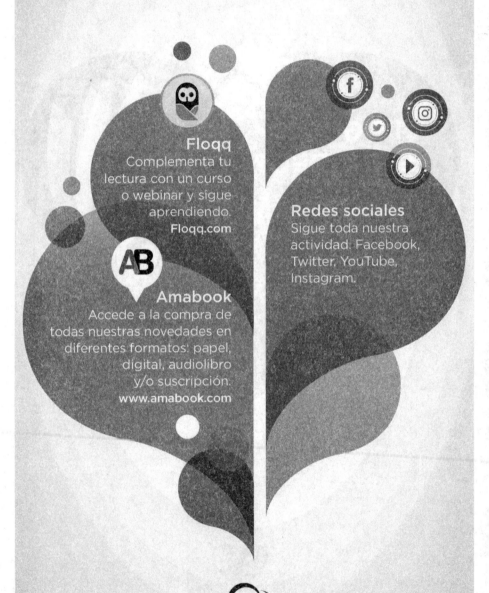

Floqq
Complementa tu lectura con un curso o webinar y sigue aprendiendo.
Floqq.com

Amabook
Accede a la compra de todas nuestras novedades en diferentes formatos: papel, digital, audiolibro y/o suscripción.
www.amabook.com

Redes sociales
Sigue toda nuestra actividad. Facebook, Twitter, YouTube, Instagram.

EDICIONES URANO